生命教育之理論與實踐

林治平、潘正德、林繼偉

盧怡君、姜仁圭、李清義、蘇友瑞

著

作者簡介

林治平

學歷：東吳大學政治系學士
政治大學外交研究所碩士

經歷：中原大學榮譽退休教授
中原大學人文與教育學院院長
中原大學宗教研究所所長
廣州中山大學、福州大學、陝西師範大學客座教授

義工：財團法人基督教宇宙光全人關懷機構外展部暨關輔中心執行長
財團法人基督教晨曦會董事長
兒少家園董事長

專長：中國現代化專題、全人教育專題、生命教育專題

潘正德

學歷：美國威斯康辛大學教育研究所輔導碩士

現職：中原大學人文與教育學院教授

經歷：中原大學學務長、人文與教育學院院長
法務部矯正人員訓練中心講座
中原大學校牧室主任、人文與教育學院副教授
光武工專輔導室副教授、講師

專長：團體諮商、諮商理論、輔導學、教育學、輔導諮商、通識教育、
全人教育、 壓力管理

林繼偉

學歷：美國堪薩斯州立大學教育心理與諮商學系哲學博士

現職：東華大學諮商與臨床心理學系副教授

經歷：花蓮教育大學諮商心理學系副教授兼系主任
中原大學通識教育中心助理教授
中原大學學務處諮商輔導組組長

專長：人格心理學、心理衡鑑、諮商督導、心理動力與客體關係治療、
生命教育

盧怡君

學歷：德國魯爾大學語言學博士
現職：中原大學應用外國語文學系副教授
專長：符號學、詞彙學、語音學、心理語言學

姜仁圭

學歷：國立台灣師範大學歷史博士
現職：中原大學人文與教育學院副教授
經歷：中原大學通識教育中心主任
　　　　伯大尼禮拜堂傳道人
　　　　花園新城教會青少年輔導
專長：歷史學

李清義

學歷：美國維吉尼亞理工暨州立大學物理博士
經歷：中原大學通識教育中心副教授

蘇友瑞

學歷：中正大學心理學研究所博士
經歷：擔任古典音樂雜誌樂評主筆
　　　　擔任心靈小憩藝文專業網站副總監（http://life.fhl.net）
　　　　協同南方電子報（SCCID）創辦「陳韻琳‧蘇友瑞網路通訊」電子報
　　　　轉與聯合電子報（http://udnpaper.com）合作，改名為「陳韻琳蘇
　　　　　友瑞藝文電子報」（http://udnpaper.com 內的人文藝術分類）

序

那段難忘的日子

記得小時候寫作文或週記，總會如此開始：

「光陰似箭，日月如梭，不知不覺一學期又過去了……」

怎麼樣？覺得很熟悉吧？有誰沒有講過類似的話呢？有誰沒有類似的感嘆呢？

去年八月，我從任教服務三十七年的中原大學退休，想想看三十七年，的確是一段好長好久的日子，而我就這樣的在這兒投注了我一生中最爲精華的三十七年歲月。

進入中原那年是一九六六年；我二十八歲，充滿理想、飽富熱情的二十八歲。我很快就愛上了我在大學教書所遇到的第一班學生，他們是多麼可愛的一群人啊！而我原本也只是一個懵懵懂懂、剛剛畢業比他們大不了多少的年輕人而已。當我滿懷慌亂的站在講台上，看著台下坐著的每一張臉孔，不知怎麼搞的，忽然間我覺得有一股神聖的使命感由心中升起，我覺得我必須爲台下坐著的每一個人負責。在他們青春的生命向前跨步的這一瞬間，我何其有幸能與他們在中原的課堂上不期而遇。這一份難得的情緣與感覺，促使我忽然間長大了，我必須爲每一個我遇到的生命負責，因爲每一個生命都是無價的，所以，我的責任也是無限的沈重。我與學生因此展開了一段非常緊密的關係，除了在課堂上我會傾心吐意向他們敘述中國走進現代化的艱辛與苦難，與他們共同分享我們文化社會中許多獨特有趣的現象，我們一同歡笑、一同嘆息，一同憤怒、一同成長。除了在課堂中大家七嘴八舌的高談闊論之外，我們還組成了讀書小組，選讀跨課際的好書；組成研究小組，選定不同的社會文化現象，進行專題分析研究，每週一次擠在我家小小的客廳中，舉行讀書會或研討會。因爲有很多小組，所以我們家也就熱鬧不堪，經常高朋

滿座。現在回想起來，也不知我的那股力量是從那兒來的，每天忙得團團轉，卻依然樂在其中，不能自己。以今日之我回想當年，雖然年輕識淺，但心頭就是有一把火，燒得熱熱的，叫人凡事不敢落人之後，只好拼命往前衝。如今幾十年過去了，偶而碰到那時的學生，他們也已是年過半百的人了，談起往事，仍然歷歷如在眼前一般，令人激勵感動不已。直到今天，我仍然相信，教育所需要的除了客觀的知識、高深的學問、良好的溝通表達以外，師生之間生命熱情（passion）的互動，依然是教育特質中不可或缺的部分。而這種生命熱情的互動，正是今日教育中最缺少的部分。也不知道從什麼時候開始，教育變成了一種可以看得見、摸得到、想得到的冷漠客觀，並且屬於物質科技單面向知識的傳授。結果使得我們的教育在表面上雖然日漸蓬勃發展，但是教育應有的功能卻完全不能發揮，社會問題日趨嚴重，教育對今天社會中人的失落失喪，似乎毫無辦法，也因此引起人們對教育功能的重新反思。

這種情形直到八〇年代左右都沒有什麼改變，直到通識教育的呼聲忽焉響起，從事教育工作的人才開始思考教育的終極目的何在？教育只是一種專業專技的訓練嗎？教育的主體性何在？教育的內容是什麼？在一個失去生命意義、物質豐富心靈貧窮，毒品泛濫自毀自殘的後現代社會中，生命是什麼？生命的意義何在？如何愛惜生命，活出意義？乃成爲今人活下去關注的主題，也成爲教育專業關注的主題。

老實說，一個學人文的人在一所以理工爲主的學校中教書，是相當孤獨的。有一大段時間學校只是依教育部的規定排了一些與人文相關的課程而已，那時我雖然僥倖獲聘爲專任老師，卻連一個固定的辦公室都沒有。上完了課便像個無主孤魂似的在校園內逛來逛去等校車，那種不被重視的悲哀是毀滅生命熱情最冷酷的殺手。有一段時間我變得只是虛應故事的走上講堂，該做的、該講的似乎一件都沒少，但是這哪算是教育呢？我愈來愈懷疑自己究竟在做什麼？那一段痛苦的日子熬了幾乎將近十年，直到一九八八年尹士豪校長有感於中原創校已歷三十餘年，爲了傳承本校創校精神、理想與優良歷史傳統，他決定組成中原大學教育宗旨與教育理念制定小組，經過一年多的努力，終於在一九八九年五月，

簽署公布了中原大學的教育理念與教育宗旨，等到一九九一年張光正博士繼任校長職務後，全力推行尹校長所訂定之教育理念與教育宗旨，尊之為中原之精神憲法，並極力邀請我入學校人文通識教育的發展與推廣。在張校長的努力下，中原先後成立了共同科、人文與社會教育中心，最後終於在一九九九年成立了人文教育學院，從此以後中原大學才算是一個真正的完全大學。而我很榮幸的從一九九一年開始，有機會投入中原的通識活動，為中原設計安排了各種不同的藝術表演及專題演講活動，這些活動在校園中逐漸生長發展，如今已成為中原校園文化的特色。在通識教育方面，中原提出了以全人教育為本的通識教育，以天、人、物、我四個學類的平衡發展設計課程，造就學生、培育人才。中原認為通識教育只是教育的過程、教育的方法，而全人教育則為教育的終極目標；當後現代社會文化「人不見」（dehumanization）的悲劇籠罩整個社會時，全人教育正是找到人、回復人的尊嚴與意義的一種教育理念與方法。如今海峽兩岸的教育界皆全力倡言全人教育、推動生命教育，中原在這個領域中起步較早，在理論及實務經驗方面均有實質的成果可供參考。這是中原一向珍惜看重的傳承經驗，不敢敝帚自珍，盼能與各界人士分享共有。於是中原通識中心的老師們決定共同合作，編彙全人教育教課書乙冊，分享經驗，提供參考，於是幾經討論分配，乃有這本書的編寫出版也蒙中原大學專案補助。而本書出版之際，正逢本人自中原退休，承同仁等美意，令我提筆對本書之出版，述其原委，以作紀念。爰擷拾個人教學經驗，勉力為之；是為序。

林治平
謹識

目　錄

CONTENTS

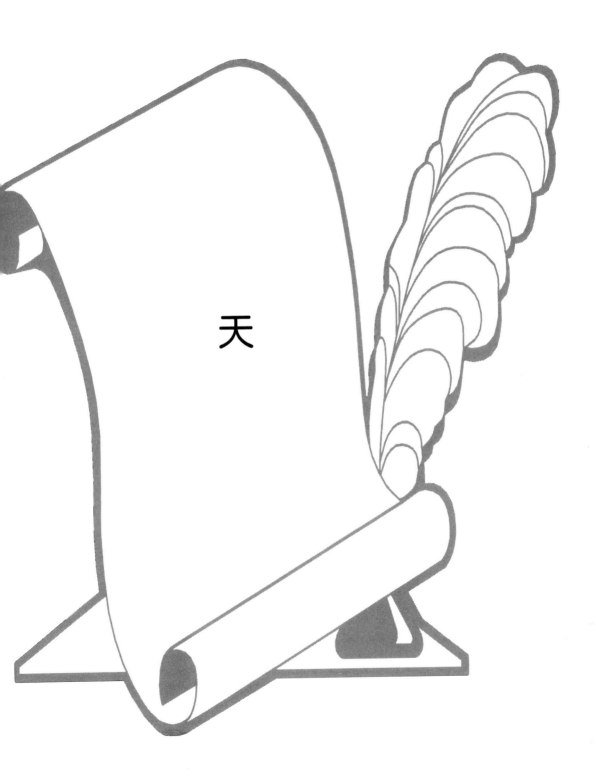

天

生命教育之理論與實踐

第 **1** 章

生命的奥祕

林治平

生命教育之理論與實踐

一、米達斯之問：生命中最好的是什麼？

古希臘神話中的米達斯國王（King Midas）曾向當時的哲學家斯倫勒斯（Silenus）發出了困惑古今哲學家的一個問題：

「生命中最好的是什麼？」

斯倫勒斯的回答如下：

「這個問題你最好不要問，如果一定要問，答案是最好不要出生，如已出生，次好的是去死。」

這樣一個古老的問題，到了二十世紀，其對答的方式如下：

有人問當代大哲、諾貝爾獎得主羅素（Russell）：「生命的意義何在？」羅素聳聳肩，滿懷不屑地回答：

「你問我生命的意義何在又有何意義？」

一九六〇年代另一位諾貝爾文學獎得主沙特（Sartre）被人問到：「人生中最重要的是什麼？」時，他先深深地吸了一口煙，再慢慢地吐出去，兩眼凝望著逐漸散去的輕煙，瀟灑萬分地回答說：

「我也不知道，也許每一件事都重要，像吸一口煙，再吐出去。」

這些對生命意義問題的回答，曾令許多人瘋狂著迷。然而，我

們忍不住要問，對於「生命」這麼重要的問題，他們的回答究竟是什麼？從古希臘時代直到今日，歷世歷代已不知有多少聖賢才智之士，面對這個問題苦思焦慮，企圖提出各種答案，即使身為現代人，我們所遭遇的第一個問題仍然是：

> 「人生的意義何在？生命中最好、最重要的事是什麼？」

二、狄奧金尼斯的追尋：人啊！你在哪裡？

> 「他又來了，啊哈！看啦，那個瘋子又來了！」

　　時間是二千三百多年以前的雅典，熱鬧的市集街頭上又圍了一大群好奇的行人，大家七嘴八舌地指指點點、大聲嚷嚷……

> 「這是個什麼怪人啊！大白天舉著一盞燈籠在東張西望地找東西。喂！喂！你究竟在找些什麼呀？」
> 「找人！」怪人抬起頭，眼睛瞪得大大的，看著眾人，大聲地說：「找人，我正在找人！人怎麼都不見了呢？」

　　哄笑聲從四周爆起，眾人的聲音從四面八方湧至：

> 「瘋子！神經病！」
> 「大白天提著一盞燈籠滿街跑，真不知他在搞什

麼！」

　　「找人？哈！哈！哈！哈！這滿街不都是人嗎？找什麼人！」

　　「喂！喂！我就是人，人在這裡，不用找了。」

　　他仍然提著燈籠，腳步蹣跚地在雅典地大街小巷中穿梭，他的眼光深沈而銳利，在每一個他所看到角落，刻下了一直在他心中反覆出現的問題：

　　「人啊！你在哪裡？你在哪裡？」

　　「我要找一個『人』，『人』在哪裡？」

　　他是誰？他就是希臘有名的犬儒派哲學家狄奧金尼斯（Diogenes）。遠在西元前三百多年，犬儒派的學者就發現在豐富的物質享樂之後，「人」卻不見了；在奢侈豪華的生活追求中，「人」卻不見了。想要避免人性的墮落失喪，人一定要竭盡一切的努力，解脫物慾的控制，遠離塵世間的功名利祿，始克有成。於是，狄奧金尼斯便成為一個苦修主義者，過著流浪乞討的生活，來尋找維護真「我」的存在。狄奧金尼斯就是用這個方法來找「人」的。

　　找人，有意思吧！為什麼要找人呢？因為「人」不見了，「人」在物慾引誘、榮華富貴、權勢財富的綿密攻擊之下，徹頭徹尾地把自己給賣了。也不知道是哪方買主出的價錢，我們竟然不知不覺地就這樣把自己的尊嚴，把自己的自由，把自己有限的時間，把自己有限的精力，一點一點地賣掉了。

　　狄奧金尼斯敏銳地發現「人」不見了的悲哀，當「人」擁有了物資的豐富、令人稱羨的權勢地位、富貴榮華之後，「人」卻不由自主地逐漸失去了自己，「人」不再是一個自主的、有尊嚴的、自

由的存在，「人」為獲取這些「人」本身之外的東西，竟然把自己一分一寸地割裂掏空，毫不吝惜地付光了。「人」擁有了外在看得見的東西之後，「人」的本身卻完全不見了。在狄奧金尼斯的眼中，這是人生中一件輸到底的賠本買賣。他眼看著「人」一個個輕易地把自己賣掉了，「人」不見了，他對這種景象慄然而驚。

三、知道「不知道」是真知，是智慧的開端：面對宇宙奧祕，我們心存敬畏；唯有謙抑自持，才能認識自己

我們所處的空間究竟有多大，迄今仍是一個難解的謎，如果我們以每秒鐘可繞行地球七周半的光速來計算距離的話，只需一又三分之一秒即可掠過月球（約合二十四萬哩），但如想抵達距離太陽最近的另一顆恆星——半人馬星座，竟需費時 4.3 年。

清華大學理學院院長沈君山博士在《天文漫談》一書中告訴我們，太陽系所屬的銀河系中，約有一千億個星系的星雲，其總質量是太陽系的兩千億倍。這樣一個星系已令我們不可思議其偉大了，然而銀河系只是一個小宇宙而已，大約一千億個小宇宙構成一個中宇宙，其直徑竟達一百五十億光年。至於大宇宙究竟有多大，大宇宙之外有何物，目前只能憑猜想臆測，誰也不敢自詡為知。說得更具體一點，我們所居的地球，只不過是浩渺無際的宇宙中之一粒微塵，如果太陽是一容器，其內部可裝一百三十萬個地球，而參宿四星竟可裝五千萬個太陽，這種比地球大不知多少倍的星球，在宇宙中觸目皆是。曾有一位科學家用蜘蛛網說明宇宙的浩渺無際，他說用蜘蛛網纏繞地球一周，需蜘蛛網二磅；由地球至太陽需蜘蛛網四噸，扯成銀河直徑（二十萬光年）則需蜘蛛網五百億噸。難怪偉大

的科學家牛頓（Newton）在他的《原理》（*Principia*）一書的結論中要說：

> 「證諸天文系的奇妙安排，可知宇宙間必有一全知全能者。」
> 「宇宙萬物必有神⋯⋯」

主持美國航空太空總署載人運送進入月球計畫的主持人房・布勞恩博士（Wernber Von Braun）也認為，科學進展愈快，我們需要順從（obedience）的律（law）也就愈多。所以科學並沒有否定什麼，科學只是教導我們更謙虛、更真正地認識自己。

從上所述，可知宇宙的空間大得令人無法想像，而我們有限的交通工具又復在浩渺的空間，令我們嘆息時日苦短。人一生若能幸運地活到百歲，去頭截尾，能奔走運用者至多五、六十年，再把睡眠、休息、娛樂等時間扣除，則能供自己使用者只不過十餘年而已。以此短暫的時間，投之於永遠的無限的時空之中，實在是微小得無辭可以適當地形容。

除了上述實質上的有限之外，作為一個知識份子面對以往人類智慧的累積，我們更不能不興「吾生也有涯，而學海無涯」之嘆，尤以近代以來，知識爆炸使人類面對日以千萬噸計的印刷品而莫知所從。

從事學術研究的人無不知「書目」（Bibliography）知識的重要，但是一旦面對書目，卻又會意沮神喪、退縮不前。因為不查書目，尚可有若干自信，一查書目，則自覺永不可能看完。如一九六六年十月五日出版的大英博物館總書目，收錄自古騰堡發明活字印刷後迄一九五五年五百年間的西文書目，其數量竟達十三萬一千五百頁，每部重達一千五百磅，售價五千美元。這樣一部大書共印了

七百五十部，於出版當天全部銷售完畢。但這只是人類過去知識的
紀錄中極小的一部分，從一九五五年至今又不知有多少新的印刷品
堆積在地球表面上，以人的有限精力，面對知識爆炸的連鎖反應，
一個愈具有知識的人必然愈感渺小而謙抑退讓。

又如美國West出版社曾編印美國各級法院判例，此一部大書計
分三千五百三十卷，每卷平均一千頁，如以每小時閱讀三十頁之速
度，每日閱讀八小時，一年閱讀三百天的進度研讀之，至少需四十
九年始能讀完一遍，而在這四十九年之中，又不知有多少新的判例
產生。人類面對浩瀚無際的學海，必然會承認自己的渺小有限，就
所該知所應知的一切而言，我們真是無知的！

尤有進者，人類不僅在時空之中、知識之內自覺渺小不足輕重，
在我們實際的生活中，人類亦必遭受各種不同的生活限定，這些天
生的限定是一不可更改的事實，如生老病死、感覺記憶，凡事均有
其限度。明乎此則知人類所謂選擇，只不過是一種相對的說法而已，
事實上，當一切選擇條件俱已先人類的選擇權而存在時，「自由選
擇」一詞，只不過聊供滿足人類的虛無的自尊而已。

綜上所述，我們認為人之有限，實為自然之事實，既不需痛苦
自絕，亦毋庸盲目拒絕，因接受事實乃為心理健康之第一步，我們
若不能由此入門，終難窺人生殿堂的堂奧，落入無知淺薄之中，所
以在辯論時，其外表固振振有詞，氣壯山河；而內心深處則痛苦難
安，茫然無從，這種表裡不一的分裂情形，無論對單一個人或整個
社會，都是一種極大的傷害。

明乎此，我們就會了解龐德（E. Pound）在他七十八歲高齡時
講的話：

> 「我是經常犯錯的……常常把我所經手的事搞得一團
> 糟。如今我才知道我是一無所知的，……我不能思考，只

知道我是驚惶失措的漫無方向。」

他又說：

「也許我一生都錯了。」

今日之科技，只不過讓我們看到了宇宙奧祕中的極小部分，當宇宙之奧祕藉著太空探測或奈米科技向我們逐步展開時，我們必會因宇宙之偉大無限，生物之結構奇奧，而對宇宙的創造設計者更增欽佩崇拜之情。只有如此，人才能會知道「不知道」的知道；也只有這樣的人才是一個有智慧的人，是一個懂得謙抑自持、認識自己的人。

【附】幾則思考生命的小故事

㈠光與聲的對白

·有關「光」的對話

嗨！你知道什麼是光嗎？
光是什麼？我從來沒想過。

我只知道「光」會亮，
沒有「光」，天就不會亮了。
那麼，我就會天天住在夜的黑暗中了，
我害怕，我不喜歡。
我喜歡天亮，我喜歡「光」。

我只知道「光」會「暖」、會「熱」，

沒有「光」，「暖」與「熱」都會悄然退隱不見了。

那麼，我就會冷，有時甚至冷得發抖，

我害怕，我不喜歡。

我喜歡溫暖，我喜歡「光」。

我也知道——沒有光，植物不能生長，動物難以存活。

沒有光，什麼都會從我眼前消失。

再也看不到紅、橙、黃、綠、藍、靛、紫，

再也看不到有顏色美麗的世界，

我害怕，我不喜歡。

我喜歡五顏六色，我喜歡花花世界，我喜歡「光」。

啊！請不要再問我光是什麼，

我知道沒有光不行，

我也時時刻刻享受光的亮、光的溫熱、光的繽紛色彩，

至於光是什麼，

以後再說吧！

·有關「聲」的對話

嗨，娃娃，那天你睜著一雙圓圓的眼問我：「天空為什麼會傳來一陣陣轟隆隆嚇死人的雷聲？」

嗯，別的我不敢說，這個問題大概還難不倒我，

打從讀小學開始，我就知道——

一塊帶陽電的雲層，與一塊帶陰電的雲層，

在天空中相遇相碰，

擠壓轉化成一種波，

波傳入耳朵中的耳膜，

於是在亮晃晃的閃電之後，

你就會聽到霹靂靂的雷聲。

沒想到我得意的笑容還沒從臉上消褪，

狐疑的眼神卻早已從你的眼角溜出，

你的聲音清細，但卻咄咄逼人：

可是，可是為──什麼波會變成聲音？波怎麼會是聲音呢？

看著歪著頭一副打破砂鍋問到底的堅毅表情，

我知道今天我又碰上了一個難纏的小子，

我知道你還有許多許多的為什麼：

為什麼鳥的歌聲那麼悅耳？

為什麼水的潺潺那麼動聽？

為什麼？為什麼？為什麼？⋯⋯

我能怎麼回答你呢？娃娃！

嗯！不為什麼！因為本來就是這樣！

啊！如果你要問我「為什麼不為什麼？」「為什麼本來就是這樣？」

我只好轉過身去，對你大聲地說：

嗯！嗯！以後再說吧！

思考問題

面對許多的「為什麼？」你能回答得清楚嗎？許多生命中的現

象看起來似乎很簡單，追問之下卻又複雜難言，中國人說「妙不可言！」你能說生命不是這樣的「妙不可言」嗎？

(二)蝌蚪與青蛙

·之一

　　有一天清晨，天氣晴朗，陽光穿過叢林的樹梢，如一束束的金線，灑在池塘裡。小蝌蚪阿秀起了個大早，在池塘中游來游去，這是阿秀每天例行的功課，阿秀是一隻十分認真的小蝌蚪，牠每天在池塘中勤奮地從這頭游到那頭。誰叫牠是一隻蝌蚪，阿秀一直堅決的認定，蝌蚪的責任就是在池塘的水中游來游去。

　　阿秀是一隻負責的蝌蚪，那天早上牠仍然一如往昔地擺動著牠小小的尾巴，姿勢曼妙地滑進了一堆水草中，抬頭一看，一隻青蛙正坐在池塘邊的石頭上，仰著頭，迎向穿過樹叢的萬道金光，「嘓⋯⋯嘓⋯⋯嘓⋯⋯嘓」地唱著清晨的頌歌。

　　「好一個乾爽的清晨啊！

　　嘓！嘓！嘓！嘓！

　　多麼的溫暖啊！

　　清晨的陽光！」

　　＊　　　　　　　＊　　　　　　　＊

　　青蛙愈唱愈大聲，並且不由自主地從這塊石頭跳到那塊石頭。阿秀游了過去，穿過潾潾潋潋的水波，看著身形隨波晃漾的青蛙，阿秀有一種恍恍惚惚的感覺，歪著頭想

來想去，卻怎麼也想不通青蛙為什麼會那麼高興。

「喂！青蛙大哥，你今天怎麼特別高興啊？有什麼特別的事令你那麼興奮？」

「這還用問？」青蛙看著蝌蚪阿秀說：「你看今天的陽光如此溫暖，照在身上好舒服啊！還有下了好久的雨，一旦晴朗起來，那種乾乾爽爽的感覺，真是舒服極了。」

「可是……可是，」阿秀在水中快速地轉了一圈，他小小的身軀在水中濺起了一圈一圈小小的漣漪。透過水光，阿秀看著蹲在石頭上鼓腹而歌的青蛙，阿秀更加迷糊了，甩了甩頭，阿秀小聲地問：

「你說溫暖，什麼叫溫暖？陽光怎麼會照在身上呢？它永遠只會照在水中啊！還有……你說乾爽，什麼叫乾？我從小到大只知道什麼叫濕，卻從來沒有聽說過什麼叫乾。乾的定義是什麼？乾的感覺是什麼？」

那天早上，青蛙花了許多時間向活在水中的蝌蚪解釋陽光的溫暖，解釋乾的概念。可是，儘管青蛙怎麼費盡唇舌的解說，蝌蚪阿秀仍然是一頭霧水，愈聽愈不懂。

「溫暖？什麼叫溫暖？還有……乾？天哪！什麼叫乾？」

阿秀在水中游得更快，想要了解什麼叫溫暖？什麼叫乾？可是不管牠怎麼努力，就是沒辦法了解什麼叫溫暖，什麼叫乾。

「青蛙大哥啊！請你請你告訴我，什麼叫溫暖？什麼叫乾？」

「哎！蝌蚪啊！蝌蚪！」青蛙跳開那塊大石頭，縱身躍入水中，很快地游到阿秀旁邊對牠說：

「阿秀，你要知道，從前我是蝌蚪，活在水中的時候，

同你現在一樣，怎麼想也想不通陽光的溫暖，更想不通乾是什麼！可是，現在不同了！……你看……」

　　說著說著，青蛙隨即跳出池塘，陽光直接照射在牠身上，牠的歌聲一路傳開，震盪在池塘的四周以及叢林的邊緣。

　　「好一個乾爽的清晨啊！

　　嘓！嘓！嘓！嘓！

　　多麼的溫暖啊！

　　清晨的陽光！」

　　　　　＊　　　　　　　　＊　　　　　　　　＊

　　阿秀集中精神，看著在陽光下大聲唱歌的青蛙，牠搖搖頭，實在無法了解青蛙的快樂在哪裡，只好熟練地擺動牠的尾巴，在水中一竄，游了開去，大聲嚷嚷地對著池塘中的蝌蚪宣告：

　　「哈哈！什麼溫暖什麼乾！

　　天底下有『溫暖』有『乾』嗎？」

　　阿秀游得又快又好又遠，留下一大堆疑問給牠的蝌蚪同伴們。

　　「什麼叫溫暖？什麼叫乾？」

　　牠們在池塘中彼此互問，成為蝌蚪王國中流傳最廣最久的一首問難之歌。

之二

　　今天，很不對勁！

　　也不知怎麼搞的，蝌蚪阿秀一早起來就覺得全身怪怪

的，好像有一股往四面膨脹的感覺在拉扯著牠的全身。

　　奇怪！阿秀忽然間覺得自己好像不是自己了，牠很想用力地擺動一下牠一向引以為榮的長長的尾巴，哎呀！不得了啦！阿秀驚惶失措地發現，牠的尾巴忽然不見了，沒有尾巴叫牠今後怎麼游泳呢？阿秀在一急之下，只好胡亂地在水中使勁地掙扎了起來。奇怪，沒想到這一掙扎，牠竟一個勁地衝了出去，差一點撞到了岸邊的石頭。阿秀慌忙地回過頭去一看，哎呀！哎呀！什麼時候牠的身上居然長出了四根像青蛙大哥一樣的前肢與後肢。阿秀踢踢腿，想不到整個身體竟然向前猛然衝去，牠這才發現，那不知何時從哪兒鼓脹出來的四肢，比牠以前所有的尾巴更能帶動牠的身體，讓牠在水中游來游去。阿秀高興極了，張開口想要大叫一聲：

　　「嘓！嘓！嘓！嘓！」

　　這一下可真把阿秀自己給嚇呆了，一連串的問題，瞬息之間閃過牠的腦海心際：

　　「這是什麼聲音？什麼時候我的身體起了這麼大的變化？我怎麼長得愈來愈像青蛙大哥了？」

　　　　　＊　　　　　　　　＊　　　　　　　　＊

　　「嘓！嘓！嘓！嘓！」

　　阿秀再次試著大吼了幾聲，牠這才確定自己不知道怎麼搞的已經變成一隻不折不扣的青蛙了。牠生生澀澀地試著把雙腳一蹬，哇！沒想到整個身子竟然凌空而起，跳出水面，落在一塊遍滿青苔的石頭上。阿秀用牠的前肢撐起了上身，用牠的後肢墊坐在石頭地上。抬起頭，阿秀感到一股溫熱的陽光迎頭灑下，照在牠的身上。唔，溫暖，阿

秀終於直接感受到陽光的溫暖了。然後，一陣微風吹過，阿秀不由自主地一次、二次、三次抖顫著牠小小的身軀，牠漸漸地感覺到全身有一種從來未曾有過的感覺，那是什麼感覺？阿秀一時想不到什麼詞彙來形容那種感覺。乾！乾！原來這就是乾。阿秀忽然有一種大徹大悟的快樂，漫上心頭。

牠昂著頭，四面張望了一下，後肢一使力，跳向另外一塊石頭，牠的心情舒暢極了，忍不住大聲歌唱：

「好一個乾爽的清晨啊！

嘓！嘓！嘓！嘓！

多麼的溫暖啊！

清晨的陽光！」

　　　　＊　　　　　　　　＊　　　　　　　　＊

那天早上阿秀一會兒跳入水中，一會兒躍到石頭上，口中不停地唱著那首牠以前怎麼想也想不通的歌。

「原來生命中有許多事情是怎麼想也想不通的！」阿秀自言自語地對自己說。

看著水中成群游來游去的小蝌蚪，阿秀跳了開來，牠決定不向牠們解釋什麼叫陽光的溫暖，什麼叫乾。

「蝌蚪啊蝌蚪！

不要浪費你的生命去思考什麼是溫暖什麼是乾，

直到你的生命變化到你能明白的那一天。」

經歷過這麼巨大的生命變化，阿秀知道牠所說的，不是深奧難懂的哲理思考，而是確確實實的生命經驗。

思考問題

　　生命的蛻變是一件多麼奇妙的事，可惜我們往往拘泥於現有的經驗，並且把現有的經驗普遍化、絕對化。結果呢？我們只好把自己監禁在自己經驗的監獄中，四面碰壁，痛苦不堪。

　　生命是一種蛻變的經驗，生命也是一種不斷成長的經驗，除非我們能超越生命現狀的局限，否則永遠無法測度生命的奧祕，以及面對生命奧祕而發出的讚嘆！

　　有時候，我們也會停留在生命的某一個階段，久久不肯移動。我們不知不覺地把自己關進了自己的監獄，讓生命中一些似乎簡單、但卻無解的問題，把我們緊緊困住。生命中的悲劇不幸，沒有比這更大的了。

　　也許這就是蝌蚪的問題吧！

　　你的問題是什麼呢？要不要仔細地想一想？

(三)蝴蝶

　　MM 是一隻毛蟲。

　　一隻自卑的小毛蟲。

　　首先，牠不喜歡自己的名字。MM，就像牠的外形一樣，永遠一起一伏，在樹幹枝葉間爬來爬去。牠好討厭自己的名字，每次聽到別人叫 MM 時，牠就不由得氣由心頭起，總覺得別人是故意糗牠，才大聲叫牠 MM 的。

　　牠恨自己的身體，長得一截一截的，又奇奇怪怪地連在一起。每次走動的時候，都得驚天動地地動員全身每一

個部分，隆起又壓平，壓平又隆起。牠真恨自己行動時的怪模怪樣，所以，MM 常常躺在那片葉子上，天塌下來也懶得動一動。

當然，牠更怕那群叫「小孩子」的人來到園中，他們總是又唱又跳地樂成一團。「小孩子」就是這樣，永遠精力充沛，永遠吵吵鬧鬧。其實，MM 並不是怕「小孩子」唱跳吵鬧，說真格的，MM 還真被他們的熱力感染，有時候 MM 也會不由自主地興奮起來，抬起頭，挺直身體，扭腰擺尾地也想跟著「小孩子」大唱大鬧一番。

然而，幾乎每次都一樣，每當 MM 完全忘情地全然投入這場花園舞會時，牠總是被「小孩子」的尖叫驚呼給嚇醒了過來：

「哎喲！大家快來看呀！好可怕的毛毛蟲啊！全身毛絨絨的，好可怕！難看死了哇！」

MM 拼著命一弓一弓地爬著，牠知道再不快點逃開，牠準會被這些「小孩子」的口水淹死。牠躲到樹幹的縫中，陽光依然照著大地，只是牠卻覺得一片黑暗覆天蓋地而來，牠的心冷了，牠恨自己為什麼長得這麼可怕，這麼難看，這麼醜。

牠費力地爬到樹幹的背光處，牠想那兒是比較安全的地方。人家看不到牠，牠卻可以清清楚楚地看到別人，尤其是躲在這個角落，牠可以盡情放心地偷窺蝴蝶的翩翩起舞。MM 最崇拜──甚至於最忌妒的就是蝴蝶了。為什麼蝴蝶可以長得那麼漂亮？色彩那麼鮮艷？為什麼蝴蝶可以展開牠美麗炫目的翅膀，在天上飛翔？為什麼蝴蝶所聽到的

都是眾人驚嘆的讚美：

「啊！好漂亮啊！你看！你看！好──漂亮啊！」

MM躲在樹幹後面，心灰意冷。牠覺得上帝真不公平，牠咒詛自己生不如死。

忽然，MM 覺得自己好像被什麼東西纏住了似的，那股纏住牠的力量來得又快又大，MM完全沒有抗拒的可能。牠覺得自己被一層一層地纏住了，完全不能動，眼前一片黑暗，牠什麼也看不見，什麼也聽不見了。牠以為自己已經全然死去。也好，就讓自己在這一片死寂的黑暗中放下一切，好好地休息一下吧！

也不知道過了多久，MM 覺得有點怪怪的，睜開眼睛一看，仍然是一片漆黑。牠好想翻一個身，舒展一下筋骨，沒有想到這一動，忽然覺得纏住自己身體的那些玩意兒，竟好像鬆了綁似地散了開來。MM 突然覺得眼前一亮，溫煦的陽光又照在牠身上了。牠搖搖擺擺地離開那個殼。奇怪！怎麼自己變了，牠好奇地奮力一掙，哎呀！這是什麼東西？好大、好寬、好奇妙、好複雜、好對稱的圖案布滿在上面。

「哇！大家快來看！」MM聽見小孩子大聲驚叫：「好漂亮啊！保證你從沒看到過這麼漂亮的蝴蝶。」

MM 站直了腳，輕易地撐起牠的身子，抬起頭，左右張望一下，嗯！的確漂亮！MM 也從來沒有看過這麼漂亮的蝴蝶。

MM 輕輕地鼓動著牠那一雙美麗的翅膀，牠發現自己居然也能翩翩地在花前林間飛舞。牠終於發現自己也是一隻美麗的、會展翅高飛的蝴蝶。

思考問題

一、毛蟲 MM 的生長歷程有幾個階段？各個階段的生命內涵有什麼不同？毛蟲 MM 知道這些歷程嗎？

二、毛蟲 MM 與「小孩子」之間的關係為何？毛蟲 MM 的心情起伏與「小孩子」有何關係？

三、你現在的生命歷程正在哪個階段？你的生命中也有「小孩子」在其中干擾嗎？你如何處理生命中的「小孩子」？

四、單面相人的悲劇

(一)單面相文化的形成

許多新馬克思主義或後現代主義的思想家，早已沈痛並清楚地指出，在所謂現代化浪潮之下，人只活在唯物的理性思考與經驗範疇之中，結果使人變成一個「單面相的人」（one-dimensional man），只對物質層面的事物有反應。在這種情形下，「科學主義」（scientism）已經取代了「科學」（science），而民主政治中由於看不到人，使得我們的「德先生」（Mr. Democracy）也變成了 "Democrazy"，人性的貶抑（de-humanization），人不見了，成為今日現代化最嚴重的後遺症。當人不見了的時候，我們會失去自己，也失去別人。我們活在一個非人化（de-humanization）、去位格化（de-personalization）、自我物化（self-reification）的世界中。到了這個時候，人變得只會追求看得見、摸得著、想得通，屬於今生現世俗世化（secularization）物質世界中的事物，是一個典型活在

商品拜物教（commodity fetishism）中的人。而活在法律制度中的「人」，也成為一個法律條文中沒有尊嚴、沒有自主獨特性的「東西」了。現代社會中「玩」法律的人愈來愈多，法律制度不再能保障人的獨特與尊嚴，它只保護懂得法律、藐視法律、甚至玩弄法律的人，這是活在法律制度健全的現代社會中最悲慘的一件事。

人不見了，是現代人追求物質現代化的悲慘結果；人不見了，是今天法律制度廢弛崩潰的主要原因。

㈡生命前提信仰的重要

有一天，一群即將跨出大學之門的應屆畢業生，問我一個十分嚴肅的問題：「面對我們即將展開的人生，你有沒有什麼提醒忠告？」我從他們的聲音中，聽出了一份惶恐、一種茫然：「這是我們在大學中從來沒有修過的學分。」

我該怎樣用最簡短的話語來回答這個既嚴肅、又複雜的問題？

很快地，念頭一閃而過，我把平時一般演講中最常引用的一個「公式」送給了他們。我稱它為「公式」，這幾句話的確是我所走過的人生中，最常運用的一個「人生公式」：

> 「錯誤的前提＋正確的推論＋狂熱的執行＝萬劫不復的悲劇」

當我講到這個公式的前三句時，我發現他們的頭湊了過來，眼睛睜得愈來愈大，一副急切想要知道答案的樣子。但是，當我以加強的語氣說出最後一句「等於萬劫不復的悲劇」時，一種忽然了悟結局的哄笑聲，使得他們的頭猛然向後仰起來，我清清楚楚地看到了他們臉上的燦爛。

那天下午就圍繞著這個主題，我們談了許多許多。所謂生命的

前提是什麼？生命的前提是一種信仰，是一種在不知不覺中形成的信仰；也是一個走過歷史文化，無形中形成的自我。它是一種強而有力的價值觀，會在我們作任何決定時，成為我們作成該決定的原動力。而我們的思考會在生命前提的籠罩下，牽引著我們思考的路向與目標。

而推論只是一些思考的技巧，推論的正確與否，並不能幫助我們判斷是非正誤。我們的推論是根據所相信的前提推演出來的。可惜現代人只注重推論的方法，以及推論的方法是否正確，卻忘了推論不能改變前提的事實。

錯誤的前提加上正確的推論，只會讓我們看不見前提的錯誤，卻渾然陶醉在正確推論的滿足中。於是客觀方法的正確性，取代了永恆真理的絕對性。我們失卻了追求真理的熱情，只狂喜於推論過程的正確。我們活在一個對前提有限缺乏檢驗的現代，我們是一群對前提真理不認真、不追尋的人，只在我們需要前提真理的時候，隨意抓一個來充數就好了。難怪現代人的許多前提，都只是經不起檢驗思考、一戳即破的肥皂泡泡。雖然五彩繽紛，令人目不暇給，但轉瞬間便化為無形，徒然空留一聲嘆息而已。

現代人只相信依靠推論的方法及過程，於是很容易活在一種虛無真理的假相之中，陷入其內，無法自拔，甚至投注全部生命的熱情，去實踐這些基於錯誤前提而推論出來的結果，在這種情形下，當然會落入萬劫不復的悲劇之中。

那麼，我們要問：「現代人的思想前提是什麼？」或者簡單地說：「現代人相信的是什麼？現代人推論思考的出發點是什麼？」我相信許多人都會同意，現代人的前提是：「看得見、摸得著、想得通。」

活在一個絕對相信理性經驗的感覺文化（sensate culture）中的現代人，自然相信「看得見、摸得著、想得通」的前提，並且根據

這個前提，思考、推論作成決定，然後全力執行。

然而，「看得見、摸得著、想得通」終究只是人生經驗中一個極其有限的部分，當人錯把這個極其有限的部分當作全面絕對的最後真理，並且從此出發思考推論時，問題就一個比一個嚴重地出現了。後現代學者所擔心的「物化」、「商品拜物」現象、「性化」、「世俗化」、「單面相化」、「去人化」、「去神化」這些怪異現象，便自然而然地出現在每一個現代化末期的社會文化之中，致使今日社會文化最終陷落在一種萬劫不復的悲劇中。

要了解生命的奧祕、人生的意義，看來我們必須由前提入手，由於過去歷史文化所形成單面現象的謬誤，使得活在後現代社會中的二十一世紀人，愈來愈無法知道生命的奧祕、人生的意義，其痛苦掙扎自不待言。人活在今日錯誤的前提之下而不自覺，再依此錯誤的前提而推論生命，落實人生，所謂差之毫釐，謬以千里，現代人的生命至終陷入萬劫不復的悲劇之中，實在不足為奇。

(三)三位科學家的答案

是的，人之所以為人是有其特殊性的。儒家講人禽之辨，強調「人之異於禽獸者幾希？」，這「幾希」之處，就是我們首先該注意的。然而不幸的卻是，現代人在高談闊論人生的時候，其對人所樹立的前提標準卻是完全錯誤的，他們認為人是一堆物質的累積，人只活在肉體的需要與感覺之中。難怪聰明博學如胡適之先生也要嘆息：

> 「生一個人跟生一隻貓、生一隻狗一樣；死一個人跟死一隻貓、死一隻狗一樣。」

為什麼，為什麼人的生死會與貓、狗的生死一樣呢？

也許我們可從耶魯大學分子生物系教授莫洛維茲博士（Harold J. Morowitz）發表於《紐約時報》及《費城化學會通訊》上的一篇文章〈人值幾毛錢？〉中，找到我們思考這問題的線索。（莫氏全文已由張紀德博士中譯，收錄於《科學、理智與信仰》一書中，宇宙光出版社出版）

莫洛維茲博士在那篇文章中說：

> 「又是一年飛馳而過，其中的惆悵被一張幽默的賀卡給沖淡了些，賀卡正面的引言寫著：『按生物化學家的估計，組成人體的原料共值九十七分錢！』」

人真的只值九十七分錢嗎？折合台幣僅有三十多元而已，人真的那麼不值錢嗎？莫洛維茲博士為此特別去查考了一下生物化學品目錄，得到的答案如下：

> 「血素蛋白每克二元九毫五分元，消化酶每克三十六元，胰島素每克四十七元五毫元，一些不平常的東西如醋酸激酶每克八千八百六十元，嚇人的是促卵泡素每克四百六十八萬元，黴乳素每克一千七百五十萬元。於是我把人體的組成成份，按這個價目表估計了一下，大約除水淨重每克平均值二百四十五塊四毫五分。我這個一百六十八磅重的人換算為七萬六千三百六十四克，除去68%的水份，共有二萬四千四百四十六克，乘上每克平均值，得到六百萬零十五塊四毛四分，我竟然是六百萬身價的人，這時我的自尊顯然從九十七分錢升高了不少。」

為什麼會有九十七分與六百萬之差呢？莫洛維茲博士說：

「最簡單的答案是：內涵比物質貴重得多。六百萬元
買到的是原子在最高內涵的組合狀態，而九十七分錢所能
買到的是內容貧乏的煤、氣、水、石灰、鐵等等。」

從這一條思索的路線往前推衍，莫洛維茲發現：「六百萬的估
計還是太低了些，」因為如果今天的生化學家需要從九十七分錢的
原料開始合成，「那麼他們可能要賣六億到六十億美元。」

可是，莫洛維茲博士說，即使我們花了六億到六十億美元，我
們所能買到的「只是高分子化合物」，並不等於「一個人」。若我
們試圖把「這些分子組合一下」，莫氏認為，這在現代科學中「能
做到的很有限，這是塊陌生的領域。我們只能想像，完全合成的細
胞結構，人體的標價應該高到六兆到六十兆美元。再下一步，把這
些細胞構造組合成細胞，我想沒有六萬兆美元是不可能的。至於如
何「把這些細胞組合成組織，組織組成器官，器官組合成人」，這
個鉅大的工程超過了人類的想像力，我無法用多少錢來回答這個問
題，這使我們頓然領悟到每個人都是無價之寶。

在莫洛維茲博士那篇文章的結論中，他鏗鏘有力地說：

「我們從一些平凡的材料，算到了一個無限價值的
人。」

從化學分子專家的眼光來看，人體是極高內涵的組織：「在此
所能結論的，必須超過科學的領域，並且改變我們的世界觀，或許
我們會同意：『人體是靈魂表現生命藝術的工具。』」

㈣狗比人更值錢

從這位科學家思考人生的過程中，我們可以了解人的價值問題，實際上就是一個起跑點的標準問題，如果我們認為人只是一堆物質元素，如果我們只從唯物的科學主義（materialistic scientism）觀點去評價人生，那生命真是沒有什麼意義。美國辛辛那提大學生化教授Tashiro博士就曾將一個重149磅的人體進行生化分析，發現人體所含元素以氧最高，占92.4磅，其餘為炭素31.6磅、氫14.6磅、氮3.6磅、鈣2.8磅、磷1.4磅，至於其他元素如鎂、鐵、鉀、硫、氯、鈉、氟、碘、錳、鋅等含量均極有限。而蘇俄的馬伊諾夫博士則更進一步站在純唯物實用觀點，認為一個人的身體內所含的石灰可漂白四分之一平方呎、鎂可供閃光攝影乙次、磷可製火柴二千根、鐵可製釘子一根，其他元素可製二百克肥皂七塊。

天哪！如果這就是現代人認識人生的「科學」方法，那麼人生還有什麼意義可言？如果我們只從這些零碎的物質元素去認識人，難怪我們會覺得「死一個人跟死一隻貓、死一隻狗一樣」。甚至於一隻體魄巨大的大丹狗，如果站在唯物分析的觀點，也許遠比一位嬌小美麗的小姐值錢得多呢！從唯物分析的觀點去探討人生，猶如瞎子摸象，永遠偏執部分，導入錯誤迷途。古希臘時期的哲學家早已宣告世人：「整體大於部分的總和。」一個149磅重的人體固然可分析出上述的元素成份，但是這些元素成份放在一起決不等於一個人。這就好像笑話中所說的，一位莎士比亞的研究者認為，「莎士比亞的全部著作均為二十六個英文字母所組成，所以毫無價值」，一樣的可笑。

思想生命，不能只從看得見、摸得著、想得通的俗世化物質層面去思考；更不能偏執部分，抓住局部有限經驗，否定其他生命層面的思考與探索，這就是為什麼我們要從全人出發，去追求認識人

的原因了。

　　而生命之奧祕正在於此，決非以單面相的思考便能了悟明白。難怪論者要批判單面相人根本上其去人也愈遠，愈來愈不像人（dehumanization），遑論生命奧祕、人生意義等追求終極的大哉問了。

五、全人的思考

　　如前所述要認識生命的奧祕、人生的真義，必須從全人的思考才能了悟明白。其實，人之所以為人，就在於人經常會逼問自己：「我是誰？」「人是什麼？」要回答這個問題，且讓我們先看看下面這兩個圖吧！

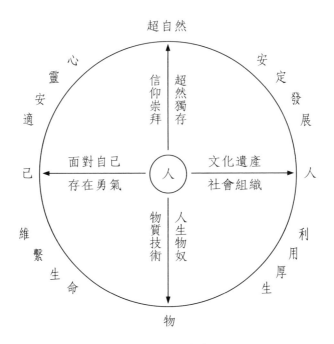

圖一　活在關係中的人

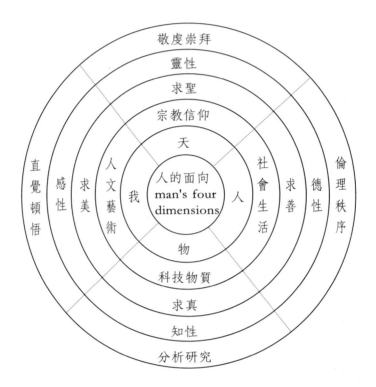

圖二　美滿圓融人生整合的示意圖

　　依據上圖，我們可以發現，原來人是活在各種不同的、屬於人的關係價值之中，一個完全離群索居的「人」，依社會學的意義言之，恐怕很難把這種「人」單純地稱之爲人。譬如說在歷史上曾多次發現「狼人」，這些「人」自小即遠離人類社會與獸爲伍，所以他們雖具有人的身體軀殼，但卻不能視作完整的人，只能稱他們爲「狼」人或「獅狒」人。但是有很多所謂的現代人，卻極力否定人與其他事物之關係，在他們的心目中，任何關係都是一種束縛，都是對個人自由的斷傷，這種思想產生了否定一切的心態，拒絕權威，拒絕絕對真理。沙特曾說：「在我，永遠是綠燈。」他要求永遠是綠燈，在他的生命中他拒絕紅燈的阻擾，他要求完全以自己的判斷

為自由的準則；杜斯妥也夫斯基（Dostoyvsky）也曾在他的名作《卡拉馬助夫兄弟們》（*The Brothers Karamazov*）一書中，藉著伊凡的口說：「如果沒有上帝，每一件事都是合法的。」他們不願意有客觀的真理、絕對的上帝，因為他們希望凡是他們所做的任何一件事，都是合「法」的，而他們所謂的「法」，也是完全以個體自己為標準的。

這種思想帶給我們的是什麼呢？二十世紀的人類在否定一切關係價值之後，享受到什麼呢？這一世紀的苦難難道還不夠我們警醒？這一世代的痛苦難道還不夠深沈？難道還不夠促使我們幡然悔悟？

其實，人是有限的，人是乏力的，作為一個勇敢的人必須面對自己的一切，知道自己有限、乏力。一個承認自己有限、乏力的人，絕不是弱者的表現。唯有鴕鳥似地否認一切，才是人類最大的悲劇。然而也許有人要問：「人既是如此有限乏力、困惑痛苦，那麼人生的意義究竟何在？人生的價值究在何方？」依據上圖所示，我們可以發現，人生的意義與價值，乃在以人為中心而發展成的四種基本關係之中，這四種關係各有其重要性，不可偏廢，而「我」便是在這四種關係中形成的：

　　(1)我與物質世界、生物世界；

　　(2)我與人文世界、精神世界；

　　(3)我與社會關係、文化歷史；

　　(4)我與哲學宗教、終極靈魂。

上圖中的圓形表示美滿的人生，「人」是在這一圓周的圓心上，由此而均衡發展前述的四種關係，即人與自己的關係、人與他人的關係、人與物質的關係、人與超自然（神或上帝）的關係。這四種關係是美滿人生的半徑，苟有任何一端發展偏頗，則不成其為圓。茲再分述如下：

㈠人與己的關係

人類今日雖已數度登陸月球，但大多數人卻仍未對自己有登堂入室的了解。美國前總統尼克森（Nixon）曾在他的國情咨文中說：「我們固然已經登陸了外太空，但對於內太空卻仍然一無所知。」今天有許多思想哲學拼命強調人力萬能，至善至美，筆者認為這是一種逃避心理。事實上，人是有限的，人是軟弱乏力的，我們盡心竭力仍難行善立功，但卻往往不由自己地行己所不欲之事；我們常常許下宏願壯志，無奈卻是力不從心，痛苦非凡；對於我們本身不能改變的事實或缺陷，我們往往抵死不受，怨天尤人。凡此種種均是個己關係失調的明證。有一位心理學家曾寫出下面一段禱詞：「神啊！求祢賜給我寧靜，接受我所不能改變的；給我勇氣，改變我所能改變的；並給我智慧，分別上述兩者的區別。」是的，做一個人必須有勇氣面對自己的有限、軟弱與無能，如此方能發揮潛藏的能力，盡一己之力以完成個己存在之意義，這樣的人才是一個有存在勇氣（courage to be）的人；是一個敢面對自己，坦然接受自己，擁有 IQ 的人。只有這種人才能認識自我的獨特性（uniqueness），從我本體之所「是」（to be）認識生命的價值與意義，是一個認識生命意義的智者。

㈡人與人的關係

人生在世絕對不可能孑然獨存，不受任何他人之影響；反之，人之所以為人，就是他與其他人發生了不可避免的聯繫。我們都知道人之形成是由於父母兩性的結合，這種關係是任何人都無從拒絕或選擇的。人誕生之後，更是生活在整個人類的文化遺產之中，他的一舉一動、一顰一笑，不僅與當代的人密切有關，即與以前或以後的世代亦不可能全不相干。所以，人與人交往不可能純依一己的

好惡，這就是社會組織形成之主因，人必須把個人的本能衝動與生物習性，加以適當協調，才能與他人相處，才能成爲一個社會人（social man）。今天常聽到有人高呼絕對的個人主義，這一呼聲本不合乎人類生存的事實，無奈言詞動聽，使許多人趨之若鶩，甘作此說之奴僕，實爲人類前途之一大危機，亦爲個人存在之致命打擊。事實上，人之所以爲人就在乎他善於節制個己的「情」與「慾」，人與禽獸相差者幾希，這「幾希」之處就在人能控制肉體的情慾，而獸則只知一味順慾而行，放縱肉體情慾。當人知道何爲節制時，他才可能與他人建立關係。尤有進者，個人之渺小有限既爲一不可否認之事實，則個人之存亡唯有在人與人的關係中始克顯明，一個絕對離群索居的人（事實上是絕不可能的），他的存亡也將絲毫不起作用，無人爲之歡悅，也無人爲之垂淚，無聲無息地來，也無聲無息地去，這是多麼可怕的事啊！

當然，從人的獨特性、個體性（individuality）、主體性（subjectivity）的尊嚴而言，人的實存本體就是價值與意義，人與人的關係因此是互爲主體性的，是一種「我－你」（I-thou）的原級關係（primary relation）而非「我－它」（I-it）的次級關係（secondary relation），只有在這種情形下，人與人的關係才是一種真正的人際關係，一種「人」碰到了「人」的關係。所以，如何發展人與人的關係便成爲美滿人生的要件，這是任何人也不能拒絕的事實。所謂EQ，如果不能認識「人」與「人」的關係，是不可能建立產生的。

(三)人與物的關係

中國人認爲，天生萬物爲我用，所以人與物的關係應是一種使用的關係，人應該知道如何利用各種物質技術、善用物質以改善生活的環境，促進人類的幸福。從這個觀點看，人相對於物是居於主體的地位，一切「物」之爲用，是爲了促進「人」的生命圓融、幸

福、美滿；而物則是一種達到完成生命終極目標的工具，永遠供人使用。如果這種關係顛倒成為物主我奴，則人的厄運就開始了。很不幸，今天的世界正呈現出一片物主我奴的現象，追求物質，徵逐聲色，幾乎已被視為天經地義；「人」為萬「物」之靈好像已成過去，「物」為萬「人」之靈似乎已成事實，這是何等可悲的事。筆者認為，今後物質技術的發展必須在人的主體性、追求生命終極的圓融、幸福、美滿的基礎上進行。我們必須竭盡全力去發展物質科技，關心、尊重並保護自然資源，加強環保倫理，用以維繫個己的生命，且進而利用厚生，以促進人類社會的圓滿發展。這種關係言之固易，行之實難，許多人生的困惑痛苦皆是因此而生。

但是從基督教的觀點來看，天地萬物皆是神所創造，而且神認為祂的創造都是「好的」，所以在伊甸樂園之中，萬物共生，群畜共存，鳥飛魚躍，樹茂花開，充滿是一片勃勃生機。人住於園中，神亦在其中行走自如。在整個伊甸園中，人與物的關係是一種和諧互敬，完成彰顯上帝榮耀的歷程。因此，「諸天訴說神的榮耀，穹蒼傳揚祂的手段。」人對宇宙萬物所承擔的使命是「修理、看守、管理」，從基督教信仰的倫理角度來觀察，宇宙萬物無一不是神所創造，且在神眼中視為「好的」作品。人是誰？豈敢、豈能破壞上帝的得意傑作？於是，基於基督教倫理而產生的環保理念，由是而生，使現代人得以重新思考人與物之間的緊密關係。

㈣人與超自然的關係

人既是渺小而有限的，故自古詩人哲士每多浩嘆韶光易逝，無從把握，憑添無數悲淒。所以，人在一切物慾的追求業已獲得之餘，便忍不住要問：「以後怎麼樣？」「如果生命終歸於消逝，則如此短暫之人生，其意義究如何？」這種種問題均是人類所特有，因為人類所關心的不僅是在世短暫的數十年光陰，他所渴求的是「永

遠」，否則他能用什麼來恆久持守他所追求的真善美呢？

此外，人類對於尋求答案具有更積極的態度。所謂「打破砂鍋問到底」，一個三歲左右的孩子便會發出一連串的「為什麼」，他們的問題就是集合天下的英才博士，也是無從解答的。這種尋求終極原因（final cause）或第一原因（first cause）的需要，也是人類所特有的現象，如不能解決，則人生之不美滿，心靈之饑渴難安，必不可免。近代神學家每以終極的關切（ultimate concern）為人類所特具，且以之為宗教需要之明證，即是此意。

在這一思考範圍中，哲學家占了相當重要的地位，但哲學的思考是一種理性的思考，雖可勉強達到超然的地位，但仍然是一種合理化的過程，是一種追求達到永恆、認識超自然的努力，若僅止乎此，人類的心靈仍然是不能滿足的。

所以在哲學之上，人必須對超自然的本體，創造並掌管宇宙萬物的上帝，採取信仰與崇拜的態度去體驗，以求得人生的滿足。在信仰與崇拜的經驗中，一方面求得個體心靈的安適，恬然無慮地面對自己，以激發超自然的潛能，而成為一個成功的人；一方面使整個社會在安定中穩健邁步前進，其重要性自不待言。

六、本章小結

綜上所述，可知人是活在多重層次的關係之中的。這四個層次（four dimensions）必須均衡發展，猶如圓之半徑，必然均等同長，始能畫出一個完美的圓。人活在天（GQ）、人（EQ）、物（KQ）、我（IQ）四層關係中，亦必須均衡發展，才能獲得美滿圓融之人生。而所謂全人（holistic person）者，其中holistic一字源自希臘，意指把看得見的「部分」（parts），加上看不見但卻確實存在的「什麼」（what）整合在一起（integrating）思考，發展出來

的就是全人。可惜今天的世人只活在實證經驗的世界中，只追求那「看得見、摸得著、想得通」的「我－它」關係，只活在唯物的科學主義潮流中，以致於人活得愈來愈不像個人，其失落迷失、掙扎痛苦，自屬必然。深願本書所揭櫫之全人理念，能喚醒世人，重定生命終極目標，確立人生奔赴方向，則生命教育者始能裨益人生，豐富生命。而困惑世人、難索其解的生命奧祕問題，庶幾能找到破解之方，因而確立人生奔赴方向，放手一搏，成功可期。

第 2 章

生命的意義
與價值

李清義

壹　理　論

一、引言——食人族手中的超炫電腦

亞馬遜河畔的腦力激盪：

　　一部超炫的電腦不知所以然地流落在蠻荒的亞馬遜河畔，引來一群未開化的食人族好奇地圍觀，接著他們七嘴八舌地爭論起來……

生命教育中的腦力激盪：

　　猜猜亞馬遜河畔腦力激盪的結果？也就是說，猜猜他們會怎麼對待它？

　　這個問題經過同學們的討論，他們會想像食人族把這個超炫的電腦當作下面各種可能的用途，比如說有的食人族可能把這個電腦的主機當成椅子坐，或者當作踏腳石，有的食人族的女生可能把螢幕拿來當成鏡子照，而食人族中的鼓手可能就把這些不同形狀的主機或螢幕，拿來當作一組聲音特別的鼓來敲，也有食人族可能把鍵盤拿來當占卜盤，也有食人族可能把這個奇形怪狀的東西搬回家裡，當作神來膜拜。所以食人族弟兄姊妹們每個人的想法不一樣，可能就會用他們自己的想法來對待這個超炫的電腦，但是，顯然沒有一個天才食人族的弟兄姊妹會把它真正當作電腦來應用，以致於他站起來大聲呼叫說：「你們都錯了！我們應該使用它來作線性規劃，

看看一年可以打幾頭野豬、幾頭野牛、幾頭野鹿、幾隻野貓、幾隻野狗、幾個野人（Oh, Oh……），才不會破壞生態平衡啊！」是的，他們都可以按照自以爲是的想法去使用這部電腦，如果小心謹慎可能也可以用一輩子，每一個人可能也都非常得意洋洋。似乎每個人都「好好地」使用了這部電腦，但是以現代人的眼光來看，真是大材小用，誤用濫用了這部功能超強的超炫電腦。甚至可能有性情暴躁的食人族大哥說：「反正不知道這東西是啥？乾脆把它打爛算了。」沒有一個食人族把它真正的意義和目的發揮出來。

我們可能會覺得那些食人族兄弟面對一部高性能的電腦時，其想法或行爲未免過於荒誕可笑，甚至言過其實了。其實，我們看到的可能不折不扣的就是自己的影子！

一部高性能的電腦爲什麼恰巧會出現在蠻荒的食人族部落，誠然是亞馬遜河畔的一個謎題。我們可以說這只是一個假設性的問題，有點好玩罷了。然而，就我們這些二十一世紀的高科技族族人來說，我們每一個人手中同樣也不知所以然地就擁有一件極度尊貴、性能複雜、卻又非常脆弱的寶貝，那就是我們這個「人」自己！我們這下子可不能輕率地也把它歸諸爲一個假設性的問題而一笑置之，這的的確確就是我們當下的真實處境，正是銀河系邊緣這個太陽系裡難解的謎題。

食人族對於這部高性能電腦的出處和來源可以有諸多的揣測，也可以各自說出它不同的目的或用途；然而，它真正的意義和功能卻遠遠超出了他們的想像。

人對於一個陌生或不了解的事物，完全只能照著周遭的自然現象或現有的背景知識和經驗來進行轉嫁和投射，因爲這可以說就是人所謂理性「了解」的過程；「了解」的意義，基本上說來，只是針對這個不熟悉或陌生的事物或現象，在我們的背景知識或經驗中，找著了足以與它對照的適當類比罷了。按科學的術語來說，後者一

般就被稱爲這個新事物或現象的一個「模型」。

因此，在面對一部高科技高性能的電腦時，這些原始族人至多也只能照著他們周圍所熟悉的事物和經驗，來思索他們自以爲是的投射和認同目標。因此他們要不是把它當神祇膜拜，就是拿來當凳子坐，或是當鼓敲，或是當玩具，甚至作爲占卜的器具或裝飾等。他們也會以自己的想法或所見而沾沾自喜或以爲滿意，然而，不管如何，他們單靠自己是沒有辦法，至少絕難想像得到它真正的目的是什麼，更不用說能夠把它原來美妙的真實功能展現出來了，因爲不管一個人多麼聰慧或富有想像力，他也總是得由自己所熟悉的形象和語言開始或出發，而當這個新玩意兒距離他們的知識背景和經驗是如此遙遠時，他們當然也就成了「丈二金剛」。尤有甚者，當他們又非得去使用它時，結果不是「大材小用」了，就是被糟蹋、濫用，甚至慘遭破壞無遺，如同那部超炫電腦的結局。

人對於外在的自然界，大到宇宙，小到最細微的次原子結構，可以說都已臻至相當程度的了解。只是，不可諱言地說，人唯一最不清楚的還是他自己。

正如落在食人族手中的先進電腦，人，這個宇宙中奇妙而獨特的存在者，雖然充滿了相當程度的智慧和知識，但是他的潛能和意義也有可能一輩子沒有真正被發掘出來，遑論得以展現並發揮出來了，只因爲我們爲自己找不到真正該投射或認同的對象。正如電腦在食人族手中找不到真正的投射對象，就隨意認同而被「糟蹋」或「濫用」了一樣，有的人也把自己或他人當作神來「膜拜」，有的人被當作別人向上爬的「踏腳石」，有的人被當成椅子坐，受盡壓迫；還有的人被其他人當「食物」吞吃了，沒有人拯救；有的人被當作「玩具」，成爲別人滿足各種邪情私慾的工具；有的人被當作裝飾品，權充花瓶；歷史上更有千千萬萬的人，就因爲某些人的看不順眼而被無情的摧毀了，猶太人之遭到納粹的屠殺，不過是個較

為突出的例子罷了。也有一些人搞不清楚自己怎麼一回事，索性也把自己摧毀了，叫人感到何等惋惜。天生我才必有用，只是你我怎麼「用」？

的確，歷史上是有不少認真的宗教家或哲人修士，他們花了一生的時光對於生命和人生的真諦從事努力的「悟道」工夫。可能有些人「悟」出來的較其他人更具說服力，也吸引許多人紛紛跟隨；但是，只要我們保持一個敞開態度的話，我們永遠得面對這樣一個真誠的憂慮：只要是單憑人自己，我們針對人自己的生命所「悟」出來的，不管外表具有何等的說服力，難道我們的結論一定會比食人族針對先進電腦所「悟」出來的更加高明或更符合真實嗎？抑或有可能只是半斤八兩？

一個人出於自己所謂「開悟」而得到的結論，永遠無法逃脫「不知天高地厚」的危險，因為實證的科學告訴我們，當我們不知所以然地身處一個有限而封閉的空間時，我們憑著自己無法辨別自己真正的大處境；我們可能「悟」以為自己身處飄飄然且自由自在的外太空而心滿意足，可是，我們真正的處境卻可能正置身於一個自由下落的密閉電梯中，正瀕臨瞬間毀滅的命運而不自知！同樣，對於生命和人生的處境來說，單憑人自己「悟以為」的結論：永遠無法避免至終變成了「誤以為」的危險；雖然我們盡可以在那裡自以為已經「超脫」，自以為已經「得道」或⋯⋯。

人靠自己既然無法尋見人自己存在的真正目的，找不到原本應該認同的對象，而不自覺地將人生的意義投射於周遭自然界的某些外在現象或生活經驗時，我們就已悄悄地朝著那個神祕的自我實現過程前進。更多的時候，我們會更具體地將自己投射在我們所熟悉或所仰慕的形象、角色或人物上，長期下來，我們很自然地就會在不知不覺中反應出同樣的氣質、態度或精神來。臨摹書法其實就是一個很好的例子，當一個人寫字不斷地認同於某一種範本時，久而

久之，我們一提筆自自然然便會帶出同樣的風格和韻味來，這時我們並不需要絲毫的矯作或努力。從現今腦神經科學的角度來看，當我們長期臨摹某種字體如顏真卿、柳公權、王羲之的書法時，我們大腦中的腦神經元就不斷在建立相對應的連結，並組成強而有力的神經迴路，直到當我們一提筆要寫某個字時，控制手指運作和肌肉運動的相關神經迴路迅速活化，自自然然寫出那種韻味的字體來。同樣，當我們長期投射在某些形象或角色上時，我們不自覺地就愈來愈像他們（它們），不管這些對象是正面的或是負面的，都會產生同樣的效果。當然，這個律的應驗程度多少與我們的認真程度成正比；很多時候，我們裡面的「三心兩意」和「模稜兩可」，恰恰使我們僅僅能夠達到「四不像」或「半生不熟」的尷尬境界。但是，當一個人認真起來的時候，這個律就會顯出具體的效果。

　　由於不明白其真實的意義與目的，超炫的高級電腦在食人族手中，充其量只成為一個次級用品，或當椅子坐，或當鼓敲，不一而足，他們也都能夠為此洋洋得意，卻不知覺得惋惜；複雜又尊貴的生命在我們每個人手中，我們也可能把它當作怎樣的次級用品？你我把自己看成什麼？而你我的手是否又比食人族的手更加高明？

　　當我們在問大家關於桌子、椅子、杯子、車子、衣服和電話等這些日常用品的意義和目的時，每一個人都可以不假思索地馬上說出來，且沒有任何困難。但是，當我們請大家說說我們這些「人」本身存在的意義和目的時，可能會有一時之間無言以對的情況產生，因為我們也不知道意義和目的在哪裡，我們也是從小到大一直這樣的生活。這真是很不可思議或難以置信的一件事，因為發明這些桌子、椅子、杯子、車子、衣服和電話等用品的人本身，我們自己製造了這些用品，自己清清楚楚地知道它們的意義或目的，但對於製造這些東西的「人」自己，我們卻不知道其意義和目的。當然，我們也可以嬉皮笑臉、調皮地說：「我們存在的目的啊……就是為了

要去使用我們所發明的這些東西囉！免得沒有人用太可惜了。」這豈不是無言以對之後無奈的自我調侃。或者我們每一個人也都可以說出自己的想法，但是說出來的可能又南轅北轍、各有各的說法，我們可能難以得到一個共同的意見，所以從古到今有關人存在的意義和目的，就成為人生哲學上的一大難題。或許有人會說，我們活得好好的，幹嘛問這個惱人的問題，但是如果我們沒有花一點代價去尋找人存在的意義或目的，只是這樣一天過一天，或者吃喝快樂或者昏頭轉向糊裡糊塗的過日子，我們將來的結局會不會像那一部先進的電腦，落在亞馬遜河邊未開化的食人族手中，最後的結局竟然是被誤用濫用，甚至被破壞殆盡？我們這個人顯然比超炫的電腦更高貴，但是我們要不厭其煩地再問一次，我們的手到底有沒有比食人族的手更加高明呢？因此，花一些時間或精神去思索生命的意義與價值，本身應該是一件有意義的事情，免得將來後悔莫及。

二、生命的意義與價值——人的獨特需求

生命的意義是什麼？這是人類自古只要安靜下來總會追尋的問題。固然在人類的生存和身體的需要而言，食物的尋求占有優先重要性，人沒有食物吃，就沒有能量供應身體各部分從事任何相關的活動，使生存直接受到了威脅，所以從古到今人類的第一要務，似乎在尋找足夠食物來延續生命。然而，當人類的食物並不虞匱乏時，就會開始思考，我這能存活著的生命又到底為了什麼呢？我生存的意義在哪裡呢？就如同一部汽車，如果油箱裡一滴汽油也沒有，它就動彈不得，哪裡也去不成。但是對於一輛車子而言，縱使現在油箱裡裝滿了汽油，馬力十足，可以高速行駛，但是如果沒有賦予適當的目的地，車子盲目地東西南北來回快速奔馳，也沒有達成車子之所以為車子的基本意義。車子的油箱裡裝滿了汽油，足以到處奔

跑，豈只是單單為了支應自己能夠去找著下一個加油站，得以再次加滿油而已？同樣，人吃飽了有力量，難道只是為了再去尋找食物，好讓自己將來也不致飢餓。這樣循環下去，當然也不能滿足人類內在心靈的困惑。俗話說：「人活著不是為了吃飯，吃飯乃是為了能夠活著。」很好！但是，活著又是為了什麼？難道只是像機器人一樣，發條既然已經上緊了，不得不漫無目的地往前踏步，直到發條完全鬆弛莫名所以地停擺為止？正如車子加油，不單單只是為了有力氣可以找到下一個加油的地方，乃是為了一些更高的意義和目的。同樣，人吃飽了也不是單單只為了有力氣可以找到下一餐食物之所在，乃是為了一些更深遠的意義和目的。所以，顯然人類有身體的飢餓需要去滿足，這是藉著外在可見的物質食物去填滿，但除此之外，人類還有更高的精神層面的需求，需要一種精神上的食糧才可以飽足，否則，人類顯然是生活在一種不安定、沒有真正平安喜樂的狀態中。這可以從台灣社會這幾十年來的發展窺豹一斑，早年物質較為匱乏的時代，大家極為賣力地工作，為的是求肚子的溫飽而已，因此只要有一份穩定的工作可以養家，每個人都快樂得不得了。曾幾何時，近年來大家早已豐衣足食，但是整個社會並沒有普遍變得更快樂，反而看到憂鬱症與輕生的比例快速攀升，為什麼？乃因為社會的腳步加快，人內心的壓力驟增，人際關係反趨淡薄，精神空虛，失去安頓的力量，雖然嘴巴嘗的是山珍海味，心靈裡卻仍嗷嗷待哺。

　　當然，進一步的探討我們會發現，人類心靈層面也有不同層次的需求，正如同人類物質的食物也涵蓋多種不同的來源與不同層面的營養成份，同樣人類的精神食糧也涵蓋不同的層次。當一個人身體的飢餓得到解決後，首先他可能會尋求在休閒、運動、音樂或是藝術上的表現，以帶來一種精神上的滿足。這同樣也在台灣社會這幾十年來的發展過程中表露無遺，早年物質較為缺乏的時代，街頭

巷尾幾乎清一色都是小吃店、水果攤、雜貨店、米店、服裝店、文具店、理髮店等供應民生必需品或解決身體基本需求的商店。曾幾何時，在經濟條件優厚的今天，人比較不像以前那樣要「上街買東西」，乃是更多在那裡閒來無事地「逛街血拼」；吃飽穿暖之外，又提供歌唱娛樂等其他項目的 KTV、網咖等商店，如雨後春筍地在街上冒出來；此外，解決我們吃太多、營養過剩、身體太胖之煩惱、滿足體態優美苗條需求的韻律舞教室、有氧舞蹈班、運動俱樂部、減肥診所等時髦活動，也蔚爲風潮，這些當然都是超越物質食物之上的一種需求，在這個基本心理層面得到滿足後，他可能還是會有另一個層次的飢渴存在，那就是他爲了滿足上述這些益形複雜之需求所帶來與日俱增的壓力和緊張，正如我們上面所提到的。因此，憂慮的情緒如何得到舒解，安全感與自信心如何建立，也已經形成現代人刻不容緩的進一步的心理需求，類似卡內基或其他要幫助現代人解決這類問題的訓練班或諮商輔導機構明顯大增，而相關的書籍、錄音帶、教學光牒等出版品也如汗牛充棟。因此，人類存在有多種層次的不同需求，的確是不容否認的事實，誠如台灣的社會現象這幾十年來的發展所具體印證和表現出來的。

　　心理學家馬斯洛（A. H. Maslow）針對這件事曾經提到一個相當完整的理論架構，他說人類有五大需求，分屬不同的層次，每當較低層次的需求因爲目的達到了而讓一個人感到滿足時，他通常不會就此停止，不久，較高一層的需求便很自然地浮現出來。馬斯洛把人類的五大需求從最基本的層次到最高的層次分列如下：

　　⑴生理上的需求（physiological needs）；

　　⑵安全感的需求（safty needs）；

　　⑶愛與隸屬的需求（love and belongingness needs）；

　　⑷被尊重的需求（esteem needs）；

　　⑸自我實現的需求（self-actualization needs）。

　　當然，以上的每一項需求仍可以再細分成不同層次的較小需求，例如：飢餓、口渴和性等，同屬於生理需求的內涵，但是我們可以發現飢餓和口渴等需求，顯然會比性方面的需求更加基本。換句話說，在生理需求這個大項目裡，我們還可以按照狀況細分成較小的需求，多少還是有其層次之分，只是我們在此不詳加討論這些細部的區分。這一類的生理需求是人類非常普遍共同的需求，它的變化比較小，也是其他需求的基礎。換句話說，人類如果不能先獲得生理需求的滿足和供應，其他一切的需求就如同緣木求魚，因為生理需求得到滿足，人類身體的生存才能確保，才能進一步追求其他的需求。當然，生理的需求獲得相當的滿足後，第二項所謂安全的需求也就自然浮現出來。

　　安全的需求就是我們每一個人有需要免於威脅，希望獲得保障，以免受到他人侵犯或任何其他可能的傷害，這些需求得到滿足後才會有安全感，乃是人類普遍共同的需求。現代社會愈來愈多形形色色多元的保險產品，便是因應這樣的需求而不斷推陳出新。再進一步我們還是會發現，在安全感得到滿足後，人還是會有所不足的感覺，換句話說，下一個需求，也就是愛與隸屬的需求便進一步浮現出來。

　　因為人在之前所說的生理與安全兩方面的需求得到滿足之後，他還需要愛的關係，包括親情的愛、異性的愛、兄弟姊妹的愛，還包括鄰居與親朋之間的彼此關懷和付出，以及隸屬於一個穩定的團體，建立一個穩定的愛的關係這些需求。如果愛與隸屬方面的需求沒有獲得滿足，人還是會過得不快樂。

　　如果當前面這三個需求都獲得滿足了，也就是一個人活在一個很好的愛的人際關係裡面，進一步的需求又將浮現出來，也就是被尊重的需求，包括別人對我的尊重以及我對自己的尊重。別人對自己的尊重包括別人對我的注意以及得到他人的接受、認可和稱讚等

等；自我的尊重包括自信心、方向感和影響力等等的狀態，只有在這個需求得到滿足，一個人才會體會到人的價值感獲得滿足。但是這個需求獲得滿足後，人的內心深處會浮現出一種更高層次的需求，乃是自我實現的需求；也就是說，人開始會思索活在世上的意義，並努力要完成這個意義，也就是自我實現的需求。如果自我實現的需求無法獲得滿足，人的內心深處依然無法獲得真實的平安和喜樂。當一個人更清楚了解自己活在世上的意義或目的，並能逐步開始朝這個目標實現的時候，他的內心就獲得一個極大的滿足。

不過一個人在生理心理的需求都獲得滿足時，他仍然會若有所失，除非真正尋找到生命生存的意義，否則作為一個人，他與動物有所區別，仍然不會擁有內心真實的喜樂；而且，前面四大需求之獲得滿足，其實最重要的是，好讓後面這一項自我實現的需求至終可以得到滿足，所以，前面的四大需求更是為最後這個自我實現生命意義的需求鋪路。正如車子也有電子、電機、機械各級保養的需求，以及維修、清潔、打蠟和加油等各種其他的需求，但這些加諸車子本身的需求，並不是單單只為了讓它可以看起來很炫，或可以擁有極佳的性能和超強的馬力，好隨意亂闖罷了。其實不然，因為各級保養和加油等需求的滿足，都是為了要以實現整輛車子存在的意義這項最高的需求鋪路，也就是能夠安全舒適地把人送到他所要前往的地方。如果一輛車子的外表永遠擦得雪亮，性能也一直保養在最佳狀況，但是多年來卻未曾載過人，那不就完全失去它存在的意義嗎？充其量它只成為一件展示品或古董而已。同樣，一個人儘管從最基本的生理上的需求，到安全感的需求、到愛與隸屬的需求、一路到被尊重的需求，通通都獲得了最完全的滿足，而且他的體力和精神也都維持在最佳的生命狀態，卻不知道所具備的這個最佳的生命狀態為的是要完成什麼目的，但那顯然也失去人之所以為人的真正意義，如同前面那輛未曾載過人的「展示品」。

　　從另一方面說來，其實，一個人很多時候並不必等到前面的四大需求均獲得滿足了，才會將有關他的自我實現，或尋求生命的意義與目的這個需求顯現出來。很可能他正為僅求溫飽的最基本需求在奮鬥掙扎時，便會駐足思索片刻，自問：「我為什麼要這麼辛苦地爭取生存？生存的意義和目的又是什麼呢？」只是，通常現實很快就會迫使他暫時擱置這個問題，全力去拼鬥以解決更迫切的生理需求。其實，這個問題會一直深深地埋藏在他內心的深處，只要一有機會或受到適時的激發，它總是又會浮現出來。

　　馬斯洛提到這五大需求，固然從最基本的生理需求，一直到最高的自我實現的需求，有著自然發展一層一層去實現的自然先後順序，但這顯然不是必然的。有可能一個人在生理需求還沒有完全滿足的時候，他可能在第三個需求——愛與隸屬的需求上，已經得到適當的滿足，或者他在另外的需求上也得到適當的滿足；也有可能在生理需求還沒有完全滿足之前，他就在思索第五個需求——自我實現這方面的意義，然後在適當的機緣之下，他也獲得第五個最高需求的滿足，而自我實現需求的滿足可能反而帶來內心很大的安定作用，有助於他在尋求生理需求的滿足時，得到格外的力量或動力，使他在另外層面的需求，如愛與隸屬的需求上，獲得極大的助益，更有助於完成其他層面的需求。

　　心理學上曾經有過一個著名的實驗，就是把一盤下了一半的棋局給不大會下西洋棋的人看個幾分鐘，之後便要求他們把這盤殘棋再度排出來，通常他們會努力了半天還是無法辦到。有趣的是，同樣的這盤棋局若是給西洋棋的大師級人物來看差不多一樣長的時間，他竟然就能夠完整地把原先的布局重現出來。大家想要問的是，大師級的人物記憶果真比較棒嗎？顯然也不是囉，只要我們把一盤隨便亂放的棋局給大師瞧瞧，再請他重新排出來時，他就跟那些不大會下棋的人一樣半斤八兩，也是一頭霧水了。

　　大師級人物和不大會下棋的人基本上有何不同呢？主要的差異就在於，大師級人物擁有相關的背景知識，讓他能夠了解棋子之間的關係，明白棋局進行到什麼地步。對棋賽的意義和規則的了解和熟悉能夠覺察到有用的資訊，把它擺在合適的地方，串聯成有意義的整體，一些看不出意義的東西會迅速在我們的知覺系統中煙消雲散。基於對棋賽的意義和規則了然於胸，因而也能明白棋局的發展脈絡，大師級人物更可以發揮其妙手回春的能力，面對此時此刻，重新出發，使這個原本看起來似乎已經無可救藥的局面又敗部復活。

　　同樣，如果人生看不出有何意義和目的，一個人也會像沒有譜的棋子一般，迷亂地遊走在這個世界上，直到有一天莫名所以地出局為止。反之，不管我們當下所面對的境況如何零亂不堪，只要我們今天開始愈來愈明白生命的意義與價值，我們將也可以像大師級人物面對殘局一樣，能夠調整步伐重新出發，理出頭緒，一步一腳印地邁向光明有盼望的未來，例如晨曦會等戒毒機構，藉著信仰找出生命的意義與價值，終能帶領不少吸毒者一步步走出困境，重新面對嶄新的人生。

　　另外，從人類整體健康的角度來看，明白生命的意義與價值也具有重要的影響。人類的健康不僅僅是身體從外吃了或吸取了豐富均衡的營養，以及身體的運動加起來產生的效果，事實上，內心心靈的平和與喜悅也是人身體健康不可忽略的重要因素。很多人吸取的營養夠豐富夠均衡，但是心靈或精神層面的生活過得不快樂，或者有各種的矛盾衝突便造成不適，因為內在許多的掙扎也會帶來身體的不舒適。內心的平安和喜樂可以增強我們身體免疫系統的運作；反之，忿怒、憂慮、焦躁等負面情緒則會減弱我們身體的免疫力。正如《聖經》中的一段話所表明的：「喜樂的心乃是良藥，憂傷的靈使骨枯乾。」這更是現代醫學早已發現的不爭事實。所以從一個人整體的健康而言，我們除了外在的保養之外，對於心靈層面如何

吸取美好的精神食糧，和如何獲致內心真實的平安與喜樂，也是非常的重要。因為人類的構造包括靈、魂、體三個層次，不同的層次之間存在著相互的影響，而心靈層面之所以能獲得真實的平安、喜樂與滿足，就跟人生存的目的和生命的意義與價值有非常迫切和非常重要的關聯。因此，為了整個人的全人健康與幸福著想，尋求明白生命的意義和價值以及生活的目的，的確是個重要的課題，如同馬拉松選手要詢問清楚比賽的終點在哪裡一樣重要。

當然，一個人在還未明白人生整體的意義和價值之前，他仍然可以為自己設定一些努力以赴的目標。例如，他可能想要成為一個醫生、律師或企業家，也讓許多人大有排除萬難，奮勇向前，終至完成自己目標的動力。然而在一時的歡喜後不久，落寞感仍會悄悄地潛回人們內心的深處。人生各種短暫性或局部性目標的實現固然值得慶賀，然而它畢竟無法取代其他層面的需求，尤其人之所以為人更加基本、更加整體的生命的意義與價值。這就是為什麼有不少眾人欽羨的人物，在完成幾乎無人能及的成就之後，卻選擇了輕生一途，帶給家人和親戚朋友極深的哀傷和痛苦，這其中有不是諾貝爾文學獎得主，與多位風靡數百萬人的電影明星或歌星。各種短暫性或局部性的目標之實現，正如人生旅途路邊摘取的美麗花朵，慶祝固然應該，只是這樣的歡愉有點像坐在路邊開瓶香檳暢飲一番，完畢終究還得繼續上路，步上仍是渺渺茫茫的未知旅程，內心仍舊未得安定、未享安息；但當一個人真正觸及並開始融入生命的基本意義與目的時，一剎那間那種說不出來的回家感覺真好的真正平安和喜樂，驀然淹沒了整身勞頓的困阨心靈。啊！不禁驚嘆：「我怎麼現在才真的甦醒過來！」這時他的心得到確實的安頓。因為他的心靈終於找著真正的歸宿，不再飄泊、不再流浪，這樣的滿足竟然能夠持續到地老天荒，而路旁摘取的那些美麗花朵終可栽植在這穩固之家的園子裡慢慢品味欣賞，免得像之前那樣，在前一個路口好

不容易摘到的，竟至在下一個路口枯萎丟棄。

　　關於生命的意義與生活的目的是如此重要，以致於許多古今中外的思想家都在思索，也提出各種自以為是的說法。但是，哪些說法是更合理或是更經得起各種真實的考驗，也是需要我們自己慎重地思考。因為不管是在宗教或哲學或其他層面，這個世界上有許多會誤導人或使人走偏差的說法。從多年前的宋七力事件和其他宗教上的騙財騙色等事件，我們就知道許多人是很容易被誤導的。把寶貴的生命資源或錢財投資在許多聽起來冠冕堂皇或是非常盛大的宗教活動裡，至終卻產生極大的痛苦。當然有許多明顯別有用心、企圖欺騙人的宗教或哲學，但也有許多真的是出於誠心好意的出發點，只是並非所有誠心好意的宗教信仰或運動，就注定會帶給我們真實的幸福，因為這個世界上並非只要誠心誠意就可以解決問題。是的，這是非常重要的前提，但是另外也需要有真知識，因為對事物真相的透徹認識和了解，才能夠真正地對症下藥，這是為什麼我們需要實實在在的醫學訓練，否則世界上有太多好意的人，介紹各種偏方或者自以為什麼應該是不錯的治療方式，卻可能會帶給自己或別人嚴重的後果。所以，我們的生命也需要非常務實，有求真的精神來了解各個相關層面的真實狀況，好能夠真實地解決生命的問題。所以在各種說法裡，我們首先要了解它的用心是否是真誠且充滿愛心，第二方面我們也要很務實地探索它是否真正屬實，經得起多方考驗，而不是一廂情願而已。以下我們就要先來檢視一下有關人生意義的各種說法，接著我們要談及正確認識的重要性，然後指出錯覺與偏見的存在與釐清。

三、人生的意義與價值——古今中外思想家的眾說紛紜

　　如果我們問現今在我們周遭的人，你對人生有何看法，我們很快就會發現，有林林總總、各式各樣的答案出現。有的人說：「人生如夢，夢醒之後，一切成空。」有的人說：「人生如戲，只要演好自己的角色就可以了，至於整齣戲在演什麼，誰也不知道。」也有人說：「人生就像一趟探險之旅，新鮮又刺激，只是永遠回不了出發之地，走到哪，算到哪。」還有人說：「人生就像是一個旋轉木馬，上上下下，不停地旋轉。」更有一些人以為人生不僅是不停地旋轉的木馬不足以形容，快速旋轉的陀螺才稍能比擬，忙到沒有時間停下來想一想：人生到底是怎麼一回事。許多年輕學子更以為人生就是一連串永無止盡的考試罷了；還有許多台灣人則說人生海海也，意思是說人生不過如此，不要太在意，或者是勸人不必患得患失。也有人說，人生無常，就如行雲流水，變來變去，唯一不變的，就是變；既沒有恆常的東西，生命哪有意義和目的可言。

　　而這樣的看法就延伸出以下兩種態度：其一，就是享樂主義，人生苦短就要及時行樂，正如同現今很多年輕人喜歡說的：「只要我喜歡，沒有什麼不可以。」但這豈不是一句充滿陷阱的話嗎？許多人存著這樣的想法，到頭來後悔莫及。其二，勸人不要執著，不要想抓住什麼恆常的事物，才不會痛苦。因為他們以為，人生無常一切都在變化，這樣想抓住永恆的想法，注定會痛苦。持平地說，世界上很多事物都在不停地變化，而這觀念固然是個不爭的事實，但是如果因此就去否認任何的恆常性之存在，一來不免過於輕率，二來不合乎邏輯。因為把所見的許多變化說成一切都在變化，顯然犯了以偏概全的錯誤，這一點我們在後面談到「物」與人生觀和信

仰時將會詳細舉例說明。還有人說：「人生嘛，一切隨緣，反正船
到橋頭自然直。」他們的意思是說，人生嘛，走到哪裡算哪裡，現
在過得快樂就好。也有人以為人生就像開車，只要有開就好，開到
什麼地方都無所謂，但這豈是開車的用意嗎？

　　美國東北大學的哲學教授摩海德博士（Dr. Hugh S. Moorhead）
為了了解現今許多偉大思想家的看法，曾寫信給二百多位當代著名
的哲學家、科學家、作家和學者，來徵詢他們有關人生的意義是什
麼的意見，後來他把這些回答的資料編輯成書，供世人參考。有些
人提出了他們個人的揣測，卻不敢宣稱這就是正確的答案。有些人
承認為了不致淪於漫無目標渾渾噩噩地過一生，就自己擬出一套目
的。另外有一些人則聳聳肩，很誠實地說沒有任何的概念。很有意
思的是，有幾個人還反過來問摩海德博士，請你告訴我人生的意義
究竟是什麼（華理克，2003）。這二百多位人士可都不是泛泛之輩，
他們在各自的領域中可都是頂尖的大師級人物，他們顯然也在事業
上充分達成了各自的目標，也都有美好的貢獻，只是在面對整體人
生的意義是什麼這個問題時，不少人固然也可以侃侃而談，但還是
個個沒把握。

　　在二十世紀初，歐洲經歷了第一次世界大戰，這空前的毀滅性
浩劫，使原本建設井然有序、瀰漫音樂藝術文化氣息的美好地方，
到處斷垣殘壁，荒涼遍野，存在主義便在這樣的氛圍中廣為散播開
來，影響了許多知識份子的人生觀。其中一位具有代表性的哲學家
兼小說家卡謬（Albert Camus），用類似這樣的話來為人生作總結：
人生卡荒謬，沒有任何意義可言。（他的中文譯名卡謬倒是湊巧地
反映出他的想法）

　　還有一些宗教或哲學從人生各種生、老、病、死的苦難和無奈
歸納說人生如苦海，以為苦是人生的本質，他們的基本關注便在於
教人如何脫離苦海，而非積極地完成這一生的任何意義或價值。在

他們看來，落在現今這生命狀態實在是不得已的，談到這生命本身的意義其實沒有任何意義。極力發揮的愛心與善行，乃出於大家在同一條船上人飢己飢、人溺己溺的心情，盼今世永世不再墜回苦海，能夠安抵彼岸。換句話說，任何「入世」的修爲至終是爲了要完成「出世」的最後目的。

　　另外，這一、兩個世紀以來，還有一種無形中影響許許多多人的人生觀，就是所謂的「達爾文主義」或叫「演化論」，也就是俗稱的「進化論」。

　　根據進化論的說法，人是由猿猴進化來的；假設可以一路追溯下去，到後來終於不可避免地找到了我們的老祖宗，那可不是什麼「北京人」，乃是某種單細胞生物。但是，顯然也不能停在這裡，它又是從哪裡進化來的？它裡面的重要內涵基因（DNA）和其他各種高等蛋白質、胺基酸分子怎麼來的？由各種小分子在適當的環境和機緣下所合成的。這些小分子也是如此由各種不同的原子所組成的，而原子又是由質子、中子和電子所組成的，而質子、中子又是由不同的夸克所組成的……，到最後，我們的源頭，我們最後的祖先，既不是炎黃，更不是老子、孔子或孟子，乃是光子、電子、膠子、夸克……，是大爆炸後一團「熱呼呼」的基本粒子。經過一連串無止盡的碰撞和偶然，從起初那一團單純的「小子」，進化爲我們如今這一群丈二金剛的複雜的「小子」。

　　因此，當我們來談人生的目的和意義時，如果坦誠的話，我們便要無言以對。人既出於偶然，又歸於偶然，有何目的可說？人追求的便只有自己或低等或高等的享受罷了，稍具崇高精神的人知道要消弭他人的痛苦，帶給他人快樂，爲了愛別人而活著，這固然也給人很好的生存理由，但是人畢竟只成了一列高速前進卻永不停止的火車上乘客，火車不斷地往前開，卻沒有人知道它要開往何處。有些人一發現自己既然已經「上了車」又不知所以然，只好一路埋

頭「睡覺」，直到又莫名所以地「下了車」；有些人一路上吃，「吃」完這個又「吃」那個，「吃」個不停，直到不能再「吃」；有些人則充滿愛心，在車廂裡到處幫助那些痛苦的、有需要的人，有著同舟共濟的精神。當中還有少數人，他們的愛心和毅力竟然喚醒了一些「埋頭大睡」和「猛吃不停」的人，加入他們具有建設性的行列，於是有更多的人得到了照顧，更多人臉上露出笑容，他們吃飽了、穿暖了……然而，當他們各種外在需要都滿足了以後，他們才有時間來發現，原來，在他們心中其實還一直存在一種內在的需要，一不留神內心深處的吶喊又會冒了出來：「我們究竟要往哪裡去？」而且不管給自己多麼好的理由，這個疑問一直到午夜夢迴都還盤繞心中，揮之不去。有許多人為了規避這個惱人的疑問，紛紛去上各種課程。不過就是有少數非常認真的人，沒有辦法讓自己像那些人一樣，把坐車本身當作旅行的目的，最後反誤以為這趟旅程是全然荒謬的，索性車門一開，一腳躍入外面的黑暗裡，裡面的人在一陣扼腕後，車廂又恢復了往常的平靜。

　　如果以一棵樹來代表整個進化論之體系，持平地說，它的一些分枝細節，的確不乏可以稱得上是真實科學的研究和成果。可惜的是，這樣的科學精神無法流通進入它的主幹，這個主幹仍然我行我素地停留在假說與看法的地位；或許以下這個說法會叫一些人覺得受冒犯，但是，我們是否能稍微敞開心靈來面對這樣一個可能性：進化論外表看起來好像是一門科學，骨子裡卻是與創造論迥異的另一種「信仰」。

　　多年來學界常常把「進化論」拱為科學，因此較純屬信仰的「創造論」更加客觀和正確。然而，這真是一個極大的誤解，真正客觀地說，到目前為止，「進化論」離真正反覆實證的科學標準還相當遠，與真正反覆實證、歷經多方考驗的「相對論」和「量子論」不可同日而語。學術界中勇於指出這個事實的學者真的是鳳毛麟角，

瑞士聯邦理工大學的華裔講座教授許靖華博士便是其中的一位重要的代表性人物。許靖華博士同時也是中央研究院院士，他乃是世界著名的地質學家，也曾榮獲相當於地質學界諾貝爾獎的烏拉斯坦獎章，堪稱中國地質界有史以來最為傑出的學者，在其著作《大滅絕》一書的中文版序中說：

> 我就和眾多中國人一樣，盲目地接受了這種「科學理論」和中國達爾文主義，對學校所教的社會哲學起源可謂一無所知，也未曾讀過達爾文的經典之作。直到多年後開始涉及地球生命史中大規模滅絕事件的研究，我才有所改變。和眾多其他科學家一樣，我們都以為恐龍乃是因為在生存鬥爭中失敗，才在六千五百萬年前滅絕，而哺乳類動物則是生存的適者。七〇年代，我在作科學研究的期間，偶然發現了海洋浮游生物大規模滅絕的歷史。千百種頑強種屬突然死亡殆盡，卻只有一種小小的叫古抱球蟲（Eugubina）的種屬反而倖存，而這個微不足道的種屬成為不計其數現代單細胞浮游生物的祖先。因此我覺察到，勝利一方並非強者，反而是弱者。我想把這本書寫成追查「謀殺」恐龍以及大規模滅絕原因的偵探故事。透過現代地質化學紀錄，遠古化石閱讀起來就像是一冊史書。曾經發生過一場宇宙飛來橫禍，彗星撞擊後，生物幾乎無一倖免；生存下來的是幸運兒而非適者。看到這項反達爾文主義的科學結論，我不禁懷疑達爾文學說在科學上的根據，開始去探討他的結論是否可信。

我們將在有關「物」的篇章中再行詳細探討「進化論」的諸多疑點，在此，我們只要指出，自年紀小的時候，對於生命和人的起

源，我們就毫無選擇的餘地，被灌輸的竟然是一個值得爭議的學說「進化論」。輕率地把純屬假說的「進化論」當作顛撲不破的事實，灌輸在幼小的心靈中，實在是值得現今愈來愈重視生命教育的各界重新審慎衡量的一件事。教育當局一個公正合宜的作法應該是，在教科書中將「進化論」界定為關於生命起源的假說之一。進化論的相關細節或分支固然可以作為一個學科來吸引學生作深入複雜的研究，但是如果從小就硬加諸學生，使他們在下意識裡似懂非懂地充滿「優勝劣敗，適者生存」的想法，便會在不知不覺中導致他們中了「零和遊戲」的流毒而一時想不開，那麼，我們這些教育工作者是否應該愧抱「伯仁之憾」。

達爾文的進化論，說到同一物種之間會有強烈的競爭，來使自己生存，這些同一物種比較弱的就被淘汰。但是我們從另一個角度來看，這或許是因為，就人而言，我們每一個人還沒找到自己那個非常獨特的角色，以致於產生劇烈的競爭；如果我們每一個人都發揮並進入他獨特的角色裡面，這樣弱肉強食的競爭便不會存在，而代之以一種互相幫助的整體團隊的共容共存。這就與在於完全一樣的很多個體間削價競爭不同，正如同許多企業一樣，如果有一家企業可以找到它獨特的角色以及獨特的產品和服務，那麼任何相關的產業都需要與他合作，而不是想要把他剷除掉或吞吃掉，同樣它也不需要去吞吃其他的相關產業，因為每一個企業都有它獨特的地位，這是其他公司無法取代的，正如同每個人也都有他獨特的地位一樣。從這個角度來看，基督信仰裡面所闡述的觀念與這樣的想法相符合，而進化論的問題所在便在於不去強調或看見，這些表面上一樣的個體或物種，他們個別之間仍然存在著獨特性和差異。

事實上，如果每個個體都按照他們的獨特性去發揮，就人而言就不會必然形成弱肉強食或優勝劣敗的局面，或所謂的零和遊戲。如果人的獨特性愈來愈多被發掘出來，且愈發的發展，那麼這世上

沒有任何一個人能被取代，他的存在是極有意義和價值的，而這樣的意義和價值也成了他能在這世上生存的重要依據。

舉簡單的例子來看，世界上的人如果都只有單一的謀生方式，那麼人口多到一定的程度時，出現競爭得你死我活的場面勢所難免；但是實際的情況並非如此，從較早的農業社會開始，便存在所謂的士、農、工、商的分工機制，各自發揮其獨特性或特長，得以相互合作、共容共存。現今進入所謂「奈米時代」的高科技社會，情形也相仿，只不過分工更加細緻，知識的重要性在各行各業中更加凸顯罷了。

所以，另外我們也看見像瑞典的蓮娜瑪利亞（Lena Maria）這樣，生來既缺雙臂又有嚴重長短腳的重度殘障人士，也能積極地活出非她莫屬的那一份獨特意義和價值來。正如俗話所說的：「一枝草一點露」這與弱肉強食的圖畫何等不同啊！因著愛的緣故，她不僅長大成為一個樂觀開朗的人，更成為一個世界級的游泳冠軍，又是世界知名的巡迴演唱家。她還會用腳畫畫、彈鋼琴、織毛衣，也會作飯並熟練地拿筷子用餐哩！因著父母的愛和其他人的幫助，更也因著他們全家對於上帝的信仰，她得以翱翔在寬廣的生命空間中，綻放生命的光彩，成為世界上千千萬萬人的激勵和幫助的對象，被稱為「用腳飛翔的女孩」。

另外，國內也有好多位像她一樣重度殘障、卻在信仰與愛的滋潤下成為活出生命色彩的生命勇士，像劉俠、黃美廉、楊恩典等等，她們的愛和不屈不撓的精神都是我們的激勵和榜樣。她們在許多人眼中注定被淘汰，然而因著信仰與愛，竟然能夠逆著所謂的進化之流，活出她們獨特的生命意義和價值來，讓我們這群比起她似乎強太多的「適者」不禁感到汗顏。

因此，當務之急是人要發掘出他自己的那一份獨特性，而不是在諸般同樣類別的個體之間作惡性的競爭，這對企業或個人來講都

是類似的。所以，教育的基本意涵就在於發掘人之所以為人的共同意義，並發展他們之間的差異和獨特性，使整個社會是互補、共容、共存、多贏的局面。這是一個藝術，也是一個正面的教育方向，當然也是一個極大的挑戰。因此，創造性的培養和引導便占有重要的地位，使年輕人能不斷地按照他的獨特性，去發揮他那一份別人無法可取代的貢獻和意義。

包括進化論及其他一切無神論的哲學或宗教體系，在面對人生的意義與目的的這個問題時，要不是閉口不言，就是語焉不詳或顧左右而言他。問題的癥結倒是由二十世紀的無神論哲學家羅素坦率地表明出來，他說：「除非你假定有一位上帝，否則探討人生目的這問題是毫無意義的。」所以，我們現在也應該來看看古今中外篤信一位萬有之源的上帝的哲學思想和信仰，瞧瞧他們在這個問題上有何不同的見地。

在古希臘的時候，這些希臘人相信奧林帕司的諸神，對他們敬畏崇拜無微不至。而這些諸神其實很多時候像人一樣有著七情六慾，有時候這些神甚至存在一些很奇怪的情形，所以這一種諸神崇拜當然也影響這些希臘人的人生態度。而在這個時代裡一些有識之士，像蘇格拉底等，這些有見地的哲學家就會對這些事情提出深刻的反省和思想。蘇格拉底無法接受這些對奧林帕司諸神的崇拜，因為這反而比較像是從人所延伸出來的觀念，他確信天地之間只有一個神，只要信這個神，雖有死亡也不至毀滅，這就是他的神學觀念，而事實上這樣信仰的堅持，也是他招致殺身之禍的重要原因之一。實際上這些老希臘公民只希望他能恢復原有的多神信仰，如果他能率領他的年輕學子們重新跨入寺院，走入聖殿，向他們的先輩所遺傳下來的神祇虔誠地獻祭，那麼他一定就能夠獲得老一輩公民的贊助。可是，他很肯定地說這是最愚笨的自殺政策，與自掘墳墓無異，不能夠使年輕人超脫於墳墓之上。顯然蘇格拉底認為這樣不經深思的

崇拜，不能夠使年輕人真正發現生命的意義與價值，所以他基於自己的信念，就斷然拒絕這些希臘老一輩公民的要求，而在那裡成為中流砥柱。

在中國古代的經書中也常常提到一位至高的主宰：「天」或「上帝」。東漢學者鄭玄解釋：「上帝者，天之別名。」《說文解字》說到：「神，天神引出萬物者也。」《詩經・周頌》也記載：「天作高山，大王荒之。」也指到上帝的創造。孔子說：「吾誰欺？欺天乎？」在他和許多先聖先賢的心目中，這位天或上帝並不是只是一種具有無形的力量罷了，祂乃是具有思想、情感、意志的位格神，如《詩經・小雅》提到：「明明在天，照臨下土。」指居於上天之主宰乃明察秋毫，又無所不在。《書經・召誥》說：「天亦哀於四方民。」指上帝哀憐四方的百姓。《詩經・大雅》：「上帝臨女，無貳爾心。」指上帝臨近你，請勿三心二意。同樣在《詩經》的〈魯頌〉再度提起類似的籲請：「無貳無虞，上帝臨女。」漢朝大儒董仲舒談及天的創造並與人的關係，言簡意賅，頗值玩味：「天既為萬物之創造者，則一切萬物皆由天而生。惟其中得天眷顧較深者為人，此人所以萬物之靈長也。人為天之愛子，類似天之點甚多。」這與《聖經・創世紀》中所記載上帝按其形象樣式造人相吻合。有關人與上帝的關係，孔子說過：「郊社之禮（祭天之禮），所以事上帝也。」舉行郊祀這個儀式，是為了服事上帝。又說：「明乎郊社之禮，治國其如示諸掌乎。」也就是說，與上帝這萬有的源頭建立合宜的關係，治理國家就像看一看自己的手掌那樣的自然和容易了，這與猶太人的《舊約聖經》所說的：「敬畏耶和華是智慧的開端。」有異曲同工之妙。《新約聖經》也說到：「你們要先求上帝的國和上帝的義，這些東西都要加給你們了。」中國古代總結哲學與信仰之精華，所表明人至終要達到的境界乃是所謂的「天人合一」的境界，而《聖經》所表明的人的至終意義也是與「天」，也就是

與他的源頭「上帝」無間隔的聯合，並全然享有祂和祂的一切。

就外在層面言，上帝造人爲要使他們管理祂所造的萬有；就內在意義言，實則讓他們得以藉此過程成長到一個地步，有足夠的身量能夠真正承受上帝自己和祂所擁有的一切，因爲上帝就是愛，而愛的極致乃是把自己和自己的一切毫無保留地全然奉獻出去。這聽起來真是叫人難以了解，無法置信。原來上帝不是要我來信祂，只爲了要讓祂可以在我身上予取予求，成爲祂的奴隸，也不是爲要讓我可以免於下地獄而已，原來上帝要我接受祂，乃是要預備我到一個地步，直到有一天我成長到能夠全然真正享有祂和祂的一切。這真的太棒了！棒到不可思議！我算什麼呢？我的生命竟然有如此尊貴的意義，有如此無比的價值啊！誠然！正如《聖經》所說的：「上帝爲愛祂的人所預備的，真是眼睛未曾看見，耳朵未曾聽見，人心也未曾想過的。」難怪，我很誠心地從事了這麼多這麼久的宗教活動，也行了許多的善事，固然也覺得相當充實，然而，內心的深處總是還有這麼一點悵然若有所失的缺憾。原來，上帝造我是爲了讓我至終能真正的享有祂哩！唯有上帝自己才能叫我的內心全然的滿足。沒想到我的內心竟然這麼的敏感與挑剔，任何的次級替代品都無法取代祂自己呢！

在大致上介紹了各種有關人生意義的哲學或看法之後，我們需要學習如何有智慧地分辨，哪些是較爲可靠、較經得起考驗的說法，儘管我們可能需要付出相當的代價去完成，甚至起初聽起來還不大順耳；哪些則是乍聽之下似乎較合「常理」，甚至更能引起人類墮落天性漫不經心之共鳴，嚴謹的分析後卻發現是缺乏穩固基礎之似是而非的論調，正如常言所謂之「群眾是盲目的」。或者有人會說，我沒有任何哲學也沒有任何信仰，所以不會犯你所指出的任何錯誤，然而這可能正是我們的誤會所在，蓋沒有任何的哲學和信仰，不折不扣正是我們的哲學，正是我們的信仰，只不過是否比較高明，真

的是有待考驗了。凡此種種，只要我們回想一下，一路走來有多少次在慘痛的教訓之後，才在那裡嘟起嘴巴懊悔地說：「我原來以爲……」也就能體會一二了。許多時候，我們想的當然爾或一廂情願，到頭來不是遭到當頭棒喝，就是滿頭霧水。

四、正確認識的重要性──判斷與辨別的原則

　　有一個老師因爲女兒吵著要養貓，但嫌寵物店太貴，就在建國花市旁邊花了二、三千元買了一隻便宜的貓，還據說是優良品種的貓，聽起來頗爲高貴的樣子。「比起寵物店動輒萬把塊的價格，這可便宜多了！」老師暗自竊喜地帶著新買的貓咪回家了。雖然如此，他還是有些警覺，買了貓之後，總是要帶牠去動物醫院做個檢查，免得有傳染病，產生麻煩。即帶到動物醫院給動物醫生檢查，果然發現毛病還真不少。首先，在肚子裡發現有好幾種寄生蟲，什麼蛔蟲、蟯蟲等，耳朵裡面也有耳蟲，所以就要打針、吃藥、點藥，一堆麻煩的工作又落在這老爸身上。不禁慨嘆：「真是一分錢一分貨啊！」

　　有一次，當他在幫貓咪點耳朵時，看見貓咪的耳朵裡面很髒，心裡想：有一個好主意，應該用些酒精，把牠的耳朵裡清洗清洗，酒精豈不是最佳的消毒殺菌劑嗎？想歸想，他的動作畢竟沒那麼快。接著，晚上再帶貓咪去給動物醫生看後，他把這自以爲聰明的想法告訴醫生：貓咪耳朵很髒，用酒精把貓咪的耳朵洗一洗，不是非常棒嗎？本來期待醫生會誇獎他，說他聰明，有見識，豈知他一聽之下，臉色大變，馬上說：「千萬不可！你如果用酒精幫牠洗耳朵，馬上就有貓耳朵可以吃了。」他的意思是說，你用酒精洗貓耳朵，貓耳朵裡的皮膚就會被燒焦。老師乍聽之下也大感驚奇，說道：「爲什麼呢？原先我以爲酒精能殺菌是因爲它揮發得快，可以讓細菌迅

速產生脫水的效果而殺菌，不是嗎？」（自以爲是、似是而非的想法又一椿！一生中知多少？）醫生搖搖頭答道：「不不不！酒精是因爲它能跟細菌上的蛋白質起作用，使蛋白質變熟，正如同你把生的蛋打在酒精裡面，蛋清會轉變成蛋白，就是被煮熟的意思。所以如果你用酒精來洗貓耳朵，貓耳朵裡面的皮膚只有一般正常皮膚厚度的五分之一到六分之一，牠耳朵裡的皮膚受不了酒精的作用，會被燒焦的！」所以老師本來自以爲聰明，想到用酒精洗貓耳朵的妙點子，如果動作快一點付諸實行，本來想爲貓好，後來豈不害了牠？

　　許多時候，我們對於自己這寶貴的生命豈不也同樣的自作聰明嗎？有時候我們一廂情願地以爲，如此這般便可以解決我的問題，便去追求這個或那個，或是吸取這個或那個，會讓我感覺很快樂，會讓我的生命更美好，所以我們就用各種方法去滿足自己，但是許多時候卻適得其反，至終帶給自己很大的傷害和痛苦。或者像有很多年輕人爲了讓自己更快樂、更刺激，就隨意去嗑藥、吃搖頭丸、飆車或網路一夜情等等行爲，結果卻是自作聰明，最後傷害自己寶貴生命，也傷害自己父母和家人。所以人如果是非常尊貴有價值的，我們便不能夠不好好思考，什麼才是能夠帶來我們身體上和精神上真正滿足和有益的東西，而不是一廂情願地只要快樂就好，只要我喜歡，有什麼不可以？

　　是的，很多事情都可以做，但不都有益處。是的，有很多事情都可以做，但是很多事反而至終造成自己和家人莫大的傷害和痛苦。因此，我們人類在尋求各種層面之滿足時，更要好好認識自己，認識自我的各種結構和功能，以及對物質層面和精神層面各種事物的真實了解，好讓我們能真實地解決所面對的問題，而不是漫不經心、輕輕率率地隨便支應，或糊裡糊塗地吸取各種讓自己似乎一時快樂的東西，以致造成將來後悔莫及的結果。作爲現代人，每當身體有問題或病痛時，我們會去看醫生，尋求學有專精、深諳生理與醫學

知識的專科醫師的診斷和治療。但是，當我們的心理、精神、靈性或有關生命的意義與目的方面產生問題或疑惑時，我們可能缺乏相關的真實知識，也不了解一些基本原則，卻權充自己或他人的蒙古大夫；也有不少人會尋找算命師或是什麼大師來指點迷津而受到誤導，所以我們可以聽聞許多騙財騙色的事情發生，因而不能不慎，要知道相關真實知識與原則的學習和基本認識至為重要。

當這位老師在上課當中提起養貓咪為牠清洗耳朵的這個經驗後，有一位同學在學期的報告上，也說起他自己的一段經歷。他說：「聽完老師提起洗貓咪耳朵的事之後，我也想起我在國中養鳥的經驗，有一天我發現這隻鳥的爪子太長了，我就覺得這樣牠可能不太舒服，我就拿起剪刀來幫牠剪指甲，就像我自己的指甲太長需要剪指甲一樣。等我把牠一剪完之後，自己還覺得洋洋得意，看起來也很漂亮，但是沒多久，這隻鳥也完蛋了。就在我的好心好意下，被我犧牲掉了。」這個學生也頗有所感地把他的故事說了出來。所以我們再次看見，類似自以為聰明的辦法，或者是出於好心的一些舉動，並不保證會帶給這個對象或自己真實的益處，有時反而真的是帶來反效果呢！真是讓我們不得不慎重地思考。

我們對於人生的看法影響我們一生的表現，我們能否活出生命的無限潛力，端視你我大腦裡面擁有怎樣的思想，正如《聖經》上的一句話說：「人心怎樣思量，他為人就是怎樣。」事實上，沒有人可以限制你，除了你自己的想法。因此，對生命的意義與價值有正確的認識，乃是人一生中至為重要的一件事，唯有如此他才能真正發揮生命無窮的潛力。如果你我堅信生命並非出於偶然，那麼內心裡一幅清晰有力的生命圖畫才能向外散發出生命真正的光彩，因為每一個人都按著他心中所想的活出他的一生來。生命的意義與目的之於一個人的生命，就如同建築藍圖之於一棟實際的建築物一樣。

王鼎鈞先生在他的著作中曾經提到兩個足以說明這個事實的具

體例子。第一個是屬於正面的，說到我國電視事業創辦之初，人才不足，節目主持人的條件較今寬鬆，於是一位精明厲害的小姐謀得此職。她的模樣與談吐，一言以蔽之，讓人頗難領教。作者說：

> 幾年以來，這位小姐不知不覺有了改變：她的口型變了，腔調變了，面部輪廓變了，更重要的是眼神也變了。她變得善良、柔美、和藹、親切……。想知道她是怎麼變的嗎？她了解電視觀眾需要什麼樣的人，她在日常生活中竭力觀察模仿，她在預備節目的時候再三揣摩排練，久而久之，她逐漸跟那標準（藍圖）符合，她變成一個新人。

他接著也說了一個負面的例子：

> 跟這位小姐走進電視圈的同時，有一個青年人被電視劇的導演臨時推進排練場飾演一個品行惡劣的配角。導演用心指導他怎樣把自己設想成一個壞蛋，再怎樣表現出來，他也用心學習。從那以後，他經常有機會在電視劇中擔任反派的角色，沈浸其中，自得其樂。他的氣質、模樣也起了變化，現在，即使在螢光幕外，他也像一隻「鷹犬」了。

人的確是不自覺地按著他心中的那幅圖畫、形象或角色而逐漸活出自己！歷史上，不管是豐功偉業之士抑或惡名昭彰之徒，莫不是如此；所不同的，只是他們心中的那幅圖畫或形象大異其趣罷了。

俗話說：「近朱者赤，近墨者黑。」孟母三遷的意義在於，孟子的母親想為孟子尋得一個合適的環境，好自自然然地在年幼的孟子心裡形成她以為好的生命藍圖，聰明又認真的孟子也就因此逐漸長成為一位偉大的儒家學者。

　　一般人的生活之所以鬆鬆垮垮，乏善可陳，主要並非我們的能力真的較差或潛力真的不足；真正的原因乃在於，我們太多人心中對於人生缺乏一幅較為正確而有永恆價值的圖畫，我們的投射目標多是稍縱即逝的泡沫幻影，以致我們東晃西晃，至終一事無成，正如《聖經》所說的：「沒有異象，民就放肆。」意指前面如果沒有願景和藍圖，人的生命表現就如披頭散髮一般。我們從來沒有看到過一群勤奮工作的建築工人，當有人駐足詢問他們勞師動眾、大興土木在蓋造什麼時，在汗流滿面下露出困惑的眼神回答：「我們也不知道！」不！他們總是知道他們整體在蓋造什麼，而他們手上的藍圖也時時刻刻在指引著他們每一個步驟的工作。但是，卻有許許多多的人，不知道在自己手中這無限豐富的生命資源，為的是要建造和發展出什麼樣的東西來，因而茫茫然不知所以，既沒有藍圖也找不到目的，手邊碰巧出現什麼樣的材料和工具，就隨意敲敲打打，東拼西湊，走一步算一步。就像許多人常常慨嘆的：「整天忙得團團轉，卻不知道在忙些什麼。」直到有一天手腳沒有一點力氣再忙，只能嘴巴繼續感慨。我們的意思並非你我必須追求外表顯赫的功業，乃是我們有否成就一些真正具有永恆價值的事情，是否對許多人帶來積極正面的影響，是否達到人原本大有潛力可以完成的意義與目的。

　　在台灣有一個游泳協會，他們每兩，三年會辦一個大型的游泳活動，例如：橫渡日月潭，或是其他游好幾公里的活動。有一次他們在海邊舉辦同樣類似的大型活動，就是從一個海岬游到另一個海岬，距離有好幾公里之遠，看起來是個廣大的海面，由於他們都是游泳多年的勇將，所以游到目的地應該不成問題，只是要相當長的一段時間。前面的人都游到岸上了，但是當他們回頭看後面的人，卻發現一個奇怪的現象，就是有一大群人還在海中央一直兜圈子，卻不往目的方向游，他們兜圈子兜到所有人體力都耗盡了，快要

沈下去了，這時岸上的人看情形不對，趕快派一些快艇去把他們接上來。後來才知道這些兜圈圈的泳將，他們的心態都以為只要跟著前面的人游就好了，因為在海面上要確認目標有時候並不容易，但是他們覺得我跟著前面的人游應該很安全，所以就這樣一個跟一個，但是前面的人方向搞不清楚，所以就在海中央兜起圈子來，起先因為人多，有安全感，但在經很長一段時間以後，大家才發現愈游愈不對勁，好像沒什麼進展。等眾人都恍然大悟，知道已經迷失了方向時，大家的體力都已用盡。

這個故事告訴我們，許多人在生命的過程中，沒有留意生命的意義是什麼，只是人云亦云地隨波逐流，不必費心，這是由於我們大部分人懶惰的天性使然：「跟著大家走準沒錯！」真的嗎？同樣，有很多人在人生的大海上也是跟著一大群人一直在那兒兜圈圈，不知道自己有責任確定自己生命的意義和目的。年輕時跟著大夥兒隨波逐流，直到有一天猛然警覺有些不大對勁時，才發現自己已經年老體衰，力氣用盡，茫茫然的昏花老眼才開始懂得要尋找目標在哪？歷世歷代有數不盡的人就這樣悵然消失在茫茫人海裡，卻仍然找不到上岸的目標，何等可惜！

若干年前，有一個非法投資公司吸引很多人把他們的金錢投在其中，剛開始的時候當然獲利非常好，以致於投資人非常快樂，有些投資人得到這樣的好處，也就趕快通報他的親戚朋友鄰居共同加入，因為獨樂樂不如眾樂樂的心態，且他們的用心也是好的，就是「呷好鬥相報」。所以，有一個婦人就帶了一、兩百位的親戚朋友鄰居一起加入，這些人不假思索地把他們一生辛苦所賺得的積蓄全部投資進去。但是，有一天這個非法投資公司惡性倒閉，所有投資人都血本無歸，每個人都非常痛苦，而最痛苦、最良心不安的就是這個婦人，因為她拉了那麼多人一起加入。雖然她的動機是良善的，希望更多人得到益處，只不過她沒有弄清楚，這樣的投資是非法的，

缺乏保障的，終致後來惡性倒閉。所以，我們的生命既是尊貴而又有價值的，我們把自己的一生投資在哪裡，就是值得我們深思的。有一些前途似乎「一片看好」的，要好好冷靜地去確認，是不是能帶給自己最大的益處，還是到頭來後悔莫及。

　　曾經有一個很好心的人買了數以萬計的鱔魚、泥鰍和鯽魚，想要為牠們謀求生路，他就把牠們帶到深山裡面一條非常清澈的清水溪去放生，結果過兩天有人發現，有許許多多的鱔魚、泥鰍、鯽魚在這個清水溪流域載浮載沈，作垂死的掙扎。為此，有一些專家就前往這個地方作生態調查，原本以為有人毒魚，但是經過觀察他們發現，這些魚的棲息環境應該是一個充滿水草的沖積土質河段才對，這些專家對於牠們大量出現在滿布石礫的清水溪，表示非常不解。後來他們向附近的居民詢問才發現，原來是兩天前有人購買了大批的魚蝦，到清水溪上游去放生的緣故。

　　當然許多人固然有誠心也有好意，但是，大多數人對於放生動物的種類、習性和生態環境卻缺了解，由於盲目亂放，根本不知道這些鳥類或魚類往往無法適應新環境而病死餓死，或成為其他動物的佳餚。事實上，這一類放生的事件常導致這些鳥類和或魚類最終是奄奄一息。像這樣的事常常可以從媒體上看到，不過這些事情可給人生帶來什麼樣的省思呢？一個人的誠心加上好意是否就能保證會帶來真正的幸福？一個人如果不清楚探究一下，只是說我很虔誠就好，很認真地跟隨一些宗教或思想潮流的方向去生活，甚至辛辛苦苦地努力修行，是否確定就足以解決我們人的基本問題，是否足以把我們放生到一個真正能夠讓我們得到平安喜樂的真正歸宿，還是到頭來我們白忙一場，和上述的魚蝦一樣載浮載沈、奄奄一息。

　　所以，我們要花一點時間去釐清生命的真實意義和目的，才不會盲目地說只要虔誠就好，人生就可以達成它的意義。事實上，縱使百分之百的虔誠本身也不能取代對生命意義的真實認識。可能有

人會說：「根本就沒有什麼絕對的答案，一切都是相對的，所以，沒有人真正知道生命的意義和目的是什麼，因為沒有絕對的答案，一切都是相對的。」但是，這樣的說法真的是合乎事實嗎？是的，世界上有許多東西都是相對的，但是我們不能因此就否認有某些較為絕對的東西，有人會辯說愛因斯坦的相對論不是告訴我們，一切都是相對的嗎？那你就大大誤會了，因為愛因斯坦的相對論雖然告訴我們時間和空間是相對的，打破了牛頓古典物理的觀念，但是他並沒有打破一切的絕對性。

事實上，愛因斯坦的相對論建立在兩個非常不相對的實驗基礎上，其中之一就是在所有的慣性系統（靜止或等速系統）中，所發現的物理定律都是一樣的，不是隨著不同的系統而有不同的物理定律，它們是一樣的，不是相對而有所不同的。第二，他建立在另外一個實驗事實上，就是不管光源或者是測量者的速度大小如何，他所量到的光速都是一樣的。換句話說，在所有慣性系統中，不管它是靜止或是以其他等速運動進行的系統，去量光的速度大小都是同樣的一個數字。由這兩個非常不相對的實驗基礎，愛因斯坦就導出了相對論的所有結果，包括著名的質能互換關係 $E=mc^2$。

其實更準確地說，愛因斯坦的相對論所處理的是一些不變量，我們將在後面有關「物」與人生觀和信仰的篇章裡面，詳細討論相對論對於我們人生觀念的一些啓發和教訓。在這裡，我們只需要再舉一個通俗又容易明白的例子就可以了，那就是世界上好人固然很多，但是我們真正的父親就只有那麼一位，就是那麼絕對的一位。所以，世界上有很多相對的事物固然沒錯，但是，並不能因此就否認有某些東西對我們而言，可能是具有絕對性的意義。我們對於人的問題在於，許多時候，我們常常過於漫不經心地接受一些似是而非的道聽途說，誤以為是真實的道理，然後我們的人生態度就受它影響，以致於我們很可能就偏離了生命真實的意義和目的，也活不

出人真正的價值。因爲我們的觀念和想法常常充滿了許多的錯覺或偏見，而我們也常常沒有仔細地加以驗證。如果我們像科學家一樣有那種小心求證的精神，我們就會發現，其實我們的人生觀和價值觀有許多是需要重新加以思考和釐清的，特別是提到生命的意義和價值的時候，我們更當付出一些代價，花一些精神和時間去尋求適當的明白，因爲這是至關重要的，是關係到我們整體生命的發展。

伍、錯覺與偏見的存在與釐清

(一)誤會與錯覺的諸般例子

在課堂上曾經有一位女同學敘述到，有一次和她的另一位同學走在街上，看到前面有一個身著夏威夷衫、腳穿拖鞋的男子走過來，忽然間，就脫口對她們說：「有錢嗎？」這個女同學一聽，嚇了一大跳，以爲有無聊男子來向她們勒索，她如同受到驚嚇的龍蝦，弓背一彈，才驚魂甫定，發現自己已經站立在好幾條街遠的地方。回頭往遠處一看，發現她那位女同學竟然如此鎮定，一動也不動，獨自就站在那裡跟那位無聊男子周旋起來，她充滿了好奇與驚訝之情。沒多久，那個無聊男子竟然也鼻子摸摸就走開了，這位跑得老遠的女生終於也戰戰兢兢地回到她的同學面前，緊張兮兮地問道：「剛才那個人前來勒索，妳難道一點都不怕嗎？」豈知，那位同學竟然回答：「唉呀，他是我老爸嘛，他問我身上的錢夠不夠用，如此而已！」喔！原來只是一場非常有意思、非常好笑的誤會。

人類從以前到現在，對於自然界或日常生活中的各種現象常常存有許多的錯覺或誤解，直到最近三百年多來的科學進步，才一一把這些誤解或錯覺逐一修正。當然，我們可能還有某些方面仍活在某種錯覺或誤解裡，因爲有某些層面的自然界真相，我們還是尚未

能夠完全澄清，有待未來科學不斷往前進步才能完成。

從以往科學進步的經驗看來，人類天生或是從傳統所產生的對自然界或對人生很多方面的想法或看法，其實是沒有經過真正的證實，只不過是習慣了而已。就如我們在地球上習慣了以地面為靜止的想法，幾千年來直到哥白尼的時代，我們才發現原來地不是靜止的，地球是在空中自轉著，同時又繞著太陽在公轉；原先我們一直以為星星、月亮、太陽都繞著地球在運動，這其實是我們的一種誤解。直到哥白尼、伽利略及牛頓等人，他們的科學努力才澄清了，事實上地球不是靜止的，但是因為我們處在一個局部的加速系統裡，我們會自以為是靜止的，這是物理上所謂的「等效原理」（equivalence principle）的一個例子。

另外一個生活經驗中常常碰到的例子就是，當我們坐在火車上或在車站等候的時候，忽然察覺到我們自己前進了，過幾秒鐘後我們才發現，不是我們在前進，乃是另一輛列車朝另一個方向開動，而我們還沒開動，原來我們還是靜止的。所以，我們也有這一種相對運動所造成的錯覺，當然如果加速很快時，我們就會比較容易察覺，但是因為加速很緩慢，我們的身體並未感受到明顯的慣性效應，只是因為視覺上相對於另一輛列車，我們似乎在向前開動，其實我們相對於地面仍然是靜止的，而另一輛列車正開始朝相反的方向開去而已。

我們人類對於外界的認知，包括透過聽覺、視覺、味覺、嗅覺、觸覺等管道，幾乎每一方面都會產生錯覺或誤會，尤其科學家在人類的視覺系統已經發現許多很有意思的錯覺現象。不可避免地，人類的思想和觀念也會因此而產生相關的誤會，除了在自我的認識與人際關係方面帶來不易察覺的影響，更可能會在一個人的人生觀和價值觀與做人的態度上，產生偏見或扭曲的看法。因此，我們現在就舉幾個視覺系統方面的例子來稍加說明。

　　首先，我們需要把視覺運作的基本原理作個簡單的闡述。第一，我們要提醒讀者的是，我們所以為看到的並非等於外界的客觀事實，只是那個客觀事物所發出或所反射出的光線，進入我們眼睛，在視網膜上成像，激發數以百萬計的感光細胞，並經由視覺神經把電磁訊號傳到大腦的視覺皮質區處理，在這個層面就會產生不少誤判的情況。例如，我們以為看到了一個漂亮的盆栽，其實裡面卻都是假花。因為科技的進步，人類早已能夠用人工的塑膠材料做成各種不同種類的花卉，包括整株完整的枝葉等。由於製作得維妙維肖，光線經由它反射進入我們的眼睛時，我們的視網膜上的感光細胞所接收的各種色光，與經由真花所反射而來的無分軒輊。它們可不會提醒感光細胞說：「你們留意了！這回我們可不是經由真花反射而來的。」而視覺神經當然也是不知情地把類似的電磁訊號，忠實地傳送到大腦的視覺皮質區如常地處理，最後，我們也就把一簇奇奇怪怪的塑膠當作是一個美麗的盆栽來欣賞。

　　當然，這時候有人會說：「只要伸手一摸，立刻可以分別它是否是真的。」然而，現今的材料科學發達到一個地步，假花也能夠具有真花那種「粉粉」的質感呢！聰明的人馬上又會補充一句：「真花可是還有它獨特自然的香氣啊！」這也不難，只要百貨公司的一樓逛個一圈，你要哪一種香味，甚至以前未曾聽聞的，專櫃小姐馬上都可順手摘來，呈現在你的鼻子前面，這都是拜當今神奇的化學技術的功勞。最後，還是有人不死心，使出銳不可當最厲害的一招，我咬它一口，吃吃看豈不立見分曉？好極了！二十一世紀的材料科技也不是省油的燈哩！特別是所謂的「奈米技術」，儼然已經到了出神入化的地步了，要生產你這般口感的花瓣，照常奉陪！真正唯一能夠堵住其嘴巴的，大概只剩下這麼一個目前唯一的不可能，就是假花可不會繼續成長（當然也不會自然凋謝，是其優點），而真的盆栽可會繼續長高哩！

　　的確，你終於命中了偉大的二十一世紀科技的要害了，除了無中生有的創造生命之外，它幾乎無所不能，最後的唯一區別僅僅在於生命。生命是何等的奇妙！又是何等的尊嚴！無可取代！我們所能創造的東西，要我們才能清楚說出它的意義與目的。從這個角度來看，對於我們無法創造的生命而言，要靠自己說出它的意義與目的，我們當然會霧煞煞了。如果我們尚不能創造生命，便不能信口雌黃，自己編造一套自以為是的生命意義與價值來。

　　現在我們回到視覺的層面，來看看視覺運作的第二個基本原理，那就是當視覺訊號被視覺神經忠實地傳送到大腦的視覺皮質區時，並還沒有完成整個的視覺過程，此時尚有待我們的大腦作出最後的神祕詮釋後，我們才能看出這是一幅怎樣的圖畫來。至少有兩個非常重要的因素，會嚴重影響我們所觀看出來的東西：其一涉及客觀注視對象的背景，也就是說，其背景的變化，會影響我們對於這個東西的形狀或大小或顏色等特性的判斷；其二涉及我們自己大腦裡面主觀的背景建構，包括先天的、特定的生物性背景因素，編織在人類獨特的DNA結構裡。例如，一個正常的男性看到漂亮的女生曲線會瞳孔放大，心跳加快，但是看到同是異性的標緻母牛時，恐怕也是興趣缺缺，大概只會張開大嘴巴打幾個哈欠罷了。還有一些屬乎特例的先天性缺陷或後天性傷害，當然也會帶來差異，這些方面在此都不多加討論。

　　在這裡，我們所要探討的是，跟我們的重點更加關係密切、更值得留意的地方，那就是我們後天的成長背景與習慣。我們要先舉幾個例子，來了解客觀之注視對象的背景所帶來各種形式的錯覺。圖一的街道圖裡面，白色的十字路口其實都是單純的白色，但是，在此我們只能簡單地說，由於四周黑白對比的變化，我們卻看到不穩定的黑點閃閃爍爍地出現在其中。從圖一的左右兩半對照起來，我們可以發現，黑白對比強烈的，這個效應也就愈加明顯。其實，

傳送到大腦視覺皮質的客觀資訊是沒有這些黑點的，它們的出現乃是視覺過程的「完稿」步驟——大腦神祕的詮釋作用——無中生有而來的，表明我們所以為看到的，並非是單純的客觀資訊所呈現的，乃是經過我們大腦不自覺主動詮釋的結果。當然還有一個可能性存在，那就是兩種或兩種以上不同類別的資訊，在視覺皮質區裡的處理過程中交互作用或互相影響所產生的現象。不管如何，它們都會形成我們所看見的與外在客觀事實不盡相符的結果。因此，有些時候我們會視而不見；有些時候，我們又會空穴來風，無中生有。

　　有些時候，大腦的反應竟然超乎尋常的劇烈，帶來一百八十度完全相反的視覺效果呢！例如，由於和所熟悉的背景知識不搭調，在某些情境下，一點都未事先徵詢我們的同意，大腦在詮釋過程中索性就把一個凹進牆面的人臉面具，作一百八十度的反轉，叫我們

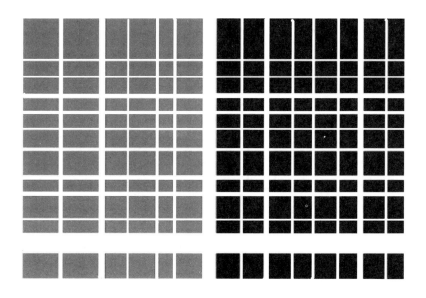

圖一

看成是一個正常凸出的臉孔（Yellott, Jr., 1981）。像這樣的例子還不止一個呢！如把水桶的裡面看作是外面等等，不一而足。錯覺比我們所能想像的更常發生，只不過許多時候我們之所以不知道有錯覺的情形存在，因為它「看起來」明明「真的」就是如此啊！

　　圖二裡的三個人原是一樣高，只不過擺在透視的街道背景中，右邊的人看起來明顯高了許多，其他兩位則依次顯得愈小。由於我們的大腦會按其背景加以詮釋，把實際量出來是一樣尺寸的人像擺在看起來比較遠的地方，大腦就會自動把他詮釋為比較高大，因為實際經驗告訴我們，一個固定的人或物在遠處看起來應該是變小的，如今畫面上實際尺寸一模一樣的人像，擺在看起來明顯較遠的地方，就會不自覺地被我們的大腦主動反向解釋為較高大了。因此，我們發現我們對於很多事情的判斷，常常不自覺地受到關注對象之背景的左右而不自知，卻還常常大聲疾呼說：「明明事實擺在眼前，眼見為憑啊！」

圖二

　　圖三中我們以為其中的兩朵花是不一樣的紅色，其實它們完全是一模一樣的顏色，只不過它們緊鄰的小格子一個是白色的，另一個則是綠色的，因此，我們的大腦便根據其周遭背景之差異，把它詮釋成不一樣的顏色了。

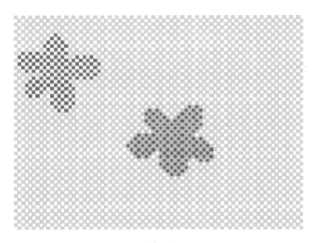

圖三

　　底下我們要舉一個相當有趣的例子，來說明另外一個會產生錯覺的重要因素，那就是我們大腦裡的主觀背景經驗，對於外在事物之判斷足以產生何等大的影響：

　　　　剛果的侏儒居住在濃密的熱帶雨林中，人類學家滕布爾（Colin Turnbull）寫了一本關於這些人及其生活的著作。許多侏儒從未離開過雨林，滕布爾描述一位名叫肯吉的男子首次離開雨林到山谷去的情形。

　　　　他看到水牛懶洋洋地在吃草，看起來有數里之遠，他轉頭問我：「那些昆蟲是什麼？」一開始我並不了解，後來我才想起，在雨林中視覺範圍是有限的，因此他們不需

要自動地由距離而判斷大小，然而在草原上，肯吉首次看到這種綿延無止境的、他所不熟悉的草原時，沒有任何樹可以讓他做為比照的基礎。當我告訴他那些昆蟲是水牛時，他不僅大笑，還叫我不要說那麼愚蠢的謊言。當他看得較清楚時，他雖然不相信，但卻緊張地眨著眼問：「哪一種水牛會長得這麼小？」我告訴他，有些水牛是雨林水牛的兩倍大，他害怕地聳聳肩然後說：「假使牠們真的如此，我們最好不要太靠近。」我試圖告訴他，牠們離我們還很遙遠，就像從愛普魯越過愛寶到柯普林村那麼遠。聽完我的話，他開始擦拭手臂及腳上的泥土，沒有興趣去想像這樣的距離到底有多遠……

這條路往下走大約半公里是一大片牧場，而我們看到的「昆蟲」也越來越大。肯吉，他不再坐在外頭，而是坐在車內眼睛盯牢窗外，一付緊張戒備的模樣。我也坐挺起來努力讓他高興一點。我甚至無法發現，他從何時開始想到，昆蟲變成了水牛，或是這些縮小的水牛在我們接近時快速長大，他唯一評論是，牠們不是真正的水牛。直到離開公園為止，他都不曾走出車子。

肯吉的知覺對我們而言是多麼有限啊！明顯地，他習慣在雨林中的濃密樹叢間，以很短的距離看清事物，因此當他在不熟悉的距離下看東西時，無法保持大小恆常性。但，我們在知覺上的限制會較少嗎？（約翰達利，1994）

我們的成長背景如何影響甚至限制我們的想法和觀念！許多時候，我們覺得一切都可理解，一目了然，那只不過表明我們還像肯吉一樣，尚未走出自己那片熟悉的「熱帶雨林」；而偶有一腳跨出的吉光片羽，瞧見了不可思議的事物，卻又反過來質疑它的真實性，

這不是反應出我們許多時候也還是像肯吉一樣的「頑梗不化」罷了。

　　腦神經學家洪蘭博士曾經提到有關她父親的一段經歷，同樣表明我們大腦裡的主觀背景經驗，對於外在情況之判斷足以產生無中生有的結果：

　　　　我的父親有白內障，但是就像所有老人家一樣，他猶疑著要不要開刀，每次我們遊說他時，他就以中國傳統的「一動不如一靜」來抵擋，直到有一天我母親打電話來，語氣非常憂慮，因為父親看到幻影了，尤其是晚上睡覺的時候，他看到天花板上、牆上有許多奇怪的東西，甚至看到有人在走動，令我母親驚嚇不已。我一聽就曉得是父親的大腦在作祟，因為白內障阻擋了訊息的輸入，而我們的大腦是無時無刻不在解釋外界情況的，當訊息不夠時，大腦就從過去儲存的經驗中去找出最能解釋目前訊息的理由來替代，我們的視覺系統會自動把中間缺的空白填滿，因此，父親就看到了許多不存在的東西了。果然，父親的幻覺在動完手術後，便消失了。（卡特，2002）

　　上面的各種錯覺或誤會，常讓我們以為客觀就是如此，神祕兮兮的大腦從來不會主動據實以告，說這是我自作主張加上去的。若果不是多年來科學家鍥而不捨的研究，我們可能還不知道在視覺方面，我們一直存在著一個神祕的完稿機制，許多時候我們自己欺騙了自己還不知道，還振振有詞地說：「明明就是這樣嘛！眼見為憑！」而有多少人就是因為這樣的緣故造成誤會和衝突。歷史上何嘗不是充滿各式各樣的例子，許多時候還無從還原真相，令人不勝感慨。

　　有關認知方面的各種誤會或錯覺，其實存在於許多各種不同的

領域，我們無法在此一一地詳細介紹。以上我們僅舉少數幾個例子稍加說明，讓我們可以一窺其在我們認知和觀念上的影響是何等大。

(二)更正與澄清──反覆實證的重要意義與理性理解的真諦

從上述的討論我們可以看出，我們對於人生中的許多事情都可能產生錯覺或誤判，可能有些是無傷大雅的，也可能有些是茲事體大的，而且它們幾乎涉及天、人、物、我的每一個層面，可能嚴重扭曲我們的人生觀與價值觀而不自知。因此，有機會對於天、人、物、我每一個向度作一些基本的更正或澄清，顯然是對自己的人生非常有益也是非常重要的一件事。

科學率先在對於「物」的看法之更正與澄清方面作出偉大的貢獻，自從三百多年前，反覆實證的科學方法開始萌芽之後，人類對於自然界的真實認識不斷提升，原先對於自然界的許多錯覺或誤解陸續獲得更正。及至二十世紀末，人類對於自然界的認識，更進步到對自己本身的物質組成和結構有了相當深入的了解，例如二十一世紀初的今天，人類生命發展的最基本物質組成DNA的奧祕可以說已經完全揭曉（完成定序）。另一方面，我們對於人類自己心智運作的生理性或物質性基礎──大腦──之認識也有了長足的進步，大幅提升人類對自我與他人的了解，並在人類身心各方面的疾病之預防與治療上帶來極大的幫助。

換句話說，反覆實證的科學對於物與我和人的認識，及其相關許多錯覺和誤解的更正與澄清具有重大的影響。尤有進者，由於我們的人生觀和價值觀基本上也是源自我們對大自然與日常生活現象的觀察和體悟，真正反覆實證的科學既已改正許多我們對自然界的誤解，理當也在其原先所衍生不少似是而非的人生觀和價值觀上帶來適當的修正才是。這個重要課題以及反覆實證的科學之真正意涵，

我們將留到有關「物」與人生觀和信仰的篇章中再作詳細的探討。

　　以下，我們就先來簡要敘述反覆實證和科學的精義，接著我們要思想科學家在面對大自然時，那種勇於接受客觀事實的挑戰，並修正原本根深柢固之觀念的務實精神，以及其在我們探索生命的意義與價值時所能帶來的教訓和省思。

　　科學的精義在於，以反覆實證的方式來確立對於自然界中客觀事實的認定或澄清，並進而發現其中相關的規律或原則。反覆實證的意義乃是由不同的人在不同的時間、地點，在人所能穩定規範的外在條件下，多次反覆進行觀測某種或某系列自然現象之發生，而臻能獲得固定或穩定之結果者。反覆實證之結果，從某一個角度說，乃是人類本身共同努力之下，憑著自己的智慧和聰明所能獲致最為客觀的結果，也是最接近事實的結果。科學史上不少聳人聽聞的偉大發現，都因為通不過這關最基本的考驗而中箭下馬，遭到科學界的唾棄。反之，即使許多科學家原本以為非常「不可思議」或是「難以置信」的理論或現象，經過許多次實驗反覆地被證實之後，即使他們感到十二萬分的不情願，至終也都得克服他們情緒上的困難並加以接受。這是真實的科學難能可貴之處，而科學家們務實的精神也值得各方效法，科學在人類各種知識學問中的獨特性與重要意義和價值也在乎於此。

　　接下來，科學家就要進一步從這些經過反覆實證得到的現象或事實中，找出能夠把它們整合在一起的規律或原則，這就涉及我們所謂「了解」的過程，總結於建立適當的模型或理論。理性「了解」乍聽之下似乎非常莫測高深，其實，基本上這只不過意謂一個人在所熟悉的背景知識中，終於找到某些東西可以和這新的現象或新的事物構成類比或對照罷了！前者常常被稱為是後者的一個「模型」。

　　因此，我們的理性「了解」其實並沒有我們原先無意識中一直以為的那麼神聖不可侵犯或高不可攀。許多時候，習慣性的僵化讓

我們對於經過一再實驗而得的現象或真理感到坐立不安，備受煎熬；因爲對我們而言，它似乎顯得太不合乎「常理」了，而這個「常理」表面上儘管冠冕堂皇，我們骨子裡的癥結所在，常常還是在於：這個新發現的真理與我們裡面不自覺的傳統背景太不搭調罷了！（還記得稍前肯吉的例子嗎？）我們的背景資料庫中一時找不到合適的類比，以致一直搖著頭說實在無法「了解」。偉大的科學家都無法輕易擺脫這樣的糾纏，何況凡夫俗子的我們；科學研究的領域如此，日常生活的經驗更是屢見不鮮；而在信仰的層面上，這樣的偏執，不管我們好不好意思承認，早已普遍的根深柢固。

　　大致「了解」了反覆實證並科學的精義之後，也就是科學家如何坦誠務實地面對稱爲「物」的這個自然界，一個值得我們大家捫心自問的省思應該提出來討論的問題。我們對於「物」以外的另外三個向度「我」、「人」與「天」這三個層面，顯然所存在的諸般錯覺、偏見或誤解，我們是否也能夠像科學家對於「物」那般用坦誠務實的態度來面對？我們在人生觀與價值觀裡許多屬於道聽途說、似是而非的態度和看法，經得起考驗嗎？我們願意像科學家那樣勇於修正自己原先的偏見和錯覺嗎？

　　以下，我們就要進一步來探索一下，從當今數理科學的角度來看，有關生命的意義與目的這個課題，我們可以獲得怎樣的省思和啓發。這不可避免地會觸及有關於「天」的這個向度，也就是有關是否有一位創始者或上帝的這個問題，因爲正如我們在先前所提過的，雖然是宣稱爲無神論者的二十世紀著名哲學家羅素，他也不能不坦然地承認：「除非你假定有一位上帝，否則探討人生目的這問題是毫無意義的。」談到有關上帝這件事，學術界要不是基於科學主義和理性掛帥的立場斷然給予否認，就是閃爍其辭，避重就輕。除非有人能夠反覆實證說人類在宇宙中的存在真是出於偶然，否則生命原本應當有一個合理的起源，應當有一個合理的交待。在生命

教育中含混其詞、不能勇於面對這個課題，一再逃避，一再蹉跎，不認真起來探索生命源頭的可能性，卻奢談生命的意義與價值，豈非形同緣木求魚？

　　不可否認的，從最早的蠻荒時代到現今高科技的「奈米時代」，宗教信仰上的崇拜和倚靠，一直都是多數人內心中極為不可或缺的需求，如果在學校的生命教育等相關課程中，不能客觀地指出一些合理和經得起考驗的途徑或原則來幫助同學們，卻任憑社會上各種蠱惑人心的異端邪說侵蝕這許許多多寶貴的生命，實在是讓人於心何忍？因為我們實在也看見許多所謂的高等知識份子，由於缺乏適當的基本認識而受害匪淺。只是對大部分知識份子而言，宇宙之中理性最難「理解」、最「不可理喻」的，也首推上帝這一位。如果我們有這能耐，足以把祂完完全全地塞入我們這個小小的腦袋裡，又擺得適得其所，那麼，祂跟我們比較起來，豈不過只是半斤八兩？而假如祂果真是如此的無限、如此的超越，那麼，我們又如何能夠在自己這有限的背景知識中，找著任何偉大的東西堪足與祂構成完全的類比，而叫我們終於「了解」了祂呢？但是，理性所難以「理解」的果真就不存在嗎？我們首先得探究一下，科學發展的基礎——理性與邏輯——是否真的可以氣吞山河，探盡一切的真相與真理？是否所有的事實盡在其法眼之下，無一遁形？抑或它其實也沒有這般能耐，只是唯理主義者長期以來有恃無恐、肆無忌憚地大聲咆哮、虛張聲勢罷了。十八世紀西洋的偉大哲學家康德在其影響深遠的巨著《純粹理性批判》一書裡坦承：「人的理性所能達到的極限，只限於世界的範疇之內，超越這範疇以外的事情，如上帝的存在、生與死、自由等，都不是理性所能觸及的。」（夏雨人，1991）在二十一世紀的今天，我們倒是也要看看信仰這古老的玩意兒，在當今這個偉大的高科技世代是否注定被判出局？還是它在唯理主義者幾個世紀以來的無情鞭笞下，似乎早已山窮水盡疑無路，竟然綻露曙

光，展現柳暗花明又一村的無限契機？

六、天的向度——啟示的必要性——引出生命的意義與價值

(一)天與我何干？

　　有一個年輕人受雇於加州某大農場，主人給他一個任務，要他駕著犁田機犁好一片一望無際的土地。這個年輕人起先心中暗自得意地以為：「這有什麼難？且看我好好表現一番給你看！」他就一股腦兒地爬上這部大機器的駕駛座上，它的輪子比他還高呢！他一邊輕輕鬆鬆地吹著口哨，一邊操作這個龐然大物犁將出去。過了一陣子，當他回頭看看所犁出的幾行路線時，他差點昏倒，原來後面不僅不平行，而且歪七扭八，糾纏不清。當他正愣在機器上方時，一位老練的農人走了過來，他說：「你看見遠方那座白雪皚皚的山頭嗎？」「是啊！但是它與我何干？」農夫答道：「注視著它，向前犁去就是了！」年輕人半信半疑地重新啟動機器前行。果然一整天下來，一望無際的田地都變成了整齊平行的耕地。

　　許多人也同樣會問：「天」與「我」和我所經管的「物」何干？如果「我」與「物」的確純粹出乎偶然，那「天」果真於我何意義哉？反之，「我」與「物」若皆出於「天」（源頭），那「我」的視線若不及於「天」，「我」所耕耘的生命園地是不是也可能像那位年輕人起先所耕耘的一樣，歪七扭八，糾纏不清，更不用說能夠稱得上有什麼生命的意義和目的了。有一些宗教或哲學否定這樣的「天」，其實，「我」與「物」這麼一來便失去了安身立命的基礎。

　　當我們深入到一個人的身體裡面，如同一個很微小的細菌或微小的生物，或如同電影裡被縮小的人，可以進到人體裡面。當我們

進入血管或是各種組織細胞中時，我們就不會看到這個「人」的存在，我們只看到這些組織細胞或紅血球、白血球、血小板等存在我們的周圍。因為「人」的概念比這個大，當我們進入內部的時候，我們反而看不到人，你進到人體的組織細胞中，你看不到他的細胞寫著這個人的名字或看到這個人的樣子，而是看到與其他一般人相同的組織或細胞。當你更深入，進入更細小的範圍，你就看到更微小的分子、原子在你的周圍，你更看不到你所熟悉的那個人的樣子，這些原子、分子上也沒有標定他的名字。所以，當你很深入地進入一個人裡面的時候，你永遠不知道這個人的存在，因為你一直沒有跳出來，一直停留在這麼小的尺度，一直沒辦法來到外面從大尺度看到人的全貌。

所以，我們對上帝是否也有類似的情況，我們在這個世界上人生各個層面日常經驗範圍，甚至在整個自然界，我們到處瀏覽，但總是看不到有些東西寫著「神」這個字在上面，我們可能也同樣會問說「神」在哪裡？正如同深入人體裡面的這個微小生物，只看見這些細胞、分子、原子，也會問：哪有什麼「人」呢？在哪裡？所以，有些東西當我們將它分析得很微小的時候，我們反而看不出來其整體，我們必須退到一個更大的領域，更大的立足點，才能看見整體的意涵。類似地，我們也應該退出或離開我們所熟悉的各樣細節，擴展到更大的眼光，這樣或許才能更真實體會到神的存在，或看見祂的大概形象。

因此，我們也需要跳開人和人所處的宇宙之外，才能看見人和所處的宇宙整體的意涵。是的，我們在這裡面可以了解許多人和宇宙運作的原理和法則，正如同我們進到人的內部，看到細胞、紅血球、白血球等的運作，我們也可以歸納出它們的一些規律，但是，整體的意義則需要跳出人體之外才能夠更客觀地認識。同樣，我們要了解人和他所處的宇宙的意義和價值，也需要跳開人和這個宇宙

本身之外，才能看得清楚。因此，「天」這個向度實在是一個必要的向度，我們才能更清楚認識人的意義和價值。就如有些哲學家曾經戲謔地說：「如果真的沒有上帝存在，我們也需要自己去創造一個。」但是，這顯然是頗為可笑的說詞，因為如果原本祂已存在，你卻不承認祂，反過來還得去捏造一個。或許因為祂不盡如人意吧！話說回來，祂果然真的盡如人意，那祂豈不是又跟我們一樣充滿了困惑？充滿了矛盾？

㈡相對論的啟發──三度空間加上一度時間才能正確完備地描述自然現象

在牛頓的古典物理中，任何物理系統都是由三度空間裡的變化所描述，而時間只是獨立的參數。但是，在相對論裡，一個物理系統則是由三度空間加上一度時間所構成的四度時空裡的變化才能完整的描述，時間不再只是獨立於空間之外的個別參數，它乃成為與空間產生消長互動的變量。而原先牛頓的古典物理中三度空間的描述方式，只不過是相關的速度變量都遠遠小於光速時的極限情況。同樣，有否可能類似的情形也呈現在我們的人生景況中？「物」、「我」、「人」誠然是人生中三個基本的向度，然而我們是否會發現，只是在這三個基本的向度中轉來轉去，許多時候總是會出現掛萬漏一或若有所失的無奈或困惑，夜深人靜單獨真實面對自己的時候，內心也總是會有一種說也說不上來的深層不安或缺憾，即使眼前的一切顯然也是十分的順遂，裡面總是少了那種真實的滿足與圓融。

許多時候，我們會以為自己太多愁善感罷了，而理智也總是擅於搪塞給自己各式各樣的理由或藉口，只是老實說，沒有一樣能夠真正說服自己裡面那顆還在茫茫宇宙中飄浮不定的心，除非它找著了真正能夠永恆安頓下來的家或歸宿。旅途中善心人士的一碗熱湯

或精緻旅店的一宿，都令人倍感溫暖，精神一振；只是，一起身，又得繼續上路，除非回到了真正的家或歸宿，你才會大聲呼叫說：「啊！回家的感覺真好！」愛因斯坦的相對論是現今經過無數次反覆實證對於自然界的正確理論，它指出唯有在三度空間之外加進時間這第四個向度，才能完滿圓融地正確描繪這個奇妙的自然界。同樣，我們在「物」、「我」、「人」三個向度中踏破鐵鞋無覓處的真正的家，或許座落在另一個單憑理性所無法闖入的向度──「天」──裡面，而「天」、「人」、「物」、「我」這四個向度加起來，也才能夠圓融地描繪出完整的生命時空。

㈢理性 v.s.信仰

有關「天」的向度，我們常常會有一個錯覺，以為上帝既看不見也摸不到，更無法用科學的方法去證實，因此我們就否認祂的存在。或者像這一類的屬靈事情或屬靈現象的存在，我們以為邏輯推論推不到或導引不出來的東西就不存在。在二十世紀初期，特別是在經歷了相對論與量子力學的偉大成就和進展之後，科學家們以為單單憑著人類的理性邏輯，已經把這個自然界和宇宙探詢得一清二楚，所有的東西我們都已經找出來了；但是，就在短短幾年之後的一九三〇年代，有一位叫哥德爾（Godel）的數學家，他比純粹只是出於哲學思辨的康德更加具體，竟然從邏輯、演繹來證明的確存在著一些真理、真相或事實，這是藉由理性邏輯所無法推衍出來的，這就是著名的「不完備定理」。這個定理讓許多數學家和科學家大失所望，因為竟然還存在一些東西，他們的理性邏輯毫無辦法，也無法推衍出來，所以有位大數學家有感而發地慨嘆說：「理性邏輯推論的最高境界竟然是發現理性邏輯本身是有限的。」果然存在一些事實、真理和真相，是理性推理所無能為力，沒有辦法去發現和發掘出來的。這可不是自廢武功，這才是真正的科學精神呢！

其實，當我們勇於發現並承認自己的有限時，我們才能開始海闊天空，跨出這個有限。否則，我們仍然被蒙在鼓裡，夜郎自大，而井底之蛙所誇下的海口，當然也無法大過於牠那自以爲不得了的小小圓圈罷了。當我們這有限的生命，有一天有幸碰上了無限的生命源頭，也同樣勇於發現並承認自己的有限時，倒也不必自慚形穢，殊不知這才是我們真正的福氣。唯有如此，我們才能跨越有限，發揮生命至高的意義和無窮的價值（讓我們回想起之前提到過的蓮娜瑪利亞、劉俠、黃美廉、楊恩典等幾位生命勇士）。我們從信仰的角度便會發現，的確是如此，因爲有一些領域的確是超越的，這個領域是理性邏輯無能爲力，只有藉著另一種管道，就是信心的層面去接觸。所以一個真實的信仰，一定有超越理性邏輯的層面，當然也有很大一部分是理性推理所能夠適用的，但是它也有另一部分是超越這個層次的，唯有藉著啓示和信仰上的信心，才能有正確的認識和接觸。

其實，這種情況就有一點像我們小時候聽到或讀到瞎子摸象的故事一樣，我們只能摸到一個部分，只能按照我們摸到的來想像，只能用我們所熟悉的類比來說明我們所觸摸到的，卻很難把握住整體的形象，以致於我們都很容易照著所觸摸的部分來以偏蓋全的描述。我們的理性比起手來固然不可同日而語，然而卻也不能無限上綱，理性觸摸不到的，我們不能邏輯上否認其存在，猶如手觸摸不到的我們不能否認其存在一樣。「理性的手」觸摸不到的，爲何不讓「信心的手」來試試看？

如前所述，當我們被縮小到微生物那麼微小的時候進入人體內旅行，我們會看到各種複雜而又繁忙的景象，彷彿來到一個奇妙的世界。如果我們生下來就是住在人體內的這種能夠思想的微生物，忽然得到一個訊息說，有一種稱爲「人」的存在者是如何如何的有智慧，我們一定以爲怎麼可能呢？當它進入人的大腦到處蹓躂一番，

只見這裡那裡充滿各形各色的電磁舞蹈，看不到有你所說的什麼「智慧」啊！一定是胡說八道，亂講一通！

同樣地，如果有人告訴我們，真的有一位涵蓋整個人類、整個自然界和整個宇宙，以及超越宇宙之外的一切的存在者，祂是如何如何的大有慈愛又有無上的智慧和超然的能力，我們也會很自然地難以置信，甚或斥之爲天方夜譚，這豈不是古今中外許多人的寫照。多少人曾經用挑釁的姿態在那兒向著天空大喊上帝在哪裡？如果祂顯給我看，我就相信祂。當然囉，他只會看到一個同樣寂靜無聲的天空，連一點點的回聲也沒有（猶如「理性的手」空手而回）。

話說回來，也有另外一些人，當他們感受到有一種難以敘述的超然，他們也無法確定是否存在著超乎一切的造物主，卻願意謙卑地誠實詢問：「至高的主，如果祢真的是存在，請祢向我顯明祢自己！」果然他們以一種懷疑所無法立足的確信，經歷了原先自己難以了解的造物主，並在內心得到一種難以言喻的平安和滿足，就如壓在眾人心頭的那塊石頭瞬間從他心中移去了，只有親身經歷過的人才能體會箇中滋味。「信心的手」摸著了「理性的手」摸不著的真實內涵！

㈣換「手」摸摸看──一個無神論心理學教授的經歷

許多時候，我們總是駐守在自己從小慢慢堆砌建立起來的心靈城堡裡，一切看起來是如此的穩妥，充滿了極大的安全感。堅固的城牆固然可以把險惡的暴風雨阻擋在外，但是也可能因此無緣徜徉於和風煦日下的自然美景裡。直到有一天，面對了一個善意的挑戰：

　　　有一位曾經留美的心理學教授，常告訴學生能根據純粹心理學的角度解釋人的信仰經歷。有一天，一個久未謀面的朋友向他傳講基督的福音，他微笑地說：「向我傳福

音是沒有用的，我不相信有神。」朋友回答：「即使你不
相信有神，只要禱告，你會有所發現的。」他笑著說：「禱
告！我還不相信有神呢！」他大聲說：「我怎能禱告
呢？」朋友就說：「雖然你找不著遇見神的階梯，但這不
能改變神已經下來尋找你的事實。你禱告罷！」他又笑了；
朋友說：「我有一種禱告是你也可以禱告的。你可以這樣
說：神啊，如果沒有神，我的禱告就沒有用，我的禱告就
是徒然；但如果有神，求你讓我知道。」他回答：「但這
位假設的神與耶穌基督又有什麼關係？基督教與這個又有
什麼相干？」朋友告訴他，只要在禱告中再加這一句，求
神也給他看見這事。朋友解釋說：「我並不是要你承認有
神，我並沒有要你承認任何事；但有一件事，也是我要求
你唯一的事，就是你必須誠實。你必須用心禱告。那絕對
不是重複空洞的話語。」他的朋友離開的時候留下一本聖
經給他。

第二天，他告訴他的朋友：「你離去後，我拿起聖經
來看。我翻到約翰福音，我就試著去查看其中是否有詐——
是否你要用什麼手段抓住我。但突然有一個思想臨到我：
假如真的有一位神，我怎能站得住腳？我曾經告訴我的學
生宗教是空洞的，心理學能解釋每一件事，我是否願意向
他們承認我過去都是錯的？我仔細地考慮過，但無論如何，
我覺得我對這件事必須誠實。因為如果真有一位神，我若
不相信祂就是傻瓜！」

「所以我跪下來禱告；我一禱告就知道有神。我怎麼
知道？我不會解釋，我就是知道有神！然後我記起所讀過
的約翰福音，它如何就像一位親眼見過的人所寫的；我知
道如果那裡所寫的是真的話，耶穌就是神的兒子——這樣

我就得救了！」（倪柝聲，1998）

㈤接觸的管道——信仰的必要性——暗中「豐」光

反覆實證的物理學告訴我們，如果沒有任何東西（包括灰塵與微粒）把光反射到我們的眼睛，我們眼前即使有很豐富很強烈的光線通過，我們一點也不知道，還會抱怨前面一片漆黑，除非我們向前伸出手來，否則光憑我們的眼見，我們永遠不知道前面的暗中「豐」光。我們的肉眼和理性對於「天」（上帝）和其相關的內涵也是視而不見，雖然祂無所不在，也在我們眼前，除非我們向前伸出「信心的手」試試看！

我們會發現：「哇！眼前的一片黑暗中果然真的是充滿了光哩！」（見圖四），就像前面那位無神論的心理學教授最後所做的，不管我們原先有沒有相信祂的存在。不願意跨越理性的藩籬伸出信心的手去試試看，我們可能一輩子也不能經歷到那位深愛我們的上帝，正如不願意伸出肉身的手去試試看，我們也經驗不到肉眼不能看見的強光一樣。

圖四

光和世上所有其他的東西非常不同，它有一個非常獨特的地方，那就是，除非你接受它到你眼睛裡，否則你看不到它。其實，我們以為看到了什麼東西，也是太陽光或其他光源的光照在那東西上再反射過來，接受到我們的眼睛裡才看到的。同樣，《聖經》說上帝是真光，除非你我接受祂，否則通常我們也看不到祂。《聖經》中所謂的「信」，本質上就是從我們內心深處接受上帝或有關的真理，儘管有時我們在理性上還無法「了解」。

在這個高科技的世代，空間中其實也充滿了非常豐富的現代化資訊，但是，如果沒有任何適當的接收器，你一點也無法察覺其存在。反之，如果你有一個小小的收音機或音響，就可以把它接收到，瞬間你就可以恍然置身於國家音樂廳裡氣勢磅礴的交響樂中；只要加個無線網路卡，你也可以用你的手提電腦在任何地方瞬間躍入浩瀚無垠的網路世界裡。「信」可以說正是經驗到無限豐富之上帝的獨特「接收器」呢！今日功能千變萬化的手機，何嘗不是生活中的絕佳例子。

㈥生命的意義與價值之實現

這時候讓我們回到起初的場景，食人族手中的先進電腦除了之前所述面對著投射或認同的偏差之外，它還存在著一個基本的問題。首先，即使他們忽然得到了「啟示」，一瞬間明白了它的真正目的和功能，但在他們手邊或他們的環境中還是找不到它運作所需的能源，即沒有電源。更棘手的是，這些食人族兄弟們非常難以了解它竟然需要所謂的「電源」——一個它自己以外的能源——才能發揮正常的運作和功能；因為他們周圍所熟知的事物，不管是凳子、鼓、占卜盤、裝飾品……，沒有一樣需要「電源」，也找不到一個例子。

同樣，許多人也難以理解，他們真的需要回歸造物主，才能尋獲發揮生命意義和目的所需的能源，因為人生若只是求滿足我們各

種肉體層面的需要，或上面所提及的各種被扭曲或濫用之目的時，我們當然就以為無需連接於這個生命真正的源頭。因為這些事情，單憑我們自己就可以「綽綽有餘」，我們已經做得何等的「好」，何等的「拿手」，何等的「駕輕就熟」了，除非我們開始認真地尋索，並面對人生真正的意義和目的。

人生真正的意義和目的可能不是用語言就能全然敘述，也非言詞所能完全表達，主要的可能也不是在於你該做什麼或不該做什麼；更基本而且更重要的，可能只在於一種情境或是一種關係，當我們進入並持續在這種關係裡成長時，每一個人該做什麼或不該做什麼，可能各有不同，如果有一種嶄新的生命或本質出現，它自會在這樣的關係裡展現生命真實的光彩。

生命真正的意義和價值不是在於我們做了怎樣的事，乃在於我們成了怎樣的人。許多宗教和哲學用心良苦地告訴我們要做什麼不做什麼，固然有那個層面的意義與價值，但是，它可能還尚未真實活出生命本身的意義與價值來，與其勉強一棵香蕉樹努力地去結出蘋果，倒不如送一棵蘋果樹讓它在合宜的土壤中自自然然地結出來。有些信仰則清楚指出這個重要性與必要性。以基督信仰為例，說到一個人必須要重生，也就是要獲得一種新的生命本質才能進入上帝的國（「天」的向度或上帝的光明中）。

如何獲得這從「天」而來新的生命本質呢？《聖經》中接著指出一個就算是理性邏輯推衍不出來也難以明白的獨特方式：「上帝愛世人，甚至將祂的獨生子賜給他們，叫一切信（接受）祂的，不至滅亡（偏離生命的意義與目的），反得著永遠的生命。」這個信或接受帶來了新的生命，也使我們得以進入一個新的關係裡，正如《聖經》另一處所說的：「凡接受祂（耶穌）的，就是信祂名的人，上帝就賜他們權柄作上帝的兒女。」這個關係的恢復，正是我們生命基本意義與目的之發揮的開始。如果真的有一位萬有並所有生命

的源頭上帝，除非我們再度連結上這源頭，讓生命回歸到上帝的愛和光明中，否則你我也無法真正散發生命的光彩，真正完成生命的意義與價值，正如一部超炫的電腦需要接上電源才能開始發揮它真正的意義和目的一樣。

「麻雀變鳳凰」──宇宙中唯一的真版本

有一個小小的故事或可適當地總結我們的討論：

一位家庭主婦在某個聖誕節收到一份很特別的禮物：一面小鏡子那麼大的藍色塑膠塊，上面鑲著形狀不規則包含有綠色、藍色與褐色的石英岩，看上去略像一條魚的輪廓。這份禮物既沒有特別用途也不算美觀（投射對象的偏差和迷失）。她很禮貌地向贈送的朋友道謝了事，把它收回儲物櫃裡，很快就把它忘了（糟蹋了）。

有一天在整理儲物櫃時，無意中又看見這小盒禮物，再拿來仔細一看，發現那方形小塑膠塊的一端有個小勾子，盒子外又印著這麼一行字：「懸掛在有陽光的窗子上。」

於是，她把這塑膠塊掛在廚房一個向南的窗子上，那裡幾乎整天有陽光照到（連接於能源）。出乎意料之外的，廚房裡頓然充滿了美麗的色調，隨著光線的斜度由碧綠轉成深藍，又變為紫色，就像海潮的變化一樣地無窮盡。這都是窗子上那塊看來不大起眼的塑膠片所造成的（它終於發揮了原有的奇妙潛力和目的）！

是的，讓我們別為自己的似乎「不起眼」而黯然神傷，因為造物之主在你我身上有極大的期許和盼望，祂有奇妙的事等待你我去完

成，祂賦予你我偉大的意義和無窮的價值；為此，祂把宇宙中最大的潛力藏在你我裡面。唯一要緊的是，我們需要回歸到這生命真正的光和「能源」裡面，正如《聖經》所說的：「因為在祢那裡有生命的源頭，在祢的光中，我們必得見光。」且看祂終於透過你大放異彩！

(七)結語

真正接連到愛的至終源頭，我們才能真正地去愛他人、愛自己和愛上帝，開始行走在展現生命的至高意義與無窮價值之道路上。這愛正是捨己的愛，就如上帝愛世上所有的人而甘願捨了自己的獨生子一樣。這裡同樣出現另外一個類似的生命弔詭，那就是：

唯有真正放下自我，才能真正得著自我，才能真正實現自我。

這時，我們是否同樣也想起了前面那位誠實的心理學教授？真正放下自我聽起來簡單，做起來可不簡單（不相信的話，結婚生子一試吧！），你我做不來的，學學這位心理學教授，誠實地跟祂講（只要誠實就必有救，我們最大的問題是，我們不能誠實地面對自己，不是嗎？大概只有誠實這件事祂不會越俎代庖了，雖然只要你能做到至少的一件誠實事，那就是坦承：「我連誠實這一件事都沒有辦法啊！」這就給了祂最後的一寸立足之地，足以能夠在你似乎全軍覆滅的生命戰場上，帶來扭轉乾坤的絕地大反攻。）《聖經》中說：「你們要來嘗嘗，便知道祂是又美又善，投靠祂的人有福了。」誠實地來嘗嘗吧，給祂一點點時間，如果一個禮拜、兩個禮拜、一個月、兩個月、一年、兩年過了，發現連一丁點的味道也沒嘗到，至少你很誠實認真地給了祂、給了自己的生命一次神聖的機會，無愧於天，無愧於地，無愧於自己矣！從此，自己好好掌舵吧！如果，如果，你真的嘗到一些特別的滋味，那恭喜你了，繼續一步

一步保持誠實地互動交往，邁向生命至高意義與無窮價值的實現之路！

在此我們也不能夠不提醒大家，如果你真的嘗到了，理當感恩，歡喜快樂。但如果因此樂而忘形，導致荒廢學業，離家不歸，棄父母妻小於不顧，並常常跟父母長輩反駁說：「你們不懂！」等等沖昏頭的狂熱表現，那顯然又是需要你誠實來面對自己的時候了！真實的信仰是溫柔謙遜的，是理信而非迷信。《聖經》中有一節可以作為我們提醒的工具，它說到：「上帝所要我們的是什麼呢？豈不是要我們行公義、好憐憫、存謙卑的心與你的上帝同行。」是的，你經歷到了一些前所未見的奇妙事情，體驗到了難以言喻的平安和喜樂，很好！但是，我們才開始踏出漫長的學習和成長之路呢！

貳　活動與討論

1. 請在小組中談談自己從小到大有沒有誤用某些東西的經驗。

2. 請在小組中談談自己從小到大有沒有誤會某些人、事、物的經驗，說明後來如何澄清。

3. 人的心中很容易被各種繁瑣的事務所充滿，卻疏於面對真正的自我或自己內心深處的感受，請於夜深人靜時花一點時間，傾聽自己內心一些真誠的發問或感想。

4. 有關「理解」的 demonstration 和考驗：

請事先找出一樣不大尋常的物品，挑選一位頗為能言善道的同學，請他到教室外面，給他仔細端詳一下這個特別的東西。然後請他回到教室裡，單單用言語把它描述給同學聽，同學們就根據他所敘述的，把它畫在紙上。最後，老師再把這物品展示給同學看，

讓大家和他們自己所畫的作個比較。

5.請同學們猜猜上述物品的意義或功能是什麼？

6.有關暗中「豐」光的 demonstration：

老師以投影機或單槍或強力手電筒的強光照向教室的側面門窗之外，讓光線是從老師和同學之間射出，如果我們用適當的東西把機器本身遮蔽，讓同學們不能直接看到光源。如果光線剛好可以完全射出門窗外，不會照到牆壁，那麼，基本上同學們就不會看到眼前空間中的整束強光。當然，如果其間剛好有大量灰塵或煙霧會讓光給「現形」出來，如果同學們事先不知道這樣的裝置，老師宣稱其中充滿額外的一道強光時，大家可能都會不以為然，心想什麼也看不見啊，直到老師神祕兮兮地把手向前一伸，大家可能就會「哇！」的一聲，果然見到他的手把暗中的「豐」光給反射了出來。同樣，單憑理性這隻眼睛，我們也無法看見無所不在的上帝或有關的屬靈事物，正如單憑肉眼我們也不能看見前面的那道強光，信心就像伸出去的手去實際經歷單靠理性所無法觸及的上帝，正如我們伸出去的手經驗了肉眼見不到的強光一樣。

參　參考文獻

王鼎鈞（1976），《我們現代人》，台北：爾雅。

卡特（2002），《大腦的祕密檔案》，台北：遠流。

李清義（1995），《漂浮的蘋果》，台北：宇宙光。

威爾杜蘭（2002），《西洋哲學故事》，台北：志文。

約翰達利（1994），《心理學》，台北：桂冠。

倪柝聲（1998），《這人將來如何》，台北：福音書房。

夏雨人（1991），《人生哲學》，台北：三民。

許純欣（1989），《一分鐘故事》，台北：基督教文藝。

許靖華（2002），《大滅絕》，台北：天下文化。

華理克（2003），《標竿人生》，美國：基督使者協會（亞洲總經銷：道聲）。

Hugh S. Moorhead, comp., *The Meaning of Life According to Our Century's Greatest Writersand Thinkers.* Chicago: Chicago Review Press, 1988.

John I. Yellott, Jr., *Scientific American*, Vol. 245, July 1981.

第 **3** 章

信仰與靈性

蘇友瑞

壹　理　論

一、靈性——人類普遍的心理特徵

何謂靈性？從心理學史看來，受到實證科學影響下的人們起初認為，靈性是宗教信仰的範疇。後來在存在主義與現象學的影響下，新興一股人本心理學的第三勢力，一反過去心理學典範嘗試符合實證科學與化約主義的傾向，轉而強調人的主觀性與複雜性。人本主義對人性有許多假設，簡而言之，他們認為只要給人類一個完全安全的處境，人類便可以自動自主地產生對個體最有利的行為與思想。至於如何產生最安全的處境，他們主張要給予不帶評價的、溫暖的、關懷的、尊重的、非指導性的環境（Rogers, 1942）。

這種思考方式假設了人是一種自給自足的有機體，而且人活著就是為了達到自給自足的圓滿地位。Rogers（1942）主張的案主中心治療法，便是認為給與人安全的環境，他便能自發地解決心理困擾，這便是說明了人的自給自足；馬斯洛（Maslow, 1954）主張的人性需求理論，將自我實現視為人性的最高需求，這是假設人活著是為了達到自給自足的圓滿地位。在這些思想中，個人的心理調適成為重心。

後來的人本心理學近一步發展成超個人心理學，進一步指出，個人不只有心理上的自我層次，還有靈性上的真我層次（李安德，1992，第八章）。雖然超個人心理學進一步把更多人性面貌納入心理學研究範圍，然而其思考方式仍然是自給自足的有機體。只不過是說，人本心理學裡的人論，自給自足的人是追尋自我的運作；而

超個人心理學的人論，自給自足的人是追尋真我的運作。一個是自我的滿足，一個是靈性的滿足。

二、超個人心理學的靈性觀

馬斯洛（A. H. Maslow）鑑於過去一九四〇年代人本主義以「自我實現」為中心的人本心理學，導致過度強調自我的偏差，造成狹隘而流於自私或唯我主義（李安德，1992）。因此他認為：「缺乏超越的及超個人的層面，我們會生病、會變得殘暴、空虛或無望，或冷漠。我們需要『比我們更大的』東西，激發敬畏之情……。」他最後發表了「Z理論」，提出以靈性為最高的心理需求。他認為：「靈性生活是存在本質的一部分，也是人性的界定特質，人性缺少了它便不再是完整的人性，它是真我、自我認同、內在核心、特殊品類及圓滿人生的一部分。」（Maslow, 1976）

馬氏對靈性需求的詮釋，非常接近東方文化的經驗。例如劉秋固（1998）便認為：

> 超個人心理學家對靈性最特殊的經驗及見解，要算馬斯洛所揭示的「高峰經驗」（peak-experiences）或「超個人經驗」（transpersonal experiences）了。其實，許多宗教心理學家或超個人心理學家對此也有一番深刻的體驗與描述，與神祕經驗「著神」並無兩樣。這是一種靈性達到高峰狀態的心境，類似「天人合一」、「天地與我並生，萬物與我為一」的境界。在古今中外的宗教家、神祕家、哲學家、藝術家、文學創作家，甚至戀愛中人，都有類似的經驗。這可以說是靈性達到了一種出神忘我、肖似神明與圓融的境界。馬氏認為此種經驗是人生最幸福圓滿的時刻，

在此高峰經驗中，人可以坦然地面對死亡的來臨——解脫
生死。

靈性需求在超個人心理學的研究取向下，似乎隱含指向東方文
化修行境界的答案，這是否爲合理的心理學研究取向？西方固有文
化的精神層次中，靈性需求難道無法滿足？

我們在此要特別提出，以心理健康取向爲中心所得到的靈性需
求研究成果，會是很有缺陷的。

人本心理學的研究思路以「個人心理調適」爲重心，因此，其
靈性需求勢必也以個人心理調適爲中心，這就限制其研究成果的眼
界了。

三、不同思考邏輯下的靈性觀

事實上，靈性並不只是一種心理需求，毋寧說，藉由不同的思
考邏輯，將產生不同的靈性面相。

從希臘的哲學轉化成科學探討的精神，基本的思考模式是一種
「序列式邏輯」，從前提演繹到結論，再以結論當成另一個新前提，
進行下一個推論，一直建構出整套的思想內容。

這樣的思考方式已經被科學成果證明是非常有效的，因爲這種
序列式邏輯是最容易闡明一個形而下的機械論系統的思考模式。在
傳統華夏思想最黃金的春秋戰國時期，也出現過類似思想模式的「墨
家」與「名家」，可惜卻在儒家大一統後失去影響華夏文化的機會。

而儒家的思考模式呢？從孟子論證「人性本善」的立論可以清
楚看出。孟子說：「人性之就善也，猶水之就下也，人無有不善，
水無有不下。今夫水，搏而躍之，可使過顙；激而行之，可使在山。
是豈水之性哉？其勢則然也。人可使爲不善，其性猶是也。」（《孟

子・告子上》，第二章）。在這麼一段長長的議論中，我們看到的是一種「列舉比喻式邏輯」。這種思考模式善於使用譬喻（例如以水比喻人性），並且窮舉許多喻象（打水、堵水），便認為已經證明成功。至於道家、法家與其他諸家，似乎也逃不出這種「列舉比喻式邏輯」；拿老子與孟子比較就可以看出有趣的現象。《老子》第八章：「上善若水，水善利萬物而不爭，處眾人之所惡，故幾於道。」同樣是舉水為例，孟子推論出的是性善，而老子言說的卻是道，這也可見「列舉比喻式邏輯」非常不利於科學。莊子的列舉比喻邏輯更是轉化成優美的文學型式，從「北冥有魚……」整個虛擬故事最後要達到的結論是「至人無己，神人無功，聖人無名」，其中實在看不到任何序列式邏輯的推論。

從人皆有靈性需求的心理現象看來，作為傳統華夏文化之安身立命的儒家思想與道家思想，將轉化成靈性的滿足。在這種「列舉比喻式邏輯」的思考模式下，窮究舉例比喻已經是對個人心理衝突的絕佳發洩化解之道，而且也是美感的根本來源。於是可以看到劉小楓所謂「逍遙」的人生觀，呈現個人身心的輕鬆適意與現實上源源不竭的美麗人生（劉小楓，1991）。

相對地，作為西方文化安身立命的精神為基督教思想，其靈性需求呈現截然不同的面相：他們的價值基礎是，人永遠無法到達上帝般盡善盡美的境界，所以需要救贖；有能力進行救贖世人的上帝是一種「超越性的存在」，所謂的 "I am What I am"，人類絕對無法全盤理解，否則人類就可以變成上帝了。既然無法理解上帝，那麼如何描述上帝、感受上帝的存在，而能滿足個人的靈性需求呢？於是我們看到不同的思考邏輯。

研究《舊約》與猶太文化的神學家，把基督教的思考模式稱為「block邏輯」，這個名詞在此姑且意譯成「對立式邏輯」（Wilson, 1989）。對立邏輯的意思是什麼呢？例如說：上帝是完全公義的，

所以犯罪的代價必定死；但是上帝又是完全慈愛的，所以罪人悔改後必定可得饒恕。所以，到底罪人應該受到公義的裁判付出他的代價？還是受到慈愛的憐憫而得到永生？似乎「完全的公義」與「完全的慈愛」是完全不能相容的。於是，我們可以看出來，無論使用希臘式科學式的「序列式邏輯」或傳統華夏文化式的「列舉比喻邏輯」，都無法解釋這個上帝的意義與屬性。依序列式邏輯，最後只會得到完全的慈愛與完全的正義是完全對立的，所以上帝對序列式邏輯來說是不存在。依列舉比喻邏輯，世界上根本不存在一個既能完全公義又能完全慈愛的對象，可以用來比喻上帝或說明上帝的屬性，所以上帝一樣無法被列舉比喻邏輯言說。

　　言說「超越性的上帝」之思考方式是：他們窮究上帝公義的一面，也窮究上帝慈愛的一面。他們認為，這個完全對立的兩面，在人不可能結合，在超越的上帝就可以合一。理解上帝就是要從一個完全衝突矛盾的情境，去感受上帝那種超越人類理解能力的存在，這就是思考上帝的「對立式邏輯」。是故，在《聖經》的「詩篇」中，固然有許多讚美上帝慈愛憐憫的詩歌，卻也有大量的詛咒仇敵除惡務盡的「咒詛詩」。不了解這種「對立式邏輯」，就會奇怪他們為什麼要把這種讓上帝看起來很不慈愛的咒詛詩放在《聖經》；理由就是，這是以「對立式邏輯」言說上帝的方式，上帝既是慈愛憐憫的，卻又是極端痛惡罪行而公義審判的；把這兩種人性道德的完美表現同時並舉，讓人們去感受那種人無法言說的「愛與正義的合一能存在於一個超越的上帝身上」，這就是理解「超越性的上帝」的思考模式。

　　因此，相應於基督教精神的靈性需求是：感受到人類能力的有限，需要相信一個超越性的存在，以身為該超越性上帝的工具為滿足。這樣的靈性需求取向，顯然與心理調適取向的靈性需求內容有相當大的差異。

四、不同的信仰前提，導致不同的靈性需求

　　不同的思考邏輯導致不同的靈性需求，但是不同的思考邏輯背後卻是不同的信仰前提。東方文化習於一種「修行觀」的信仰系統，認為個人可以藉由各種學習到達至高至聖的完美境界，從而解決各種現實的苦難。而基督教文化則習於「救贖觀」的信仰系統，認為個人的境界必定有限，只能依賴一個超越性存在的上帝，由上而下加以拯救。

　　因此，從「修行觀」探討人類的靈性需求，必定得要求「更高的層次」，期待個人心理調適層次上的進步，不可以僅僅滿足於低層次的需求。

　　相反地，從「救贖觀」探討人類的靈性需求，卻是憐憫個人僅能維持低層次的心理需求，嘗試以超越性上帝的信念肯定個人的生命意義。韋伯在《新教倫理與資本主義精神》深刻地揭示這種「救贖觀」的靈性心理需求：原本人們總認為在現實世界中賺錢與工作都是低層次的，必須讓自己提升到知足常樂的高層次；陷溺於形而下的低層次工作是錯的，盡力增加最多的時間來投入個人靈魂提升才是正確的。隨著基督新教的改革，人們轉變成維持現實世界的工作與賺錢是正確的，因為那是被預選得救者應有的天職表現。所以只要認定自己已經得救的信心，積極投入現實事務是個人成為上帝器皿的佐證；人們可以滿足極低層次的心理需求，只要他擁有被上帝預選的確證（Weber，于曉譯，2001）。

　　很明顯地，不同的修行觀或救贖觀的信仰前提，將導致靈性需求的不同。當一個人僅滿足於很低的心理需求時，如果遭遇困難與問題，修行觀將會建議提升自己的心理需求層次，進入更高的境界來面對困難。相對地，救贖觀反過來要求大環境必須為只能滿足於

低層次的人們負完全的責任：社會必須有公義與慈愛來照顧低層次的人們，宗教上必須有一個超越的上帝，肯定低層次的自我實現仍具有價值上的神聖性。

正由於取向不同，修行觀對個人成功的心理調適有莫大的助益，而救贖觀將牽涉到社會意義與留戀現實的肯定；因此，正確地從精神層次進行東西文化比較的哲學家劉小楓，才在其大作《拯救與逍遙》中發現：東方知識份子總是活得逍遙適意，西方知識份子卻往往絕望自殺。乍看起來是東方文化無可倫比的個人心理調適之優越性，卻種下了東方文化面對現代社會的各種窮困（劉小楓，1991）。

因此，我們得強調，由於東方文化的價值信仰取向有其先天的偏好，導致談及「靈性需求」必然是受限的；甚至僅占台灣社會少數的基督教人士，採用修行觀來建構信仰意義與靈性滿足者也占大多數。因此，我們透過分析與批判當今超個人心理學之研究取向，引述不同思考邏輯對應的不同靈性需求，從而分析出不同的「修行」或「救贖」之信仰取向，將會主導靈性需求的內容與適用性。

貳　塊狀引述

從形而下的改裝汽車界談「價值觀的平等」

前陣子心靈小憩站（http://life.fhl.net）的網路讀書會進行「海明威與二十世紀文化」的專題研究，我隨之 K 了十幾本海明威的相關資料。對許多人來說，《老人與海》的故事應該很熟悉；但海明威是怎樣一個真實的人呢？好好一個溫暖的家不要，跑去當戰地記者；好好的記者不當，偏偏要真的熱血沸騰地參與打仗。打完仗了

還不算，六十歲了還跑到非洲去「近距離射殺獅子」，擺明了射不中就存心被獅子咬死。然後又從飛機上摔下來兩次，瘋狂開車導致撞車連連，更是不計其數……

生命的狂熱發揮在文藝、宗教、學術、道德操守，我們會給與極高的偉人評價，然而生命發揮在所謂「形而下」之器——例如作好一台高級電腦、修好一台高性能跑車、煮好一碗麵……那我們是否能給與公平的評價呢？為此我走進「形而下」的科技工藝世界，看看這些所謂「黑手」的精神世界。由於個人偏好海明威式的狂暴性格，所以，對當前台灣社會極易受污名化的「改裝汽車」界特別感興趣。

對我而言，「新車」、「買車」是一種「商品」，要爭取的是便宜又大碗、服務周到又保障權益。但是「改裝車」卻是貨真價實的「藝術品」，它根據的是個人對相關科技知識與工藝技術的熱情與價值，目標是回歸到個人的自我實現。

在傳統東方文化環境，要說出「改裝一輛好車也是很神聖的志業」，大概會被視為離經叛道、水準境界低落。我們往往只能先驗地認定，只有成佛成仙、做大官賺大錢或者擁有極多的知識，才叫做「大事」。在這種「價值觀不平等」的處境下的愛好者沒有被貶成萬惡不赦的飆車族，就已經是萬幸了，何況能被認為是一件神聖的自我實現？當前社會許多相關的不合時宜法令卻沒有民意企圖修改，或許正是這種普遍地「價值觀不平等」導致的社會現象。

然而我們觀察到的西方社會價值體系不大一樣。西方社會也許受到基督教精神傳統的影響下，每個人只要能在自己的工作中充分自我實現，就是與牧師、神父地位完全相等的上帝選民。用一種最誇張的說法，假如陳進興真正徹底地悔改，那麼他死後在天堂裡的地位，與聖潔無瑕助人無數的德蕾莎修女並沒有高低之分。所以，「為了某個科技工藝而廢寢忘食」，是與「成為牧師、聖徒、大官、

學者」完全「價值觀平等」的神聖事務。如此一來，並不只有立志救國救民才叫做大事，認真地把一輛汽車改裝到完美無憾，一樣是一件神聖的個人自我實現。

　　所以，一個現代社會不應該只有政治地位上的平等、經濟地位上的平等，還應該有這種「價值地位上的平等」。如果不能真正謙卑地認為，任何博士學位與汽車改裝技師的認真研發完全地位平等，那就不可能真正地把「改裝車」視為如藝術品般地對待。改裝車如果變成商品，後果一定使市場變成削價大賣場，只有商業買賣行為沒有任何人文精神基礎。從西方科學史可知，如果沒有這種科學的人文基礎，任何社會都無法進行科學與科技的正常發展。

　　我們總是喜歡批判現在的社會物慾橫流，過度物質而輕視心靈，其實，以台灣社會而論，何時台灣是個具有科學精神的社會？當SARS疫情爆發，我們是立即根據科學知識來構想正確有效的隔離方法？還是立刻使用中古世紀等級的「獵巫」手段：把配合犧牲的宣傳成聖人、把不配合的塑造成萬惡不赦該燒死的女巫？過度習於「價值觀不平等」的社會，導致我們一下子就大肆地反對科學時代。但只是空有科學知識卻缺乏科學精神地反對，導致面對任何事件都只習慣於道德宣傳的解決方法，這正是 SARS 事件的最佳寫照。SARS事件所產生的「重視新聞宣傳而輕忽防疫實踐」、「塑造抗疫聖人來掩飾當局無能」，這正是缺乏科學精神的直接證據：台灣何時擁有過真正的科學精神？

　　當價值觀不平等就會導致社會的科學精神失去平衡，因此不能尊重一個改裝車技師全心研發的新知，就不可能擁有真正的科學精神；遇到需要科學知識來解決的傳染病問題，當然就只能使用獵巫心態來面對了。

　　我參與的合法賽車隊叫作英宗車隊（http://www.inzone.com.tw），專研法國 PSA 車系（寶獅與雪鐵龍）；修車老闆王志郎（我

們都叫他郎叔）雖只有高工學歷，但是研發科技知識的層次，可與外國原廠的機械工程博士並駕齊驅。在他們這個形而下的技術人員層次中，卻不時有感人的故事。曾經有位家財萬貫卻不學好的年輕人，家長為了幫他不要變壞而託給英宗車隊當學徒；本來想說學修車總比吃喝嫖賭、不學無術還好，沒想到卻學出興趣來了。從此人生整個改觀，拼命研究在國外形同博士等級的知識與技術，並熱心支援一個正當的賽車事業。只可惜人生無常車禍過世了，但是精神所在居然留下一個靈異事件，贊助了英宗車隊。對我而言，那個靈異事件的內容一點都不重要，重要的是，我們看到一個人因為一個夢想而重獲新生；這個夢想並不是我們一般看到勵志小品裡的做大事成大業，只是非常形而下的修車技師而已。

　　當我因為引擎的一組感應器調整不當搞得渾身油漬、為了改裝知識原理與同好激烈辯論、在賽車場試驗高難度操控技術……我常在想，上帝賜給人類形形色色的各類知識，難道只是偶然？祂難道不是期待人類的世界是一種平衡的世界：有人以學識成就現於世、有人以宗教情操現於世、有人以政商經營現於世，一樣有人以形而下的科技工藝現於世。如此，為什麼我們的社會卻是嚴重的「價值觀不平等」之失衡社會？是否是普遍存在東方社會的價值體系失衡問題？

　　絕大多數人都無法理解，一個高級知識份子怎麼會如此自居下流地樂在形而下的技術人員中；更有趣的是，連改裝車界的技術人員也如此自輕。處在如此失衡的社會，我只能堅持自己「價值觀平等」理念的實踐，並在我大學的通識課程挑戰學生深入思考這樣的一個問題。我期待我們的社會是一個平衡的社會，無論個人的自我實現是在高格調的藝術宗教、高成就的政商經營，抑或只是一個小小的修車技師，每一個都是受到平等的真心尊重，而讓個人心靈與社會發展皆能得到最多彩多姿的大千世界。

參　體驗性活動

盧貝松電影「聖女貞德」欣賞活動

此電影將本課程的內容鮮明地對照出來，是非常適合延伸討論的電影，可以強調以下思考方向：

參考文章：*1.* 聖女貞德電影的探討（陳韻琳）

（http://life.fhl.net/Movies/gp/jane-g.htn）

2. 震撼二十世紀心靈的黑衣人——盧貝松「聖女貞德」裡的絕望力量（蘇友瑞）

（http://life.fhl.net/Movies/gp/jane-p.htm）

1. 貞德是一個無知無識的小農民？還是個聖潔無瑕的聖人？

2. 反抗英軍是一個正義的自我實現？還是修行有虧的自我仇恨投射？

3. 貞德之死是得到心靈的提升？還是心靈永遠的沈淪？

4. 回答上述問題後，你覺得你個人是修行取向還是救贖取向？

肆　問題思考

1. 何謂「靈性需求」？試以超個人心理學的立場描述之。

2. 何謂東方傳統的「列舉比喻式邏輯」？試想台灣社會你我身邊是否有這種習慣？

3. 何謂基督教精神的「對立式邏輯」？它對應的靈性需求與我們習慣的東方文化有什麼不同？

4. 試比較自己或身邊的人：人生觀偏向「修行」者有何特色？偏向「救贖」者有何特色？

5. 何謂「價值觀的不平等」與「價值觀的平等」？試反省自己能不能真的做到「行行皆狀元」的態度？

伍　參考文獻

李安德（1992），若水譯，《超個人心理學》，台北：桂冠。

劉小楓（1991），《拯救與逍遙》，台北：久大文化。

劉秋固（1998），從超個人心理學看佛教中的瀕死經驗及其靈性——佛性對臨終者的宗教心理輔導，《第三次儒佛會通學術研討會論文》。

蘇友瑞（2002），人的扭曲與再造——心理學的人論，引自 http://www.hfu.edu.tw/~ph/BC/3rd/bc0319.htm，引自《生命教育集思——二〇〇一年海峽兩岸生命教育學術研討會論文集中原大學》。台北：宇宙光。

Maslow, A. H. (1954). *Motivation and personality*. NY: Harper & Row. 引自蘇友瑞（2002）。

Maslow, A. H. (1968). *Toward a psychology of being* (2nd ed.). New York, NY: Van Nostrand Reinhold, pp. III-IV. 引自劉秋固（1998）。

Maslow, A. H. (1976). *The farther reaches of human nature*. New York, NY: Penguin Books, p.314. 引自李安德（1992），《超個人心理學》，頁 270。

Rogers, C. R. (1942). *Counseling and psychotherapy*. Bosten, MA: Houghton Mifflin. 引自蘇友瑞（2002）。

Weber, M (2001)., 于曉譯，《新教倫理與資本主義精神》，台北：

左岸文化。

Wilson, R. M. (1989). *Our Father Abraham: Jewish Roots of the Christian Faith*. Grand Rapids: William B. Eerdmans Publishing Co.

第 **4** 章

終極關懷

潘正德

壹　理　論

一、終極關懷的基本概念

(一) 人生

人生指的是「人的一生」，在時間上是「從生到死」的整個過程；在內容上包含了生命、生存、生計與生態；在範圍上包括了「與自己」、「與他人」、「與世物」、「與天」的各種關係；在理念的層次上奠基在人生觀、價值觀上，從「如何生活」的描繪，到「為何生活」的反省（鄔昆如，1999）。

綜觀人的一生，「從生到死」的過程，是「生」的從無到有，是人生的開始；而「死」的復歸於無，則是人生的結束。生得逢時，是運氣；生不逢時，是命運；死得其時，死得其所，是福氣；死不適時，死不適所，則是乖離，人生的意義和價值，也就實現在「死」有「重如泰山」，有「輕如鴻毛」的差別。

人生的過程是每個人都可以去經歷的，因為可以被經歷，所以是具體、明確的。俗話說：凡走過的必留下足跡。因此，人生是具體的，具體得可以用柴米油鹽醬醋茶的各種物質需要來形容，具體得可以用吃喝睡拉撒來表達；但在另一方面，因為人有思想，也總會正視和反省「自己」的生活，究竟是快樂或是痛苦，自己是否滿意自己的現況；「人與自己」的課題雖不是每個人都能有的反省素材，但總也是人生的重要內涵之一。

蔣捷的＜虞美人‧聽雨詞＞頗能反映出人生不同階段的感嘆與

心境。

> 少年聽雨歌樓上，紅燭昏羅帳。
> 壯年聽雨客舟中，江闊雲低，斷雁叫西風。
> 而今聽雨僧廬下，鬢已星星也，悲歡離合總無情，一
> 任階前點滴到天明。

清順治皇帝的＜讚僧詩＞更能清楚表達人生角色思維的困頓與疑惑。

> 未曾生我誰是我？
> 生我之時我是誰？
> 來時歡樂去時悲，
> 闔眼朦朧又是誰？

此即為人生的重大問題之三種迷惘（黃孝光，2001）：

1. 不知從何而來？

2. 不曉得往何處？

3. 更不明白為何而活？

㈡ 人生的三大問題

「人為什麼存活在世界上」是任何會思考的人都會發出的疑問。尤其是當人生遭受挫折時，更會提出這類問題，希望能化解當時的困境。當然，一般人在順境時，或是自然科學家在專注自己份內的工作時，通常都不會考慮到這個哲學上和宗教上的根本問題。人類在一般情況下所注重的，都是「如何活下去」，或是「如何活得更好」等問題。換句話說，人們所關心的，大都在「如何」的問題上，

而並非在「為何」的事上。

可是，人們所關切的課題並不限於「如何生活」的實際問題，它所關心的是在所有的「如何」之後，問到根本的原始問題：「為什麼生活」。生活是為了享福？生活只是為了過日子？或者，生活有意義，生命有目的？這意義和目的是當事人自己決定？或是早在存在之初，甚至存在之前就已經被決定的？如果我們不直接問到那麼基本的問題，問及人生的根本意義和目的，而只是暫時問及一些當前經驗的事件，都沒有太大問題。但當深入到人生哲理的探討時，則各家都有各家的說法。因為，每一個人都是人生哲學的主體，是每個人在過生活，是每個人在經歷生活中的每一件事。

這些問題需要仔細地探討，庶幾不枉度此生。因為人生目的是根本的課題，它要求的也是基本的答案，這就是終極關懷最關切的人生三大問題：生從何來、死歸何處、應做何事。

(三) 初始的終極關懷

基督教神學家田立克（Paul Tillich）從存在主義的觀點，提出終極關懷（ultimate concern）的理念。田立克所指的終極關懷有兩層面意義：「終極關懷統一了信仰活動的主觀方面和客觀方面——信仰行為（fides qua creditor）和信仰內容（fides quae creditor）。」第一個古典術語乃是指個體位格的中心行為，即終極關懷。第二個古典術語則意指這種行為所指向的東西，即終極本身，此終極在象徵神聖者的象徵中得以表達（引自張淑媚，1994）。

一種終極關懷是否為一種真正終極關懷，關鍵在於這種終極關懷所關切的終極是否為真終極。田立克對真宗教與準宗教的區分正是以此為基礎。在田立克看來，只有上帝才是真正的終極，以其他任何東西作為終極內容的終極關懷皆屬偶像崇拜。從主觀方面來看，以國家或金錢為內容的終極關懷，和以真終極為內容的終極關懷一

樣，都具有無條件的特徵。它們之間的不同在於其內容的不同，前
者是偶像崇拜，後者是真正的終極關懷，原因在於前者把有限者提
升至無限者的位置，或者說將初級關懷提升至終極關懷的地位。

　　田立克的信仰定義與其宗教定義完全一樣：「信仰是終極地被
關切狀態：信仰的動能即是人之終極關懷的動能。」這句話清楚地
表明終極關懷即是人的終極關懷。田立克強調終極關懷的兩個重要
特徵，一是無條件性，二是具體性。一方面，終極關懷（宗教、信
仰）是無條件的與終極的關懷；另一方面，這個關懷又是「位格自
我的完全的中心行為」，它總是具體的，因為終極關懷總是具體的
歷史中的人的終極關懷。由上可知，田立克所指的「終極關懷」就
是宗教，而宗教即是「終極關懷」，二者同樣關切人的具體生存狀
態（陳建洪，2000）。

　　從田立克對「終極關懷」的解釋來看，宗教之「終極關懷」所
真正關切的並不只是遙遠的「超越者」，「終極關懷」的出發點是
來自於對人類自身存有或非存有的感受，它可能是攸關生死的大事，
也可能是人類在生命歷程中追尋「終極意義」（ultimate meaning）
的過程（孫效智，2000）。

二、臨終關懷、安寧療護、終極關懷

　　臨終關懷、安寧療護、終極關懷是極容易被一般人混淆的三個
名詞。基本上，上述三名詞代表不同程度的意涵，但也有共通的，
以人為主體的人性化關懷精神在內。臨終關懷的目的是希望幫助末
期病人了解死亡、接納死亡的事實，同時給予病患家屬精神上的支
持，坦然接受親人即將過世的問題。安寧療護則是結合安寧緩和醫
療的理念與模式，對治療性治療反應不佳的病人，提供人性化而有
尊嚴的醫療方式。終極關懷則是對人生三大問題的關切與體認，進

而珍惜生命，提升自己的生命層次和境界。有關上述三名詞，分述如下：

(一) 臨終關懷

所謂「臨終關懷」（hospice）是由英國倫敦 Cicely Saunders 醫生所倡導。Hospice 這個字源自拉丁文「Hospitium」，原意為「貴賓室」。最初使用這個字以描述一個特定地點，用來作為朝聖者或旅行者歸來時休息、重新補足體力、養病的驛站。後來引申其義，指一套有組織的醫療照護方案，用以幫助那些暫停於人生路途最後一站的人。「臨終關懷」組織的目的，是希望幫助末期病人了解死亡、進而接納死亡的事實，使自己活得更像真正的自己；另一目的，是希望給與病患家屬精神上的支援，給與他們承受所有事實的力量，進而坦然接受一切即將面對的問題。一般而言，參與這項工作的人員包括：醫師、護士、藥劑師、臨床心理學家、營養師、社會工作人員、精神科醫師、神職人員、志願服務人員等專業人士（黃天中，2000）。

「臨終關懷」組織的服務著重於死亡前病人疼痛的控制，及死亡後家人情緒的支援。因此，基本上它不醫治疾病，但以控制緩和病人的心理及生理上痛苦為主。為了維持癌症末期病人生命最後的尊嚴，首先須緩和劇痛，於是病痛的控制是「臨終關懷」組織最重要的工作之一。此外，另一個重要工作項目是給與家屬心理支援。患者與家屬同時受到專業照顧，與一般醫院不同的是，他們的會面時間沒有限制，而且有特別房間給家屬寄宿之用。工作小組對家屬的照護持續到病患去世之後，人員定期訪問家屬，提高情緒支援與心理輔導。此乃尊重生命尊嚴的表現。

「臨終關懷」最新的觀念是，它不是一個地點，而是一種關懷照護的概念。因此，80%的「臨終關懷」被提供在患者家中、患者

親人的家中，或老人之家。住院病人的「臨終關懷」作爲支援照護的工作（H. F. A., 1993a）。在美國，因一九八三年「臨終關懷」的團隊工作理念與實施獲得美國聯邦政府和美國國會專門法案的通過，將「臨終關懷」列入醫療保險的項目中。在此法案通過後，「臨終關懷」組織如雨後春筍般地成長，根據「美國國家臨終關懷組織」（H.F.A.）二〇〇三年的資料顯示，「臨終關懷」機構，已由一九七四年的一所，增加至一九九八年的三千一百所，每年接受「臨終關懷」及心理輔導服務之患者及家屬的人數，已達五十四萬人（H. F. A., 1993b）。

㈡ 安寧療護

「安寧療護」（Hospice Palliative Care）屬於臨終關懷的一部分，是具體而微的臨終關懷重要措施之一。根據世界衛生組織對於安寧緩和療護的定義爲：「凡是對治療性治療反應不佳的病患，都是本醫療服務的對象。」換言之，凡是罹患癌症、AIDS、漸行性運動神經元疾病及腎臟病末期病人等，都是本醫學療護的對象（賴允亮，2000）。

自一九六七年開始，英國 Dame Cicely Saunders 醫師開創將癌症末期病人的療護納入醫療系統之風，隨後世界各地對癌症末期病人之照護逐成爲風潮，醫學界於此專業領域更是蓬勃發展且蔚爲風氣。台灣不落人後，十餘年前即有熱心人士極力鼓吹推動，最近數年間更是風雲際會，不論是醫界、民間或政府方面紛紛共襄盛舉。不但在台灣癌症末期病人療護上跨出一大步，安寧緩和醫療的模式更深深地影響今日高科技導向的醫學。

台灣的安寧療護是由基督徒開始推動的。開始時曾以臨終關懷、末期照顧等爲名。自從一九八七年馬偕紀念醫院成立安寧照顧小組起，「安寧照顧」一詞始見聞於世。風氣漸開，「安寧」一詞再度

為社會所討論，遂有「緩和醫療」與「緩和病房」等名稱。一九九四年，衛生主管單位裁示暫以「安寧療護」為名，並擬以癌症末期病人的照顧為該醫療的主要範疇。

一九九九年五月屬於安寧療護的醫學學會成立。鑒於安寧療護機構有以「安寧」為名者，亦有以「緩和」為名者，名稱上有混淆的現象。該醫學會遂取名為「台灣安寧緩和醫學學會」（Taiwan Hospice Palliative Care Medicine Association）。

(三) 終極關懷

田立克所指的「終極關懷」就是宗教，而宗教即是「終極關懷」，二者同樣關切人的具體生存狀態（**陳建洪，2000**）；更具體地說，田立克的宗教之「終極關懷」，真正關切的，不只是遙遠的「超越者」，其出發點是來自對人類自身存有或非存有的感受，因此，它可能是攸關生死的大事，也可能是人類在生命歷程追求「終極意義」的過程。這種「終極關懷」是立於「人道」，而向著「天道」擴展，其路向與過程與人生哲理的探討，在本質上是相合、相通的。可見，「終極關懷」關切人生三大問題：生從何來、死歸何處、應做何事的探討。期盼透過三大問題的關切、反省與體認，增進生命的價值與意義，進而珍惜生命、愛惜生命，提升生命的層次和境界。

人生三大問題的探討，基本上仍停留在宗教哲學的範圍內，一個半世紀以來，自然科學家也設法去接觸這類問題。不過，這種以實驗和實證為基本方法和尺度的科學，如何能有效地探討這些難以經歷，更難以實證的形而上的抽象課題，不啻難上加難。一旦人生哲理的根本問題涉及到宗教層面，也就無法停留在自然科學的實驗室中，無限期地等待實驗結果所得到的「可能答案」，而必須摒棄實驗和實證的外在方法，使用內省的工夫，發展人生智慧；從內心深處去找尋宗教

情操,孕育身、心、靈的平衡發展,達到天人的合一。

三、終極關懷的人生三大問題與內涵

(一) 生從何來

探討人生從何而來最清楚、最具體的事實,就是所有生物,包括植物和動物都是「生」來的。「生」的適時也就成為當代科學探討最先必須接受的事實。當然,因為人類的知性總是不滿足於眼前看得見的事實,總是希望透過思想,去把握看不見的現象。在哲學探討中,由於感官常識就能判定人由母胎「生」出來的事實,用不著深思熟慮就能明白;而哲學則希望透過深思,去了解一般不容易了解的問題。《舊約聖經・創世紀》所記載的神造世界,認定世界是神所創造,而人又是世界的一部分,因而,「神造人」的學說自然就成了西洋傳統的學說,這學說進入宗教領域之後,就成了宗教信仰;這學說停留在哲學界,就成了哲學探討人生的起點,而且成了人生觀確立的基礎。西洋哲學從亞里斯多德開始,在哲學概念裡必須與偶有、絕對與相對的二元思考模式下,認定人的存在以及世界的存在,都是偶有的、相對的;因此需要必須的、絕對的神或存有本身,作為世界存在以及人存在的基礎和來源。西洋傳統哲學中,人和世界都是受造物,其存在都是從上帝而來。這樣,「神造世界」以及「神造人類」的命題於是乎成了探討的起點;也同時是回答了「生從何來」的根本問題。

從西洋自然科學的發展來看,從文藝復興的天文革命,到十九世紀的生物革命,神學家們始終試圖用科學的假設來處理原本的宗教以及人生問題。達爾文(Charles Darwin, 1809－1882)著《物種原始》(*On the Origin of Species by Means of Natural Selection*, 1859),

以及許多別的科學家們，對宇宙及人類的起源發生興趣，企圖用「上帝創造」之外的途徑，去找尋根源。進化論開始「人猿同宗」的說法，人是猿猴變的，成了非常熱門的話題。科學主義者摒棄「上帝」為最高原因，認為進化才是萬事萬物的起源。從這些思想出發，人的生從何來的課題，不再由宗教處理，而要用科學去解答。於是，宗教的「上帝創造」轉換成「物種進化」。

　。　在人生觀的哲學基礎上，人是由猿猴變的，或是由上帝創造，基本上應屬於事實的問題，而不是理論的問題。因為，「人」已經具體地存在世上；人的存在是否應有原因，或是人是自有的，自己就會存在的；或是人無法自有，須由別的存在創造或進化。前者是人本精神的主張，大多落實到倫理道德取向的文化中。認為人性是至高無上的，是自己存在的；後者也就是創造說和進化論二者共同的出發點。因而，在「生從何來」的課題上，創造說與進化論都抱持同樣的態度，以為人不是自有的，也不是一開始就是這樣子的。但是，二者所論及的來源以及過程卻有天淵之別：創造說承認有一至高的神，由祂在太初創造了天地萬物及人類。進化論中沒有一位至高的神，物質世界的進化源始於原始物質，由物質而生命，由生命而意識，由意識而精神；這也就是礦物、植物、動物、人類依序進化的成果。創造說中上帝是本體論中最終的存在，也是價值論中最高的存在；但是，進化論中，物質是存有論的原始，而價值則以人的精神為最高。這也就逐漸把進化論推向人本精神，價值觀的人本精神。

　　在論及生從何來的人生大問題上，本文舉出創造論與進化論的目的，在於追根究柢地剖析人類初始的問題，但不在提供一套標準答案。因無法也無能概化出既定程式，最後找到一個制式答案。根據探討的結果，本文臚列出生從何來的重要議題，以建構終極關懷的相關內涵。

 1. **認識生命的奧祕**：生理的、心理的；物質的、精神的。

 2. **確立人的定位**：動物、碳水化合物、社會性動物、佛、神的形象等。

 3. **了解人的本質**：性善、性惡、亦善亦惡、有善有惡、非善非惡、可善可惡。

 4. **明辨人的自主性**：主動掌握、被動接受；積極進取、往下沈淪；繼往開來、墨守成規；頂天立地、志氣消沈。

(二) 死歸何處

　　人在今生今世的死亡之後有沒有來生來世，一直是人類必須面對的問題。宗教持相信的態度，而且相當堅持。道德則是為了行善的動機，多採取相信來生來世的報應；尤其是在體悟了現世報有時並未實現時，就從道德轉向宗教的解答。基督教以來世的天堂地獄，作為人在今生今世的信或不信的結局。佛教則以慈悲為懷，用輪迴和轉世投胎的說法，使眾生都有機會獲救。因此，在死歸何處的問題上，宗教的理解就有兩種不相同的解答：西方宗教是二元的天堂與地獄；東方宗教則在諸種輪迴之後，終歸成佛，回到極樂世界。

　　當然，科學家在實驗室中是找不到靈魂的存在的；也難有科學的證據，證明靈魂的存在。宗教之相信靈魂不死，本來就像相信其教義一般，用不著提出證明，只一心相信，希望來生是永恆幸福，就足以滿足宗教情操。宗教哲學的論證，從人性開始，從人性對永恆幸福的追求事實，說明今生今世無法完成；因為，如果死亡否定了一切，而且停止存在，則人的慾望不是成空，人性的基本也成為荒謬和矛盾？也正因為人人都追求幸福，而幸福又不存在於今生今世，唯有來生來世的生命可解答這一難題。當然，如果一個人根本否認生命有意義，而在發現生活上諸多煩惱，追求幸福的希望落空，因而結論出人生本身就是荒謬的；個人總是要活下去的，這活下去

的動力是什麼，總不該是荒謬吧！因而，理論上主張人生沒有意義是可以的，但在實踐上則是不可能的。如此，人對幸福的期望也就必須隨著人性而來，隨著人性的發展而開展，隨著人的死亡而開始實現，否則就無法解釋人生了。

當代偉大的天主教神學家拉內（Karl Rahner）指出：死亡的意義並不是指人的肉體會死，而靈魂不死；死亡所涵蓋的，是整體的人，是「人死」。而人的死亡有兩種層次：一種是肉體生命的死亡，另一種則是精神生命的結束。人就其原始意義上看，兩種死亡都是事實，同時亦都無法避免。不過，在神學上，「死亡」不是生命的結束，而是另一種生命的開始。很明顯地，「復活」是超渡了「死亡」。意即在創造之初，這種報應的規範已安置在人的內心；人的自由意志自己可以抉擇，人的理智也可以認知。也就因此，人的歸宿在某種程度上，是由人自己決定。

有關死歸何處的終極關懷，可包括下列重要議題：

1.認識生命的意義：理想、現實；精神、物質；永恆、短暫；形而上、形而下。

2.了解生命的目的：承襲前世因、積造來世果；今朝有酒今朝醉、為永遠生命努力；創造宇宙繼起的生命；短暫永恆、終成虛幻。

3.接受生命的真實：生亦有時、死亦有時；憂喜參半、喜怒參半；生離死別；生老病死；家道豐盛、家道中落。

4.提升生命的境界：永生、永死；天堂地獄；復活、死亡；意氣飛揚、生命灰黯。

(三) 應做何事

人生應做何事的問題，當然可用抽象的方式，指出要做好人，做好事。但是，細節上或是執行上，因為落實在具體環境中，因著時空背景的不同，而引出許多不同的觀點。

　　在具體應做何事的問題下，鄔昆如（1999）認為可以從哲學的方法，提出一些見解：首先就是認識自己。我是誰？我要過什麼樣的生活？人是什麼？等問題。一方面可以在人與世界的關係中，獲得某一程度的答案；另一方面亦可以在人與人的關係中，得知某些解答。哲學可以非常抽象地告訴你：人是有理性的動物。但是，在人真正問及自己是誰時，這理性的動物恐怕就不足以解答；因為，人是理性的動物，本身只是指出人在世界上與其他事物比較上的意義，至於人的獨立性並不能完全表現出來。一個人在思考自己的存在時，感情的因素總要比理性的因素多。也就因此，存在主義對人是什麼所給與的答案，就要比傳統哲學落實。

　　認識自己不是一件容易的事：也許這就是上天的意旨，人的獨立性、個別性總是需要群體性來襯托，才能完整地呈現出來。因為世界上原本就沒有一個完全與他人沒有關係的「人」。人際關係是認識自己的最便捷的途徑。可見，一個人如何對待別人，才是其道德的存在明證，也是他認識自己的具體方法。

　　在群體的生活中，人首先將自己和禽獸分清，用各種德目作為人際行為的規範。孟子在這方面提出了很有見地的意見：人獸之分，在於人際關係的「父子有親，君臣有義，夫婦有別，長幼有序，朋友有信」。這些人倫常理顯示出人是一個道德的主體，因而道德行為是人生應做何事的根本道理，做人最基本的，就是做一個有道德的人；這有道德的人不是一種自以為是的道理，而是在群體生活中，和別人相處時顯示出來的德行。

　　道德的規範與宗教的信條都是嚴厲的，無法討價還價。一個人如果固執於這些規範和信條，其生活必然枯燥無味，而且可能活在痛苦之中。因而，在一個人認識自己時，人的道德性、宗教性之外，尚有藝術性，作為精神生命境界的發揮。其實，人性的自由，在藝術生命中有無限廣闊的天地。藝術基本上是人的精神生命注入到物

質世界之中，使原屬於自然的東西，轉化成藝術品。在觀賞藝術品時，了解到因人的精神存在，發揮了「自然的再造」事實；而且，精神和物質的合一，不但沒有使精神墮落，反而使精神生命提升。

人性的完成也就在於統整道德人、宗教人、藝術人的心靈。當然，爲了具體的、現實的生活，科學人也是需要的，他們在改善物質生活方面的努力和成就，也能顯示出人爲萬物之靈的事實。物質生活的提升對人生是有幫助的，不過，物質生活比起精神生活來，在層次上而言，就顯得微不足道了。聖經上說：「人賺得全世界，賠上自己的生命有什麼益處」，正是最佳註解。

生活是一種智慧，很難用知識去衡量；知識份子就應當比文盲過得更幸福更快樂；生活是精神生命的表現，否則，有錢人就會比窮人更快樂。我們不否認知識的用處，也不否認物質的條件，對人而言，我們不能認同知識和物質對決定性的影響力。活用知識才是智慧，慎用物質才是智慧，能在生活中求得幸福才是智慧。

認識自己無論是反躬自省，或是與人、與物，乃至與天的關係，都可以了解到在人生目的的議題中，今生今世應做何事，如何在生活中完成自己的人性、人格，完成做人的目的之所在。有關應做何事的終極關懷，鄔昆如（1999）認爲可思考下列議題的內涵：

1. **我是誰**：我是怎樣的人，我想做什麼，我想成爲怎樣的人，我想過什麼樣的生活，我會什麼，我已做了什麼。

2. **人我的關係**：獨善其身、兼善天下；無爲爲本、回歸自然；和諧圓融、抗爭文化。

3. **物我的關係**：取、捨；得、失；利、弊；本、末；始、終；先、後；有緣、無緣。

4. **天人的關係**：真、善、美、聖；身、心、靈；知、情、意；恩典、苦難；信、不信；赦免、罪。

四、終極關懷 —— 人類生命素質的指標

　　在邁入二十一世紀的台灣社會，不論在政治、經濟、科技各方面都有長足的進步。不過，在過分倚重理工實用科技，輕忽人文理想的教育環境脈絡中，台灣社會也付出慘痛的代價：倫理觀念的模糊、暴力橫行、家庭功能式微、政經混亂、正義公理不彰、社會脫序、私心自利等。在這樣的社會環境中，不尊重自己與他人界線，隨意侵犯別人身體領域的傷害、戕害生命、物慾橫行、性商品化、不擇手段的快速成名、浮萍般的潮流風氣、淺碟形思維的膚淺處處可見，不僅為人類的前途帶來隱憂，更為生命素質注入腐蝕的變因。終極關懷提供一盞明燈，幫助人類回到原點，探討認識生命的意義、尊重並珍惜生命價值、接納並發展個人獨特的生命，並將小我的生命與天、地、人之間建立美好共融的關係，以達天、人、物、我間的圓融關係。

 貳　塊狀引述

有一天，我們都要離去

　　當有一天我要離去，請不要為我傷悲，我只是回到原來的地方去。

　　當有一天我要離去，請不要為我立碑，悄悄地安睡我最歡喜。

　　當有一天我要離去，請照樣唱歌跳舞遊戲，把笑聲送給我當作後（厚）禮。

杏林子‧劉俠

　　連續參加劉俠女士、白培英董事長夫人林瑞麗女士、尹前監委士豪的追思禮拜，劉俠女士寫的「當有一天」的詞一直在腦海中盤繞著。生命可以輕如鴻毛，可以重如泰山，但在生命的最後一段旅程中，如何能走得如此豁達、安詳、肅穆、感人，乃是因為生命中有些不一樣的內涵在。對基督徒而言，這些內涵都是經過「神的同在」之後沈澱、鍊淨、更新變化下的產物。

　　因著有神的同在，心中自然常有信、有望、有愛。

　　因著存有信心，確信跨越生死的鴻溝後，我們都要回到神所預備的、永遠的、更美的家鄉。

　　因著存有盼望，確信靈魂離開暫住的身軀後，我們不再受制於有限的形體，可以如飛而去，結束世上客旅、寄居的日子。

　　因著存有愛心，確信生離死別是短暫的，不是永別，我們終必因耶穌復活的生命，享有永恆的生命，將來必在天家再團聚、再見面。

　　如此的信心、盼望和愛心，成為面對死亡陰影的憑據與依靠，因此，是生命終極關懷的重要議題。

　　劉俠女士在她的著作《為什麼我沒有自殺？》中提到，像她這樣的人，當初應該有無數的理由自殺：要學歷，因病只能念到小學；要身分，成名前她只不過是個默默無聞的殘障者；要健康，她注定要擁有一個不斷退化的身體，加上每天疼痛相隨，讓她掙扎於要不要活下去的猶豫中。一直到十六歲成為基督徒，讓她從信仰中認識與體悟生命的本質和意義，終於走出陰霾的歲月。

　　白董事長在《致愛妻》一文中有一段感人肺腑的敘述：「妳住院期間，我每晚從醫院返家就寢，午夜夢迴，總會想到四十四年來我們相攜相扶同甘共苦的點點滴滴，以及你我實而不華的恩愛，每每輾轉反側，不能再眛。而今妳離我先返天家，剩我一人形單影隻……，不過妳放心，我會從悲傷中走出來，靠主加添力量，堅

強地過好餘年的每一天，直到我們在天上重相見……。」

在尹前監委士豪的紀念文《永遠的懷念》中有一段話：「……一九七〇年代初期，國內還處於國窮民困，先生有感於前中原大學校長韓偉弟兄的迫切呼召，在中美斷交，退出聯合國之際，不考慮事業機構、外商機關、公立學校的邀約，毅然投入以基督信仰為全人教育基礎的中原……。先生一生中最值得欣慰的是將工作做在基督的國度裡，做在青年人的身上，做在苦難的國度裡。世上的財富、權利、虛名終將過去……。」

追憶三次追思禮拜，送別故人，心中仍然不捨，正如許多人共同的感受：那種親如家人遠行離去的情懷是那麼真實，且彌足珍貴。是的，我們有了這許多的見證人，如同雲彩圍繞著我們，就當放下各樣的重擔……，存心忍耐，奔向那擺在前頭的路程。

這麼與眾不同的生命內涵，與足堪仿效的生前行宜，不正是生命終極關懷的最後一堂課嗎？

（原載於《基督教論壇》九十二年四月二十八日）

 參 體驗性活動

一、活動名稱：黃美廉博士成長歷程的省思。

二、活動目的：1. 引導學生認識自我生命的價值與意義。

2. 協助學生面對與處理生命的有限與困境。

3. 藉由生活事件使學生珍惜生命。

三、活動流程：1. 講述或傳閱黃美廉博士的新聞事件內容。

2. 說明腦性麻痺的症狀與生活狀況。

3. 分組討論或分享：

(1)當你看到腦性麻痺患者，你會想到什麼？感覺

如何？

(2)倘若你家中有一位腦性麻痺患者，你的感覺如何？你有何行動？

(3)黃美廉博士的事件帶給你什麼啟示和提醒？她的人生態度如何？生命的活力如何？

4.大團體分享與結論。

肆　問題思考

1. 終極關懷的基本概念為何？

2. 臨終關懷、安寧療護、終極關懷的涵義有何相似或相異之處？

3. 你對終極關懷的人生三大問題：生從何來、死歸何處、應做何事、有何個人觀點？

4. 你認為自己是怎樣的人？有什麼理由讓你不滿意自己或討厭自己？

5. 愛自己很難嗎？疼惜自己不為過吧！多愛自己一些有困難嗎？

6. 你相信或不相信「人是按著神的形象、樣式造的？」為什麼？

7. 哲學家笛卡兒說：「我思故我在」，思考人生的意義與價值可以豐富生命的涵養，延展生命的深度，你以為呢？

伍　參考文獻

孫效智（2000），生命教育的內涵與實施，《哲學雜誌》，35期，頁4-29。

張淑媚（1994），保羅田立克的道德學及其在德育上的涵義，《國立台灣師範大學教育研究所碩士論文》。

陳建洪（2000），終極關切與儒家宗教性：與劉述先商榷，http://
　　　　　www.cuhk.edu.hk/ics/21c/issue/article/991234.
　　　　　htm。

黃天中（2000），《死亡教育概論》，台北：業強。

黃孝光（2001），生之追尋──「從古詩十九首到詩篇九十篇」，
　　　　　論文發表於中原大學──生命教育學術研討會。

鄔昆如（1999），《宗教與人生》，台北：五南。

潘正德（2003），有一天，我們都要離去，《基督教論壇》。

賴允亮（2000），打造安寧療護的本土模式──台灣臨終關懷的現
　　　　　況與展望。論文發表於中原大學──宗教學術研討會。

Hospice Foundation of America (1993a). *What is Hospice?* http://www.
　　　　　hospicefoundation.org/what_is/.

Hospice Foundation of America (1993b). *About NHPCO.* http://www.
　　　　　nhpco.org/public/articales/index.cfm？cat=31.

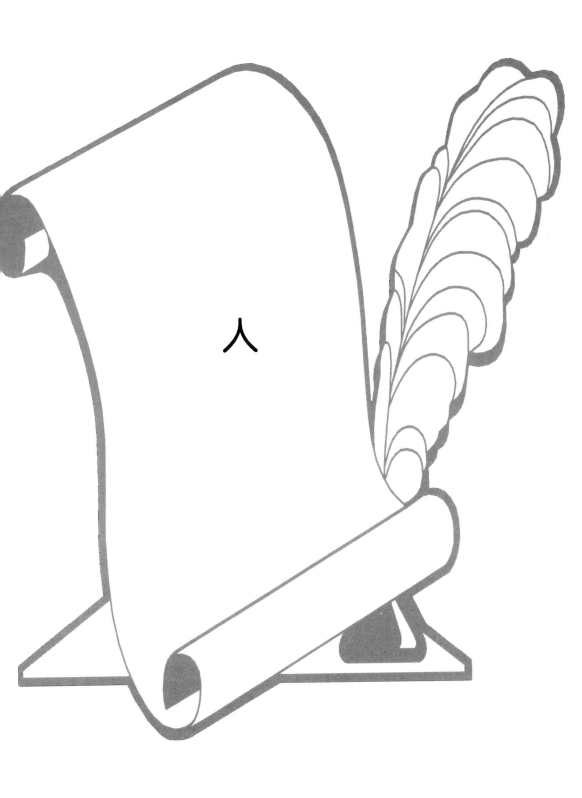

生命教育之理論與實踐

第 **5** 章

社會正義與
社會關懷

林繼偉

生命教育之理論與實踐

　　當代自由主義巨擘羅爾斯（Rawls, 2001）將正義定義為「公平」（fairness，或作公正），社會正義即是社會公平。這種正義觀念中，最根本的理念是「社會作為一個世代相繼的公平的社會合作體系」（Rawls, 2001, p.6）。社會正義關注的主題是社會的基本結構，包含政治制度與社經設計對個人平等權利的保障。羅爾斯（2001）最新力作《作為公平的正義：正義新論》中引入「一個良序社會之基本結構」的理念。陳述「一種正義的基本結構保證了我們可以稱為背景正義（background justice）的東西（Rawls, 2001, p.11）」。《正義論》（Rawls, 1971）開宗明義指出，正義是社會制度的第一德性。每一位社會成員都應該擁有一種基於正義的不可侵犯性，即使以社會整體效益的名義亦不可剝奪。羅爾斯（2001）的正義論強調基本自由；複數的「讓基本自由」；主張社會與經濟上的機會平等；並且重視對弱勢團體的補償原則，以彌補其天賦或後天的劣勢，實現社會正義。上述自由、平等與正義三個觀念緊密相關，同屬於「善」的領域，而且正義普及於並統攝其他兩個觀念。正義的原則支配自由與平等，透過糾正錯誤以及解決衝突，賦予自由與平等行使的正義狀態。「當正義因此而支配了自由與平等的追求時，自由與平等能在一個有限的範圍內作和諧的最大量化」（Adler, 2001, p. 149）。

　　在「公正（公平）即正義」觀點之外，哲學家阿德勒（Adler, 2001）主張，「正義」是建立在人類與生俱來的自然需要與自然權利之上，意即正義與不正義是根據什麼對人類而言，是真正的善與惡（不只是公正）。阿德勒的正義理論更接近中國傳統「義」的概念。《中庸》：「義者，宜也」，阿德勒認為，正義即是對他人的自然權利行使正當的行為。

　　阿德勒的觀點實際上是師承西方正義觀念先驅柏拉圖《理想國》、亞里斯多德、奧古斯丁等自然主義正義論者，他們共同肯定

自然正義的存在。儘管正義是絕對地與客觀地存在於觀念世界，柏拉圖卻認爲正義不能自然而得，必須透過分享和參與獲致（鄔昆如，1991，引自陳美如，2000）。現代社會正義的觀念源自十七世紀西方人文主義的思想，視個人爲社會的最終基本單位，主張個人自由、保障個人生存與發展、肯定自我尊嚴。根據此一社會共同信念，強調以法治爲本、保障個人平等權益與社會公益（葉啟政，1991）。有別於哲學家關於正義的「觀念世界」的探討，社會學家著重於討論政治權力和公民權利，普遍將社會正義的中心議題集中在分配正義（distributive justice）上，著重權利與義務平權的普遍主義（Jary & Jary, 1998）。

　　儘管社會正義被視爲社會制度的首要價值，在實踐上往往具有高度爭議性與不確定性。首先，社會正義判斷是價值體系的問題，社會中的正義或不義源自於社會群體或個人依其價值體系爲參照標準所作的社會評價，亦屬個人知覺範疇（李長貴，1980）。羅爾斯稱此爲「正義觀念」（conception of justice）的可能歧異。相對於普同的「正義概念」（concept of justice，每個人心中的正義感），個人所持正義觀念可能與他人正義觀念或社會正義相牴觸（林火旺，1998），例如拒絕服兵役與納稅的個人正義，明顯和社會普遍接納的國民義務相牴觸。其次，社會正義實踐的相對性經常引發持續爭議，例如對特種考生的加分措施或比例保障、國中小學教師免稅措施等。社會正義實踐的相對性常導因於時空環境的變異，也受價值判斷的影響。以中小學教師納稅的爭議爲例，取消此項優惠制度的立論點在於：相較於制度施行之初，中小學教師待遇已相對提升，當年給與補貼的理由不復存在；同時，納稅義務的普遍性原則再次受強調，基於職業類別或身分而形成的特殊保障受到挑戰。最後，社會正義儘管爲一絕對性概念，其實施卻有賴於平衡取捨。例如基於老有所終理想而發放的老人年金，常受縣市政府財政預算與整體

社會福利支出影響而被迫刪減或終止。

　　社會正義的實踐誠然不免於上述疑難，因此動態的辯證過程即為落實社會正義所不可或缺。多元的社會評價機制是此辯證過程的必要條件。社會正義的主題既是權利與義務分配的正義（此分配正義不可錯解為平均主義），多元社會評價機制有助於排除分配決策的壟斷。舉例而言，大眾傳播媒體發揮所謂的「第四權」監督社會政策；社會團體（特別是非營利組織）扮演競爭的同盟角色，參與公共政策與社會福利等，凡此集合而成多元社會評價機制，有效制衡「定於一尊」的支配力，進而從社會整體排除社會歷史和自然方面的不平等因素（Rawls, 1971）。廣義的社會評價機制即是蕭新煌（2002b）所謂的「民間社會力量」。民間社會力量「不僅是對不平不滿現象所發生的求變的吶喊，更是尋找新社會秩序的一種有意識動力。」（蕭新煌，2002b，頁21）一九八○年代以降的社會運動正是此民間社會力量集結的過程與結果。民間社會與公權力相互辯證與其相應作為落實了政府施政主張與社會運動的理想，進而維護社會正義所訴求的自由平等，在許多社會面向上呈現新的價值與風貌（參見補充討論5-1）。

補充討論 5-1

健保紓困與社會正義

　　在中央健保局調高費率並提高部分負擔的爭議聲中，傳出民眾因失業問題無力繳納保費以致延誤就醫，病情加劇的案例，引發公益團體與民意機構熱烈討論與建言。行政院衛生署亦提出「全民健康保險經濟困難及經濟特殊困難者認定辦法」，並於民國九十二年七月十日公告實施。此項健保欠費免除或緩繳辦法定位為「新紓困方案」，目的在減輕經濟困難民眾的欠費壓力並重新回到健保體系，享有健保醫療照護。除依據被保險人家庭收入能力及家庭財產作為主要的認定標準，並考量主要負擔家計者如發生死亡、重病、失業

或其他重大事故對家庭經濟衝擊者，併列為適用對象。辦法中以《社會救助法》所定最低生活費標準為依據，全家每人每月平均收入未達所在地區最低生活標準的一百零五倍及一百零二倍作為經濟困難與經濟特殊困難者的認定依據。此外，亦對持有身心障礙手冊、罹患重大傷病、服役、服刑或家庭變故之主要負擔家計且無力繳納保險費者，給與經濟困難及經濟特殊困難之認定。符合「經濟困難」的民眾可以申請緩繳積欠的健保費，至有清償能力後繳納。「經濟特殊困難」且四年以上沒加保的民眾，如果在修法施行一年內（民國九十三年六月五日前）加保，可以申請免除以前的健保費。健保局並提出「分期攤繳保險費」、「紓困基金貸款」、「緊急醫療保障措施」、「轉介公益團體補助保險費」、「失業勞工醫療保障」等多項紓困措施，協助健保費用繳納困難民眾，照顧弱勢民眾的就醫權益。「全民健康保險經濟困難及經濟特殊困難者認定辦法」與相關紓困方案的實施可視為政府對民意「社會正義」訴求的積極回應。 資料來源：衛生署，http://www.doh.gov.tw/ufile/doc/公告附件－經濟困難認定辦法.doc (2003/12/01)

一、社會正義作為人性價值與責任

人本心理學家馬斯洛（Maslow, 1970）提出需求層次論（need hierarchy），認為四項基本需求（生理、安全、愛與歸屬、自尊）統攝於「自我實現」需求。馬斯洛以「自我實現者」（self-actualized person）為人格發展的理想典型。「自我實現者的主要動機不在於基本需求，他們主要是受後設的存在價值（Being needs, or B-values）而引發動機」（Maslow, 1971, p. 311）。馬斯洛將正義（justice）置於真理、良善、意義等十五項存在價值中，視存在價值如同飲水和食物，為人類生存（human existence）所必須。就正義而言，倘若個人缺乏正義的動機與實踐，將形成不安全感、憤怒、犬儒與不信

任等後設病態（metapathologies），馬斯洛將它名之爲一種「動機疾病」（motivation disease）（引自 Monte, 1991）。

　　缺乏正義所呈現的後設病態與心理學上的「被動攻擊人格」近似，個人因此充滿挫折感與無力感，容易轉換鬱積的憤怒爲犬儒式的嘲諷與怨懟。從宏觀的角度來探討這個現象，社會整體缺乏正義感的後設病態正是一種消極的不作爲，是任令社會問題因循苟且的主因，社會將因而缺乏改革更新的力量。

　　正義既是人性價值，同時也是個人責任。阿德勒（Adler, 2001）指出自然道德律要求我們兩項正義責任：(1)行善與避免行惡，也就是正義待人。實踐在不侵犯他人的權利與幸福追求，或在分配與交易上公平無私；(2)關注社區的共同善與一般福祉。正義待人的原則是消極性的使人得利，「不」侵犯他人權益，「不」不公平行事。而關切共同福祉的原則是透過參與社區福利工作，積極地使其他人得著利益。

　　綜合馬斯洛與阿德勒的觀點，正義的實踐需以社會興趣爲基礎，其中心特徵便是強烈關注他人的平等福祉。社會興趣是個人追尋自我實現的自然結果，同時也是生命教育中值得積極培養的特質（參見補充討論 5-2）。

補充討論 5-2

外籍家事勞動者權益

　　伊甸文教基金會創辦人、知名作家劉俠女士（筆名杏林子）不幸遭精神狀況不穩定的印尼籍看護擊傷後猝逝。國人在感傷不捨的情緒中卻見到佳美的祝福，劉俠女士家人不但寬恕該名看護，也盡力協助當事人後續的司法問題。這件意外同時引起社會對外籍家事勞動者權益的關懷。「台灣國際勞工協會和工人立法行動委員會等勞工團體，率同多名曾有受虐經驗的外籍家事勞動者前往行政院勞

工委員會陳情，要求政府盡速訂定《家事服務法》，保障十一萬名
家務勞動工作者。」馮昭台（2003）報導：「在國策顧問劉俠遭心
神喪失的印傭薇娜擊傷猝逝後，外勞團體認為這起意外凸顯台灣社
福資源不足，家庭長期倚賴外勞解決長期照護的需求，但家務勞動
者欠缺法制保障，長期在低劣的勞動條件下工作，讓勞雇皆成為受
害者，因此呼籲政府盡速訂定《家事服務法》。勞工團體並公布『工
人版』的《外籍家務勞動者定型化勞雇契約草案》，勞團主張，家
事勞動者至少應週休一日，享有國定假日，每天連續工作十小時必
須休息，加班也應領加班費，而且每月薪水新台幣一萬五千八百四
十元不得另扣膳宿費。 勞團要求，家務勞動者必須強制加入勞保，
享有勞保等職災保護；外傭可以自由選擇外宿或居住雇主家中，雇
主也不能限制外勞的宗教行為；而且雇主如果要終止契約，應依照
《勞基法》規定，提前一個月預告或給付預告工資。」 勞委會職業
訓練局同意檢討現有的「家庭外籍監護工範例」。台灣社會並未因
此一傷害致死案例而表現歧視或報復性作為。社會福利團體反倒積
極領導關懷外籍家事勞動者的平等權益，顯示社會正義的理想性。

二、社會正義中的關懷倫理

　　阿德勒的正義觀念強調關注社區的共同善與一般福祉，將其視
為個人與社會群體追求幸福時所應履行的正義責任。此一積極性的
正義概念賦予「.正義」關懷的原則與倫理。關懷倫理學家崇托
（Tronto, 1993）與諾丁（Noddings, 1984）以「人類相依存的關係」
作為道德或政治關懷實踐的前提（方志華，2001）。方志華指出，
崇托與諾丁的理論建構不只主張社會正義，而且進一步追求以關懷
作為社會實踐的願景。
　　諾丁所提倡的是以人際關係關係為核心，情意導向的關懷倫理
學，主張「將關懷實踐放入政治〔社會〕的脈絡中去發揮其道德力

量」（方志華，2001，頁 36）。諾丁的關懷倫理學著重人性中關懷的情意力量，使人的關懷情意成為實現社會正義的人性動力，因此諾丁強調關懷的教育培養關懷的人，開發人性中關懷的情意。諾丁主張在學校教育中安排關懷服務與反省批判社會現象的課程，對照現代社會的疏離與冷漠，諾丁的關懷教育尤其具有時代意義。

　　崇托的理論體系是一種鉅觀的關懷倫理學，崇托（Tronto，1993）認為關懷有行動與歷程，不僅止於人格情操的表現；是文化的、生活的複雜網路的產物，亦不限於人際活動。她認為正義的說明會使人去關心、去照料，但卻忽略了去關懷和受關懷。其結果是呈現「需求」，而誰去做關懷之事則無人聞問。完整的關懷圖像包含四個步驟和面向：(1)關心（care about）：注意到他人有需求應被滿足；(2)照料（take care of）：承擔滿足需求的責任並決定回應方法；(3)關懷（care-giving）：身體力行的直接行動，大部分需施者和受者的接觸；(4)受關懷（care-receiving）：關懷者對關懷行動的回應，以檢視需求是否被滿足。崇托依據上述關懷的四步驟或面向，提出相對應的關懷實踐四個道德要素：注意、責任、能力與回應，使得關懷成為真正的社會實踐並落實社會正義的建構（方志華，2001）。

　　在社會關懷倫理的教育層面，曾煥棠（2001）提出「正視社會問題」、「針對問題進行討論與反省」、「維持社會正義應有的作為」三個步驟。曾煥棠指出這樣的教學歷程可以培養積極的人生觀、安身立命的價值觀、統整的知情意行，達成生命教育的目標。而營造一個平等尊重的學習環境，提供多元文化課程的體驗，也將有助於培養學生社會正義與社會關懷知能（陳美如，2000）。

三、社會關懷中的社會問題

社會問題可以被定義為：社會中影響個人與社會福祉的情況，其認定係透過一集體界定的程式，且與社會組織和社會變遷相關（Scarpitti & Andersen, 1989）。李庚霈（1999）指出，任何強調自由與平等的社會必須正視社會變遷的成本（cost）問題，特別是社會成本轉嫁於弱勢人口的問題。於此變遷過程中，社會部分成員或群體常因所處不利地位，產生「相對剝奪感」（relative deprivation）。「這種被剝奪的心理，也是社會運動起因之一」（李長貴，1980，頁 27）。相較於參照團體，弱勢團體的客觀權益不平等（disadvantage and underprivilege）與主觀的相對剝奪感是社會正義關注的焦點，換句話說即是「社會公平問題」。蕭新煌（2002a）對當前台灣社會問題有深刻的論述：

> 台灣社會的國民福祉已脫離了「生存」問題，而進入「品質」和「公平公義」的提升問題。而當前台灣國民生活品質最應迫切需要突破性的瓶頸有：若干行業的工作安全品質保障不足；全方位國民保健的提升不力；高齡化人口身心的保障和兒童的照顧依然欠缺完整的設計；日益惡化的環境污染和自然生態體系的敗壞已威脅到全民生存生機和生活品質；公共安全品質和免於受害的住民權利保障不力；國民文化生活內容單調、膚淺和感官化，知性文化內涵更是欠缺；政治文化粗俗和國民政治參與有量無質，動員有餘而自主判斷不足；社會人心對各種制度和建制的不信任感過高，犬儒心態瀰漫，社會的互信不足，以及社會關懷和利他行為偏狹化等。……至於公平分享的困境則

表現在追求上述各生活品質層面提升的政策，並未完全正
視或兼顧區域（城鄉、東西、南北、本省和離省、都會與
偏遠地區）、階級（如勞工、農民和低所得者）、性別和
族群（尤其是原住民）之間差距的縮小和均衡。（頁114）

　　葉啓政（1991）指出，倫理價值的失落，使得現代化與工業化
原本內涵之可能問題更形惡化。「譬如，倘若官員肯爲社會公益著
想，原應當嚴格執法取締污染，但卻因顧頇因循、或特權猖獗、或
與資本家勾結，導使污染更形惡化。或如，因受賄或特權壓力，官
員任意更改都市計畫，致使原先規劃完善的計畫無法確實落實，加
劇了交通與居住問題。又如，警察因私利包庇色情業者或黑道人士，
使娼妓與犯罪問題加劇；更如，民意代表或官員利用職權包攬政府
之工程或物質採購，從中藉偷工減料或以劣質物品出售來圖謀私利，
結果嚴重影響公共設施之品質。」（葉啟政，1991，頁76）

　　當前社會人權問題最爲凸顯者包括貧窮、性別歧視、老人人權
與弱勢族群問題（蕭野雲，1999；許木柱，1991）。

　　1. 依據內政部統計指標顯示，民國九十一年台灣低收入戶戶數
合計七萬戶，占總戶數比例爲1.02%，爲歷年新高（行政院內政部
統計處，2003）。另外，貧富差距日益擴大，九十年國民所得最高
與最低的貧富差距已拉大到6.39倍，亦爲近年新高，透露出一個嚴
重的社會警訊（行政院主計處，2001）。蕭野雲指出，經濟不平等
爲社會病態的溫床，有賴社會制度上更爲嚴肅積極的作爲。值此貧
富差距擴大加深相對剝奪感之際，引發特權、壟斷、利益輸送與優
惠稅制等社會不正義的探討與改革呼聲。

　　2. 兩性平權問題近來爲社會與教育關注的議題。依據一九九七
年台灣人權報告，婦女人權現況有明顯提升。然而，婦女人身安全
問題與工作人權值得進一步關切。婦女工作權上的歧視，包括單身

條款、禁孕條款與同工不同酬等問題，尤其不符合社會正義原則，卻普遍存在於工作職場。

3. 台灣人口老化指數由七十年的 13.95% 劇增至九十年的 42.33%（行政院內政部統計處，2002），目前台灣六十五歲以上老人逾一百八十餘萬。同時，受家庭結構改變的影響，近七年來台灣地區增加四分之一孤單老人，目前至少三十五萬名老人獨居，或僅有老夫老妻相依為命。老人照護問題為當前台灣社會的重大課題。我們亦不諱言，「尊重」是當前社會極為欠缺的品質，老人歧視與受虐問題也日趨嚴重。

4. 依據嚴格的標準檢驗，在台灣真正可以稱之為弱勢族群的大概只有原住民（許木柱，1991）。許木柱指出，原住民面臨嚴重的經濟與教育適應問題。在經濟問題方面，原住民所得普遍偏低，在一九八五年的調查顯示，其平均所得僅為全國平均之 39%。此外，原住民容易受失業問題影響，為當前顯著的就業弱勢團體。另一方面，原住民學業成就（尤其是國文與數學兩科）普遍低落，高等教育人口比例亦偏低。原住民在經濟與教育上的弱勢衍生族群與個人發展的嚴重適應問題。

四、社會關懷實踐社會正義

狄更斯在《雙城記》寫到：「這是最光明的時代，也是最黑暗的時代；這是最明智的時代，也是最愚昧的時代；這是充滿生機的春天，也是了無生氣的寒冬。」刻劃同一時代截然相對而並存的社會現象，遙遠年代的暮鼓晨鐘依然思之真切。《志工美國》（*Volunteer America*）一書為狄更斯的文字作出最好的註解：「惡劣的循環儘管持續，然而慈善（goodwill）也同樣強而有力。」台灣九二一大地震的重建經驗也深刻見證愛與關懷的力量。救援組織與慈

善機構的即時支援，傳遞生命共同體的情感，安慰了受創傷的心靈。此外，若干志願服務團體（包括基督教救助協會、中原大學等）長期紮根，結合社區力量，重新凝聚重建區居民對家園的盼望。今天各處的社區營造組織已經活潑有力地起來推動重建與更新。而一間又一間友善、會呼吸、與生態和諧的學校從斷垣殘壁中樹立，成為美好的紀錄。

　　近期台灣社會在建立「志工台灣」新典範的同時，也誠懇面對社會內部的冷漠問題。援引淩志軍的一段文字：「很顯然，……一些比貪污、賄賂、詐騙、獵色更可怕的事。就像形形色色的意識型態一樣，冷漠和不負責任，在中國也有著深厚悠久的社會基礎，到今天仍然無時無處不在糾纏芸芸眾生。……象徵了冷漠對人的生命和意志的不可思議的毀滅力。」（淩志軍，2003，頁268）。淩志軍對現代大陸地區的觀察與反省提供我們他山之石的借鏡。

　　意識到現代生活疏離的危機嚴重阻礙和諧與信任，中華民國紅十字會與國際扶輪社發起「反冷漠運動」，呼籲將尊重生命、服務利他的觀念轉換為生活實踐。這個發自社會的清流心聲能否形成興新的社會運動？關鍵恐需更真誠深刻的反省與公民意識的提升。而個人社會關懷的動力可藉由生命教育中的典範建立與楷模學習培養（參考補充討論5-3），並透過服務課程的實踐深化關懷倫理，社會正義的天賦人權與責任或能在生命紮根，匯集起來推動台灣的正義新社會。

補充討論 5-3

個人專業中的社會關懷：以歌德、安徒生為例

　　史懷哲：「歌德從小到老，都是仁慈而富於共鳴心的。正如許多實例所證實，他從不對有求於他的人縮身而退。尤其當他面對精神與靈魂有苦惱的人時，他必伸出援手，而這對他而言，也正是最

自然的行為。是『無可選擇的僻性』使他如此——這是他自己說的話。由他的這種對孤獨的人們、沈倫於不滿與苦楚的人們的思慮，產生了詩《冬天的哈爾茲之旅》中的一章『然而，那離群索居的是誰？』成為他作品中最動人的一篇」（鍾肇政，1983，頁 263）。楊喚描寫安徒生的作品：「你父親的鞋子不能征服荊棘的路，你母親的手也沒有洗淨人們的骯髒。而你點起來的燈啊，將永遠照亮在這苦難的世界上。」（楊喚，1985，頁 93）安徒生的《賣火柴的少女》與《醜小鴨》等作品，一直都是困難挫折中的安慰與激勵。

參考文獻

方志華（2001），關懷倫理學相關理論開展在社會正義及教育上的意涵，《教育研究集刊》，46，頁 31⁻

行政院內政部統計處（2002），台閩地區扶養比變動統計分析，http://www.moi.gov.tw/W3/stat/topic/topic414.htm（2003/12/01）。

行政院內政部統計處（2003），低收入戶數及人數，內政統計月報，http://www.moi.gov.tw/W3/stat/month/m3-01.xls（2003/12/01）。

行政院主計處（2001），中華民國台灣地區家庭收支調查報告，http://www129.tpg.gov.tw/mbas/doc4/income190.htm（2003/12/01）。

李庚霈（1999），〈社會需求、公平與正義〉，郭靜晃等編著（1999），《社會問題與適應》，台北：揚智文化。

李長貴（1980），《社會運動學》，台北：大林。

林火旺（1998），《羅爾斯的正義論》，台北：台灣書店。

許木柱（1991），〈弱勢族群問題〉，在葉啓政、楊國樞主編（1991），《台灣的社會問題》，台北：巨流。

陳美如（2000），從社會正義談多元文化課程的實踐。《國民教育》，41(2)，頁 62－69。

淩志軍（2003），《變化——「六四」至今的中國社會大脈動》，台北：時報文化。

曾煥棠（2001），社會關懷教育與生命教育。《教育資料集刊》，26，頁 131－152。

馮昭台（2003），外勞團體要求政府制定家事服務法，台灣固網新聞頻道，http://www.anet.net.tw/news/200304040161.htm（2003/12/01）。

楊喚（1985），《楊喚全集 I 》。台北：洪範。

葉啓政（1991），〈當前台灣社會問題的剖析〉，在葉啓政、楊國樞主編（1991），《台灣的社會問題》，台北：巨流。

蕭野雲（1999），〈社會問題分析〉，郭靜晃等編著（1999），《社會問題與適應》，台北：揚智文化。

蕭新煌（2002a），《好社會——浩劫後的台灣願景》，台北：新自然主義 。

蕭新煌（2002b），《新世紀的沈思——政黨輪替前後的觀察與建言》，台北：新自然主義。

鍾肇政編譯（1983），《史懷哲傳》，台北：志文。

Adler, M. J. (2001). *Six great ideas: Truth, goodness, beauty, liberty, equality, justice.* 蔡坤鴻（譯），《六大觀念》，台北：聯經。

Jary, D. & Jary, J. (1998). *Harper Collins dictionary of sociology.* 周業謙、周光淦（譯），《社會學辭典》，台北：貓頭鷹。

Maslow, A. (1970). *Motivation and personality.* New York: Harper & Row.

Maslow, A. (1971). *The farther reaches of human nature.* New York: Viking.

Monte, C. F. (1991). *Beneath the mask: An introduction to theories of personality.* Fort Worth, TX: Holt, Rinehart, & Winston.

Noddings, N. (1984). *Caring: A feminine approach to ethics and moral education.* Berkerly: University of California Press.

Rawls, J. (1971). *A theory of justice.* Cambridge: Harvard University Press.

Rawls, J. (2001). *Justice as Fairness: A restatement.* Cambridge: Harvard University Press. 姚大軍（譯），《作爲公平的正義：正義新論》。台北：左岸。

Scarpitti, F. R., & Andersen, M. L. (1989). *Social problems.* New York: Harper & Row.

Tronto, J. C. (1993). *Moral boundaries: apolitical argument for an ethic of care.* New York: Routledge.

第 **6** 章

人際關係

潘正德

生命教育之理論與實踐

壹　理　論

一、人際關係的基本概念

　　人際關係（interpersonal relationship）又稱人群關係，意指人與人之間相互交往、交互影響的一種狀態。廣義的人際關係包括：親子、兩性、手足、勞資、師生、友朋等任何型態的人際互動之關係。狹義的人際關係專指：友伴、同儕、同事的人際互動關係（徐西森、連延嘉、陳仙子、劉雅瑩，2002）。由上可知，不論是萍水相逢的陌生人、擦身而過的住戶、不預期相遇的友人舊識，只要在相聚的一刻，產生某種程度的互動，造成相互的影響、牽絆，均可稱之為人際關係。

　　人際關係是一種社會化歷程：是一種影響力的過程，也是一種行為模式，它是可以觀察、評量、感受的，也可以經由學習、訓練加以塑造、強化與改變。談到中國人的人際交往，其中涉及的變項與層面極廣，但基本上仍不離楊國樞（1993）認定的中國人關係取向的五大特點：

　　　1. **關係形式化**：角色關係的規範決定雙方的交往行為。

　　　2. **關係回報性**：交往的期望以回報為目的。

　　　3. **關係和諧性**：人際交往以和諧相處為最終目標。

　　　4. **關係宿命觀**：用緣、命等概念來化解衝突。

　　　5. **關係決定論**：與他人交往以與此人的關係為行為法則。

　　由於影響國人人際關係的變項極多，因此，在人際關係的定義上，就顯得多元而相容並蓄。瞿學偉（1993）把中國人的關係視為

是由人倫、人情及人緣這三個概念組成的社會建構。「一般說來，人情是其核心，它表現了傳統中國人以親親（家）爲基本的心理和行爲模式。人倫是這一基本模式的制度化，它提供一套原則和規範，使人們在社會互動中遵守一定的程式，而人緣是對這一模式的設定，它將人與人的一切關係都限定在一種表示最終本源而無需進一步探索的總體框架之中。因此，情爲人際行爲提供是什麼，倫爲人際行爲提供怎麼做，緣爲人際行爲提供爲什麼，從而構成一個包容價值預設、心理和規範的系統。」瞿學偉的觀點從一個較高的抽象層次簡單扼要地勾畫出中國人人際交往的意義系統。在人際關係中，情感是重要的元素，而既定關係（人倫）中所預設之規範行爲，是用來表達對另一個人的天賦之情。要表達人際關係中之不同情感必須去做那些規範行爲，而那些規範行爲是否顯現又被用來作爲決定關係之雙方是否具有應有的情感指標（楊中芳，1999）。

從有關人際關係基本概念的論述得知，人際交往、人際關係、人際情感是有待釐清的三個名詞。釐清上述三個名詞，將對人際關係獲得具體的概念，而有益於人際關係內涵的理解。

二、人際交往、人際情感、人際關係

㈠ 人際交往

人際交往爲人與人接觸時所進行的心理與行爲的往來交流活動。它通常是以次數計算，且是在一特定社交場合中進行。因此，雙方均遵循該場所內涵的角色及交往規範法則，從而產生對自己及對方交往行爲的期望，並依此期望決定雙方交往的質與量，及滿意程度。

由此可知，人際交往不等同於人際關係。因爲人際交往是一種活動、過程，而後者是一種狀態。也許沒有交往就產生不了關係，

但不是每一次人際交往都具有人際關係的實質意義。此外，人際情感亦不等同於人際交往。人際情感是人際交往的一部分，但不是全部；它是兩人交往的主要內涵，但也非全部。人際情感在華人社會裡容易被誤解為人際關係的全部，乃因華人社會、文化中重情感，習於遵循「人情規範」入境隨俗與他人交往。此一「人情規範」即是指在人際交往中，將其對方的情感因素放在判斷、思考及決定之前，因此，使得情感的往來變成人際交往中不可或缺的一環（楊中芳，1999）。

(二) 人際情感

人際情感是指存在兩人關係中的情感元素，這種情感是由人際交往中雙方相互關照、相互支援、相互收授所建立。胡先縉（Hu, 1949）把此一情感分為既定情感與真正情感的構念，把人際情感細分為義務性的「人情」及自發性之「感情」兩種。

人情一詞是指，在文化的指引下，認為存在於兩人之間「應該」有的及給予對方的情感。這一義務性情感有「因人因地而異」的特點，視兩人在什麼交往場合，啟動了哪一種社會既定關係，來決定「應該」有的是什麼情感。這一人情的交往具有較高的規範性，受制於比較明確的、嚴謹的、公平的理性計算之人情交往法則。感情是泛指兩人之間所存在的、自發的真情。感情的交往固然也涉及一來一往的規範，但比較沒有理性的計算，是自願、自然的表露。

一般而言，人際情感通常必須用一些社會既定的、認可的行為來表現出來，才能為對方所理解。同時，人們也會從他人對自己所表現的一套既定行為，去推論對方對自己到底有沒有相對應的情感。在華人的社會中，表達情感的途徑不外乎下列方式（楊中芳，1999）：

(1)緊急救援，不能見死不救；

(2)不斤斤計較，因而雙方可以藉此情而有進一步的交往；

(3)參與維繫關係的「禮尚往來」社交活動；

(4)合作互惠；

(5)互助；

(6)主動關心及助人，不求或寄望對方的回報；

(7)犧牲自我來助人。

(三) 人際關係

如前述，人際關係是兩人連續的、有意義的交往過程中，在某一個時間點上的綜合交往狀況，其中包括三個主要成份：

1.既定成份：指兩人在某一時間點以前，經由交往所建立的所有社會既定的聯繫，或關係所形成的一個交往基礎。其中有些關係是先天既定的，如父女、同鄉等；有些則是後天經由交往經驗所建立的關係，如死黨、好友等。其行為規範大多是應盡義務，情感表達是應（原）有之情感。

2.工具成份：指兩人在其人際交往進程中的某一時間點上的特定場合中，在工具交換層面，雙方滿意（或不滿意）的程度。這裡的工具交換，並非狹意地指物品的交換，而是廣泛地指雙方有無履行該特定場合所指應該做的活動，以便在這一場合的人際交往得以順利進行。其行為規範是互惠、互助，情感表達大多是人情味。

3.感情成份：指兩人在其人際交往進程中之某一時間點，在自發感情交流層面上，雙方親密（或不親密）的程度。其行為規範大多是助人、犧牲，其情感表達大多為自發性。

從上述三個成份得知人際關係的三個特性為：

1.動態性：人際關係不是靜態的關係聯繫，而是經過不斷交往來維繫或增進，不然就會退步。但是每一次交往的經驗，在工具層

面或是在感情層面，都可能是好的、壞的，也可能是不好不壞的。因此，關係的總體狀況比起前一次交往可能進步、退步，也可能維持現況，沒太大改變。

2.**累積性**：經過影響，在下一次交往時，對雙方行為期望的改變，先前的交往經驗得以引進下一次交往的思考中，而具有某種程度的影響力。

3.**場地性**：兩人關係依既定成份所包含的聯繫內容（例如，同學、工作夥伴等），在不同的場合（同學會、合夥公司），會有一種或幾種聯繫被啟動而凸顯出來，成為建立此一雙方交往中之行為期望的基準。因此，兩人關係具有可以隨場合而改變的特性。

三、人際關係的分類

關係在中國人的社會生活中具有十分重要的作用，它是深入理解中國社會結構的基本概念（喬健，1982）。人們依自己與他人關係的不同而有區別的對待。中國社會中人際關係可以區分為不同的類別，儒家思想中的五倫就是一種人際關係分類的理論。這五種關係及其規範分別為：君臣有義、父子有親、夫婦有別、長幼有序、朋友有信。

喬健（1982）指出中國人常見的十二種關係種類分別是：親戚、同鄉、同學、同事、同道、世交、上級、下屬、老師、學生、熟人、朋友或知己。楊國樞（1993）認為，中國社會的關係可根據人們與關係夥伴之間的親疏遠近分為三種：家人、熟人（鄰居、同事、同學等）及生人。他還認為，中國人將家人與熟人看作自己人，而將生人當作外人。他們對待自己人與外人的方式有很大的差別。

何友暉（Ho, 1998）根據人際關係的形成過程，將人際關係分為十四類：由於血緣、婚姻、撫養等結成的關係；因出生而形成的

關係；國籍；政治權威；因軍事占領或殖民形成的關係；社會階層；工作或雇傭關係；居住地；機構隸屬；基於遺傳或奮鬥而形成的社會關係；師生、師徒或監護關係；專業諮詢關係；同伴、情感或異性關係；情境性的、臨時的或偶然相遇的關係。

　　黃光國（1988）提出人際關係的分類：情感性關係、工具性關係及混合性關係。三種關係在交往雙方的情感性與工具性上有所不同。在情感關係中，人們相互關心、彼此依戀。這種關係比較長久，存在於家人與好朋友之間。在工具關係中，雙方交往是為了達到自己的目的而非享受關係中的情感。這種關係多數是不穩定的。黃光國認為，在混合性關係中，人們彼此認識並保持一定的情感成份，但情感成份並不像情感性關係那麼強。像親戚、同事、或同學等人之間的關係，都屬於混合性關係。

　　由上可知，學者專家們對人際關係的分類，由於切入點不同，所獲得的結果亦不一致。例如：若依發展時間的不同，有常態性的人際關係與階段性的人際關係；依發展內容的不同，有人我取向的人際關係與工作取向的人際關係；依互動層次的不同，有深層次人際關係與社交層次的人際關係；依人數對象的不同，有個別式的人際關係與群體式的人際關係；依功能目的不同，有工具性的人際關係與人本性的人際關係等（徐西森等，2002）。如此不一致現象，除可提供讀者們反思之外，亦可證明人際關係已不再是一種生活經驗的累積或是道德倫理的規範而已，它正如經濟學、行銷學等，屬於工具性的知識，具有科學性理論依據的專業。

四、人際吸引理論

　　從社會心理學的觀點來看，人際吸引理論包括相似論（similarity theory）與互補論（complementany theory）；而基於交往歷程或結

果的人際吸引理論則包括互動論（interaction theory）與交換論（exchange theory）（潘正德，1995）。

(一) 相似論

團體中的兩位成員，可能因具有相同或相似的口音、信仰、社經地位、能力、興趣、嗜好、需要、態度或價值等，而相互吸引。有關此一現象，學者專家們有三種解釋：

第一種解釋是平衡論（balance theory），或稱之為 ABX 吸引論。此一觀點的主要內容是，當兩個人（A 與 B）面對共同目的物或人（X），各自持有正向或負向態度的情況下，如果兩人彼此相悅，且對目的物具有相同（似）的態度，則出現平衡狀態。如果彼此相悅而態度相異，或彼此不悅而態度相同（似），便產生緊張或不平衡的狀態。為了恢復平衡狀態，當不平衡狀態發生時，可能導致其中的結構變化。

第二種解釋是交感效度（consensual validation）。所謂交感效度是以他人為借鏡，進而確認自己形象的歷程。當別人所持的態度或人格特質愈被我認為相同（似），則愈被我喜歡。換言之，當我覺得「英雄所見略同」時，焦點不是放在英雄角色，而放在觀點的一致或相似。

第三種解釋是以預期（anticipation）的心理作為相同（似）與吸引的仲介變項。一個人對他人與我有相同（似）的態度，很可能下這樣的結論：兩情相悅。於是為了禮尚往來，我也悅納對方。換言之，相同（似）產生相悅的預期，於是產生因應性的悅納。

(二) 互補論

互補論與相似論相對立，認為互補的需要才是產生人際吸引的原因。此一理論以 Winch（1958）為代表。Winch 針對二十五對配

偶,研究配偶們的個性,結果發現個性專斷者的結合對象大多是個性婉順者,反之亦然(引自潘正德,1995)。此一發現,支援了Winch 的觀點,即兩人相互吸引的需求結構是互補,而非一般人所稱的「物以類聚」的相似論。

Winch 進一步解釋為何需求不同,卻能發生相互吸引的作用。Winch 發現:

*1.*需求相互的滿足:一個渴望扮演強者、照顧弱者的角色,配上另一個渴望扮演被保護、依賴的角色,則兩人的結合可以同時滿足雙方的需求。

*2.*尋求自我的理想:對於一位充滿教育熱誠、可望成為萬世師表的年輕人,在現實生活中苦於諸多限制而無法實現理想,作育英才。一旦碰到實際從事教職的人,心中萬般仰慕之情,是可以理解的。

(三) 互動論

當兩人的人際互動愈頻繁,彼此喜愛的程度愈增加;反之,則喜愛愈減少。俗話說,遠親不如近鄰。除了說明遠水救不了近火外,也支援了來往互動愈多,喜愛關係愈增加的觀點。為何人際間的互動會產生吸引力呢?一般社會心理學家有下列四種解釋(引自潘正德,1995):

*1.*交感效度的影響:交感效度產生人際吸引的作用,除以相同(似)感為基礎外,還可以用一致性(congruency)來加以解釋。根據 Secord(1950)與 Backman(1961)的觀點,在人際互動中,如果一個成員覺得另一成員的特質或某些行為肯定了自己的自我觀念,或因此而促使個人得以採取行動以肯定自我的話,另一成員(他人)便變得非常貼心。前者如相見恨晚,惺惺相惜的際遇;後者如感恩圖報,發憤上進的行為。反之,如果他人的特質或某些行為否定了

自己的自我觀念，便會覺得其人面目可憎，或心懷不軌了。

2.**認知失調的解決**：在認知與行為失去協調的狀態中，喜惡之感扮演非常重要的角色。因此，消除失調的方法之一，便是改變這種喜惡的感受。例如：一對交往多時的戀人某日因細故爭吵（失調產生），女生憤怒地說：「我真是瞎了眼，看錯人。」男生即回嘴：「我才看錯人，犧牲這麼多，真不值得。」此時宜改變彼此暫時性感受，以減少心中的傷痛（恢復協調狀態）。

3.**制約作用的影響**：在人際交往中，有些人的出現會伴隨著愉快的經驗，使周遭的人感受到如沐春風，倍覺溫馨，且屢試不爽，久而久之，只要他一出現，變成了焦點人物，引發眾人的喜愛之情。相反地，有些人的出現像刺蝟一般，令人感到不舒服，久而久之，只要他一出現，眾人便紛紛走避，避之猶恐不及。類似的制約作用在日常生活中處處可見，不勝枚舉。制約的重要條件是酬賞，當酬賞帶來滿足感或愉快經驗時，制約作用便產生了。而所謂「意氣相投」、「情投意合」、「物以類聚」、「英雄所見略同」、「同羽毛的鳥飛在一起」等等，亦說明了某些同質性因素會帶來較多的酬賞，而更增強此一行為或現象。在制約作用的理論中，心理學家亦發現接近（propinquity）因素可以成為有力的酬賞，而形成制約作用。所謂「近水樓台先得月」，即是一例。

(四)交換論

在人際交往的過程中，相似、互補、互動是構成人際吸引的有利因素，但人際交往是一個極其複雜的互動過程，因此有許多狀況不是單一因素能解釋周全的。例如：文人因相似（同質）而相輕；依附性的感情因互補而絕裂；現代化小家庭成員互動頻繁卻情感疏離等。交換論正好可彌補上述理論的缺失。

交換論借用經濟學上投資與回報（報酬）的理論，強調決定人

際吸引的因素是個人間的報酬與代價關係,而不是成員個人本身擁有多少的條件。根據交換論,在甲乙兩人的互動過程中,甲是否喜歡乙,有幾個因素有考慮:

　　1.甲獲得的報酬(reward)是否大於付出的代價(cost)。

　　2.甲獲得的淨值(outcome)是否高於他預期的比較水準(comparison level)。

　　如果報酬減去代價爲正值,且高於預期的水準,那麼乙便對甲產生了吸引作用。這種比較的歷程完全是內在的心理歷程,而非具體的數據可計算出來的。

　　這裡的報酬,是指人際交往過程中,他人的某一活動或行爲足以使個人感到滿足者;代價,則包括在互動中個人感受到的不舒服,如:焦慮、不安、尷尬、厭煩、被冷落等,及原來報酬的喪失;淨值,是指報酬與代價的差值,差值爲正數,則爲得(有利),差值爲負數,則爲失(不利);比較水準,是一種相對的預期水準,此一水準受個人過去經驗,目前判斷與知覺的影響。而在一般的情況下,報酬、代價比較水準均非一成不變,在不同的情境下,將產生微妙的變化,而有升降起伏的現象。

五、結語

　　本文試圖從人際關係的基本概念,人際交往、人際情感、人際關係的分類,與人際吸引理論闡明人際關係的幾個概念。文中大多引用自華人有關人際關係的研究發現加以註解。期盼透過本文的論述,使讀者對華人社會中的複雜人際關係有具體而微、深入淺出的理解。進而在天、人、物、我四個面向中,找到自己在環境脈絡中的安身立命所在,發揮個人秉性,修養忠恕,「盡己之心爲人」、「己所不欲、勿施於人」而達圓融的人際關係,享受生命中的每一

個時刻。

 **塊狀引述**

青少年的人際困擾與突破

　　從一個人的心理發展來看，友情、愛情的追尋與滿足，都是青少年最重要的心理需求之一。這種需求的追逐與滿足，都要經過人－己的互動過程來完成。因此，人己關係的互動對青少年而言，就顯得無比重要了。

　　人己關係互動的結果，便是所謂的人群關係或人際關係。人際關係良好，情感的需求容易獲得滿足，在同輩團體中，亦容易得到認同感與歸屬感。有了認同感，便有學習、觀摩的對象；有了歸屬感，便可消除人際交往中的緊張、害怕、焦慮等情緒。相反地，人際關係不佳時，情感的需求較不易獲得滿足，因此較無法與人建立起信任、親密的人際關係。

一、常見的人際心理遊戲

　　擁有良好的人際關係不是一件容易的事，對青少年而言，最常見的人際困擾是：

　　1.不知如何開始（選擇）自己的人際關係？

　　2.不知如何與人交往？

　　3.不知如何維持良好的人際關係？

　　青少年由於經驗不足，因此在面對上述困難時，常顯得手足無措，一籌莫展。但是在團體的觀摩、學習下，久而久之，便學習到

一套屬於自己人際交往的心理遊戲。其中,最普遍、最常見的心理遊戲包括:

1. **扯後腿**:又稱討皮痛,利用背後搗蛋、唱反調的方式,表達出自己荒誕的角色,期能獲得別人的注意,並確立自己在人際間的地位。

2. **欲擒故縱**:善於利用小聰明算計別人,或設下小圈套,引人上當。由此而沾沾自喜、自鳴得意。

3. **可憐蟲**:自怨自哎,表現出可憐兮兮的樣子,以獲得關愛與同情。由於自憐的角色不易突破、超越,因此個人的心理成長受限制。

4. **喧鬧**:利用嘻笑、哄鬧以掩飾自己,逃避面對現實的自我。

5. **責任轉移**:為自己的行為作合理的解釋,藉以減輕壓力、逃避責任。

6. **打帶跑**:在團體中不願意表現自己真正的意圖,而以蜻蜓點水的方式淺嘗即止,或投石問路,令人疑惑不解。

7. **失敗者**:從內到外全然否定自己,把成功歸因於運氣;把失敗歸因於必然。在團體中,雖然把自己定位於失敗者,在別人面前亦以失敗者自居,但基本上並不希望自己是永遠的失敗者。

8. **欠債者**:在團體中始終扮演入不敷出的欠債者,欠人情、欠友情,永遠償還不清、清理不完。

9. **吹毛求疵**:自以為是,永遠看不到自己的缺失,卻能再三數落別人,指責別人一無是處。

10. **剛愎自用**:堅持己見,一意孤行。曲高和寡,偶而虛晃一招,自得其樂。

以上是青少年最常見的十種人際間的心理遊戲。這些遊戲原本是無所謂對錯、好壞的,但青少年使用某些遊戲久了,很容易養成習慣性反應,因而定型下來。倘若青少年經常使用已定型的心理遊

戲與人交往，別人有如霧裡看花，很難了解真實面貌，久而久之，自然而然便很難結交「心靈契合」的知心好友。

二、突破人際困擾

如何突破人際困擾呢？僅提出下列幾點人際交往的技巧，作為青少年的參考：

㈠ 真誠地待人

自己先學會真誠地對待別人，別人才可能以真誠回報。真誠的態度是不虛偽、不做作、表裡合一、言行一致。友誼的可貴，在於誠字。任何一種心理遊戲均比不上真誠待人的效果，因為心理遊戲是人際短暫的因應之道，而真誠待人則是長久情意之交。

㈡ 慎重地選擇

同輩團體對青少年思想、觀念行為的影響力，大於師長、兄者、父母的影響力。自古以來所謂的「近朱者赤，近墨者黑」，就是這個道理。因此，學習選擇朋友是必要的。若能選擇性情相近、志趣相投的朋友，定有助於個人的成長與發展。

㈢ 適度地關懷

關懷是維繫人己關係最好的動力。適度的關懷是在尊重對方的前提下，避免造成尷尬、不安、不舒服的感受，而傳達真實的關懷。這種情意的交流可以產生溫馨的感受，進而促進友情的發展。

㈣溝通的能力

溝通是人際關係發展中，最重要的條件之一，卻也是年輕人最

弱的一環。溝通首要的條件是傾聽，不只是要聽，並且要聽得完全、聽得清楚。聽完後要知道怎麼回答。要輕聲說重話？還是小聲說大話？無論如何，能設身處地，站在對方的立場考量問題，再以婉轉的詞句、誠懇的態度，談情說理，實不失為理想的溝通方式。俗話說：說話難，有話說更難，既有說話又說得恰到好處最難。

培養表達、溝通的能力，是突破人際困擾不可或缺的要項。

(五) 寬容的心

與人交往，難免會有摩擦、不愉快的時候，即使是最知心的好朋友，也可能因觀念的不一致，或做事方法的歧異而造成誤解。若無法順利處理，多年友情很可能毀於一旦，付諸東流水。友誼的可貴在於接納對方的差異，並從中調適，取得最好的平衡點。寬容的心不僅是接納對方與我的不同，更是容忍、寬恕對方的錯誤。有容乃大，在人際關係的經營中，有它獨特的功能與意義。

(六) 合理的權利與義務

人際交往中，若要保持和諧的關係，必須在取與給、施與受之間感到輕鬆自在。換句話說，就是在人、己關係中，有著合理而具體的權利義務關係。每個人都有自己的權利，當這些權利受到侵害、威脅時，每個人都有權利去維護它；相反地，每個人也有自己應盡的義務和責任，不過，這些義務和責任必須是在自己的能力範圍內。強人所難式的要求，應該適度加以拒絕。中國人的人際關係之所以糾纏不清，就在於權利與義務之間常沒有清楚的界限。與人交往，首先要弄清楚彼此的權利義務是什麼，並且要學會尊重別人的權利，如此才能擁有一個圓融的人際關係。

三、結語：開窗引明月

總而言之，青少年遭遇人際困擾是極其平常的事，重要的是，如何從困擾中尋求突破。倘若青少年能學會上述幾個技巧，並細心經營自己的人際關係，則其人際關係必能達到「開窗引明月，明月照我心」的境界，並從中享受心靈契合的樂趣。（原載於《基督徒全人小百科》，民國八十九年）

參 體驗性活動

一、活動名稱：信任走路

二、活動過程：在一群人當中（班級情境更佳），徵求自告奮勇的幾個人，兩兩配對。前者扮演帶領者，後者扮演視障者（或閉眼睛）。在一定的時間內，由帶領者帶領，引導視障者往前行。各樣的情況均由帶領者排除，或向後者解說以度過難關。

三、活動方式：1.二人配對，三至四對示範。

　　2.團體討論觀察所得。

　　3.引導討論，經驗整理：

　　　(1)每個人都可以被信任嗎？

　　　(2)被信任者有何特質？

　　　(3)何為被信任的行為或特徵？

　　　(4)在兩人的關係中，信任的意義與作用為何？

　　4.角色互換，或全員參與，共襄盛舉。

　　5.大團體討論，心得分享。

肆 思考問題

1. 人際關係對現代人而言,是健全身心不可或缺的嗎?到底人際關係有何重要性呢?

2. 人際關係在不同的發展過程中有不同任務,對你而言,兒童期、青春期、青年期、成年期的人際交往經驗中,哪一個最重要,對你影響最大?

3. 俗話說「生氣卻不要犯罪,不可含怒到日落」,個人的修為(養)是否為改善人際關係的重要因素?

4. 「要愛人如己」在人際關係的意義為何?困難何在?

5. 「你們願意人怎樣待你們,你們也要怎樣待人」,說明人際關係裡「報應」、「報答」、「回報」的本質,你認為該怎麼做最好?或該怎麼行最合宜?

6. 追求圓融的人際關係是否一定要委屈求全,沒有自我?或可以兩全其美,達到雙贏?

伍 參考文獻

徐西森、連延嘉、陳仙子、劉雅瑩(2002),《人際關係的理論與實務》,台北:心理。

喬健(1982),〈「關係」的芻議〉。見楊國樞、文崇一(編),《社會及行為科學研究的中國化》,台北:中央研究院民族學研究所。

黃光國（1988），人情與面子，中國人的權威遊戲，收錄於《中國人的權威遊戲》，台北：巨流。

楊中芳（1999），人際關係與人際情感的構念化，《本土心理學研究》，台北：桂冠。

楊國樞（1993），中國人的社會取向，社會互動的觀點，見楊國樞、余安邦（主編），《中國人的心理與行為——理念及方法篇》，台北：桂冠。

潘正德（1995），《團體動力學》，台北：心理。

潘正德（2000），青少年的人際困擾與突破，收錄於《基督徒全人小百科》，台北：校園團契。

瞿學偉（1993），中國人際關係的特質——本土的概念及其模式，《社會學研究》，4 期，頁 239－257。

Ho, D. Y. F.（何友暉）（1998）. Interpersonal relationships and relationship dominance: An analysis based on methodological relationalism. *Asian Journal of Social Psychology*, 1, 1－16.

Hu, H. C.（胡先縉）（1949）. *Emotions, real and assumed, in Chinese society*. Institute for Intercultural Studies, Columbia University, New York, No. RCC－Ch－PR4.

第 **7** 章

新時代的
倫理與社會

蘇友瑞

生命教育之理論與實踐

壹　理　論

一、對話的時代：「世界倫理」的需要

　　誠如孔漢思（引自劉述生，2001）所言，隨著世界彼此交流日益快速，我們人類面臨一種「對話的時代」，意即在各地不同的文化、社會與信仰的需要下，歸納一套普遍可行的倫理原則成爲地球村的共通語言，因此，全世界的倫理學者莫不盡心盡力去思考，並提倡跨越國際的倫理原則。

　　一九九三年在芝加哥舉行的「世界宗教會」曾發表《世界倫理宣言》，宣言中指出：在人類許多宗教與倫理傳統之中，都可以找到「己所不欲，勿施於人」或「己之所欲，施之於人」的原理。而這原理又可以引申出四個寬廣的倫理指令，即：(1)對於非暴力的文化與尊敬生命的承諾；(2)對於團結的文化與公正經濟秩序的承諾；(3)對於寬容的文化與真實的生活的承諾；(4)對於平等權利文化與男女之間的夥伴關係的承諾（劉述生，2001）。

　　然而，上述倫理原則的普遍性固然無庸置疑，但是個人理解倫理原則後，如何能有效、有意義地實踐？意即，是否有一套可靠的方法論，可以讓人們基於適當的倫理原則而產生對事件的深度倫理判斷？這是本章期待與同學共用的。我們無法期待能從這小小的章節立刻獲得絕對正確無誤的倫理原則，然而，我們卻可以期待自己的倫理實踐不致於違反自己的倫理初衷。

二、價值現象學的倫理思考

世界觀的多元化價值，讓我們何去何從？一種可能的價值判斷方法論為「價值現象學」。簡而言之，直接根據價值觀本身的語義與思想進行演繹或批判，這是我稱之為「價值學的思考方式」。相對地，採用現象學方法，分析一種價值觀在文化中體驗的一致性現象，根據該現象來思考或批判價值觀本身，此即為「價值現象學的思考方式」（劉小楓，1991）。

舉例而言，性自由抑或性保守應如何進行深度的倫理抉擇？常見的論證為，直接從「性」與「自由」進行演繹，那麼理所當然會演繹出「性」不會直接傷害無關第三者。「自由」乃崇高現代社會價值，故採取「價值學」思考方式輔以理性邏輯思想必然會得到支援性自由的結論。然而，如果從「價值現象學」的思考方式，從服膺性自由與服膺性保守產生的現象看來，過去總是誇大性壓抑導致的精神疾病，卻忽視了性自由導致的嚴重性焦慮症狀。

從美國精神醫學統計看來，力主性自由反而產生強烈的擔憂自己性能力不如人、性能力的競賽而產生底層人士的暴力反應。由此看來，從「現象」而論，性自由絕非如字面演繹出來的自由福音，故一個擁有「價值現象學」思考方式的現代人，將不會輕易根據性自由的表面意義直接進行倫理抉擇。

網路時代的網路倫理更暴露出許多以「價值學」思想方式所產生的偏差倫理觀，最常見的便是「言論自由」的爭議。

「言論自由」毫無疑問是一種絕對不可侵犯的真理，但這只是就「價值學」的思考方式而言。從「價值現象學」的立場，實踐百分之百言論自由的網路社會，往往百分之百成為墮落腐化的八卦謠言深淵；愈是期待在網路社會尋求一點意義與價值，愈是在言論自

由的世界中虛無與貧乏。一九九二年台灣學術網路 BBS 興起，資訊流傳遠播的連線轉信討論區成為尋找意義的知識份子最愛流連之處。當時便是以言論自由為最高倫理原則，遭遇「灌水」與「惡意攻擊」只能期待眾人視而不見或張貼大量文章導正討論風氣。結果導致熱誠有心的參與者紛紛灰心喪志而離開，遂造成一九九五年大量出現不轉信的專業 BBS 站。而這些專業 BBS 站出現很有趣的現象，就是愈嚴格管制言論的，愈能維持網路品質而能永續經營。反之，許多連線 BBS 嘗試使用法律來維持言論自由的可行，結果參與人數固然愈來愈多，但卻免不了在晚上十一點之後成為一夜情中心、或成為政治打手互相叫陣的宣傳地。如此一來，還能找到參與網路社會的意義嗎？

　　於是，如果我們比較一九九二年與二〇〇三年的學生 BBS 使用者規範，可以發現，幾乎沒有使用者會認同空泛的言論自由價值觀，大家都默許管理員進行某種程度的限制，不服者會主動在網路數千萬個世界中找到適合自己的園地，而不會強求每一個網路社會都必須符合最嚴苛的言論自由標準。也就是說，言論自由這種價值，剛開始根據價值學的思考方式成為一種空泛無意義的倫理實踐，結果經過十年來的現實考量後，絕大多數網路族都隱約性地感受到「絕對的言論自由，絕對的網路腐化」，進而默許各大 BBS 管理員進行某種程度的管制。這就是「價值現象學」的思考方式，以言論自由被實際實踐後產生的現象，來指導我們的倫理方針。

　　當然在這裡得強調，網路之所以產生這種不過度要求言論自由的現象，最根本的基礎是網路實在太自由。即使是極端限制人民自由的中共政權，也無法防止網友在世界各地建造並參與各種違反專制政權的網路社會。因此網路提供最豐富最多元的世界，合則來不合則去，網友一定可以找到臭味相投的收容所。因此，一個人在某一網路社群被限制言論自由，不代表他在整個網路大世界中會失去

言論自由，他還有幾千萬個網路社會可以參與。如此自由多元的網路社會，自然與現實世界的政治社會有很大的不同。從網路社會的言論自由現象，絕對不可以類比或推衍成現實世界的政治社會現象。

三、個人修行與社會正義不可相互化約

　　從「價值現象學」的思考方式便可以發現，當今與我們切身相關的東方文化，有根本的思考方式之限制，導致我們縱使有最好的倫理原則，卻可能產生極端失去社會公義的現象。這種現象我稱之為「個人修行與社會正義彼此化約」，相對地，在此提出「個人修行與社會正義不可相互化約」的倫理思考原則，來指出面對現代社會應有的自覺（蘇友瑞，2002）。

　　東方文化特有的「修行」此一名詞，是西方文化極難翻譯的一個名詞。修行意謂著自我的提升，無論是道德的提升、肉體健康的提升、心理調適能力的提升、宗教情操的提升等，皆屬於修行一詞的範圍。東方的宗教系統往往是一套圓滿的修行系統，提出各種可行的方法幫助個人的提升。這種提升必定意謂著個人心理調適的圓滿與超越，因此心理輔導相關學門大量引用東方宗教的知識與觀念，正是表示根本的思想共通基礎。

　　然而注重個人的修行，很難逃脫「把社會正義化約成個人修行」的後果。當一個社會發生不公義的事件，很多時候並不意謂著個人有心為惡，而是在某種社會結構下促使不公義的產生。換句話說，即使多完美的個人修行，也無法解決這種基於社會結構而產生的不公義。解決這種不公義的方法，只有個人參與進社會團體，把每一個個人都當然平等的一份子，方能使用社會結構的眼光解決不公義。

　　作為一種傳統中國文化道德「孝道」，在儒家的修行觀底下暴露了「把社會正義化約成個人修行」的矛盾。《孟子・盡心上・三

十五》記載：「桃應問曰：舜爲天子，皐陶爲士，瞽叟殺人，則如
之何？孟子曰，執之而已矣。然則舜不禁與？曰：夫舜惡得而禁之？
夫有所受之也。然則舜如之何？曰：舜視棄天下，猶棄敝蹝也，竊
負而逃，遵海濱而處，終身訢然，樂而忘天下。」爲什麼會產生這
樣的主張？因爲儒家極爲強調孝道，認爲孝道是人的根本道德基礎。
而皐陶抓殺人犯瞽叟是天理，舜這個君王自然知道不可干涉。但是
舜就會傷到己「心」，因爲孝道是人心的根本。所以，孟子主張舜
這時就得逃離造成己心不能兩全的情境，終身訢然，樂而忘天下。
因此，舜這個明君對社會的貢獻不重要，殺人犯沒有受處罰也不重
要；重要的是個人修行之本——孝道——不可廢，「不乎名位」之個
人修行更是美談；所以朱熹贊曰：「學者察此而有得焉，則不得較
計論量，而天下無難處之事矣。」（朱熹《四書集註》）。這便是
明顯地把法治與行政的社會正義，徹底化約成孝道與淡泊名利的個
人修行。

　　再譬如說，「絕對的權力，絕對的腐化」這是一條個人修行與
社會正義不能相互化約的公理。如果個人擁有完美的自我調適能力，
他會自動地放棄絕對的權力？還是他會選擇使用絕對的權力推展他
的理想國？這是人本主義無法回答的問題，因爲個人的心理調適保
障了個人的修行，個人的修行確定了個人行爲的可靠度，個人行爲
的可靠是無法順理成章推衍出「絕對的腐化」這種思維。

　　東方文化最大的社會問題，正是「期待聖人解決社會問題」這
種違反現代社會民主制衡原則的思想，造成假聖人之名行專制暴力
之實的惡質社會層出不窮。究其實，誤認爲「個人修行可以確保社
會正義」的迷思可以說是很重要的因素。面對這樣的問題，便顯示
出人本心理學及其後續學說強調個人心理調適之人論的困境；這也
是東方文化面對現代民主社會的困境。

　　另一種相反方向的思想，是「把社會正義化約成個人修行」。

有趣的例子是發生在東方社會政治意識強烈的情況下，比方說台灣的民主選舉藍綠雙方壁壘分明，個人皆有不同層次的社會正義判斷支援他信任的政治黨派；結果一到激烈的選舉，很容易我們就會到聽到「他支持民進黨，所以他是一個壞基督徒！」、「他支持國民黨，所以他是個壞基督徒！」……是否是一個好基督徒不但不是政治領域，更是屬於個人修行範圍。然而，習於把個人修行化約成社會正義，便很容易變成把社會正義化約成個人修行。所以，一旦自己肯定了某種社會正義選擇後（例如支援某政黨），凡是與自己不同者，我們不會單純判斷為「他的眼界與知識太差導致正義感不足」，我們會直接咬定「他是一個壞人、道德有問題，才會如何如何……」，這就是「把社會正義化約成個人修行」，正是「妖魔化」不同理念者的思想基礎；明顯可見，這是現代社會絕對的禍害思考方式。

因此，在這裡我們強調一種實踐於社會的倫理思考方式：個人修行與社會正義不可相互化約，意謂著任何人的個人修行境界皆不能保證其社會正義的正確性，任何社會正義的判斷也不能預測參與者的個人修行水準。沒有這種倫理思考原則，我們很容易會因為這個人的婚姻、家庭倫理非常健全，就誤認他必然在政治、言論倫理上也一樣健全；或者，因為他是個偉大的政治家，就拒絕承認他同時又是個貪花好色之徒。這些思想缺陷都足讓我們的倫理思考走錯方向。

四、體現在社會實踐的倫理思考

著名的社會學家韋伯（Max Weber）在〈政治作為一種志業〉一文中，闡述「意圖倫理」與「責任倫理」的兩種社會實踐態度。簡而言之，現實生活中善因常不可預期地造成惡果，持守「意圖倫

理」的人會認爲，他只要是根據一個正確純潔的意念進行行動，即使產生了惡果，那是整個社會的愚昧所要負的責任。與之相對地，持守「責任倫理」的人會把善因造成惡果列入自己的責任範圍，在行動中會積極考慮避免善因成惡果的危害（Weber, 1991）。

比方說，「不可墮胎」是一種非常尊重生命的倫理抉擇，爲了避免非自願懷孕或其他問題，而組織嬰兒收容中心來協助不幸少女，免於孤身承擔不可墮胎帶來的巨大困擾，這便是避免善因成爲惡果的「責任倫理」思考方式。反之，堅持不可墮胎又缺乏協助導致不幸少女自殺，這便明顯是「意圖倫理」的實踐方式，過度的「意圖倫理」甚至會發展成謀殺幫人墮胎的醫生，認爲自己是在執行公義行爲，這就是非常糟糕的倫理抉擇了。

結合價值現象學與韋伯的理論，我們可以提出一種「體現在社會實踐的倫理思考」。

從「世界倫理」的提出，我們了解現代「多元化」、「自由」、「平等」與「開放」皆是當前的普遍價值。然而，當該價值透過「個人修行與社會正義彼此化約」與「意圖倫理」的實踐習慣，極可能演變成一種只能躲在學術象牙塔內的「正確的倫理」，只能給學術秀異份子實踐的貴族倫理，反而對普世大眾變成欲善成惡的可怕力量。觀諸台灣社會現況，知識份子的倫理思想總是追逐最秀異最尖端的世界潮流，卻與台灣現實社會完全脫節。標準的例子是追求男女平等的女性主義在學術圈內可以高談到性解放理論，但台灣社會仍然充斥無「法」協助的家暴受害婦女與嚴重性別歧視的法律。

一個現代知識份子面對各種倫理原則，不先被其美麗遠景迷惑，反而充分運用獨立思考能力，避免自己變成空言大志的象牙塔拘留者，這才是一個擁有現代社會精神的公民！

貳 塊狀引述

漫談網路文化──如何保障一個網路虛擬社群的品質？

一個有內容有深度的網路討論區，至少有以下兩個特點：第一是要有人氣型的寫手群，這些寫手們的專業素養要夠水準，而且願意寫很多文章分享給大家。第二是參與回應的討論區大眾要有一定的言論取向，不能讓討論區變得漫無章法、充滿平面化與斷裂化的言不及義。

於是一個討論區常常產生以下問題：第一種情況是，人氣型的寫手寫久了、寫多了是會累的，用心理學術語叫作「被淘空、耗竭了」；寫了兩、三年，仍然還在寫相同的東西，即使大家仍然熱烈地尊重他、愛戴他，他仍然會覺得愈來愈沒意思，而逐漸降低貼文章的慾望。而寫手難得，少了一個人氣型的寫手，不見得馬上就出現足以取代的寫手出現；在寫手的真空期中，這個討論區往往就會低迷下去。

第二種情況是最危險的，東方文化常常有一種「修行主義」的態度，這態度常使討論區發生以下的情況：

第一，看到人氣很旺的寫手，就很想「測試看看他是不是高手」，因此搞出很多刁鑽古怪的問題來整他，目的就是要證明這個寫手「也不過如此……」。這種情況下，一個寫手很容易得到各種莫名奇妙、冷嘲熱諷等等的攻擊。

第二，出現攻擊寫手的社會現象時，基於「修行主義態度」不想跟那種人一樣沒水準，往往寫手就選擇「忍下來」、「不理他」；

問題是忍久了、不理久了，最後就會發現，這個討論區到處都是沒水準的攻擊，洩氣了就只好選擇離開或不講話了；於是，本來還沒耗竭的寫手也因此提早掛掉了。

第三，出現攻擊寫手的現象時，最危險的是討論區的其他大眾；當其他大眾都立即挺身而出幫助寫手對付攻擊者時，這個討論區就可以維持下去，因為寫手不必浪費時間對付一些攻擊，也會從其他人的公開支援而得到鼓勵。然而習於「修行主義」的東方文化，最常出現的是大眾保持沈默，生怕一發言就表示自己很沒水準。更糟糕的是，當寫手反擊攻擊者時，旁觀的大眾還立即責備寫手不應該那麼沒水準，「忍下來就好了嘛！」最後就會變得很好笑的，沒有人責備攻擊者，大家都在罵寫手修行境界不高、跟人家講話不謙虛、口氣太驕傲……卻全都忘了大眾正在集體虐待一個認真貢獻討論區的寫手，姑息與支援擾亂討論區的攻擊者。

第四，由於這種大眾現象，造成即使有別有目的的發文者或「網路小白」上來胡說八道，寫手們也不敢出面批判錯誤的資訊了。因為只要一出面說出事實，對方一旦「見笑轉生氣」地攻擊寫手，上述情況就發生了。

因此最常出現的情況是：一個討論區原本人氣很小，由於幾個寫手熱心經營，人氣逐漸愈來愈高，參與的人愈來愈多。然後開始出現攻擊事件，寫手們開始覺得沒意思了；再來就是一大堆網路小白、灌水兼廣告，寫手看不下去了又無人支援，只好選擇離開。於是一個討論區就毀了。

所以，觀察幾個高水準又品質保證的討論區，必然是寫手們得到絕對的尊重與支援的討論區。當然了，如果該討論區要保護的是某種商業利益下的寫手，那麼，這個討論區就會獨斷專制地保護完全錯誤的知識。這是可能的缺點，不過不值得為了這種缺點就全面犧牲網路討論區的品質；所以想永續經營的高水準討論區，還是在

於我以上說的幾點：

1. 寫手們如何在討論區獲得不斷進步的動力？避免自己被淘空而耗竭？

2. 如何避免修行主義的陷阱？如何避免寫手受到層層干擾而無法講真話或認真回應？寫手們又如何避免自己一遇到白爛攻擊就讓步退隱，而造成好不容易有人氣的討論區被輕而易舉地破壞？參與討論區的大眾們又如何避免姑息各種錯誤知識或白爛攻擊，甚至反過來責備寫手而造成討論區的反淘汰現象？

每一個網路社群都需要永不放棄的堅持者，否則很快就會變成胡說八道的八卦場所了。願意堅持而不被八卦攻擊灰心的網路寫手更是十分稀少，無酬無償的寫手們如何避免被淘空與被惡意攻擊無人支援的窘境？這將是思考網路文化、建構網路倫理的一個最重要之考驗。

 參　體驗性活動

電影「以父之名」欣賞活動

此電影提供本課程針對「愛」與「正義」的延伸討論，可驗證出上述理論被學生吸收之程度。

參考文章：墮落、苦難、博愛與正義——從電影「以父之名」談起（**蘇友瑞**）（http://life.fhl.net/Movies/issue/s4.htm）

1. 從電影中，你能不能描述男主角的一生中有幾個重大轉折？分別代表何種全新的生命態度？

2. 比較男主角父親與炸彈客——你願意當哪一種？

3. 男主角最後的生命態度你贊成嗎？為什麼？

4. 回答上述問題後，你覺得愛與正義可以同時解決？還是無法並存？或者有其他答案？

肆　問題思考

1. 何謂「價值學思考方式」？何謂「價值現象學思考方式」？

2. 試舉出台灣社會你我身邊明顯的「個人修行與社會正義彼此化約」之現象。

3. 試舉出一件成功的社會正義實踐活動，分析其中是否存在「個人修行與社會正義不可相互化約」之現象。

4. 你相信社會上往往欲善成惡嗎？當你遭遇此情況會如何自處？試以「意圖倫理」與「責任倫理」分析之。

5. 試以「世界倫理宣言」為基礎，構想針對台灣社會現象應如何修訂倫理內容，才能有助於台灣社會的實踐意義。

伍　參考文獻

劉小楓（1991），《拯救與逍遙》，台北：久大文化。

劉述先（2001），《全球倫理與宗教對話》，台北：立緒文化。

蘇友瑞（2002），人的扭曲與再造——心理學的人論。引自《生命教育集思——中原大學 2001 年海峽兩岸生命教育學術研討會論文

集》，台北：宇宙光。

Weber, M.（1991），錢永祥（編譯），《學術與政治，韋伯選集 I 》。台北：遠流。

第 **8** 章

家庭教育

盧怡君

壹　家庭教育範疇

　　「家庭教育」一詞，對於許多成年人來說，不但是耳熟能詳的名詞，也是人人都能抒發己見的熱門話題。唯家庭教育常伴隨著社會脈動而被賦予不同的定義。早期的家庭教育都被定位於家庭以內，由父母對其子女所施予的教育。

　　其後，因社會的變遷，衝擊家庭結構的改變，家庭教育漸由家庭內而走出家庭外，也就是說家庭教育不再是家務事。這時期的家庭教育已由家庭中的人際關係延伸至家庭與社會的關係。近年來政府積極以法律規範介入家庭教育，便是以社會教育與社會福利的基調「作為家庭教育的基本架構」。

　　晚近由於終身學習理念的覺醒，再為家庭教育注入新的意涵。此觀念在早年即有學者尹蘊華（1970）提出，以為「廣義的家庭教育，包含個人一生的身心健全培養、情感生活的學習、倫理觀念的養成、道德行為的建立以及入學就業通婚成家，一切立身行事的指導都屬於家庭教育的範圍」。尹氏的上述理念，與早期的家庭教育定義，經由家庭與社會的關係，擴展而為終身學習的觀念可謂不謀而合。也就是說，未來的家庭教育將不僅是活到老學到老，而且是：「始於出生，終於死亡」（民法第六條）的權利和能力。

思考問題

　　1. 共同討論：對於新的結婚證書契約（資料來源：現代婦女新知基金會）內容的看法：(1)整體的；(2)逐條的。

　　2. 從相關文獻資料中，舉述古今中外對家庭的定義和個人的認

知。

3.請從歷史演進的軌跡，勾勒家庭教育的功能取向。

貳 家庭教育的內涵

民國五、六〇年代，適值我國台灣地區經濟起飛，社會結構丕變，因家庭功能式微導致夫妻、親子關係、青少年犯罪等問題，造成社會的隱憂，使政府開始關心如何使家庭教育普及並落實，為此首先於民國五十七年十月修正之《推行家庭教育辦法》明訂：「各級教育行政相關應督導所屬各級學校、社會教育相關及輔導文教團體、婦女團體、積極推行家庭教育。」（第二條）在該辦法中，分別規範專科以上學校、高級中學（第八條）及國民中小學（第十條）應辦理的家庭教育事項為：婚姻、家庭倫理、生活智慧、親職教育等為家庭教育之內涵，期以透過家庭倫理教育（如孝親事長和敦親睦鄰、尊師重道，承志尊賢、禮俗改良）與親職教育（如兒童教育、嬰兒指導、懇親令、母親令、家庭訪問）加強倫理道德教育。再以生活智慧（家事技術、家政管理、家庭醫藥與衛生、家庭副業及職業、體育、康樂活動、美化環境及庭園布置等）為內涵，以改善國民生活，建立現代化家庭。至於「婚姻」一項，以當時的時空背景，只能聊備一格。

有鑑於前述家庭教育內涵推行之效果不彰，且因家庭問題所衍生的社會問題（青少年犯罪率升高、犯罪年齡下降）日益嚴重，政府遂於民國七十九年頒布《家庭教育工作綱要》，對於家庭教育的內涵作了以下的統整：

1. **家庭世代生活倫理教育**：生活禮儀、愛子慈幼、孝親事長、

兄友弟恭、婚姻關係及其他。

2.**夫妻婚姻關係教育**：婚前教育、新婚調適與計畫家庭、夫妻性生活、夫妻溝通與調適、婚姻衝突與危機處理及其他。

3.**現代化家庭生活教育**：居家環境與家庭管理、家庭經濟管理、家庭休閒與活動、家庭安全與衛生、家庭生活藝術及其他。

4.**親職教育**：父母角色與職責、兒童發展與保育、親子溝通與調適、子女教育及其他。

5.**家庭與社會關係教育**：家庭、學校與社區關係之建立、社區資源之運用、社區環境之維護與美化、社區活動關心與參與及其他。

從以上家庭教育內涵的改變，我們不難看出家庭教育的意涵和實施，過去「個人只掃門前雪，不管他人瓦上霜」的時代已經過去，未來的家庭教育已從過去「單打獨鬥」，而迎向更多的人際互動和群體互動的時代。

職是之故，在一九九四國際家庭年後，由教育部委託學術單位研擬《家庭教育法草案》，歷經六年至民國九十年四月七日經立法院審查通過，至此我國實施家庭教育才有法源依據。《家庭教育法》中所稱之「家庭教育」，包括了親職教育、性教育、婚姻教育、家庭倫理教育及其他家庭教育事項。其中所涵蓋的範圍有：

1.**親職教育**：父母（含單親）角色與職責、態度與責任、親子溝通與調適、子女教育等。

2.**性教育**：有關兩性生理、心理、情緒、社會及倫理等層面之知識。包括生理發育、性別角色、異性相處、兩性間親密人際關係相處之道等課題。

3.**婚姻教育**：包括婚前教育、新婚調適與家庭計畫、夫妻溝通、婚姻衝突與危機處理等之態度及責任。

4.**家庭倫理教育**：包括孝親事長、愛子慈幼、兄友弟恭、姻親關係及子女或晚輩對於父母或其他長輩應有之態度及責任等。

5.其他家庭教育事項：包括家庭經營教育、家庭生活教育、家庭休閒教育、家庭保健教育等。（引自許美瑞，2001）

我們從《家庭教育法》所明訂的「家庭教育」涵蓋的項目中：「性教育」和「婚姻教育」兩項最受到廣泛討論，也最能凸顯「性教育」和「婚姻教育」所引發當今社會問題的嚴重性。

思考問題

1. 在《家庭教育法》中明訂：適婚男女應接受四小時「家庭教育」課程，引發各界不同的質疑，你個人的意見如何？
2. 述說你對「家有一老、如有一寶」這句古訓的詮釋。
3. 「婚姻教育」和「兩性平權」與「性教育」何以成為家庭教育的焦點？

參　家庭教育的實施方向

本節討論的重點為家庭教育的策略。除了前節我們所舉出的我國政府官方所略訂的家庭教育範圍以外，這裡我們先就國外學者 Duvall（1977）將家庭生命週期分為八個階段，以及 Barnhill 及 Long（1978）賦予各階段不同的任務（王以仁，1999），加以整理如下表：

階段	家庭的特徵	主要的家庭任務
一	新婚夫妻的家庭	夫妻間的彼此承諾
二	生養孩子的家庭	學習扮演父母親的角色
三	學前年齡孩子的家庭	學習接納孩子的人格特質
四	小學年齡的孩子家庭	引導孩子進入有關的機構，如學校、教會、社團等
五	中學年齡的青少年家庭	接納青春期的孩子（含社會與性角色方面的改變）
六	孩子、成年已離家的家庭	經歷屬於青春後期的離家獨立
七	中年父母的家庭	接納孩子已變成獨立成人的角色
八	老年的家庭	老夫老妻彼此珍惜面對晚年生活

此外，國內學者也有將家庭教育之實施，依其對象分爲下列類型（林淑玲，1999）：(1)學校式：以在校學生及其家長爲對象；(2)社區式：以社區民眾爲對象；(3)家庭式：以特定類型家庭之家長、家屬爲對象；(4)自學式：以自發性民眾爲對象。

我們認爲，家庭教育應該從有生命開始，即一般所謂的胎教，例如重視胎教的父母親會在居家布置或言行舉止乃至性向偏好各方面做調整，希望孩子在母親的肚子裡就受到好的教育。而較廣爲人們所接受的家庭教育，大都指小孩出生以後到小學學齡前的幼兒發展階段，直到上小學以後各階段的學校教育，乃至完成學校教育，踏入社會服務或成家立業以後的社會教育。實則以上所舉的家庭教育、學校教育和社會教育，不過是從每個人成長年齡階段來分。而所有的社會責任與公共道德、仁慈心與道義感都是從家庭、社會，以及與人相處中互相學習而來的。因此我們可以說：家庭教育無論在學校教育或社會教育階段中都是如影隨形，而且是相輔相成的。

因此本節，我們要從各個教育階段中，提出一些較為具體可行的方法：

在學前教育階段：當嬰兒呱呱墜地之際，便是人生學習的開始。家庭是每個人生命中非常重要的一環。而父母本身即為孩子最早學習的典範。是以當孩子牙牙學語時，便已建立了與周遭環境的相互關係，這時期，孩子的身、心發展誠如閩南諺語「一暝大一尺」般快速成長。因此，家庭教育最重要的，首先是注意孩子的營養與身體健康；其次是安全防護，避免意外發生；最後才是良好生活習慣的指導及養成，以及家庭中同居長輩（如祖父母）的人際關係。

至於學校教育階段：孩子自托兒所、幼稚園（學齡前教育）到學齡教育以及中學（國中、高中），乃至大學教育，全都為學校教育階段。孩子走出家庭與社會（家庭以外的人際關係），接觸的範圍隨年齡而擴大。在小學階段，在於滿足孩子需要的同時，也要有適度的節制，並積極幫助孩子學習與建立良好的人際關係。至於中學階段，孩子進入青春期，身體發育略顯變化，心理發展已有獨立自主的雛型。此時家庭教育的重點應發展理性溝通，相互尊重、共同分擔家事，在金錢或財物的支配上宜予適度的獨立自主。至於大學教育階段，正常的孩子身、心、人格均已臻成熟，此時家庭在於如何支援已成年的孩子獨立學習、規劃就業及準備結婚成家，在成人之後努力以赴，奔向美妙人生。

兩百年前，德國牧師卡爾·威特（Carl Weter）以他自己的教育理念教出一位天才兒子，他告訴兒子：「作一個高尚的人是最大的幸福，高尚的人能理解別人的思想、體會別人的情感；克制自己，減輕他人的痛苦，替人分憂。」（王力行，2003）反觀兩百年後的今天，儘管中西方對於教育的施為有別，唯其共通的現象則是價值觀的混淆與功利主義掛帥。真正能體念別人，克制自己，替人分憂的「高尚人」，而今只能夢裡尋他千百度了。這種現象從中國亞聖

孟子的「性善說」或西方教育學者的形式訓練學派來看，是教育效益的不彰，尤其家庭教育功能的式微，才是今天社會秩序崩解的罪魁禍首。古人所謂忠臣出於孝子之門，儒家所謂「君子務本，本立而道生，其為仁之本與」，正是家庭教育的最佳典範。至於教育的方法，古今中外大教育、大哲學家可謂典籍浩繁、汗牛充棟。羅素（Bertrand　Russell, 1872-1970）一則教育箴言是否能給我們一些反省。

種瓜得瓜種豆得豆

在嘲笑中長大的孩子畏首畏尾
在誠實中長大的孩子有正義感
在譏評中長大的孩子苛於責人
在讚美中長大的孩子懂得感激
在疑惑中長大的孩子滿腹狡詐
在團體中長大的孩子愛人如己
在敵對中長大的孩子常懷敵意
在知識中長大的孩子明白事理
在親熱中長大的孩子宅心仁厚
在忍耐中長大的孩子泱泱大度
在鼓勵中長大的孩子滿懷信心
在幸福中長大的孩子前途美好

思考問題

1. 教導小孩生活禮儀，最適當的時間和場合，請各舉三點說明。

2. 早年長輩們常以一句：「囡仔人有耳無嘴」來教訓小孩，你
　認為這一句話在教育上對小孩會有什麼影響？

3. 假如你是父母，當你發覺自己的小孩子參加了不良幫派，甚
　至被人利用去作惡而不自知，你將如何面對？

肆　參考文獻

尹蘊華（1970），《家庭教育》，台北：一善。

王力行（2003），閱讀，學習做一個高尚的人，載於《中國時報》
　　　民國 92 年 1 月 12 日，35 版。

王以仁（1999），家庭生命週期與家庭教育，《家庭教育學》，台
　　　北：中華民國家庭教育學會，頁 79-94。

林淑玲（1999），家庭與家庭教育。《家庭教育學》，台北：中華
　　　民國家庭教育學會，頁 1-34。

張　鈺、羅昭瑛（1998），性別平等教育對家庭教育的重要性，《全
　　　國家庭教育研討會論文集》，頁 46-55。

張振宇（1984），《家庭教育》，台北：三民。

畢　誠（1994），《中國古代家庭教育》，台北：台灣商務印書館。

許美瑞（2001），家庭生活教育的本質，《家庭生活教育》，台北：
　　　中華民國家庭教育學會，頁 1-28。

羅虞村（1999），我國家庭教育的發展現況與展望，《家庭教育
　　　學》，台北：中華民國家庭教育學會，頁 251-268。

蘇芊玲（1998），家庭──兩性平等教育的基石，《全國家庭教育
　　　研討會論文集》，頁 56-64。

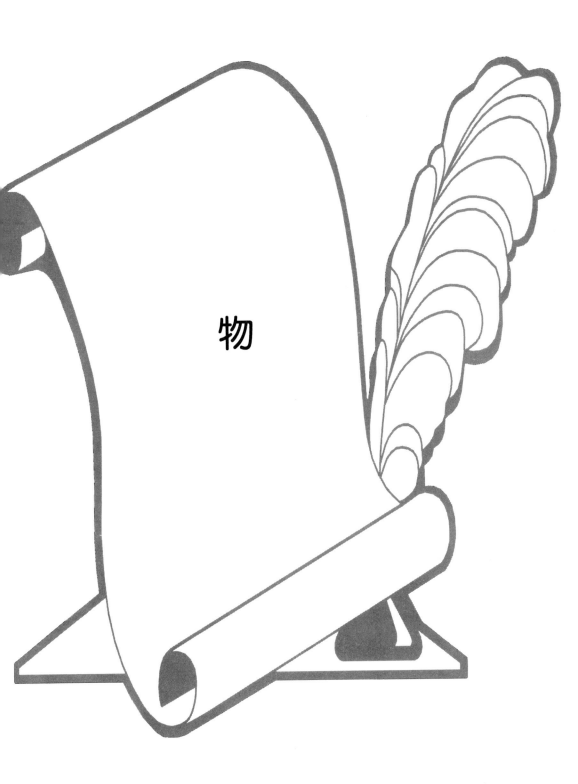
物

生命教育之理論與實踐

第 **9** 章

生態保育

盧怡君

生命教育之理論與實踐

當你懂得尊重你腳下所踏的大地，你才懂得尊重生命、
尊重自己。

壹　緣起

日前在「生命教育全球資訊網」網站上讀到一篇摘錄自大自然
第四期的文章，原作者是一百五十多年前居住在北美大陸西北角的
一位印地安酋長，當時美國政府的勢力已經進入今日的華盛頓州，
州政府想以十五萬美元代價買下原屬於印地安部落的土地，再將其
族群遷移至保護區。這篇文章便是當地印地安酋長西雅圖在離開這
塊世代居住的土地前所發表的聲明。文中所描繪的人與自然環境的
和諧互動，以及印地安人對天地萬物的感懷尊重，令人由衷佩服。
在這裡我們僅節錄其中的幾個片段：

你怎能買賣天空和土地？這樣的想法對我們來說是太
奇怪了。如果我們不能擁有空氣的清新和水的晶瑩，你又
怎能買到這些？對我們的民族來說，大地的每一部分都是
神聖的，每一根松針、每一個沙岸、夜晚樹林裡的每一滴
露水、每一隻嗡嗡響的昆蟲，在我們民族的記憶與經驗中
都是神聖的。樹木裡流動的汁液都夾帶著紅人亙古以來的
記憶。……大地是紅人的母親。母子連心、互為一體。芬
芳的花朵是我們的姊妹，鹿、馬和禿鷹是我們的兄弟。山
岩峭壁、草原上的露水、小馬與人身上的體溫，都是一家
子親。

……河川裡閃亮的流水並不只是水，而是我們祖先的血。……湖中的每一個映象都在訴說我們民族生命中的史蹟。潺潺的水聲在低語，是我們祖先的聲音。我們兄弟的河流解了我們的渴，河流載送我們的獨木舟，而且餵養了我們的孩子。如果我們把地賣給你們，你們要記得教導你們的孩子說河流是你我的兄弟，要像愛護兄弟般的善待他。

我知道，白人不能了解我們的想法。在白人眼裡，哪一塊地都是一樣的，他可以從土地拿走任何他想要的東西。對他而言，土地不是他的兄弟，而是敵人，當他征服了這個敵人，他就繼續去征服下一個。……我不懂，我們的生活方式完全不同。紅人的眼睛只要一看見你們的城市便覺刺痛，在白人的城市裡找不到一個安靜的地方。沒有地方可以聽見春天裡樹葉飄動或是昆蟲振翅的聲音；城市的噪音只會傷害我們的耳朵。如果我們聽不到夜鷹孤寂的啼聲或是夜裡青蛙在池畔的辯論，這種生活有什麼意思？

空氣對紅人是珍貴的，因為萬物都分享同樣的呼吸。白人似乎沒有注意到他所呼吸的空氣，像是已經死去多日的人，他對惡臭已經麻木了。……帶給我們祖父第一次呼吸的風也送走他最後一聲嘆息，若我們把地賣給你們，務請將它劃為聖地，使白人也可以聞到風吹拂過草原上花朵的香氣。

……我曾經看過草原上有成千的野牛腐屍，都是被白人從火車上射殺的。……我不了解為什麼冒煙的鐵馬會比我們在必須要賴以維生才會殺的野牛還要重要。如果野獸都沒有了，人就會因為精神的寂寞而死，發生在野獸身上的任何事也會很快的發生在人身上。

……你必須教導你的孩子尊崇大地，……大地是我們

的母親，大地的命運，就是人類的命運。人如果對地上吐
口水，就是對自己吐口水。……萬物都是相關聯的，任何
發生在大地上的事也會發生在大地的孩子身上。生命之網
並不是人織出來的，人只是網裡的一條線，他對生命之網
所做的任何事都會回到自己身上。……污染你自己的床，
你終有一天會窒息在自己的垃圾裡。

　　我們不能確知這篇文章是否真出自西雅圖酋長，若是屬實，我
們不得不佩服他在一百五十多年前就具備這樣的睿智卓見，而且預
言了二十一世紀全球面臨的最嚴重的、如何搶救地球生態的問題。
在文章裡，幾乎所有環境生態保育議題，舉凡「河流」、「空氣」、
「樹林」、「土壤」、「野生動物」、「噪音」、「垃圾」等都涵
括了。然而，生長在台灣的我們，卻一直要到近十年來才開始正視
環境生態被嚴重破壞的問題。經濟起飛、產業升級與科技進步固然
為我們帶來便利富裕的生活，但我們所付出的，卻是與生命生活攸
關的更龐大的代價，我們失去了清澈的河水、蔚藍的海岸、清新的
空氣和綠地森林。我們現在該做什麼？可以做什麼來搶救保護我們
居住的家園環境？我自己客居德國多年，深深體會「生態保育」不
只是法令、技術層面革新的問題，更重要的是個人觀念習慣的改造。
以下我將針對幾項生態議題，以個人經驗分享的方式分別敘述，並
提出問題討論：

一、森林篇

　　一九八八年的夏天，我離開家鄉負笈德國求學。在我的刻板印
象中，德國是西方國家經濟富裕、工業發達、科技進步的代表。它
也的確是。然而，當飛機將抵達法蘭克福，我從機窗俯瞰德國，那

個畫面令我相當震撼而畢生難忘。一個綠色的國度，沒有想像中的摩天大樓與水泥煙囪，放眼望去不是森林就是麥田，其中星星點點紅瓦白牆環繞尖頂的教堂，是點綴在田野間的小鎮村落。與台灣的繁華喧囂相較，來到德國，倒像是進入了幽遠寧靜的中古世紀。

事實上，德國國土有80%以上是綠地，包括森林、田野與草坪。尤其天然森林一向是德國人最引以為傲的資產。對德國人而言，森林不僅有其環境生態上的「自然」價值，更是孕育日耳曼人文精神的心靈故鄉。不用舉太遠的例子，如果你讀過格林童話或其他日耳曼傳說，你會發現幾乎所有的故事都是以森林為背景而產生、發展的。脫離了森林，德國童話就不再美麗。但隨著工業的發展，德國森林並非完全沒有遭到破壞。早在一九七○年代便有環境保護人士對此提出預警，若當局不作出確實有效的森林保護搶救措施，「我們的下一代將完全無法領會德國文學中所展現的森林文化」。

除了植林，德國社會由上而下、由下而上整體養成了珍惜森林資源的好習慣。除了家裡的廁所，所有的廁紙一定是再生紙，從國會、各級政府機關、學校、醫院、博物館、旅館飯店、百貨公司到風景區公廁，甚至德航的頭等艙，舉國皆然。你以為再生紙一定比柔軟細緻的舒潔衛生紙便宜得多？錯了。製造這種容易分解的再生紙所需的時間、人力與技術，並不亞於製作原生紙，所以價格是一樣的。但德國人樂意使用這種粗粗的「草紙」，為的是可以少砍幾棵樹。此外，廁所裡洗完手的擦拭巾絕大多數是布巾而非紙巾，白白厚厚的一捲，使用時拉出乾淨的一段，擦拭後溼了的部分會自動捲入，這種重複使用的觀念也是為了落實環保。在全德國的超市、餐廳、速食店裡，你看不到任何的紙杯紙盤紙碗，當你在街角的小攤子向老闆要一條熱狗香腸外帶，他只拿出薄薄一張餐巾紙捲住香腸一端，另一端塗上蕃茄醬，遞給你，並提醒道：「拿好，小心別掉了。」

　　以前住的學生宿舍在森林邊緣，而學校則位於森林的另一邊。森林裡有給人走的小徑，每天早晨沿著小徑穿過這片望不見盡頭的森林，走半個鐘頭到學校去上課。夏天走這段路還好，當作是晨間運動；冬天可慘了，在攝氏零下十五、二十度的冷天裡走上半個小時，對來自亞熱帶的人來說簡直是一種酷刑。有一天，一個中國大陸的同學好心告訴我一條「捷徑」，不走原有迂迴的小徑，直接鑽進樹叢橫越森林，時間可以省一半。我照著他的指引試了一次，果然快多了。這種事如果發生在其他國家，大概不會有什麼問題，但我周圍偏偏到處是充滿正義感又愛管閒事的德國人。當我第二次想鑽進樹林子時，就被一個散步的老先生叫住了。不是怕你被野獸叼走，也不是擔心你絆到樹根跌倒，理由是，像這樣穿過森林會踩壞埋在枯葉下可能正要長出來的樹苗，而且土壤踩實踩硬了對樹木生長不良……諸如此類的義正詞嚴。好了，我終於勉強接受這番愛護樹木的勸導，不再走捷徑。往後的冬天，除了厚厚的風衣外套、耳罩、圍巾、手套、雪靴之外，記得口袋裡多放兩片巧克力補充熱量就是了。

思考問題與討論

1. 你知道台灣也有廣袤的原始森林嗎？但它的面積正在急速減小。上網查一查，這些原始森林對台灣的自然生態有什麼重要影響。

2. 在我們日常生活中，可以做些什麼，有助於保育森林資源？

二、資源回收篇

　　一九八○年代初期，德國開始實施垃圾分類。這個民族有個優點，只要是認為應該做、決定要做的事情，一定做得徹徹底底、有板有眼、一絲不苟。這一點從垃圾分類的精細程度（有十種不同顏色的回收、垃圾桶），以及上自總理下至販夫走卒，家家戶戶實施垃圾分類的現況可以證明。一九八九年，德國開始限制購物塑膠袋的使用，剛開始有些人還是會忘了自備購物袋，買了一大堆東西，店家卻不給袋子。

　　「我可以要一個塑膠袋嗎？」你問。「當然，一塊馬克。」店家慢條斯理的拿出一個袋子給你。「這麼貴？！」你很不甘願。「那下次就記得自己準備購物袋嘍。」

　　是啊，對節儉的德國人和窮學生而言，昂貴的塑膠袋是很具教育效果的。下回上街購物時，一發現忘了帶購物袋，大家都會乖乖的回去拿。另外，空瓶子也回收得相當徹底，不僅僅是寶特瓶，還有各種玻璃瓶和鋁罐也必須回收。可以做到徹底回收的理由同上——瓶子的押金通常比飲料食品本身的價格還貴一倍，大家吃喝完了自然不會亂扔，規規矩矩地把瓶瓶罐罐拿回店家去退費。當然，製造與使用這些瓶罐的公司必須負責回收容器，只要有一個瓶子沒有回收齊全，就得付出很重的環保稅。

　　你也許會說，這種政策這麼麻煩，不擾民嗎？德國環保局的看法是，這完全是習慣的問題，一旦養成了良好的環保習慣，就不覺得有什麼麻煩，一切都成了自然。其實，真正令我驚訝的不是政策本身的制定，而是德國人民對一件大家認為對的事情的配合程度。從企業集團、製造商、大盤商、店家到消費者，都配合依循這種環保回收模式在運作，縱使有人覺得不方便，但為了不讓美麗的家園

被垃圾淹沒，它是值得的。德國人這麼說。

1. 請你前往任何一家大賣場或百貨公司的任何一個收銀台，觀察自備購物袋消費者的百分比有多高。
2. 很多商店的環保塑膠袋只收一元台幣，寶特瓶回收更只有五毛錢，你是否覺得太廉價了，達不到減少塑膠容器的效果？你覺得回收金多少錢才合理？消費群眾會反彈嗎？

三、野生動物篇

　　小時候，除了在動物園可以看到被關在籠子裡的「野生動物」，就只有在夜市的山產店看得到了。偶而花園草叢裡溜過一條小蛇，會把你嚇得吱吱亂跳，但這種景象也漸漸成為遙遠的記憶——水泥叢林原本就不適合牠們居住。童話故事中美麗的公主在花園或森林裡與小動物嬉戲談心的情節，對我們來說永遠只是童話。今天台灣的野生動物只存在於人跡罕至的偏遠山區，如果哪天有隻頑皮好奇的小猴子不小心闖入山腳下的小村莊被人發現了，所有的新聞媒體就要為牠大寫特寫，群眾也跟著歇斯底里一番。為什麼野生動物愈來愈少見？理由很簡單，動物怕我們。一直以來，野生動物對我們的意義是珍饈美味、是藥材補品、是毛草皮飾；直到十年前，政府才因著國際社會施加壓力而制定野生動物保護法，明令不得獵捕、販售、攜帶運送野生動物及其製品，但儘管如此，愈來愈惡劣的環境仍然迫使野生動物遠離人類。當我們極力為自己擴張活動範圍時，卻沒想到為動物們留下一點生存空間。

　　第一次走入德國的森林，森林邊上豎著一塊木牌，上面寫著：

「森林裡請勿高聲喧嘩、以免打擾到小動物們」。乍讀之下有點錯愕，但隨之心裡湧入驚喜與感動。德國人是最懂得與動物和樂相處的民族，在夏天的森林裡，隨處可見野兔、松鼠、羌鹿、刺蝟，以及各種鳥類穿梭其間；轉出森林，翡翠晶瑩的湖水從眼前展開，碧波蕩漾的湖面上一群白天鵝雍容自在地划著水，還有幾家野雁帶著新生的寶寶在湖水中覓食，偶而兩家野雁爭食，公野雁振翅鼓譟、濺起點點水花。這不只是童話故事裡的背景，更是天天可以相遇身旁的現實。

你也許要問，倘若人類的利益和動物的利益相衝突時，我們該怎麼辦呢？我的答案是，利益不利益一向是由人類單方面決定的，野生動物只有挨打的份。我舉一個德國人處理這方面問題的例子讓你參考。在德國的高速公路上常會見到一個交通標誌，上面畫一隻鹿（或其他野生動物），提醒駕駛人小心這種動物可能在附近出沒。然而，有些時候駕駛人還是會來不及反應，而撞上跑進高速公路的動物，情況輕微的可能只是車子碰撞受損，嚴重時也可能造成車毀人亡的事故。如此一來，為了行車的安全，是否應該設法捕殺或驅離高速公路兩旁叢林裡的鹿，以免常常造成交通事故？德國人不這麼做。他們投入重資，由汽車界的龍頭賓士公司帶領研發更優異的高速平穩操控保護設計，當汽車在高速行駛中碰到忽然出現的動物，需要立即轉彎或緊急煞車時，電腦會根據駕駛人的駕駛行為作出最適切的反應，保證不打滑、不翻車、結構體不扭曲變形、乘客受到車內各種設施的層層保護……。現在，不僅賓士公司出產的汽車出廠前要接受這一系列的所謂「麋鹿測試」，其他的德國車廠也紛紛跟進，標榜他們生產的高級車都是經過這個測試合格的。二〇〇二年，"Elchtest"（麋鹿測試）正式被收錄到德文字典裡面，成為一個新的單字。這個詞彙所代表的，不僅是德國傲視群倫的汽車工業，它背後所流露的，更是一份疼惜野生動物的心情。

思考問題與討論

1. 歐洲有許多的野鴿子，平常人沒事就坐在公園或廣場的板凳上餵鴿子。但是衛生專家發現鴿糞會傳染疾病，對人體健康造成危害。你有什麼方法讓這些野鴿子不要接近人類呢？

2. 台灣的媒體會將動物園裡的國王企鵝孵蛋、或無尾熊寶寶誕生，當作頭條新聞而報導兩三個星期之久，全國民眾的情緒也跟著沸騰。這個現象表明了台灣人熱愛動物嗎？或者有其他的意涵？

四、空氣篇

　　日前在電視上看到一支賣摩托車的廣告片，一位騎士將摩托車停放路邊、下車去辦事，卻任憑引擎繼續開著。一位路過的歐巴桑看到了問：「引擎開著不耗油嗎？」那位騎士回答：「才不會呢，XX牌的機車最省油。」這種對白讓我聽了差點要吐血，居然有這樣「機車」的廣告。好像台灣人在乎的只是省油錢的問題，至於對機車排放的廢氣會不會造成空氣污染，一點兒不放在心上。五年前我完成德國的學業回到台灣，第一個不能適應的就是空氣污染，十年來不曾發作的呼吸道疾病又再復發，咳嗽喘息不止。醫生輕描淡寫地說，當然啦，把一條長年生活在清澈溪水中的魚放到污水泥淖中，他一定不習慣的，要學會適應啊。環境當然得去適應，但是在不斷與環境拔河的過程中，我不得不思考，我們可以做些什麼來改善維繫生命的、每一次的呼吸品質？

　　汽車排放的廢氣是空氣污染的一大因素。德國人只有在打算開動車子時才會發動引擎，暫時停放的車輛都是熄火的，開著引擎在

車上吹冷氣睡午覺的景象，在德國可是絕世奇觀。每年夏天總有大批的觀光客湧入德國，如果你搭乘的遊覽巴士司機是個德國佬，你恐怕得要多擔待一些。天氣不熱時影響不大，但有時氣溫可以到三十七、八度，當你在風景區逛街照相血拼後，心滿意足地拎著大包小包上了遊覽車，霎時彷彿進入一個密閉烤箱，撲面而來的熱氣讓你以為毛髮已經燃燒捲曲了，但是老神在在的德國司機仍然堅持等大家到齊才發動車子，也才能開冷氣，一方面是節約能源，一方面減少廢氣排放。

　　二〇〇三年夏天我到海德堡作短期研究進修，一天早上在我下榻的旅店門口停了一部遊覽車，車上的遊客似乎都要入住這家旅店，正在卸皮箱。車子沒熄火，不斷有廢氣排放出來，我經過時覺得非常刺鼻難受，聞著的氣味可又勾起我的鄉愁。三十分鐘後，引擎仍然開著，廢氣繼續排放，車上現在只剩司機了。這種事怎麼會發生？在德國！我心裡才在嘀咕呢，環保局的人已經來了，有路人打電話檢舉，這方面德國人一向當仁不讓。匈牙利籍的司機搜索出他懂得的所有德文單字，氣急敗壞地解釋他真的真的不知道德國有這樣的規定。最後，罰單由旅店老闆與司機一人一半分擔，因為旅店老闆是德國人，明明知道環保法令卻沒有告知外國旅客，所以也有責任。

　　另一方面，由於消耗能源的生活型態愈來愈普遍，而大部分的能源都是石化燃料，如煤炭、石油、天然氣等，石化燃料在燃燒時會產生對人體有害的氣體，其中被認為最嚴重的是二氧化碳，它是引起「溫室效應」的主要元兇，因此，西方國家多年來一直在尋找、研發可能的代用能源。有一段時間，大家相信核能發電廠可以代替石化燃料，但近年來漸漸明白，核能是不可行的，不僅有其潛藏的「毀滅性災難」的安全考量，核廢料如何處理至今都還是無解的難題。各種代用能源的開發或多或少都有其副作用，例如水力發電雖然不會有空氣污染，但需要築壩造湖破壞自然生態系統；「生物能

源」需要極廣大的土地培育供燃燒或粹取的能源植物，但如此一來，糧食耕地的面積就會大幅減少。

　　我自己覺得，像台灣這樣長年陽光燦爛的亞熱帶島嶼國家，應該積極開發太陽能與風力發電。即使像德國這個一年只有兩個月陽光可曬的地區，也嘗試要用太陽能作為替代能源，近年來新建的房屋很多標榜其屋頂是裝有太陽能板的「太陽能屋頂」，但因為漫長陰暗的冬季無法有效地產生能源，一般人覺得昂貴的太陽能板不划算，還不如向發電廠買電來的便宜。比起其他日照充足的地區，像非洲、中東、東南亞各國及印度，台灣算是一個富裕的國家，應當有能力建設太陽能發電所，好好利用這上天撒落的財富。說不定將來太陽能所製造的電力還可以有餘賣給北方國家，到時候像德國這種極北苦寒之地可要羨慕我們了。

思考問題與討論

1. 何為「溫室效應」？它會對地球生態造成什麼樣的影響？請作成兩頁的簡單報告書。

2. 上網查一查，台灣目前有哪些針對空氣污染所立的相關法令規定。執行的成效如何？

第 **10** 章

「物」的經管與我──
從外在的環保到
內在的成長

李清義

壹 理 論

一、法力無邊──役「物」能力及噬「我」?

　　鄉下曾流傳這麼一則故事,說到有一個伯伯,雖然還未髮蒼蒼,卻也已經視茫茫。不過,他猶擅長邪術,常藉畫符念咒,施展一些叫鄉人嘖嘖稱奇的勾當來。最叫眾人津津樂道的是,他能如此這般地使很多大蜘蛛攀爬到人身上,常讓一些婦女害怕驚叫,並脫掉衣服落荒而逃。

　　有一天,幾個無聊的男子和伯伯在大榕樹下喝茶,他們又一邊四面環顧,伺機等待有些什麼好戲上場。不久,遠方果然出現了一位少女的倩影,她撐著傘頂著耀眼的陽光,一路婀娜多姿地走過來。這幾個人豈肯放過機會,便異口同聲地唆使伯伯再露一手,再度起身把玩一番。禁不住眾人的奉承和阿諛,伯伯自得地瞇著那雙昏花的老眼,一邊凝視著遠方,一邊捲起袖子,口中喃喃自語,隨手拿起毛筆在旁邊的紙上畫了起來。頃刻間,果然看見已經愈走愈近的那個少女突然大聲尖叫起來,奮力想要從身上抖落一團團黑壓壓的東西。說時遲,那時快,她痛苦萬分地迅速甩開她的洋裝……哭號著衝入旁邊的巷子裡去了。大夥見狀,莫不幸災樂禍地拍手叫好,並紛紛再度誇讚伯伯的法術高強,伯伯為自己的這番表演也暗暗地自鳴得意。

　　既已看完「好戲」,眾人都「心滿意足」地揚長而去。伯伯仍然帶著幾分迷湯的醉意回到家裡,揉揉昏花的眼睛,驀然發現心愛的女兒怎麼衣冠不整地哭倒在地上,不省人事。

　　當今整體人類在地球上的處境，有點類似於上面那個故事中的伯伯，雖然人類的科技能力與「役物」功力不可與他的邪術同等看待，而且這個故事本身的真實性亦猶待考，然而不可諱言，人類現今手上所擁有的力量，早已可以把自己的同胞和這個家園地球重新毀滅過好幾次。反過來說，更令人憂心的是，人類整體的視力較比上面那個伯伯也好不到哪裡去，如今整個人類仍看不清楚自己的遠景，單憑自己高超的技術能力隨意揮去，不能保證難免有一天會大大地傷害了自己或自己的子孫。

　　現今人類手上的毀滅性力量有多大？如果現今的一顆核彈可以毀滅一個幾百萬人的大城市，除了英、法、中共、印度……等擁核數量較少的國家（或許現在還得包括一些恐怖團體），美、蘇各擁有一、二萬顆，總共加起來，全世界共有幾萬顆如此超強的毀滅性武器，比起這個，伯伯那小小的法術又算得上什麼呢？而當今人類的視力又如何呢？考諸類似引發第一次世界大戰的各種烏龍事件層出不窮，前些年才又增加了一件，以美國為主的北約在南斯拉夫誤炸了中共大使館，引起大陸百姓群情激憤，導致美國與中共間一次極大的危機。近年來，雖然美蘇冷戰結束，表面上看，全球性瞬間毀滅的壓力驟減，許多人以為高枕無憂的日子就到了，豈知最近由美國九一一事件所代表的全球恐怖活動又在世界各地陸續引爆，新的挑戰正方興未艾。這麼多年來，人類在地球上的跌跌撞撞，足以表明，整個人類的眼力比起那個伯伯的昏花而言也是半斤八兩，誰敢擔保人類不會步上那位伯伯的後塵，竟至毀滅自己，或嚴重地傷害了自己或自己後代的子孫？

　　近年來，生物科技也是日新月異，人類「役物」的工夫更進一步觸及生命本身的操控。這幾年最引起震撼的是，有關蘇格蘭科學家們所成功複製的一頭綿羊「桃莉」（Dolly）。這件事情的完成讓許多人以為人終於可以「扮演」上帝的角色了。當然，這是過分天

第十章 「物」的經管與我──從外在的環保到內在的成長

真的想法，因為雖然這可以說是科技發展的重大成就，但是，基本上科學家仍然無法單單從無生命的物質出發去創造出生命來。到目前為止，科學家連最起碼的一個有生命的細胞都還無法製造出來。複製羊的過程雖頗為複雜精細，從某個角度上看，與植物的插枝法或目前也已相當普及的人工授精或試管嬰兒等類似，係以人工的介入來培養或引導自然界中既有生命的發展。

雖然如此，人類的這次創舉卻也帶給自己許許多多有待去面對的問題。由於複製羊、複製牛等等相繼出現，大家對複製人的出現也指日可期。但是，這次技術所引發的倫理上與社會上的衝擊卻是非常巨大，如果沒有小心因應，也可以給人類自己和下一代帶來許多的痛苦與困擾。現今許多所謂「基因工程」或「遺傳工程」方面的發展與應用，一方面固然給人類帶來某些好處，然而，另一方面，它也帶給整體人類極大的隱憂，例如基因改造食物所帶來的疑慮和潛在的危險等。有一陣子曾經流行的一些相關之危機災難影片，並非純屬杞人憂天。

從上面這些例子，我們可以發現，隨著人類「役物」能力的大幅增進，「我」與「物」的關係也愈趨複雜，如果沒有適當的因應，所涉及的危機和災難也更是一發不可收拾。

因此，在論及「物」與「我」的關係時，如果我們單單從「物」與「小我」的偏狹眼光來看，就難以一窺全貌，也難以體察出有什麼嚴重的危機。但是，當我們從「物」與「大我」的宏觀角度來看時，便會發現「物」「我」關係的確出現了極大的失調！所以在本章中，我們將先由「大我」的觀點著手，來探討「物」與「我」外在的身體存活的關係，接著，再逐步引入「物」與「我」內在成長的關係，特別是藉著腦神經科學的發現所揭櫫的正面運用裡。此外，由於「我」與「物」的互動，並身處「物」之情境中，「物」也為「我」內在的存在意義與價值提供了必要的理性思維的基礎。慢慢

地，我們將會發現這兩方面的關係之間，其實也存在著一種非常微妙的關聯和轉化，其中的界限也難以作出清楚的劃分。換言之，當我們對於「物」與「我」的關係作進一步的全面性思考時，我們發現，這個關係呈現在構成「我」之所以為「我」的每一個層面之中，從物質身體到精神生活，以至人生觀和靈性信仰方面的領域，這些相關的內容則將於下一章中再作詳細的探討。

總之，「物」「我」關係不單單存在於「我」的身體對於外在的物質世界的倚賴與需求而已，它實際上涵蓋了「我」靈、魂、體的每一個層面。雖然嚴格說來，「物」與「我」這三個層面的關係是相互牽連而非完全獨立的發展；但是，為了處理上的方便，我們仍然覺得由外而內，也就是按著靈、魂、體相反過來的順序，來探討「物」與「我」的全面性關係，乃是一種順乎自然而較易理解的方式。又由於生命教育這個課題基本上也是可以構成一個由「外動」而至「內省」的過程，因此，我們覺得這樣的處理方式，在本篇探討「物」與「我」之關係的這個範疇中，應該算是一種頗為合宜的發展路線。

二、「物」與「我」存活的關係——身體的組成、生存、環保與永續發展

本章一開始的時候，我們已經對於人類役「物」的能力和可能面對的危機，作了重點的介紹和提醒，在這一節裡，我們要更全面性地來探討「物」與「我」外在生存的關係，從「我」的物質組成開始，稍後，無可避免地，我們涉及了環保與所謂「永續發展」的重要課題。

物質的「我」乃是由自然界中各種常見的元素所組成，和地球上其他各種生物相差不多，其中最主要的元素有氫、碳、氮、氧、

鈣，磷，和占人體重量比小於 1% 的鉀、硫、鈉、氯，以及更微小比例的其他元素，如鎂、鐵與碘等。雖然每個人基本上都是由這些元素按幾乎相同的比例所構成，但是，我們每個人卻都是非常不同而獨特的個體，如果把上面這些物質按固定之重量比混在一起，當然也不等於一個人。所以，人與人之差異以及人與其他生物之差異，主要不是物質成份的問題，乃是這些物質原子間的排列與組合之有所不同的緣故。

在正常情況下，我們可以辨認出不同的人，因為每個人的相貌神情可以把這個人完全呈現出來。但是，當我們假想自己縮小到一個很小的尺寸，像細菌那樣大小而可以自由進入一個人的身體時，我們便會發現自己身處一個龐大而繁忙的世界或體系之間。如果剛好在血管裡面，我們會發現成千上萬巨大的紅血球在忙碌的交通動線上飛奔著；也有不少的戰鬥勇士白血球，正虎視眈眈地想要把我們這些外來的「異物」吞噬下去。這時候，我們一點兒也都不知道這個人到底是張三還是李四，我們無法辨認，真的是「不識廬山真面目，只緣身在此山中」。如果我們繼續縮小到奈米（10^{-9}m）的尺度，我們也看不見什麼細胞或組織了，更看不見這個什麼人來著，只看到一個個的原子排列在我們的四周，所有這些原子上面同樣也都沒有什麼標示著「張三」或是「李四」的牌子。

因此，我們看見，真正構成「我」，使「我」與他人不同，與其他生物不同的不是在於「我」有「我」自己專屬的組成微粒，因為我們都是由各種一樣的原子所「搭砌」而成，關鍵在於我們裡面原子的排列組合次序有某些的不同罷了。從生物學與生命科學的角度來說，這些差異可以回溯到最基本的層次，它們發生於染色體這生命遺傳因素──去氧核糖核酸（DNA）裡面。正常的人均擁有四十六個（二十三對）染色體，我們可以問的一個有趣的問題就是，是否愈高等的生物擁有愈多個染色體？

　　換句話說，稱爲「萬物之靈」的人類必定擁有最多個染色體嗎？生物學家發現事實上並非如此！一般進化觀點所以爲的人類祖先猩猩，卻比人類多出二個染色體，連馬鈴薯也是擁有這樣多個染色體，微小的變形蟲還擁有五十個染色體！更不可思議的是蕨類，竟然擁有一千多個染色體！所以，重點還不是在於染色體數目的多寡，物種間的差異主要更是在於個別染色體的組合裡面才能見真章。

　　生物學家和生命科學家發現，所有生物的DNA都是具有相同的基本架構，正如同一條很長的梯子被扭轉成雙螺旋狀：這兩股中間的橫木乃是由分別自兩股向中央延伸的鹼基鍵結而成。所有生物的DNA都是具有相同的四個鹼基，分別爲腺嘌呤（adenosine）（A）、鳥糞嘌呤（guanine）（G）、胸腺嘧啶（thymine）（T），以及胞嘧啶（cytosine）（C）。科學家進一步發現，所有生物中的腺嘌呤（A）總是與胸腺嘧啶（T）配對，而鳥糞嘌呤（G）則總是與胞嘧啶（C）配對。到此，所有生物的DNA均具有以上這種相同的架構與特性。造成物種之有所不同的只在於，不同生物之DNA中的A－T對與G－C對的相對數目以及其序列（sequence）可以有所變化。例如，「我」之所以與其他人不同，基本上說來，源於A－T對與G－C對的編排次序不同；除了DNA之數目或長度不同，「我」之所以與黑猩猩或馬鈴薯不同，也僅止於此。「我」與洋人的藍眼睛白皮膚不同，也是因爲某些染色體中之A－T對G－C對的序列稍有變化罷了。總而言之，獨特的「我」，從母腹裡的受精卵開始，直到出生，長大成熟，整個生命的過程中，包括相貌、體型、個性等等，DNA扮演著基本而關鍵的角色。

　　當然，從事實的另一面說來，外在成長環境與背景在形塑今日的「我」也具有重要的影響。因此，儘管同卵雙胞胎具有相同的DNA，以致長大後他們相貌與性情均常無分軒輊。然而，如果這對雙胞胎自生下來便被分開在非常不同的社會、文化環境中成長，長

大之後，他們雖然在外表上仍然十分相像，但是，他們的人格、性情卻可能十分不同。因為「我」的成長，除了先天遺傳因素DNA的發動之外，也涉及與外在的刺激或環境間的互動過程。因為一個人的獨特性基本上潛藏在他的大腦裡面，而這大腦從一出生開始，就無時無刻地在記錄從外界藉由感官傳來的資訊，並與其產生複雜而奇妙的相互影響。在成長的過程中，長期未經使用的腦神經細胞會自動被加以修剪或撤除，而許多經常使用的腦神經細胞則會不斷建立新的連結，相關的腦神經網路不斷地增強，以致相關的個人習慣、動作或行為也就漸漸地養成，形成獨特地人格和個性。從物質的基礎來看人，我們之所以成為今日的我們，的確有先天的遺傳因素為基礎，也有後天成長背景和環境的模塑和影響。先天固然底定，後天卻仍然有極大的潛力與空間，讓我們得以不斷地成長並朝美好的方向發展，端視我們自己如何主動去選擇和經營。

分子遺傳學的進步也讓我們可以發現某些人類身世的問題，舉一個蠻有意思的例子來說，由於人類男性的 Y 染色體，從一代傳到下一代基本上是不會改變的。因此，不久前有不同的實驗小組分別分析各種不同民族的男性之Y染色體，結論是它們基本上是一樣的。科學家們因此斷定，所有人類應該出於同一位男性祖先，至於這位「亞當」的年代到底是一、二萬年前還是十幾萬年前，則尚無定論。

由於「我」的物質組成與運作，均繫於「我」與周圍自然界中原子、分子等的流通與互動，「我」的存活在於我能否藉著這樣的流通與互動提供能量，來維繫「我」物質組成的內在秩序、平衡與功能，「我」與「物」之自然界的關係實在密不可分，包括「我」個人的健康以及整體人類未來的處境與發展。因此，我們需要花一些篇幅先來探討一下這個重要的課題。

人類自古即倚靠大自然供應身體存活一切所必須的物資，正如我們中國人的俗話常說到，人乃是「天生地養」的這個觀念。起先，

人類藉著很單純的狩獵、畜牧和農耕活動來養生，人與大自然之間基本上是和諧而沒有太大問題的。然而，自從二、三百年前以來，科技的進步導致人類開發大自然的能力大大增強，一方面固然使得更多人可以不虞衣食，甚至物質享受大幅提升；另一方面，由於資源的盲目開發濫用，作為養育眾生之大地本身卻也受到極大的傷害。換言之，二十世紀可以說是人類文明變化最快速並主宰地球最強烈的世紀，科技的進步與經濟掛帥的普世性追求，固然改善相當多人物質生活的水準，但是，根據環境科學家們的觀察，科技盲目發展與運用的結果，也造成了環境上七項嚴重的傷害：

1. 臭氧層破裂、全球氣溫上升及空氣品質惡化；
2. 水資源匱乏、河川、湖泊、海洋、地下水污染嚴重；
3. 土壤生命力降低、沃土流失、農田大量變成住宅區或工業區；
4. 森林、沼澤溼地、水域生態區日益縮小，生物物種快速消失；
5. 有毒化學品及放射性物質氾濫，到了毒化全球、無地可容的地步；
6. 能源與資源（含食物）的取得，對環境造成更多威脅，也日益艱難；
7. 人靈性的低落，及多元文化的消失，尤其是少數原住民族，與自然融合的生活型態，正受到外來文明的侵害（張力揚，1995）。

由於人類無法片刻離開這個賴以存活的大地，地球本身受到的這些傷害都會直接、間接導致人類自己受到危害。以臭氧層破洞為例，由於臭氧層吸收大量有害的紫外線，它的破裂或稀釋直接導致人類與各種生物的健康受到極大的威脅。長期以來，大家喜歡使用氟氯碳化合物（CFCs）當作冷媒等用途，因為其穩定、無毒、不易燃，而且使用後就消失無蹤，要不是一九七三年十月，兩位加州大學（University of California at Irvine）的化學研究員 Mario Molina

博士和 F. Sherwood Rowland 博士「突發奇想」地提出一個當時不太可能的構想：在一片蔚藍晴空中，探究CFCs的大氣化學反應途徑，有關臭氧層破洞的這個災難可能不知道要繼續「靜悄悄」地進行到什麼時候，達到什麼地步？一九七四年六月他們在《自然》雜誌（Nature）發表了一篇震撼多人的論文，他們發現，輕浮的CFCs幾乎不受大氣氧化與水解作用的影響，可以上升到離地表二十五至三十公里的同溫層內的臭氧層，有少數CFCs分子會擴散到臭氧層的最外圍，因而受到大量紫外光之照射，而分解釋出氯離子。就是這些少數游離又不穩定的氯離子會與臭氧分子結合，生成氧分子及氯氧化合物，形成連鎖反應，而造成臭氧層破洞或稀釋的結果。

臭氧層破洞的危機之所以漸漸獲得解決，運氣的成份頗大，因為當時熱門的大氣化學題目乃是環繞在氮氧化合物（NOx）對大氣層與同溫層的影響，幾乎沒有人會想到一般工業用冷媒、發泡劑等會對大氣造成什麼樣的衝擊？

從這一件事情的發展，我們其實就可以看見科技發展的一些隱憂，那就是，當人類發現某些東西有某種奇妙的用途時，便迫不及待地去大量開發和使用，往往對於其系統性或整體性的影響卻一無所知，以致在其他層面造成極大的傷害都毫不知情。人亟欲片面的享受「物」之好處，卻無暇全面性地顧及與「物」正確的關係，終致嚴重破壞這樣的關係，實在值得現代人一再三思。可以想見的是，「物」與「我」之間的危機要獲得完滿的解決，光靠「物」裡覓良方似乎不是根本之計，例如停產CFCs之後，新取代品HCFC及HFC對環境仍有副作用，如其衍生化學品屬溫室效應氣體，且其中之一對濕地具潛在危害性。

另外的例子，如農業殺蟲劑、除草劑產生了對於全球農產品、土壤、及生態影響的問題。DDT等含氯農藥的對生物體帶來危害，尤其經由食物鏈與生物濃縮效應後，更加深其影響。因此，美國政府

於一九七二年通過禁用 DDT 的法令，也促使世界各國注意農藥不當使用的問題。一九九九年比利時爆發戴奧辛的污染，也進入了食物鏈之中，引起各國的恐慌與緊張。這些已知的環保問題已經層出不窮，尚未被發現的潛在危險不知又有多少呢！近幾年來全球常常出現所謂的聖嬰現象或反聖嬰現象，尤其二〇〇三年夏天北半球的酷熱乾旱，在歐洲與北美出現數百處的森林火災；台灣的高溫也是破以往紀錄，缺水更是這幾年連續面對的嚴重課題。這個所謂的「溫室效應」與大氣中的二氧化碳含量不斷升高，顯然存在重要的關聯，因此，一九九七年由三十八個工業國家共同簽署了《京都協定》，齊心致力於逐年降低二氧化碳的排放量。無奈世界上能源消耗最厲害的國家，也就是二氧化碳排放量最高的國家美國，最近竟然宣布退出《京都協定》，舉世譁然，其所持的理由是，並無明確的證據顯示，大氣中二氧化碳含量的升高與溫室效應有直接的關係。美國的退出使得京都協定的預期效果大大地打了折扣。

這些年來，台灣的自然生態環境也遭到不可忽視的破壞，山坡地和河川地的濫墾、濫挖情況，也已經到了非常嚴重的地步。每逢颱風或豪大雨的時候，常常會看見所謂大自然的反撲，產生各種土石流和水患的危害，造成許多生命財產的損失，值得國人深深地警惕。政府在從事各種國土規劃或開發的時候，實在不能不認真考慮到水土保持以及永續發展等方面的相關課題。當然，我們個人如何在日常生活中落實基本的環保理念和習慣，更是整體努力中不可或缺的重要一環。

二〇〇三年初所爆發嚴重的 SARS 疫情，從中國大陸開始，波及香港、新加坡、越南、加拿大的多倫多、台灣等地區。在台灣所引起的社會不安和緊張，並對政治、經濟、教育等各個層面所造成的巨大衝擊，可以說是五十年來所僅見。這顯然也與人類特別是中國人的恣意破壞大自然環境、不注重生態保育有關，也可以稱為又一次的大自然的反撲，它很可能是這樣產生的：

第十章　「物」的經管與我——從外在的環保到內在的成長

　　最近世界衛生組織認為，SARS 病毒的源頭可能在大陸廣東省順德市，據稱該地的東陽市場就像個小動物園，有各式各樣的攤販販賣貓、烏龜、蛇、獾、老鼠等動物的肉和內臟。調查 SARS 在大陸的疫情也發現，初期 SARS 死亡病例很少是農民，大部分是那些專門辦外燴、專做野生動物料理的廚師。

　　根據大陸提供的資料，二〇〇二年十二月最早出現的 SARS 病例之一，是一名賣蛇肉和雞肉的肉販，他後來因 SARS 死於廣東中山醫院，他的妻子與其他幾位醫護人員也感染了 SARS。大約在同一時間，另一名住進河源市人民醫院的廚師，把 SARS 傳給八位醫師。最後一件則是在二〇〇三年一月，有個病危的廚師住進中山醫院，終於點燃 SARS 疫情。

　　根據這些資料，我們可以推測大陸南部有人畜密切接觸的現象，這使動物冠狀病毒有侵犯人類的機會，也造成病毒突變機率大增的後果（**李秉穎**，2003）。

　　單單從物質的層面試圖解決環境問題，實在是千頭萬緒，錯綜複雜，常常是牽一髮而動全身，解決的方法又莫衷一是，這真是今後科技發展的一大考驗。從另一個角度看，我們倒不如反過來問自己，這一切真是「物」出了問題，抑或是「我」出了問題？為什麼我們總是從自「我」為中心來經營這個地球？永續發展的基本出發點，只為了「我」可以不斷地延續下去嗎？有否可能「我」與「物」之間的關係出了問題，是因為首先「我」與「天」之間的關係出現了問題，或者「我」與「人」之間的關係也出現了問題的緣故？為何「我」對「物」飢渴到超乎「我」對「物」真正的需求？

　　這個世界上，富裕國家與貧窮國家的經濟差距，最近一百多年

來不斷快速地拉大，一八二○年富裕國家與所謂「開發中」國家之間的差距是 3：1，及至一九九九年這個差距迅速增加到了 727：1。現今在這個世界上，其中區區二百五十人的財富就等於另外二十億人口的年收入，豈不叫人張口結舌（**以馬內利修女**，2003）？

台灣社會近年來的貧富差距也呈現出明顯的擴大跡象，最近也引起了廣泛的關注，特別是有關稅賦的公平引起諸多的討論。現實的狀況是，富有的人們很自然地擁有更多的資源或更大的能力，足以去影響政治、經濟等等層面，來鞏固和增加自己的財富，如此便容易產生富者愈富、窮者愈窮的惡性循環。

是的，外在的財富表面上看可以具有很大的影響力，它能夠產生極大的行動力和支配力；只是許多時候，外表上的呼風喚雨，只能造就自我膨脹的虛妄人格，無法產生內心深處真實的平安與圓融。就如俗話所說的：「它能夠買得到價值百萬的名床，卻買不到睡眠；買得到最昂貴的名藥，卻買不到健康。」除非一個富有的人擁有愛人如己的精神和胸襟，並且因著堅定的信仰所產生的安全感，他才會發揮智慧去經管他的財富，真正達到利人利己、造福社會的正面意義。否則，一個人很容易錯覺地以錢財作為安全感的唯一依據，以致在自己周圍盡可能地堆砌金子，企圖為自己的人生構築萬無一失的堡壘。

換句話說，財富固然使他牢牢守住了幾百坪甚至成千上萬坪寸土寸金、固若金湯的小小城池，卻反而使他自外於一個海闊天空的生命境界，正如《新約聖經》裡的一段話所說的：「有錢財的人進上帝的國是何等的難啊！駱駝穿過鍼的眼比有錢財的人進上帝的國還容易呢！」指目光只及於他的錢財的人言。客觀地說，富有並不是罪過，端視一個人的心態而定，以色列人的祖先亞伯拉罕就是一個富有的人，只是他有敬天愛人的惻隱之心並向著上帝單純的信心，《聖經》記載上帝視他為親密的朋友。

我們爲何對於「物」的需求有如此這般的貪婪，想吞下一切，擁有一切，原因或許在於「我」未曾真正擁有自己！未曾真實擁有生命的意義和目的！「我」心靈的深處不由自主的「抓狂」，爲了生存，「我」學會逃避，因此引發自己說也說不上來的深層不安。人心中原本存在著一個攸關生命奧祕的空間，迴盪著心靈深處永恆的吶喊，這個正面的空間如果沒有得到滿足，就反被轉嫁到一些負面的慾望深淵裡。因此，這個社會之所以到處呈現一片「物慾橫流」的景象，也就不足爲奇了。

三、頭痛醫頭？——尋找全方位系統的良方

因此，我們可以愈來愈清楚地看見，外在環境之所以陷入混亂與麻煩，主要是因爲我們內在心靈先陷入了混亂與麻煩。換句話說，如果環境保護不是先從內心著手，一切努力將難以畢竟其功。就如同《聖經》中有一句話說到：「人心怎樣思量，他爲人就是怎樣。」當然，這無可避免地涉及一個人的人生哲學與價值觀，「我」在這個世界之中安身立命的基礎在哪裡？「我」真正的意義和角色是什麼？

如果我們對於「我」與「物」之所以存在沒有任何概念，那麼可以想見，要真正解決「物」「我」關係上的任何問題，也就如同緣木求魚了。如果「物」與「我」的存在至終歸因於偶然，那麼「物」與「我」皆不過是邁向未知之茫然的中間產物罷了。「我」所求的不過是「物」盡其用，「我」心歡喜，而所謂的「永續發展」，乃是但求「物」將來不要回頭反咬「我」一口，讓「我」總能一路快樂到底，順暢無比。反之，如果「物」與「我」之存有真的非事出偶然，如果「物」「我」皆出一源，那麼「物」「我」關係之正常化可非得追根溯源不可了。如果萬有只包括「物」與「我」

兩個範疇，那麼我們當然只能定睛在「物」「我」身上來解決兩造之間的瓜葛。但是，如果存有還涵蓋其他的層面，那麼適切注意到這些其他層面，「物」與「我」的關係才會有合宜的解決。有兩個故事可以稍微表明這樣的概念，其一說道：

> 有位小偷進入一家珠寶店，佯裝顧客，伺機而動。當他走到一顆既漂亮又閃閃發光的鑽石面前時，他的目光真的是被它給「電」住了。他內心的盪漾很快就被老闆和幾位店員發現，他也不自知。注視良久，這傢伙竟然忽然伸手抓起鑽石，一把放進身邊的袋子裡。既帶著幾分「醉意」，卻強若無事，假裝從容不迫地正要緩步離開。不稍說了，老闆與幾個店員一擁而上，合力逮住了他。眾人隨即迫不及待、七嘴八舌地審問起這個莽漢來：「怎麼搞的？太離譜了吧！在這光天化日又眾目睽睽之下，你怎敢公然行竊呢？」搔搔頭，他靦腆地答道：「這東西太迷人了，我看著看著，就忘了你們都在我身邊啦，饒了我吧！饒了我吧！……。」

這顆鑽石或可代表「物」的吸引力，當「我」只沈迷於「物」中的時候，「我」的視野便如那個小偷一樣地窄化，目中無「人」，既無「法」也無「天」。這個故事表明，如果我們只是為了享受「物」的本身，即使我們期盼能永遠享受（美其名永續發展），整體來說，我們整個人類這「大我」在地球上的行為舉止，何嘗不會呈現怪異突兀的反應。如果，「我」永遠不改這自「我」中心的習性，我們總不能停止浪費資源，製造污染。因為從歷史上可以看見，「我」智慧成長的速度總趕不上「我」揮霍墮落的速度，這是為什麼環保科技的進步老是阻止不了環境問題的百病叢生。在「物」「我」關係的發展上，我們的眼光需要擴及他「人」身上，「物」「我」關係的健康化，也有待於「人」「我」關係之正常化。

第十章　「物」的經管與我——從外在的環保到內在的成長

第二章裡曾提及一個小故事，在此論及「物」的經管時，值得我們再次來思考：

> 有一個年輕人受雇於加州某大農場，主人給他一個任務，要他駕著耕耘機犁好一片一望無際的土地。這個年輕人起先心中暗自得意地以為：「這有什麼難？且看我好好表現一番給你看！」他就一股腦兒地爬上這部大機器的駕駛座上，它的輪子比他還高呢！他一邊輕輕鬆鬆地吹著口哨，一邊操作這個龐然大物犁將出去。過了一陣子，當他回顧所犁出的幾行路線時，他差點昏倒，原來後面不僅不平行，而且歪七扭八，糾纏不清。當他正愣在機器上時，一位老練的農人走了過來，他說：「你看見遠方那座白雪皚皚的山頭嗎？」「是啊！但是它與我何干？」農夫答道：「注視著它，向前犁去就是了！」年輕人半信半疑地重新啟動機器前行。果然一整天下來，一望無際的田地都變成了整齊平行的耕地。

這個年輕人駕著強勁有力的大耕耘機犁田，的確是人類挾科技能力經理地球的極佳寫照。人類手中確實擁有開發地球的偉大動力，可惜的是，當「我」的眼光只及於這「物」的層面時，「我」所耕耘出來的地球便如這位年輕人起先所耕耘出來的田地，七橫八豎，雜亂無章。遠方朦朧的山頭與年輕人跟他所耕耘的田地何干？許多人也同樣會問道：「天」與「我」並我所經管的「物」何干？如果「我」與「物」的確純粹出乎偶然，那「天」果真於我何意義哉？反之，「我」與「物」若皆出於「天」（源頭），那「我」的視線若不及「天」，「我」對「物」的看法與經管也將失準。

中國人最早的信仰中，「天」在「我」與「物」的層面上具有

關鍵性的意義。例如《說文解字》中就記載說：「神，天神引出萬物者也。」《易・繫辭》上也記著：「開物成務，冒天地之道……，是故天生萬物，聖人則之……」孔子也曾經說過：「明乎郊社之禮（祭天之禮），……治國其如示諸掌乎。」意謂「我」與「天」的關係正確，「我」在治理「人」與「物」的層面就能有合適的智慧。

《聖經》更清楚提到「天」（上帝）創造了「物」與「我」，並明確指出「物」與「我」的基本關係。事實上，《創世紀》有一段經文簡明的述及了「天」、「人」、「物」、「我」之關係：「上帝說，我們要照著我們的形象，按著我們的樣式造人，使他們管理海裡的魚、空中的鳥、地上的牲畜和全地，並地上所爬的一切昆蟲。」（按，我們係三位一體神之間的稱呼）從這裡，我們可以看見，「我」如果要與「物」建立正確關係，繫乎三個前提：

(1)「我」需適當的反應「天」的形象和樣式──「我」與「天」的正常關係；

(2)「我」與「人」合作──「我」與「人」的正常關係；

(3)「我」要管理（成全）「物」──「我」對「物」的基本態度是管理、成全，而非予取予求的主宰。

下面，我們還要舉二個例子來說明「我」與「人」的正常關係（以愛出發），如何影響「我」與「物」的經管，雖然這二個例子不是直接涉及整個環境保護的課題。第一個例子是有關松下幸之助如何處理，面對世界經濟大蕭條的衝擊：

　　西元一九二九年世界經濟大蕭條時期，在日本亦有許多公司倒閉或裁員，松下公司亦受到波及，訂單只及平常之一半。一般公司的作法是減量生產，並作相對的裁員。因此，松下的幕僚建議裁員一半以脫困境。老闆松下幸之助對員工愛護有加，於心不忍，問道：「為什麼我們不能找出一

第十章　「物」的經管與我──從外在的環保到內在的成長

個兩全其美的辦法，既不必裁員又可以讓公司繼續經營下去？」

　　稍後，他召集員工，說：「雖然現在我們的產品滯銷，有一半屯積在倉庫裡；但我們絕不裁員，福利也不削減。但我請求生產工廠的同仁每天只做半天的生產工作，另外半天也權充業務員，一起出去推銷我們的產品，好讓我們能夠同舟共濟，走出困境。」才語畢，大夥兒拍手歡呼，高興極了，因為他們不會被遣散了。於是，他們滿心歡喜地接受新的挑戰，存著感恩的心一起打拼，每天工作十幾個小時也不以為意。還不到三個月，公司就從谷底攀升，甚至脫胎換骨，形成比以前更加堅強的團隊，至今早已穩然成為世界頂尖的企業。

　　Love makes things happen！任何的經營如果出於愛，常能帶來奇妙的結果，正如《聖經》有關「愛」的論述的一個總結語說到：「愛是永不止息，」英文更加地貼切：Love never fails！（另譯：愛是永不失敗！）

　　許多公司基於權宜的考量，不是宣告倒閉，就是大量裁員；「愛」卻使松下幸之助獲得智慧，不僅解決當時的危機，更為往後的發展打下美好的根基，我們看見「我」與「人」的關係，大大影響著「我」對世上事「物」的經管。

　　還有一個頗具啟發性的例子也是與企業經營有關，這個故事說：

　　在美國有一個知名連鎖速食店的員工，他每天樂在工作，煎漢堡的時候他總是非常用心。很多人看到他神情愉悅地細心照料每塊牛肉漢堡，都覺得相當不可思議，心想：「在這個連呼吸都會胖，油煙鼎沸的地方，這位仁兄不僅沒有愁

眉苦臉，反而露出一副自得其樂的樣子……。」於是，總有一些人按捺不住心中的好奇脫口問道：「煎漢堡既油氣逼人又單調乏味，為何你總是表現出非常怡然自得的愉快模樣？」人們看見他眼睛閃爍著光芒，一邊答道：「每次煎個漢堡時，我便心中思量，如果這位顧客可以吃到一個精心煎烤的漢堡，他一定會心滿意足，所以我要好好地留心去做。看到顧客高興地離開，我自己便會感到很愉快，心中覺得似乎又完成了一個重大的使命，所以，煎好吃的漢堡是我現今工作的主要任務，我要全力以赴。」

顧客聽了都非常感動，回去之後輾轉相傳，就有愈來愈多的人來到這家速食店吃他煎的漢堡。他們也紛紛把這個員工的認真與熱情反應給公司，主管在接獲這麼多顧客的正面反應後，經過詳細的探詢屬實，便予以獎勵並特別加以栽培，才沒過幾年，他便被調升為整個區域的經理了。

由這個例子以及上述松下幸之助的例子，我們發現「我」對「物」的經管或「我」與「物」的關係是否良好，亦有賴於「我」與「人」的關係是否在真實的愛裡。

因此，即使在「物」與「我」最基本的物質身體存活的關係中，單單完全從「物」本身的範疇裡著手，許多時候都只是頭痛醫頭罷了，無法徹底解決。近年來，許多領域中的頂尖學者，尤其是生物學家，陸續發現傾向「唯物論」的化約主義無法解決「生命」這奧祕中許多基本的問題，整體論（holism）愈來愈引起大家的注意。因此，在這最基本的關係中，問題與困境之解決就少不了需要我們以全方位系統整合的眼光，結合「天」、「人」、「物」、「我」的多個向度，來加以審視。

第十章 「物」的經管與我——從外在的環保到內在的成長

在我們針對這「我」與外在的「物」之間的關係，特別是有關環保與永續發展等課題作了一些基本的探討之後，接著我們要進一步來看看這「我」與構成我之所以為我之內在的「物」之間的關係。因為「我」固然也是一個真正的精神實體，但是，其與我之物質組成和結構存在著密切不可分割的互動關聯，尤其是近年來，由於腦神經科學的進步所揭櫫的一些基本原理所呈現的。對於這些互動的基本原理有一番清晰的了解，我們才能免於落入許多似是而非之旁門左道的迷惑或痛苦裡，也才能引導自己行走在自我成長的美好道路上，進一步活出生命至美的意義和無窮的價值來。

四、「物」與自我成長

有許多人在面對人生的各種問題或困難時，常會去尋求算命或藉由催眠進入所謂的前世今生，以謀求解決之道。事實上，我們會發現常常流連於不同算命攤或神壇的人，對於人生常常也是缺乏定向，愈來愈迷惘；每次坐下來總是充滿了期待，希望這一次算命先生真的會替自己解開迷津，每一次多少也總是會驚嘆果然說得很準，很多時候這只是算命先生長期養成的職業判斷力，他們善於利用一般人有選擇性的注意只聽自己想聽的話之習性來引起你的共鳴，說出一些放諸四海皆準的人性優點和特點，由於它們對每個人幾乎都適用，讓你自己「對號入座」。或道出別人不可能知道的祕密者，這也不足為奇，媒體不止一次報導有些算命先生或乩童利用騙術來騙財騙色，叫許多受害者悔不當初。也有一些算命先生或乩童利用邪靈的力量去遂行一些使人嘖嘖稱奇的騙局，誤導受害人走入旁門左道，甚至於讓他們的身心受到許多不必要的折磨或痛苦。正如在前面有關「天」的篇章中提到過，有一些真相或事實是理性邏輯或反覆實證的科學所無法推衍出來的，像有沒有上帝存在或是有關物

質界之外所謂的屬靈領域之相關事情。一般而言，這一類的真相或事實需要透過經得起多方考驗之純正信仰的啓示讓人知曉。很重要的一件事就是，這一類真實的啓示與理性邏輯或反覆實證的科學所推衍出來的真理，是不會真正互相矛盾的，如果經過誠實的查驗發現真的存在不能消除的矛盾時，那麼這樣子的啓示就值得懷疑，不可輕易相信，這是確定理性邏輯或反覆實證的科學所無法推衍出來的任何說法是否屬實非常重要的原則之一。

是的，許多時候這不是一件容易的事，就以人類對「物」——自然界——的認識來說，是世界上千千萬萬科學家窮畢生之力，經過這幾百年來辛苦努力所獲致的結果，更正了許許多多從有人類存在開始便深植人心的偏見和誤解，當然這樣子的努力還應該持續下去。反過來看，人類對於「物」以外的另外三個向度——「我」、「人」與「天」而言，我們豈可以像許多人那麼漫不經心、隨隨便便就能獲得正確的認識了嗎？有這麼便宜的事嗎？天下豈有白吃的午餐？有價值的事情總是需要我們付出相當的代價的；抑或我們任憑自己對於自我、他人以及上帝充滿各種道聽途說、似是而非的偏見、錯覺和誤解，以致糊裡糊塗地虛度此生，至終後悔莫及？

回到剛才所提的，媒體不止一次報導，有些算命先生或乩童利用邪靈的力量，去遂行一些使人嘖嘖稱奇的騙局。根據一般公認純正的信仰之教義，以基督信仰爲例，《聖經》指出，所謂的靈有三種，首先提到上帝的靈或稱聖靈，簡單介紹，祂全智、全能、無所不在又參透萬事。第二種就是人的靈，是人與上帝溝通互動之所在，根據《聖經》所說，從始祖亞當墮落（從起初與上帝的正常關係偏離）以來，人的靈就睡著了，也就是說，人的靈覺不起原先的作用，功能不彰，因而不能覺察上帝及相關屬靈事物的存在。信耶穌的意義就在於一個人真心地接受耶穌進入他的心中，因而領受了從上帝而來的新生命（那一刹那就是重生的時刻），同時耶穌也在他裡面

恢復了他的靈覺，使他能開始覺察上帝及相關屬靈事物的存在。

最後提到的則是所謂的邪靈，乃是指起初由撒旦為首背叛上帝的靈界群體，抵擋上帝和祂的旨意並迷惑世人。他們可能具有某種程度的超自然能力，當然他們絕無法和全智、全能、無所不在又參透萬事的聖靈相比，只是他們還是具有一些人所沒有的超自然能力。他們喜歡取代上帝的角色被人崇拜（這正是撒旦和他們背叛上帝的主要原因），又決意使人遠離上帝，永遠迷失。因此，有一些算命的或乩童就去供奉他們，利用邪靈所給予的資訊，去蠱惑一些急於想要脫離困境的求助者，讓他們以為獲得了某種程度的幫助，其實至終卻要一步步把他們引入永遠的迷失裡，而這些算命的或乩童則藉此過程獲得不當利益。當然，經濟學的原則在此同樣適用，天下沒有白吃的午餐，為此巨大的財利他們通常得賠上自己的靈魂，正如歌德筆下的浮士德，他出賣自己的靈魂換取從魔鬼那而來的願望實現一樣。我們在此慎重提醒所有人要謹慎留意，慎防不小心掉入這一類的陷阱裡。

遇到困難是人生中難免的事，從另一方面來看，這也是生命成長過程中向前邁進的踏腳石。爬山的時候雙腳非常吃力，卻因此從地面獲得反作用力來向上攀升，如果沒有這個必要的阻力，我們固然輕鬆了，但結果是大家所熟知的一路滑下谷底。面對困難的正確方式和態度是，首先尋找成熟可靠的朋友或長輩的幫助，在一個充滿愛心與諒解的傾聽者面前，你可以盡訴你的痛苦、忿怒、不平、不安、恐懼、害怕、困惑等等使你非常難過的情緒，讓你得到必要的舒解；同時，在傾訴的過程中，很可能自己的思緒也會得到適當的整理，雖然對方沒有說些什麼，你自己可能也就理出了一些頭緒，恢復自信，能以再度獲得力量和智慧，勇敢去面對困難，解決問題。根據相關專家的調查，如果每一個人碰到困難時，都能夠得到朋友或長輩這樣的愛心傾聽，世界上有 70％－ 80％的憂鬱症或精神疾病

都不致發生。在這個層次所需要的，不是高深複雜的專業知識，而是愛心與耐心，當然，很多時候這正是我們最為缺乏的。

不過，部分的癥結所在，可能還是在於我們對於這麼一件簡單的事實缺乏適當了解的緣故。即或不然，至少我們的情緒可以得到適時的舒解，接著可以去尋找比較專業的諮商輔導人員，從他那裡獲得進一步的幫助。這個過程可能需要一段滿長的時間，也需要雙方與周圍親朋好友的耐心鼓勵和配合，因為真實問題癥結的確認以及真實的改變，的確都需要花相當的時間，直到對症下藥或正確合宜的態度和習慣真正的建立起來，這可以從現今我們對於人類大腦神經運作的了解獲得證實。真實的愛，的確是解決人生中許多重要問題的關鍵，當然，如果在相關的知識和見識上也能持續的學習和成長，那就更能發揮莫大的影響力了。誠然，愛是永不失效的，正如我們稍前所提到的例子。

古今中外的人類在面對人生的時候，很容易陷入兩個極端的態度，要不是隨隨便便、漫不經心，就是過於迷信。以第二章討論過的食人族手中的超炫電腦作為例子，就更容易明白，前一種態度就如同食人族弟兄把電腦搬回家，一會兒把它當作椅子坐，等一下又把它當作踏腳石，隔天則把它當成鼓來敲……再過一陣子沒有新鮮感了，就隨便棄之如敝屣，任憑它鏽壞。這種無所謂的態度稱不上瀟灑，卻很容易使生命在「只要我喜歡沒什麼不可以」的虛幻幌子底下被誤用濫用了。過於迷信的態度就如另外的食人族弟兄，堅持把電腦當作神祇來供奉和膜拜，絕對不准用於他途，虔誠有餘。不管是以上哪一種食人族弟兄，都沒有能夠讓這部複雜尊貴的電腦發揮它超炫的真正意義和價值來；兩者共同的問題是對於這部超炫的電腦都缺乏起碼而基本的認識。

因此，在面對自己這比電腦更複雜、更尊貴、更有價值的生命時，如何有一些起碼而基本的認識，顯然是非常重要的。這是因為，

第十章 「物」的經營與我——從外在的環保到內在的成長

一來才能逐步活出生命的意義和價值，二來在面對問題或陷於困境時，才知道如何按照適當的原則去加以解決。

就以最基本的身體健康而言，如果我們對於它各部分器官的運作和功能有一些基本的認識，那麼，一則平時可以知道如何攝取相關的營養或做適當的運動，並維持穩定的作息來保養，讓它們可以好好發揮應有的功能，並保持在最佳狀態；其次，在它有問題時，可以知道如何配合醫生的診治，按照合適地原則來幫助它盡快恢復。以消化系統為例，如果我們不知道如何多多攝取相關的多纖維質食物或做適當的運動等來保養，可能就很容易產生消化不良或便秘的毛病；接著，在這種狀況下還猛吃不易消化的糯糬、湯圓或非常辛辣的食物，結局就可想而知了。

進一步談到我們的精神狀態或情緒處理時，何嘗不是如此？如果我們對於情緒反應的主要機制沒有一些基本的認識，首先，我們平常可能不知道如何適當地引導或管理自己的情緒，容易陷於晴時多雲偶陣雨的不穩定狀態中，大大影響我們的工作與人際關係，即使才氣縱橫，也難以活出原本應有的生命色彩；再者，每當陷入情緒低潮時，我們也不知道如何在正確的原則下，來幫助自己盡快撥開雲霧，迎向陽光。有關情緒處理的一些基本原則，我們會在本章後面的部分再加以詳細探討。

漫不經心地隨心所欲或得過且過的確輕鬆容易多了，只不過多少人是在這種少壯不努力老大徒傷悲的懊悔中度過。我們要不厭其煩地再次強調，沒有任何人能夠取代你這生命的獨特意義和無窮價值，有價值的事情總需要付出適當的代價。其實，我們在這世上所能付上的一點真實代價，足以在將來為我們收割無比豐盛的榮耀。從真實信仰的角度來看，以基督信仰為例，《聖經》表明我們所付的這一點代價，不是足以賺取將來所要給與我們的無比豐盛的回報；這一點代價乃是為要塑造我們、預備我們成為足夠大的容器，好能

夠承受這白白賜下的極大豐富，這就是所謂的恩典。

　　有一陣子，許多人非常沈迷於藉著催眠進入所謂前世今生的狀況中，還自以爲所經驗的既然如此栩栩如生、歷歷在目、恍如昨日，一定是真正發生過，錯不了。那我們可就錯了，催眠乃是繞過大腦清醒意識控管中心，直接讀取大腦中所儲存資訊的一種技巧。換句話說，它能夠不經過你的同意，登堂入室，探查潛藏你大腦深處的祕密，甚至塵封已久無論如何都想不起來的記憶。這有點像經過麻醉之後，坦露敞開在手術台上，外科醫生隨手可以從你身體裡面取出個什麼東西來，他也可以把一些物件植入你的身體裡面。當然，一個正常的醫生不會隨意作出傷害你的行爲，他乃是要幫助你，使你得到醫治。

　　一個正派的心理諮商輔導或精神科醫生，可能有時也會很謹慎地使用催眠技巧來作爲診斷過程的一部分。這樣的技巧有時候相當有效，只是很多時候也會遭到別有用心的人誤用濫用，尤其許多學會這種技巧者並非都是持有執照的相關專家，輕易運用催眠術可能帶來一些負面的後遺症。媒體上有時會看到這一類的表演，當然會滿足許多人的好奇心，其實這就像一個沒有醫生執照的人公然表演開刀手術一樣，既危險又荒謬，只因爲前者不像後者會導致立即的生命危險，就易於被大衆所忽略。然而，許多時候，遭到誤用濫用的催眠術會帶來不良的後果，可能導致極大的創痛或傷害。以下我們要舉一個相關的例子，來讓大家明白這件事情的嚴重性：

　　若干年前，在美國有一位年輕女子，她在接受某心理諮商人員輔導一段時間之後，才發現自己在年幼的時候，曾多次受到父親的性侵害，並且在十三歲時還曾因此而墮過胎。事情爆發出來之後，既被充滿恨意的女兒一口咬定，使得作爲教會牧師的父親真是情何以堪、百口莫辯，只能羞愧地辭去牧師的職位。所幸稍後這件事情終能面對科學性的檢驗，經過醫生與醫學設備詳細檢查後，發現這

位年輕女子一切完好，並無經歷性侵害的情形，更從未懷過孕。經過深入調查之後才發現，該名心理諮商人員在整個輔導過程中，曾經藉著催眠，把原本不曾發生過的「記憶」植入年輕女子的腦海中，讓她誤以為在年幼的時候，真的曾經遭遇到這麼一段痛苦的「往事」，使她受到極大的創傷。後來該名心理諮商人員被提起告訴，並被判得付出幾百萬美元的補償金。這算事小，還好這位年輕女子得以放下這可能重壓她一輩子的傷痛，而且她父母也能夠脫離這場似乎永不止息的夢魘，才是值得慶幸的事。

這件事情最後之所以能夠水落石出，科學驗證居功厥偉，充分顯示其意義與價值。然而多少類似的烏龍事件，因著缺乏客觀冷靜的查驗或科學性的驗證，而在世界上悄悄進行著，導致不少人為此受傷害、受痛苦，真叫人於心何忍呢！這讓我們再度回想到第二章裡所探討有關誤會與錯覺的普遍存在，也讓我們更警覺到真相的辨認與澄清又是何等的重要！

值得我們特別留意的是，以上面所發生的事件為例，藉著催眠所植入一個人腦海中的記憶，其在大腦相關區域所建立的腦神經迴路與真實經歷過的記憶之腦神經迴路本質上並無二致，它不會替你標示說這是假的，以致於它總是會帶出真實的痛苦。因此我們慎重的呼籲，不要輕易去接受催眠，以免帶來不必要的困擾或痛苦；也不要因為愛現或為了財利去學習這種技巧，因為你很容易誤用濫用它而讓許多人受到傷害。成熟、可靠、有經驗並具備職業道德的諮商輔導人員或精神科醫生在覺得有必要時，一定也是非常謹慎地來進行。

在媒體的娛樂性節目公然表演催眠術，一則也可能讓參與者受到不良的後遺症，二來可能誤導觀眾，讓大家以為這是一件好玩的事而不知警覺，尤其可能讓國外來的這些表演者（稱為走江湖者並不為過）心中竊喜，台灣錢淹腳目，太好賺也太好騙了。最後，這樣的事

還可能貽笑國際呢！

在知識經濟掛帥的今天，我們很容易不自覺地落入以追求知識作為追求金錢的敲門磚的心態，我們很容易忽略，其實真實的知識，尤其是經過反覆實證得來的寶貴知識，對於我們的生命視野和身心靈的健康與成長，常常會有直接或間接的幫助；特別是近年來在人類的腦神經科學方面，在許多科學家的努力下，有了非常長足的進步，就像三百多年來科學的進步，使人類對於自然界有更清楚的認識，澄清了許多幾千年來的誤會和錯覺。

現在反覆實證的科學更正在從對自然界中的「物」之了解，擴展到對人類自己裡面的「物」之了解，也開始澄清許多長期以來對於自我與他人的誤會和錯覺。如果我們能夠善用這些真實的知識，對於我們的生命與成長會帶來許多正面有益的幫助和影響。從二十世紀中葉開始，這個相關領域到今天為止產生了許多豐碩的成果，以下我們要特別提到腦神經科學方面的進步，在自我成長與人際關係方面的重要助益。

人現今的情況的確受過去的影響，小時候缺乏足夠的愛或受到極度的驚嚇等，都很容易在長大之後造成缺乏安全感的狀況，除了影響到自我的內心安定，也影響到其人際關係。許多時候，一個人常常不知道這樣的原因，只是怨天尤人，或是怪罪環境不好，或是歸咎於命運或是星座，甚至於所謂的前世今生也遭受連累，以致於不能真正對症下藥。其實，在二十一世紀的今天，科學家對於人類大腦構造與功能的了解，的確可以帶給我們許多正面的幫助，指引我們走出不少的迷津，並少走了許多的冤枉路，釐清真正該付出和該努力的方向。因此，我們有必要對於人類大腦運作的一些基本原則，先作一些簡單的介紹。

人類大腦運作的基本單位就是所謂的腦神經細胞，簡稱神經元（neuron）。人類的大腦在成長的過程，大概成長到兩千億至數千

億個腦神經元,而在繼續成長的過程中就會產生一些篩檢的工作,一些神經元長期沒有使用或由於其他因素就被剔除,最後留下在人類大腦裡面運作的腦神經元大概也有一千億個。人類的所有思想、情感、意志、想像、規劃等等活動,都是經由腦神經元之間的一些聯繫和變化所產生的。

在人類初生之時,這麼多腦神經元之間基本上沒有太多的聯繫,沒有太多的關聯。從新生嬰兒的正電子斷層掃瞄(PET)研究顯示,只有與身體調節、感覺和動作有關的區域才有聯繫,才有活動。但是,從一生下來開始接觸這個外在的世界,這些不同的腦神經元之間就開始更多更頻繁地建立彼此間的連結。透過嬰孩與環境的互動,例如藉著眼睛接受到光線、手指或身體肌膚接觸到東西、耳朵聽見聲音,然後產生一些適當的反應等,或因著重複的動作,或因著比較強的刺激,這些相關的神經元就開始連結起來。

從圖一我們可以看見,剛出生的嬰孩的腦神經元之間的聯繫情形,幾乎彼此沒有太多的聯繫;到三個月大的時候,彼此間的聯繫增加;到十五個月大的時候,增加得非常多,非常密集;到兩歲的時候,某些部位更顯得格外密集。換句話說,在這個錯綜複雜的腦神經連結裡,形成各種大大小小的通路,記錄著這個小孩成長過程與環境互動所形成的一種內在個性,以及對於外在世界的反應機制。

所以,嬰孩從出生開始,便一直持續處在成長的過程中,因此他與環境的互動就不斷地在塑造他的腦部發展。如果環境充滿了愛跟安全感,通常就會使這個嬰孩的成長和個性各方面發展得美好。反之,如果在成長的過程中,長時期被留置於孤單的環境,或是常常受到驚嚇,也缺乏足夠的愛,那麼在成長的過程中,就很容易形成一種缺乏安全感的個性,或者很多方面的潛力受到阻礙,不能正面美好地發揮出來,或者由於內心受到傷害的緣故,影響他的人際關係等等。

剛出生　　　　三個月　　　　十五個月　　　　兩歲

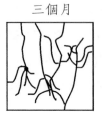 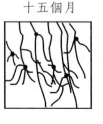 

圖一　大腦神經之聯繫示意圖

　　人類的大腦裡面這一千億個腦神經元，其中約有三分之二分布在所謂的大腦皮質上，也就是大腦最外層的一個薄薄的結構，大概只有二到四個毫米的厚度，大略可以分為六層，每一層上面有許許多多的神經元。大腦皮質的表面有許多的皺褶，如同臘腸的形狀一樣，而且在成長的過程皺褶愈來愈多，視腦神經元之間的聯繫情況來決定。根據腦神經科學家的研究，許多的實驗愈來愈清楚指出大腦皮質可以分成數個區域，每一個區域都具有不同的功能，比如有運動皮質區，這個區域專門在處理與運動相關活動的任何資訊；大腦後面的視覺皮質區就是專門在處理與視覺有關的訊號接收和視覺影像的形成等等事情。當然，也有滿大的一些皮質區，科學家還沒有為它們找到固定的功能，這種沒有特定功能的皮質區域範圍相當大，比許多的動物都大很多，這可能就是人類跟其他動物非常不同的地方，這些區域可能具有整合、規劃、決定或是思想等方面的重要功能。當然人類在從事某項工作的時候，大腦裡面其實會有許多不同的區域同時在運作，通常不是單一個部分的區域專門從事一種功能的事情，許多時候是幾個腦部的區域共同從事某項特定的功能。從解剖學的角度來看，腦部是由不同的區域組成，不過這些區域並不是各自為政，單獨負責一種單獨的功能，乃是這些區域以一種相當神祕的方式連結起來，組成一個凝聚而團結的系統，所以要真正了解大腦的運作，除了要了解它各別區域的一些基本功能以外，更

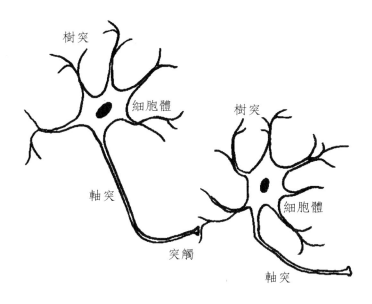

圖二　腦神經元示意圖

要去了解不同區域之間如何整合起來，完成一個更大、更整體性的意義和功能。

首先，我們有必要稍微詳細了解一下各別的腦神經元究竟是什麼樣子。如圖二中的個別神經元，它主體的構造稱爲細胞體，其直徑約有四十微米，所以在一個針尖大小的範圍裡面，大概可以容納好幾萬個腦神經元。在細胞體之外，又有許多如同小小的樹枝從它身上向外伸展出去，這些伸展出去的部分就稱爲樹突（dendrite）。神經元的樹突形狀有各種差異，其密度也不盡相同。它會從細胞體的各個部位生長出來，所以整個神經元看起來像顆行星，也可以說看起來像一棵人蔘。除了這些比較小的像樹枝形狀的樹突之外，它還有一條細長的、延伸得非常遠的纖維，稱爲軸突（axon）。軸突比樹突或細胞體長好多倍，一般細胞體直徑大約二十到一百微米，沿著人體脊椎向下伸展的軸突竟可長達一公尺。樹突就像是訊號的

接收區，接收從另外的神經元所傳遞過來的訊號，把它傳到細胞體。然後這些訊號如果夠強的話，便會在細胞體產生新的電訊，之後軸突會把這個新的電訊從細胞體傳向下一個目標神經元。

但是，大腦裡這些不同神經元之間的聯繫，並不像我們一般的電路聯繫，電訊直接在線路裡面，或者在整個電訊網路裡面來直接傳送。是的，在神經元裡的確是藉著電脈衝在傳遞訊息，就如同細胞體傳到下一個目標神經元的過程，在軸突裡面就是這種電脈衝的傳遞。然而，在軸突接觸到目標神經元的地方，中間卻有一個空隙，這個空隙稱爲突觸（synapse）。如圖三所示，在這裡電脈衝通常不能夠直接穿過到達另外一個神經元，這時候是藉著軸突末端的一些小囊泡，從裡面釋放出化學傳導物質，讓它們通過這個稱爲突觸的空隙，達到另一個神經元的樹突上面，由固定的接收器接收起來，然後再形成電脈衝，在目標神經元的樹突裡傳遞到目標神經元的細胞體，繼續處理，繼續傳送。

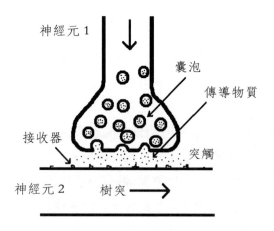

圖三　突觸示意圖

第十章 「物」的經管與我——從外在的環保到內在的成長

一個神經元用以接收其他神經元傳遞過來之資訊的這些管道——樹突——可以高達幾萬個,換句話說,一千億個腦神經元每個神經元又可以跟其他數萬個神經元構成聯繫,整體就形成一個非常複雜的大腦運作系統,這是為什麼人類有這麼豐富的變化原因。一般我們說電腦會處理很多資訊,或有很多美好的功能,我們說的多少個位元的電腦,例如 512 位元的電腦,就是指著我們有五百一十二個不同的、可以各自做正負不同動作變化一個系統。所以,我們就可以有 2 的五百一十二次方不同的變化組合,但是我們人腦多達一千億個這樣的位元,每一個位元又不單單只是可以做正負或明暗的變化而已,如果這樣的話,我們就已經有 2 的一千億次方不同的組合。當然,其中存在著空間位置上之限制,並且原則上以能夠連成適當迴路者才能算數,不過,這已經足夠成為極大數不完的天文數字了。不僅如此,事實上,每一個神經元可以有多達數萬個樹突,接收其他神經元的訊號。而每一個輸入訊號的電位頻率不同,它釋出的化學傳導物質數量也不同,因此神經元的活化並不是固定的,並不是那麼單純只是說有活化或沒活化的二元性動作,而每一個神經元的活化,事實上能夠作出十萬種各式各樣不同的變化,因此每一個單一神經元的活化既然如此豐富,一千億個位元加起的複雜和變化程度,也就超過我們所能想像。因此,人類大腦具有無限的潛力是一個真真實實的事情,我們每一個人都有這麼複雜、富有變化的一個大腦,就看我們如何好好去使用它,好好去正面的開發它、發展它,能夠為自己、為人類帶來更大的益處。因此,我們每一個人的的確確是具有上天所賜莫大的潛力,有莫大的機會讓每一個人可以發展,因此我們都不能妄自菲薄,每一個人所當作的只是更了解大腦活動的一些基本原則,正面使用它,好發揮上天所賦予這麼大的潛力,來造福人類。

由於人腦除了以電脈衝傳遞的方式之外,還有透過這些傳導的

化學物質來通過突觸的空隙。這些化學物質的種類很多，可以形成多種的變化，所以這就是人腦比電腦更複雜、更微妙的地方。那些純粹想以電腦模式來詮釋腦部運作的人，顯然是過分的天真。當然，腦部的各種功能顯然不是一個簡單的突觸或任何單一的化學傳導物質所能夠單獨一對一地來加以詮釋，正如同整個交響樂團跟一個單獨的樂器一樣，整個腦部的功能就像整個交響樂團整體產生的結果，而每個單獨的樂器只是其中一個小小的部分。

現在我們還要來看看所謂的藥物，對一個人的行為所會造成的影響，以及它們如何會改變個別突觸的化學傳遞。所以，我們會看見我們以為的心智或精神狀態，終究還是由腦神經元和其間的運作所決定。人類使用藥物或者是化學品來改變情緒，最普通的或許就是尼古丁了。當一個人吸一口煙之後，不到幾秒鐘，尼古丁就會進到人的大腦裡，此時這個癮君子的腦電圖馬上會產生一個明顯的變化，表明他正處在一種比較興奮的狀態。這個原因是由於尼古丁的構造，與天然的傳導物質如乙醯膽鹼（acetylcholine）這種傳導物質類似，所以他就會與原來只保留給乙醯膽鹼這種傳導物質的受體產生作用，替代了正常的乙醯膽鹼這種傳導物質來達成效應。這些正是藥物運作的一個基本模式，就是藥物的這些分子結構模擬了原先在大腦裡面的相關化學傳導物質來產生作用，而且這些藥物通常會有一個特點，它們許多時候會比正常的化學傳導物質的作用更加強勁許多，就以尼古丁模仿和乙醯膽鹼所造成的正常作用來相比，它就顯得更加順暢。理由有兩方面：首先，尼古丁對受體的刺激比乙醯膽鹼對受體的刺激強了很多，腦部裡面的乙醯膽鹼受體如果長期受到尼古丁這種「贗品」的誇張作用，就會對腦部造成負面的影響，由於這些受體受到尼古丁的刺激遠遠凌駕於乙醯膽鹼的刺激之上，所以其敏感度也會每下愈況。而當目標細胞漸漸習慣了這些高劑量的人造尼古丁的刺激之後，正常劑量的乙醯膽鹼，也就是大腦裡面

正常的傳導物質就顯得力有未逮，不能再激起神經元的作用。因此，癮君子們就必須依賴尼古丁不斷地提供超高劑量的刺激，才能夠維持其興奮的精神狀態，這正是所謂「上癮」背後的生理原因（S. A. Greenfield, 1998）。

其次，正常的傳導物質乙醯膽鹼跟許多類型的受體產生作用，不像尼古丁這種人為吸入的化學物質單單作用於一種受體，極易產生失衡的現象，造成心跳加速、血壓升高的緊張情緒反應。嗎啡也是模仿天然傳導物質的一種藥物，海洛因則是其衍生物。嗎啡是臨床上非常倚重的止痛藥，麻醉效果奇佳，只是容易上癮，除非不得已或緊急情況，醫生通常盡量避免使用。嗎啡和海洛因的嚴重性在於它們會直接抑制控制呼吸的腦幹，嚴重時會導致使用者呼吸完全停止而死亡。嗎啡事實上也是模擬我們體內自然的化學傳導物質，其分子結構和腦啡類的傳導物質很類似，很容易跟這類傳導物質的受體結合，能夠輕易地瞞天過海，矇騙目標神經元，讓它們誤以為接收到原先的天然化學傳導物質而活化起來。另外，還有一些其他的藥物如搖頭丸、古柯鹼和安非他命等等，都是由於類似的原因使人上癮，然後在過度使用之後，會造成腦部的傷害，甚至危及身體的生命。

總結來說，大部分造成濫用的藥物，基本上是經由興奮大腦裡面的一條報償系統，以致於使服用者樂此不疲，難以自拔，形成心理性的成癮。另外，由於藥物的不斷濫用，也導致受體的反向調節，產生使用劑量漸漸飆高和停藥後如坐針氈的痛苦，這就是生理性的成癮。誠然，原先大腦裡面的這條報償路徑不是為了這些誤用濫用的藥物而存在，乃是與人類基本生存的因素有關。由於生活和傳宗接代的需要，人就藉由所謂「食色性也」這兩方面的滿足和亢奮來促成。只是許多藥物的使用，會在這個路徑上產生類似的甚至是青出於藍的快感，使得服用者不顧一切，甚至到了六親不認的嚴重地

步；多少人爲了浸淫在這種亢奮的情緒中，傾家蕩產都在所不惜，只爲買到藥物，甚至鋌而走險，搶劫勒索，走上不歸路。由於這一類的藥物使用除了造成快感之外，長期使用之後會產生神經毒性，或是有其他的副作用。這些爲害極大、叫人成癮的藥物作用，乃是針對人類這些原始慾望的訴求，不是輕易可以用意志來控制的，所以很多人往往是一發不可收拾（潘震澤，見 S. A. Greenfield, 1998）。

這些藥物的濫用使許許多多的人走上一條非常痛苦的道路，許多時候都無法回頭，除了戕害自己的身心之外，也讓家人朋友傷心欲絕，實在令人感到非常扼腕。我們人類在生活的過程裡，難免會碰到不同程度和不同種類的挫折，難免會灰心沮喪，但是我們應該選擇正常合理的方式或管道尋求幫助，或者經過穩定的諮商輔導過程，逐步改變我們對人事物的一些反應機制，或者是逐步建立好的習慣模式來走出這些的困難，不應該使用這些叫人一時快樂或達到忘我的藥物，因爲繼續使用只會把人帶到毀滅的地步，任何人實在都不能輕易去嘗試這些東西。

我們對於人類大腦作了一些基本的介紹之後，現在要來說明一下，大腦運作的一些基本原則，在有關自我成長和人際關係以及情緒管理方面，如何能夠帶來一些重要的幫助和啓發。首先，我們要談到的就是用進廢退的原則，就是說我們的大腦裡面的神經迴路，或者有人把它們稱爲電網，主要是依據經常運作的神經元之間的聯繫來完成，這同時也反應了這個人所處環境所帶來的一種互動上的影響。這樣的一個基本原則曾經在一個年輕的義大利男孩的身上發生，這個六歲大的男孩有一隻眼睛失明，至於造成這情況的原因，卻無法用醫學來加以解釋，從眼科醫師的檢查來看，這個男孩的眼睛可以說是完全的正常，直到最後這個像謎一樣的問題終於得到解答。

經過追溯發現，原來這一名男孩在嬰兒時期，眼睛曾經因爲受

到一些輕微的感染，那時候的醫生就用繃帶把他包紮了兩個禮拜。這種方式對年紀比較大的人不會造成什麼影響，因為年紀大的人腦部裡面各種感覺系統的相關神經元聯繫已經幾乎固定了，但是對剛生出來的嬰孩而言，卻是正在建立眼睛和大腦之間神經元聯繫的重要階段。由於矇住了一隻眼睛，這一隻眼睛的神經元經過一段長時間的「閒置」而沒有正常的運作，因此大腦視覺皮質裡面的相關投射區，被另外一隻正常眼睛那些忙碌運作、不斷活化的視神經所入侵或取代，而未正常運作的這一隻眼睛的視神經則完全被大腦所忽視，以致於這些沒有活化、功能不新的視神經的目標投射區，被仍然持續活躍運作中的神經元漸漸占領。於是，這個男孩的大腦誤以為這個男孩一生都不再使用那隻被繃帶矇住的眼睛，以致於後來這隻眼睛就失明了（S. A. Greenfield, 1998）。

我們看見，事實上並不是由於他的眼睛的生理結構有問題，乃是因為這個正常的眼睛不再傳遞電訊到它相關的投射區，以致於這個投射區裡沒有正常的視覺過程在那裡進行，就被另外繼續在活動中的神經元所占領，以致於這一隻眼睛的功能就失去了，因為我們的視覺並不是單單靠著眼睛，更是由於眼睛所接收到的資訊傳遞到大腦視覺皮質，並經過大腦神祕的詮釋運作之後，我們才以為看到了什麼東西。

從這個例子，我們可以看見腦神經迴路是依據運作中的細胞來加以建立，這也同時反應了這個人所處這個環境的各種要求，所以我們整個人現今的大腦裡面的狀況，就是從我們出生以後一直持續在發展，特別是在嬰孩階段，如果某些神經元長期「閒置」，將導致身體相關部位的活動功能喪失。關於這件事，我們發現另外一個非常凸出、也是叫人看了非常心痛的例子：一九七〇年在洛杉磯附近，有個小女孩從出生起便被單獨關在房間裡，成長過程中幾乎沒有接觸到人。這個房間空無一物，沒有東西看，也沒有東西可玩。

她被發現時已經十三歲了，她不會跳、不會跑、不會伸展四肢（她被綁在訓練大小便的椅子上十三年），眼睛也無法聚焦，唯一會說的話是「住手！」及「不要！」。她被救出來以後，語彙增加得很快，但是文法能力始終無法增加（而對正常的孩子來說，文法的學習是不費吹灰之力的）（R. Carter, 2002）。

我們腦中活躍不停的神經元反應性很強，會形成各種的迴路來反應我們這個人在環境中面對所發生的事情，相關的事情就建立相關的腦神經迴路或電網。如果我們在同樣的事情上不斷練習，或反覆經歷，這相關的神經迴路或者電網就不斷的加強它們之間整體的聯繫，也不斷擴展它們的神經元連結，以致於愈多使用的神經迴路影響愈大，而且也愈發強勢，這是為什麼我們一方面也可以說人就是習慣的動物，以致於我們常常在不知不覺之中就會有這樣的想法或者情緒或這樣的行為，就是所謂的習慣成自然。事實上，是這些我們反覆練習或經常反覆使用的神經迴路已經到了一個無遠弗屆又十分強化的地步，許多時候隨時隨地就在那裡因為一點風吹草動的細微激發，觸通整個相關的迴路系統而不知不覺產生相關的動作或情緒來，這一類長期建立起來的迴路系統組合起來，就逐漸形成我們基本的人格或個性型態。所以，許多時候我們有很多的反應或行為是在不知不覺的情況下進行，因為它們都已經長期建立在我們的大腦裡面，因此，我們平常要如何多注意練習正面的思想、情緒或者是動作是很重要的，因為我們不斷在養成好的習慣，直到它已經深深成為我們個人的內在部分，我們很自然會活出這樣一個正面的行為或態度來，而就是這些不知不覺的行為或反應，就成為我們個性或人格的基本模式。

偶而做了一件好事，並不表示他就是一個好人，因為不斷的、長期的思想對人有益處、有恩慈的事情，並且時常如此去對待他人的人，才成為一個好人，當然這並不表示他就是一個不會犯錯或沒

有任何私慾的人。反之亦然。

　　先舉一些負面的例子讓大家一起有所警惕，有一些青少年性犯罪被捕之後，人們問他為什麼年紀輕輕就做這種事，他很坦誠地說因為常常看A片，看久了沒有辦法克制自己，就去做這樣的事情傷害別人，因為在他的大腦裡面不斷重複這些負面的情緒或情感上的迴路，不斷練習以致於這些負面的、會傷害人的想法愈發建立在他的腦裡面，使他就成為這樣的人，正如《聖經》有一句話說：「人心怎麼樣思量，他為人就是怎樣。」

　　另外有一個更為突出、更令人警惕的例子，就是前一陣子幼稚園裡面有一位小男孩，大概三、四歲而已，有一天忽然要對他的幼稚園女老師性騷擾。後來仔細詢問之下發現，原來他從小會看電視開始，就經常跟他的爸爸、叔叔、爺爺一起在那裡看A片，所以從小到三、四歲，他的腦神經正在建立各種連結的時候，就常常建立這種負面的色情相關的連結，以致於年紀這麼小，三、四歲就會做出這一類的性騷擾的動作，也就不足為奇了。

　　從這些負面的例子，讓我們真的會有一個很深的警惕，就是我們需要保守、注意我們的思想意念，我們常常去思想什麼，什麼就會影響我們。這也是為什麼《聖經》還有一句類似的話，說道：「你要保守你心勝過保守一切，因為一生的果效是從心發出。」所以，我們年輕人應該如何更多接觸正面的環境，以致於不斷形成正面的習慣和心情，是非常重要的。這是為什麼孟母當初要三遷，她為的就是不斷要把孟子帶到一個比較正面的環境裡，當然不是說其他的行業或事情是不對的，而是她有她的一個理想，為了她所以為這個比較美好的理想，她就要讓孟子從小沈浸在相關的情境裡，所謂近朱者赤，近墨者黑，這真是當今腦神經科學所揭櫫的原則所印證的。因此，我們要多接觸有正面積極思想和人生觀的人，如此我們就會得到他們更多正面的影響，盡量遠離那些會使我們有一些負面、消

極或者是其他相關的想法或情緒的，我們要避免接觸這些的環境。所以腦神經科學家也發現，在一般的生活型態或環境中發生的任何小的改變，也都會反應在腦神經迴路上，事實上，這一類的實驗已經從動物或人都獲得證實。

下面我們要舉一個正面的例子來彼此激勵，一起來學習如何把大腦運作的一些基本原則，積極正面地運用在我們自己身上，使我們在自我成長、人際關係與情緒管理方面獲得極大的助益。

在美國某州立大學裡，有位研究生慕名懇請一位傑出的華裔學者擔任他的博士論文指導教授，老師只見這位老美研究生一臉憔悴，回應道：「我很樂於擔任這個角色，不過以你目前這樣的情況，我們可能不太容易有所進展吧。」研究生接著表示他的父親過世不久，又才和妻子離婚，真是雪上加霜。老師表示理解並深感同情，只因為博士論文的相關研究和撰寫，是需要有良好的精神狀態才行，便要求說：「如果你答應我一個條件，我就收你為學生，否則我也無能為力，恐怕你得另請高明了。」研究生既看見一絲希望，便急忙殷切地問道：「什麼條件呢？」老師開誠布公地回應道：「我要你每天大笑三次，早、午、晚每次五分鐘。」研究生聽了心中自忖：「教授您未免也太強人所難了吧！在這樣子的情況下，我怎笑得出來呢？」只因為非常渴望他的指導，就硬著頭皮勉強答應了。老師接著示意可以回想一些有趣的故事，或他看看開懷篇一類的笑話，來幫助自己。過兩、三天，老師碰到他，問進行得如何了？他表示相當困難呢！老師再次勉勵他一番，目送他離去。再度看見他時，已經是兩、三個禮拜之後。只見他好像換了一個人一樣，容光煥發。一般博士論文需要花個兩、三年是少不了的，一年完成算是少見的天才了，而這位仁兄竟然在三個月就完成了這個艱巨的任務，真是不可思議，叫人難以置信啊！

不可否認，在上述過程中，腦神經運作的基本原則扮演了非常正

面而關鍵性的角色。這位教授巧妙而有智慧地使用這個重要的原理，竟至讓一個人得以脫胎換骨，發揮他生命中莫大的潛力來。現在值得我們花點時間來探究一下，這個近乎天方夜譚的奇蹟是怎麼發生的？

原來，根據現今腦神經科學的了解，我們在思想、情感、意志以及身體各方面的任何表現或動作，都是對應於大腦裡面相關神經迴路的活化，它們之間常常也會存在著某種相互關聯或互動關係。以上面的例子來說明，對應於研究生原先內在的痛苦情緒，在他的大腦中存在著相關的神經迴路正在活化中，而這一類表達情緒的神經迴路，通常與表達臉部表情之肌肉運動或身體其他反應的相關神經迴路有所聯繫，因此，前者的活化自然也啓動了後者，而使得臉部的肌肉呈現出痛苦的表情來。同樣地，喜樂的情緒與臉部喜上眉稍的表情之間也存在類似的關聯。有意思的是，既然如此，有些時候我們也可以主動地逆向操作，雖然心情不好，主動做出笑的動作，並持續一段相當的時間，也能漸漸地達到心情的轉化。當然，嚴格說來，這種起初所謂「皮笑肉不笑」之肌肉運動的相關神經迴路，與純因高興而笑之肌肉運動的相關神經迴路不盡相同，但是，它們之間還是存在非常相近與密切的關係，只要持續一定的時間，還是能夠漸漸彼此帶動而活化。

在此，我們簡單地作個小小的總結，那就是：「笑久就是你的！」請記得，這可不是開玩笑的話，乃是由腦神經科學所發現，有關腦神經運作的基本原則之正面運用而得的。這句話本身聽起來好笑，所以可能有些人會一笑置之，還有些人可能不以爲然，逕自另尋高明，去聽取所謂的玄妙命理或複雜深奧的宗教或哲學指點迷津了。其實，有滿多時候，生命運作的規則與自然界運作的規則一樣，常常是非常的單純，雖然不一定簡單，卻反被我們這些複雜的人把它們說得天花亂墜，到最後反而自己弄得滿頭霧水，不知所云；而單純的真理則經常被我們嗤之以鼻，譏爲瘋狂。在下一章裡，我

們會發現，科學家們面對這個奇妙的自然界時，也常常落入這樣的情結裡，二十世紀的偉大物理學家波爾因此總是戲謔地回答那些興沖沖、自以為發現了什麼偉大理論的年輕學者：「聽起來頗為瘋狂，但是它夠瘋狂到足以成真的地步嗎？」（It sounds crazy, but is it crazy enough to be true？）

因此，雖然這種逆向操作需要有單純的心態，也得花點時間和代價才能顯出效果，但畢竟天下沒有白吃的午餐，因為它已足夠為我們的情緒處理或情緒管理方面，帶來非常重要而有效果的幫助和啟發。

當然，上述藉由有規律地養成開懷大笑的習慣，帶來心情穩定地轉趨樂觀積極，在我們這地狹人稠的台灣社會，練習起來可能難免會有一些尷尬的窘境，一不小心可能會被左鄰右舍當作什麼的抓去哪兒關起來。不過，也不用擔心，如果真的不方便，還有許多不同的方式也可以達到類似的「笑」果。例如，你可以每天有規律的輕聲哼唱你很喜愛的一些歌曲，或起初有點勉強地吹吹口哨，假裝很快樂，久而久之就變成真的了。不一定是你頭腦裡知道許多奧妙的知識，讓你成為一個成功或快樂的人，乃是看你因著長期的鍛鍊養成多少正面積極的美好習慣而定。因為我們常常可以看見不少資質非常聰明的人，由於缺乏這樣的鍛鍊過程，最後很容易落入「懷才不遇」或「遇人不淑」的自憐景況裡。

另外，再舉一個通俗而易了解的例子，那就是當一個人因為某種原因而陷入情緒極度低潮的時候，與其在其中自艾自怨或企圖抽絲剝繭，倒不如毅然起身，抬頭挺胸，昂首闊步地繞著校園或街道行走幾圈，慢慢地我們會開始發現，自己逐漸脫離了泥沼，另一片天空正緩緩展現眼前。

我們在膠著的困境中，若能暫且撇下情緒的牽絆，斷然採取積極正面的行動時，我們的大腦便開始重新結構，活潑有盼望的神經迴路開始活化（接通），繼續保持下去；經過一段適當的時間之後，

原先負面的神經迴路開始漸漸淡出，而原先勉強激發的積極正面的神經迴路開始穩定接管，開始主導我們的情緒狀態。除此之外，一個非常平常單純的小小動作──深呼吸──也能帶來令人訝異的效果，除了在緊張時適用，可一舒壓力外，每天有規律的練習一段時間，也能帶來長遠的人格變化，形成平靜安穩的氣質。

　　以上所舉的只是區區幾個例子，腦神經迴路愈使用愈增強，以及連結和影響愈擴展的原理，在各個層面的正面運用，都能爲個人的自我成長和人際關係帶來極大的裨益，運用之妙存乎一心。只是最後我們要再次強調的是，以上所有的正面運用和練習，都需要經過一段適當的日子（通常至少幾週的時間），才能開始養成良好的習慣，不知不覺地改變我們這個人。平常不做任何練習，偶而碰巧出現曇花一現的特技動作，都不能算是屬於這個人的。我們平時都不練習投籃，有時也能夠像空中飛人喬丹一樣，以很酷的姿勢投進一個漂亮的空心球，不同的是，我們說喬丹有這個本事，而我們則是憑運氣的。喬丹這方面比較有天份，可能也是不容否認的事實，不過，如果不經過長期有智慧並有耐心的苦練，以致在籃球場上的各種位置、角度之研判和運球與投球之肌肉伸縮變化之間，建立起非常穩定的腦神經迴路與連結，他也無法成就今天的氣候。

　　一個深諳牛頓力學的物理學家，在相關的力學理論方面顯然大大凌駕於喬丹之上，但是，在真實的籃球場上，大概也不是他的對手，只有嘆爲觀止的份了。真實長遠的成功在乎你我本身的特質，而不是在乎運氣，正如常言所說的「自助天助」。如果我們真的了解這個道理，就會更少抱怨，更多鍛鍊，鍛鍊更多美好積極的習慣，因爲縱使正面的腦神經迴路，也是需要藉由不斷地重複和一定的時間來擴展連結和強化連結，直到它們能夠很容易地、強而有力地活化起來，甚至於會不知不覺地主動活化起來，也就是俗話所說的養成了習慣，這樣才能說一個人擁有了這個特質或技能。就像知道騎

腳踏車或開車的步驟和原理，不等於會騎腳踏車或開車一樣，除非他勤於練習，直到視覺、聽覺以及手腳的反應和運動等相關的腦神經迴路和連結穩固地建立起來。

此外，在情緒管理上，我們還要指出另外一個也是非常重要的原則，那就是，我們實際上並不是基於發生在外之客觀事實本身產生情緒反應，乃是因著我們對於這個客觀事實呈現在我們大腦中的主觀認知或想法而產生情緒反應，尤其是根據這個主觀認知或想法所下的價值判斷。舉例來說，我可能在校園中或是在街上碰到一位朋友從側面經過，當我很熱心地跟他揮揮手或打個招呼時，只見對方一副視若無睹的模樣，逕自通過，害自己好不尷尬地連忙把愣在半空中的那隻手迅速拉回。很可能我接著便感到很生氣，因為我以為他故意裝作沒有看到，而客觀事實可能是當時他的確沒有看到我，也可能他看到了卻沒有能夠認出來是我，還可能他看到了我卻又別有心事以致視而未見。他對於我的招呼沒有任何回應乃是個客觀的事實，但是我的生氣並不是直接由此產生，乃是由於我自己因此在大腦裡面所產生的想法——所下的價值判斷——「他對我不屑一顧」或「他不喜歡我」而觸發。換作是你，你可能會一點也不以為意。面對相同的客觀事實，你的主觀想法跟我不一樣，你可能會想：「他一定是沒有看到我」或「他大概有心事」，因此也就不會生氣了。

許多時候，我們常常會聽到自己或其他許多人說：因為發生了什麼什麼事情，所以我很生氣，或我很害怕。由於不明白上面的這個原則，以致於我們的情緒很容易受到外界的影響，常常隨著環境的變化而上上下下，因而影響到我們的工作效率和人際關係。當然，人並不是機器，縱使了解了上述的原則，我們的情緒難免還會因著一些事情而產生波動。但是，基於對此原則的了解，我們可以藉著更合理的分析，幫助自己發現更合乎事實或更寬廣的想法，進一步疏導自己負面的情緒。再者，我們平常也可以多多練習，如何以更

客觀的態度去面對生活中的各種情況，以免自己常常陷於晴時多雲偶陣雨的情緒困境裡。這樣的成長包括認識人在不同的層面所易於產生的誤會和錯覺，正如在第二章裡面所曾介紹過的。藉著不斷學習正確的知識，來糾正原先許多謬誤的想法，尤其是有關人自我及大腦運作方面反覆實證的結論，如前面所介紹的一些基本原則或其他真實可靠的知識，並積極地學習正面地運用這些相當重要的原則。此外，常常與一些學有專精、生命成熟的長輩、老師或朋友溝通互動，也是學習與成長非常必要的管道。最後，我們也必須補充說明一下，在美好的音樂和藝術，如美術、書法與舞蹈等，以及合宜的運動各方面長期穩定的練習，對於美好與正面地腦神經迴路之形成與強化都是有益的，對於我們精神的健康和積極正面的人生態度，也都具有相當重要的影響。

在此我們不得不加以提醒的是，現今許多打著現代音樂或藝術的活動，並非都是具有如此的內涵，許多這類的活動美其名「創新」，卻犧牲了真正的和諧之美，徒不自覺地在大腦中建立一些負面的神經迴路，如果長期投入這類的活動，一個人自然會逐漸呈現出較為不協調的人格特質來。如果起初我們的內心深處就覺得「怪怪的」，那麼，最好敬而遠之，不要因為同儕的壓力一味討好對方，卻欺騙了自己。其實，你的內心深處是非常敏感的，真正的創意你也能感受到它的美善和喜悅。另外，現今的多媒體世界在其表現技巧過度濫用的結果，常常容易出現許多過於絢爛、過於快速變化的畫面或情境，從大腦運作的物質原理之角度來看，長期沈浸在這種狀況中的人，一則易於產生神經過度激發和神經過度疲憊的相關症狀，有時會導致嚴重的後果。就如一些年輕人過度沈迷網咖所造成的不幸事件時有所聞，其原因顯然不是單純的體力問題，腦部之負載過重可能才是癥結所在；其次，長期沈浸在這種狀況者，也易於造成較為不穩定的性格傾向。

整體來看，現今青少年的普遍特質與大眾媒體的深遠影響，確實存在著非常密不可分的關係。

在探討物與自我成長和人際關係這個課題時，最後我們不能不加以說明的一件事，乃是關於身體方面的性與心靈的健康兩者之間的關係。在這個所謂性開放的世代，特別是許多年輕人由於血氣方剛，加上網路與各種媒體的不當煽火，很容易因為一時的衝動而造成將來許多的麻煩。很多年輕人輕率地以為，逢場作戲的性關係如網路一夜情，既可滿足個人的性需求，又可以揮揮衣袖，不帶走一片雲彩，不負任何責任。其實，這是非常一廂情願的想法，乃由於對自己大腦裡面所產生的影響一無所知的緣故。人類長期以來之所以設定穩定的婚姻關係也是其來有自，根據現今腦神經科學的研究和精神科醫生的臨床經驗表示，性關係會使得雙方大腦裡的神經化學產生變化，並加強雙方在大腦裡主管關係連結與情緒控制的深層邊緣系統（deep limbic system）上的關聯。因為這種連結的緣故，原先打好的「兩情相悅一時快樂就好」如意算盤，純屬一廂情願的天真想法。正如俗話所說的：「凡走過的必留下痕跡。」是的，外在的痕跡或者可以擦拭不見，然而，留在雙方大腦裡面的牽連可常常是理不斷剪還亂。這種想要把精神關聯從性關係中區隔開，而遂其「單純享受肉體歡愉」之所願的企圖，使得多少年輕人和成年人後來陷入極大的痛苦和煎熬。

性的神聖和生命的尊貴，實不能隨心所「慾」地加以侵犯，每一個人都得為此付出代價。有人可能會不以為然地說，這是我的身體，難道我不能愛怎麼樣就怎麼樣。從一個角度看，它的確也不是我們的，如果真是讓我們可以隨意支配的，例如我們手上的一隻筆，大概才可以說是我們的；但是，生命和延續生命之關鍵「性」顯然不是如此，至少你的存在和你的性別都是沒有經過你的同意的，也不是你自己事先所能左右和支配的。弔詭的是，當我們尊重性的神

聖和生命的尊貴,並按其所是地來遵循其某種天賦的原則時,它才能真正成為我們的,我們也才能真正擁有它。

真實美好的性關係需要以雙方有更真實更深的認識為基礎,需要雙軌並進均衡的發展。在婚姻中的性關係,因為真實的愛而彼此委身於對方,能夠在成熟、負責、有安全感的氛圍中持續成長。有些人誤以為性關係隨便是表示自己走在時代潮流之中,媒體有時還專訪某些經常流連網路一夜情的老鳥,竟然也有人大言不慚地侃侃而談其「教戰守則」,殊不知自己是在玩火,還教人怎麼玩才不會受傷。其實,除了很容易在身體上感染相關的各種疾病之外,最容易受忽略的更在於,性關係的隨便會在一個人大腦中的深層邊緣系統裡造成混亂,對情緒與人格穩定性等方面帶來負面的影響。對於女性而言,這樣的影響更加巨大和深刻,因為女性的邊緣系統比男性的大,所以,相對地女性比較容易為情所困,所受到的傷害也會比較大和比較深(Daniel G. Amen, 2000)。

有些女生在交往過程中,以為率而獻身就可以牽繫住男生,其實這是極大的誤解,有許多案例顯示,這通常會帶來反效果。如果沒有在婚約約束的前提下,這樣的性關係在一段時間之後,男方很容易改變心意,尤有甚者,有些竟然棄之如敝屣。前一陣子,竟然有國中的男女同學連續在廁所中發生許多次的性關係,結果也是因為後來男方有意抽身才鬧出糾紛,告上法庭。其實,不管賠償多少,都不能彌補這位國中女同學所受到的傷害。許多時候,需要周圍的人有極大的愛心、耐心和接納,並接受相當時間的諮商輔導,才能逐漸走出陰影,這一類的例子在校園裡、在社會上經常發生。

近年來,每逢暑假就進入墮胎的高峰期,而全台灣在短短一年之間就發生約四十萬個墮胎事件,比性開放著稱的法國高出六倍,實在令人感到憂心。或者有人會說,人家兩情相悅,何必管人閒事。事實上,就如上述的例子一樣,許許多多這一類的傷害之所以產生,

並為周圍許多的人帶來極大困擾和痛苦，當初豈不都是所謂的兩情相悅？問題在於，這些的情況通常都違反了人類有關正常性關係的基本原則。是的，人與人之間的確存在一些重要的基本原則，正如人與「物」──大自然──之間也存在一些重要的基本原則一樣。就如本章前面的部分所提及的，人如果持續隨意地違反這些基本原則，勢必造成大自然的反撲；人如果輕蔑自然律，不尊重自然律，也必自食惡果。自然律的存在，使得宇宙和生命得以像現在這樣運行不止，生生不息。自然界若沒有任何規律，它本身就無法存在，宇宙和生命就比泡沫幻影更加地泡沫幻影，無以形容。這方面的細節容我們留到下一章再行深入一點的探討。

回到兩性關係這個主題時，我們所要強調的是，你如果真正愛對方，就要尊重對方，不要因為一時的衝動，使對方烙印傷害。如果人和這個宇宙是出於偶然也就無話可說，否則，你侵犯了任何人，就是侵犯了賦予這個尊貴有價值之生命的造物主。不要存心占對方便宜，不要因為有人投懷送抱而沾沾自喜。同樣的原則，天下沒有白吃的午餐。真的，有許多時候，走乃為上策。

幾千年前，以色列人的一位先祖約瑟，由於父親的寵愛，遭嫉於哥哥們，於是兄長們藉機把他賣給埃及法老王的侍衛長當奴僕。由於他聰明能幹又忠心，主人把家中的一切都交給他管理。主人的妻子見他年輕英俊，多方引誘他，他卻不為所動。有一次屋中沒有其他人，主人的妻子乘機抓住他，他一溜煙逃走了，她卻抓住了他的外衣，等主人回家時，反據此誣告約瑟性侵害。因而他就被囚禁在皇宮的監牢裡，他的確因堅守原則而付出代價。《聖經》記載，約瑟因為敬畏上帝因而也尊重他的主人，以致能夠勝過誘惑，獲得內在的安定力量，並在人格上紮實成長，甚至連獄卒都因著他的忠心可靠，而把所有囚犯都交給他管理。也因為他總是很有愛心地幫助他人，過了一些日子，機會終於來了。因著曾經接受他幫助的人

之推薦，他得以在埃及法老王面前展現智慧，解開他的困惑，法老看出他心中有上帝的靈，就任命他爲全埃及的宰相，幫助全埃及度過空前未有的七年大饑荒，也保全了自己的父親和兄弟們的整個以色列家族，因爲他是個敬天愛人的人，也是個有原則的人。

許多時候，我們常常會抱怨自己懷才不遇或是遇人不淑，滿腹牢騷卻不能虛心思量，是否我們的人格不夠成熟穩重？或是我們的專業還有許多成長的空間？正如我們先前曾經提到過的，其實，沒有人能夠限制你，除了你自己的想法。我們很容易花許多的時間作消極無益的抱怨，卻很不願意冷靜下來，默想一下全局，或忠心耐心地貫徹到底，殊不知柳暗花明又一村的轉機，總是留給堅持到最後一刻的人；當你真正能夠發出亮光的時候，沒有人能夠遮蔽你的光芒，老天也不會故意把你隱藏在牀底下。不怕沒機會，只怕你我還沒預備好。相信與否，不管你我處於任何情況——順境或逆境——你我總是還有許多成長的空間，而機會也總是隱藏在那些通向成長的門後。

一個人在兩性關係上的隨便，一時之間可能錯覺地自以爲很有魅力或傲視同儕，但長期下去，卻很可能使一個人身敗名裂，至少在精神上帶來相當多的困擾或痛苦，也會影響到他在事業或工作上的表現。事實上，上天所賦予真正美妙的性關係，與雙方真正深入的彼此認識是息息相關的。時下一些人避開這個需要耐心與真愛考驗的過程（落實在正常的婚姻關係中），企圖像試穿衣服一樣不停轉換對象，來尋找真正滿意的結果，媒體也有意無意地在助長這樣的想法，讓年輕人以爲這沒什麼，正是現今的潮流。實際上，任何的人爲技巧都無法取代雙方彼此心靈上的溝通契合和認識。不斷周旋在不同的陌生人中，至終的結果，形同捉影如同捕風。許多這樣走來的人通常可能不會從內心據實以告，因爲如此一來，他豈不是否定了自己，看著對方的眼睛，你就可以知道他是否誠實；所謂的智慧，不是一切的事情都去試過了才能體會，才能了解。

在生命教育的課程中，我們不能盡說年輕人喜歡聽的話，因著愛，我們必須本著合乎科學的原則，提出真誠的勸告；在普遍唾棄威權的年代，我們籲請學子們不要同時輕蔑這些經過歷世歷代許多智慧人驗證、真實可靠的原則。總之，年輕學子在和異性交往的過程中，最好多花些時間在彼此真正的認識上，避免刻意進入一些過於早熟或特意裝扮的羅曼蒂克情境中。

注意分寸、有原則和尊重對方，是負責任和成熟的標誌，自命風流與所謂的花心蘿蔔，基本上都是缺乏真正的自信和安全感之不自覺的反射心態。我們誠心地呼籲發現自己有這種傾向的年輕朋友，真誠勇敢地面對自我，花一些時間去探索並發現自己生命真實的意義與無窮的價值，和你那無人可以替代的獨特性。

其實，許多時候你低估了自己，正如把一部尊貴的電腦被誤會成一個僅僅外表看起來頗炫的展示品而已。當然，有關人際關係和交友與婚姻這個課題，還有許多值得深入學習和討論的地方，本章純粹比較從「物」的角度出發來認識和思考，其他的內容將在本書的相關篇章中另行作深入的探討。

 貳　問題思考

1. 就物質成份來看，人與其他動物沒有太大的差別，然而，整體而言，人與其他動物的確又很大的不同，這樣的不同又是如何產生的？

2. 人對於「物」的知識愈多或可給人帶來更大的力量，但是，這足以保證給人帶來更大的幸福嗎？需要特別注意的還有哪些？

3. 從臭氧層破洞的偶然被科學家發現這件事，對於人在「物」的經管上，你得到怎樣的啟發或感想？

4.從腦神經運作的基本原理和課文中所列舉的例子，你獲得哪些的感想？你覺得就自己的現況而言，有哪些地方是你可以正面地運用這些原則，來幫助你的自我成長或人際關係的？大致規劃一下要如何進行。

5.有關情緒管理，你在本章中有何學習的心得？

6.從「天」、「人」、「物」、「我」整全的角度來看「性」這件事，你有什麼新的認知或看見？

參　參考文獻

以馬內利修女（2003），《貧窮的富裕》，台北：心靈工坊。

李秉穎（2003），《別怕SARS——二十八個抗煞觀念》，台北：天下文化。

威廉·貝克士／瑪麗·夏萍（1991），《正本清源話情緒》，台北：大光。

張力揚（1995），《永續發展可能嗎？》，東海大學「科技與文化」研討會。

游伯龍（1998），《習慣領域》，台北：時報。

鮑威爾（1979），《生活在愛中的祕訣》，台北：道聲。

C. Star & R. Taggart（1999），丁澤民、王偉、張世玲、連慧瑞（編譯），《生物學》，台北：藝軒。

Daniel G. Amen（2000），《維修靈魂的硬體》，台北：大塊文化。

E. Jensen（2003），《大腦知識與教學》，台北：遠流。

R. Carter（2002），《大腦的祕密檔案》，台北：遠流。

S. A. Greenfield（1998），《大腦小宇宙》，台北：天下文化。

Sasha Nemecek, *Scientific American*, November 1997.

第 11 章

從「物」看
人生觀與信仰

李清義

壹　理　論

一、「鬍」上「鬍」下──忽上忽下──忐忑不安？

國畫大師張大千素有「美髯公」的雅號，多年來蓄有一大把雪白的鬍子。有一次，在某個場合中，有一位年輕的記者好不容易逮著機會，想請教他一個頗為個人的問題，大師爽快地答應了。記者接著便問道：「大師，您的鬍子的確非常特別，很有意境，只不過，我長期以來一直為一件事感到十分的困惑與好奇，那就是，大師您晚上睡覺的時候，到底是把鬍子擺在棉被外面，還是把鬍子擺在棉被裡面？」這一問，可考倒了大師，只聽見他：「哦……，這……」頓時空氣凝重了許多。片刻之後，大師大笑了起來：「你這問題倒叫我愣住了，這樣子好了，等我回去看看，改天再告訴你好了。」

那天晚上，大師忙完，好不容易鬆了口氣，拉上棉被正準備就寢，忽然想起那個刁鑽的年輕記者的問題，他開始發覺原本自由自在的鬍子，現在竟然不知往哪裡擺？擺棉被上看看，沒兩分鐘，總覺得怪怪的，於是把它擺在棉被下面；不到片刻，又感到很不對勁，再把它挪移到棉被上面。如此忽上忽下地不停交換，沒多久，他的心裡也感到忐忑不安，不知如何是好，最後竟至一整夜沒睡著，精神恍惚，苦惱極了，都是那個多事的記者惹來的麻煩！

「我」除了物質身體的存有以及與其相關的需要和問題之外，「我」還是一個具有精神向度的存在者。「我」固然一方面必須關注「我」物質身體的健康與成長，而不能不去面對環保與永續發展

的課題；另一方面，單單在物質層面之幸福美滿，也不能保證能夠
為我帶來精神上的真正快樂，因為精神層面自有精神層面的問題與
相關處理的原則。雖然這個層面在表面上看，似乎可以自成一個體
系，但是，現代科學發展告訴我們，人在現世的存活中，精神層面
的確也與「物」的層面息息相關，至少有許多地方是不能加以任意
分割的。所以，正如上一章所提到的，人的身體存活依賴於「物」，
在本章我們也要看見，人的精神生活同樣與「物」的基本特性密不
可分，就是在日常生活的淺顯例子中，我們也看見「物」裡的關係
變化，對於「我」精神狀態的快樂自在或憂慮煩惱，也可能具有關
鍵性的影響，正如上述這個故事所表明的。此外，「物」裡是否呈
現各種有關的規律，或曰自然律，對於我們的人生觀和信仰，也都
具有直接或間接的意義，而反覆實證的科學在其中所扮演的角色，
也值得我們在生命教育的課程中深入思考。在本章裡，我們就要逐
一來探討這些相關的課題。

二、「物」與「我」精神生活的關係

首先，人感知外在世界的各種器官本身就是由「物」所構成。
以視覺為例，人類之所以看見東西，乃是光線經過眼球，穿透視網
膜外的兩層細胞，然後由感光細胞接收處理。這兩層對色彩敏感的
細胞有兩種：一種稱為桿狀細胞，另一種稱為錐狀細胞。桿狀細胞
負責在昏暗的情況下形成視覺，錐狀細胞則負責在充足光線下形成
視覺。錐狀細胞分成三種，分別針對紅、綠，藍三種基本的色光產
生反應。我們如何「看見」東西呢？這個過程涉及一連串的物理與
化學變化。第一，光線在視網膜被轉換為電脈衝，以錐狀細胞為例，
不同的色光會激發不同數量的錐狀細胞產生反應。如果某種波長的
光刺激了同樣數量的紅色及綠色錐狀細胞，結果我們感受到的就是

黃色。而我們之所以認為「看到」了什麼東西，乃是因為這些光線經由視網膜細胞轉換為電磁訊號之後，經神經纖維傳送到大腦的視覺皮質，經過其「神祕」的詮釋處理，我們才看得什麼東西來。如果一個人欠缺了視網膜錐狀細胞或是大腦中的相關部位受損，那麼他所看到的便是一個充滿陰影的世界，他的人生並非多釆多姿的，而是黑白的，這正是當下常被用以形容面對人生困厄與精神痛苦的「原型」也是「物」的作用直接影響著人之精神狀態的一個具體例子，另外，有許多淺顯的例子也表明，當身體的物質組成受傷或殘缺時，一個人的精神狀態也會受到極大的影響。

　　另外，為什麼當我們觀賞田野一片綠意盎然的景緻時會覺得心曠神怡？這些都是純粹精神上的因素嗎？其實，這也與我們大腦神經系統之物質組成特性有關，由於視網膜上錐狀細胞對於綠色光頻吸收的機制，以及光波經視網膜細胞轉換成電磁訊號後，沿著神經纖維傳送到後腦勺的視覺皮質，形成物理或化學上說較為穩定的視覺狀態，以致產生較為舒適自在的感受。

　　反之，紅色光在上述的吸收過程以致最後視覺皮質的處理，整體在物理或化學上而言，形成比較上屬於「激發」的視覺狀態。因此，它容易引起視覺上的注意，話說回來，它卻容易刺激眼睛，精神上產生亢奮的作用以及較易疲累之結果。此外，又因為紅色光在空氣中較綠色光和藍色光更不易被散射，所以它的警戒效果加倍，這是為什麼一般的紅綠燈就是以紅燈作為停止的記號。

　　有一件相關的事情在生命教育的這個範疇裡，不能不在此順便提出來彼此提醒，那就是近來有許多年輕人，或開車或騎機車，喜歡用藍色的燈光來作為他車子警示作用和左右轉的燈光，但是這會發生一個潛在的危險，因為藍色的燈光容易被空氣分子、霧氣、煙霧和其他懸浮微粒所散射，所以藍光傳遞到比較遠的距離，就不容易被其他人所看見。換句話說，當你在車上閃示藍色的警示燈時，

跟你使用正常的黃色光或紅色光來閃示比較起來，所造成的效果就差了非常多。因為黃色光或紅色光很容易通過空氣，而藍色光在通過時容易被散射，因此到達遠方的駕駛人或其他人的眼睛時，藍光就顯得比較微弱，甚至有時候完全看不見，特別是天候不佳或是視線不良的緊要時刻。

這個情況是非常真實的，正如同一般晴朗的天空是藍色的原因，這是因為太陽光經過大氣層時，藍色容易被散射，所以我們在看著太陽以外的天空部分，會看見蔚藍的顏色。當然如果觀察的位置是靠近太陽附近，光的顏色是偏向白色，而如果是經過空氣分子散射過來的，藍色光就占了大部分。這也就是為什麼在傍晚與黃昏跟太陽剛升起時，地平線附近的太陽光經過大氣較遠的距離，許多藍色光就被散射掉，而從地平線那邊進入眼睛的光線就呈現紅色或橙色的色調。所以，人有的時候常常喜歡照自己的想法去作變化，這固然不是一件壞事，但如果這種變化昧於對自然界的了解，常會造成弄巧成拙的局面。其實，使用藍色的警示燈或方向燈，看起來頗酷的，但是它卻減低了其他人看到你或注意到你的機會，有時就容易造成意外的危險。

由於人類視覺存在著潛在而必要的物質基礎，是由特定的物理或化學上的組成和規律所運作，因此，這些特定之物質組成並相關的自然律（如電磁學等），也「自然」構成人類視覺美學上的基本要素，雖然許多時候我們均習以為常而渾然不自知。在這個基礎上，我們便可以了解，為什麼大部分人對於一幅畫或藝術作品之色彩、構圖與處理，很自然會有一種共同的好惡或「共鳴」。例如，當橫向與縱向的長度形成某個恰當的比例時，在視覺上，我們會感覺特別的協調和舒適，構成所謂的黃金律（golden rule）。這個規律的基本意思是，整體和較大部分之間的比值等於較大部分和較小部分之間的比值。無論哪一類的物件或圖形，只要其各部分的關係都和這

種分割法相符合，這類物體或圖形就能在視覺上賦予人最美、最舒適、最協調的印象。

　　非常巧妙的是，人體各個部分之間的比例很多時候也符合這樣一個規律。因此，歷代藝術家在有關人體的素描、繪畫或雕塑時，大多是以黃金律作為標準來進行創作。黃金律的存在顯然與人類大腦運作的機制有關，特別是與視覺皮質和神祕的詮釋功能有密切的關係。我們看見，似乎屬乎精神層面的美學感受，與我們的物質組成和運作有不可分割的影響；需要大腦進一步學習與處理的「抽象藝術」，當然得另當別論了。所以，美學不像一般人所以為的，單單只是一種精神上的事情罷了。

　　當我們深入去了解人身體裡面，包括大腦、眼睛、耳朵、鼻子、嘴巴、手、腳、骨骼、肌肉、皮膚，以及各種內臟和器官的組成和功能時，我們會發現，平常看起來這麼普通、這麼不起眼的我——這個人竟然是何等的巧妙，這麼的不簡單，連身體的比例都符合完美的黃金律呢！你我是何等的尊貴！何等的有價值！如果我們對這一切都視若無睹，那麼，我們當然會漫不經心地安於把自己看成這個宇宙中的偶然產物罷了！我們當然也就會輕率地誤用濫用我們這個原本具有獨特意義的寶貴生命了。

　　在人類的聽覺藝術或音樂上，情況也相仿。由於人耳的構造、空氣的特性與振動的規律，產生不同聲音的組合，如果它們的音量適當，它們的頻率也符合適當的數學關係時，我們聽起來便覺得是和諧舒暢的「樂音」；反之，便是令人煩躁不安的「噪音」了。一般在藝術與音樂領域所常用的語言，如「共鳴」等，實在是具有比我們想像更為真實之物質上的或是物理上的基礎和意義。由於人體的物質組成和自然律基本上是不變的，這也為人的精神狀態之穩定提供了鮮為人所注意卻又非常重要的基礎。如果不是如此，舉簡單例子來看，今天固定頻率之 Do、Mi、So 形成「樂音」效果的和絃，

明天同樣這三個頻率之組合卻可能變成了惱人的「噪音」，人的精神也將永無寧日了。其實，如果自然律不存在，那麼宇宙萬有也就失去了其存在的基礎和意義，人更不曉得在哪裡了。

自然界為什麼會存在著一定的規律？這實在是一個非常有趣的問題，其實，科學家也不曉得，他們只是透過各種觀察和實驗，發現物質的自然界的確是存在著一定的規律，並且實際把這些規律歸納出來，並反覆證明其為真實。由於這件事太平常了，以致於大部分人都忽視了它的重要意義，連哲學家們也很少在這件事上有深入的探討，即使有的話，也很難提出有力的論證。

其實，正如前面所表明過的，「我」本身並非一切，「我」的意義與所面對之問題的解決，必須涉及「我」以外的「人」和「物」等層面；然而，即使我們把範圍擴展至「我」與他「人」，並涵蓋宇宙萬有的「物」，我們仍然無法達到一個完整的體系，這欠缺的層面正有賴於看不見的「天」來提供最後的基礎。正如我們在第二章裡面所提到過的，數學家哥德爾的定理證明，的確存在一些真相或真理，是我們單單憑著自己的理性邏輯所無法推衍出來的。

幾百年來，人類因著反覆實證和理性邏輯的推衍，證實了奇妙的自然律之存在，它們通常非常單純，但是可一點兒也不簡單，卻沒有人能夠真正說明它們為何存在。其中必有真相，只是我們憑著自己的理性邏輯是無法推衍出來。就如第二章裡面也曾詳細說明過的，這一類理性觸摸不到的真相或事實，顯然落在另外一個我們稱之為「天」的額外向度裡，只能藉由伸出信心的手來經歷了。因此，「物」裡存在著奇妙的規律的這個事實，一方面為「我」之精神存有提供穩定和有意義的基礎；另一方面，這自然律背後的緣由，因著哥德爾定理的亮光，也指出「天」的向度和信仰存在的不可或缺性。有許多人以為，我們只不過把許多不能解決的問題，歸諸於一個不可知的「天」而已，實際上根本沒有「天」的存在。

　　我們對於這個向度不夠了解是可理解，但是如此冒然地否認其存在之可能性，顯然也是不大理性的態度吧！因此，我們看見「物」在我們精神生活最深邃的領域——信仰——也具有極為重要的啟發意義。在本章後面的部分，我們更要舉出一些具體的例子來表明它們之間的重要關聯。

　　前面我們所提到人類的視覺、聽覺以及其他感官和腦神經之運作，基本上都是以物質之電磁作用為基礎。可以想見，我們人類的感覺、認知、思想觀念顯然都與電磁作用的基本特性息息相關。換言之，電磁作用所能提供的變化和自由度，潛在地構成了我們各種精神活動的基本「舞台」。有關「物」與「我」精神生活之關係另外一個有意思的問題就是，如果這個「舞台」是由其他可能的物理基本作用力所「擔綱」，而非原本的電磁作用，那麼，我們的感覺、認知與思想觀念，是否也含有一些特徵上的變化？如果真是這樣的話，我們有些人所自詡的：「我的思想靈活，海闊天空，沒有任何限制。」之豪語，或許只是像隻猴子一樣，只能在一根竹竿滑上滑下，卻一面高歌：「我真自由，我真自由，我想到哪裡就到哪裡，而你卻不能……」

　　不知為什麼，我們就是被賦予這樣一個基礎來觀看一切，面對生命中許多的奧妙，我們能否作個更為平實的追尋者？我們或許可以很自信地說，我看到的真是清楚得不得了哩！同意！但是，你看不到的部分呢？這些領域果真不存在？《聖經‧以賽亞書》中有一句話說：「耶和華說，我的意念非同你們的意念，我的道路道非同你們的道路。天怎樣高過地，照樣我的道路高過你們的道路，我的意念高過你們的意念。」我們只能忿忿不平地以為它「沒道理」，抑或我們體認到，我們只是活在一個被賦予的「基礎」上觀看，不管我們以什麼樣的心情來看待這事，我們的確有我們先天上之限制。

　　另外，就如同上一章所詳細探討過的，現今的腦神經科學也清

楚表明，人的思想、情緒等精神活動，的確都有其相關的物理或化學變化在進行著，某些化學物質的缺乏就導致某些情緒上的失調；而人之使用一些化學物質或藥物，也會帶來情緒上的改變，正如吸煙者迅速受到尼古丁的影響。但是，人濫用這些藥物來影響情緒，最後反會受其轄制而傷害自己，不能不嚴加警惕。

在結束本節的討論之前，我們要特別針對某些「心」「物」之爭稍作提醒。從以上的討論，我們發現精神活動有某物質上之基礎，有些「唯物論」傾向的學者便躍躍欲試地宣告，沒有所謂具獨立意義的精神或意識之存在，這一切只不過是某種物理或化學上的狀態罷了。更有些人想以電腦模式來詮釋腦部運作，但是有不少真正進行深入研究的學者如Susan A. Greenfeld教授則認為，相對於腦部的精密連結，電路板充其量只是個二流的仿造品。先進的電腦看來的確能夠組織或重組本身的迴路，以適應特定的輸入訊息，但還是得遵循一套經過設計的演算法則；而事實上，根本沒有外在知識在規範腦部。決定讓身體行走的時候，就驅策肢體運作，原因只不過是腦部「覺得想這麼做」，一台不工作的電腦與其存在的目的是相悖的，一個無所為的人卻可能有所領悟（S. A. Greenfield, 1998）。

在此，我們必須對於「物」的究竟稍作說明，使我們能夠更為平衡地來看「物質」與「精神」的問題。現代物理學讓我們看見，我們對傳統的「物」的觀念其實愈來愈模糊了。例如，當我們摸到桌子時，我們有所熟悉的木頭的質感；但是，當我們循著科學的進展，愈深入看它時，我們發現，我們看不見所熟悉的「木頭」這種物質，我們「看見」的是許許多多分子。更深入看，是更小的原子，整塊木頭其實是由許多原子組成，而原子大部分又是空的，到最後幾乎是由不占空間的夸克和電子等所組成；而這些基本粒子也只是滿足不同方程式或不同抽象規律的「東西」而已，我們實在看不見我們所熟悉、所以為的「物」，更「實在」的其實是那些「不具體」

的律罷了。

《聖經》在這個點其實有一個很有意思的說明：「我們因著信就知道諸世界是藉上帝的話造成的，這樣，所看見的並不是從顯然之物造出來的。」因此，較爲平衡的看法或許可以這麼表明：我們所熟悉的「心」或「物」，都只是一種更基本之「內涵」的不同表現，亟欲把「心」化約爲「物」或把「物」化約爲「心」，可能都是受制於人本身之認知或理解模式罷了。正如在物理發展史上曾經一度發生過的衝突，那就是關於光到底是波還是粒子的著名爭議。惠更斯一派的物理學家從光的繞射和干涉現象，認爲光是一種波動；另外牛頓一派的物理學家從光對物體以直線方式產生清晰影像等現象，認爲光是一種粒子。事實上，後來物理學家才領悟到兩者都對，只是各俱看到光的部分事實。的確，光既是一種粒子，也是一種波動，我們的困難和問題所在，乃在於我們自己的理解上的限制。

我們之前曾經提到過，之後還會詳細探討的，所謂了解乃是在面對一個嶄新的事物或現象時，我們終於在我們自己的背景知識中找著了合適的類比。在日常生活經驗裡，粒子和波動的類比都尋常可見，而它們給我們的印象也大異其趣，只是兩者兼備的東西我們倒是未曾見過，光還是頭一遭呢！因爲無法找到合適的類比，我們才會在那兒搖搖頭說：「真不可思議！我不了解。」其實，沒有任何先驗的理由說這有所矛盾，只是我們這才發現有一種叫作光的奇怪東西，它有兩面，我們一次只能看到其中的一面，無法同時看到兩面，視我們設定的實驗或觀察條件而定。這或許只能說我們觀察世界的能力有某些基本的限制，使我們無法同時辦到，如此而已。它本來既非矛盾，也不是無理。

同樣，所謂唯物論與唯心論之間的爭議，很可能也就像是光的波與粒子之爭議而已。就如把光完全化約成波或粒子的其一，我們將無法正確地去面對光，在實用的科技上也不能把光的潛力全然發

揮出來;同樣,在面對生命整體的時候,我們也應該尊重生命在物質與精神這兩方面的規律與真實性,並在其各自合宜的情境下,採取相關的原則和態度去面對,才能客觀、務實並且圓融地活出生命真正的意義與價值來,不致於「橫材入灶」,使自己陷於困惑和矛盾中徒然奔跑。另一方面,這兩者之間也常常產生一些不大被人察覺卻是相當重要的互動影響,下一節中我們就要來探究一下這個相關的課題。

三、外在的「物」vs內在的「我」

(一)「物」與「我」人格發展之關係

外在的「物」和內在的「我」存在著微妙而密切的關係,就如內在的「物」(大腦和身體的物質組成)和內在的「我」存在著微妙而密切的關係一樣。這一部分我們在上一章裡已經作了頗為詳細的探討,此處不再贅述。外在的物質環境和我們手中所掌握到的資源,常常在暗中影響著我們的人格、思想和信仰,如果我們能夠稍微熟悉一下其中的關聯,我們在精神生活方面或許就會比較知道,如何正面積極去引導自己走在美善的道路上;反過來說,當然也就比較曉得如何警覺地去避免自己在不知不覺中誤入了歧途。

這些年來,這個社會中產生許多一夕致富的人,他們當中有些人開著漂亮的進口車隨便亂停,有人勸說會被罰款,他們回答:「只要我方便就好了,要罰由他罰吧!」在高速公路隨意超速行駛,有人勸說被警察抓到或被照相得罰三千元,而且還會連續罰款哩!他們回答說:「只要我爽就好,罰幾次有什麼關係?我就是要給你罰,怎麼樣?」

誠然,「物」的豐足和擁有使「我」可以活得更舒適自在,不

過，如果不是處在正確的認知與關係裡，「物」的擁有反而會造成負面的自「我」膨脹，產生人格上的「顛狂」，使「我」活在一種虛妄的空中樓閣裡，造成行事爲人上許多的偏差。曾經有人的行爲陷入一種地步，他做一個包金的寶座，儼然一付國王的模樣，腳下還踏著老虎皮，美女環伺在側，這舉動引起外國保護動物團體嚴重抗議，也不知慚愧。

　　在這個社會上，「物」的擁有愈大或愈多，常常使人自以爲愈有「權」，造成人格上的「自大」，產生與他「人」關係的不平衡。一個常常可以在路上看見的現象就是，駕駛大卡車的人常常會比駕駛賓士或 BMW 的人更囂張，而駕駛雙 B 的人許多時候又比駕駛其他小汽車的人更囂張，駕駛一般小汽車的人又比乘機車的人更囂張，而乘機車的人又比騎腳踏車的人更囂張。最後，騎腳踏車的人還是可以比行人更囂張。如果「我」與「物」的關係，缺乏「人」與「天」其他二個向度關係上的調和，便容易流於偏差，造成上面這種大魚吃小魚，小魚吃蝦的現象。所以我們發現，同樣是個人，他所能駕馭的多寡或大小，常決定了他面對他人或這個世界的態度。另一方面，我們也發現，所能駕馭之「物」的多寡，固可虛妄地塑造一個人膨脹的自「我」形象，然而，它們卻不一定能帶給他真實的快樂，或精神上的真正滿足。

　　這個世界上有許許多多這樣的例子存在，就如在信用卡的使用上，拿金卡的人好像比有普通卡的更風光；出百萬白金 CD 的歌手大有「人氣」，其他歌手倒覺得「氣人」；在成千上萬歌迷擁護下的歌手覺得自己果真就是「天王」、「天后」，然而，卸妝之後，面對真正的自「我」時，他們可能覺得自己比誰都孤單。「物」或許可以包裝外在的「我」，卻無法爲內在的真「我」提供安身立命的歸宿。正如歷史上曾經擁有空前的榮華與富貴的所羅門王，在一輩子享有無數之金銀財寶，並威震四海的統治之後，年老時感慨萬

千地說：「虛空的虛空，凡事都是虛空。」他醒悟到唯有與生命的源頭「天」建立正確的關係，生命才是實在而有意義的。

人常常錯誤地以外在所擁有的來估量他自己和別人的價值，直到有一天，當他發現，其實他連自己一直所認為擁有的一丁點都無法掌握時，他心裡便會大為恐慌：許多人似乎「老神在在」，許多時候乃因為他還生活在自己的空中樓閣裡罷了。

也有許多故事告訴我們，當一個人一向單純地工作以賺取生活之所需時，他過得倒也甘之如飴，忽然間獲得一大筆財富之後，他反而變得愁眉苦臉，因為他擔心錢要藏在哪裡，擔心怎麼投資，怎麼防範被偷走等等。《聖經》中說到：「你的財寶在哪裡，心也在那裡。」物質雖是人活在這世上所必須，但是過度盲目地追求或缺乏適當管理的智慧，卻給人帶來困惑與茫然。許多富有的人離世後，子女為爭家產而反目的，比比皆是，單單倚靠財富果真是自己與後代的幸福？

從腦神經科學的角度來看，當一個人所能操控的愈來愈多，甚至到了所謂呼風喚雨的地步，久而久之，他大腦中相關的腦神經迴路就會既擴張幅員又強化連結，因此就漸漸以為自己真的是somebody，這就是所謂「權力使人腐化」背後物質面的原理。古代以色列一位叫作掃羅的國王就是一個著名的例子，原先在他開始當國王時是一位謙虛靦腆的人，沒想到浸淫在權力與奉承中過了幾年之後，他完全變了一個人，變得驕傲、自以為是又缺乏耐性，至終導致自己的失敗。這些年，在台灣的政治人物中或其他的權貴階層裡，我們看見這樣的例子也是比比皆是。執政多年之後，不管是政黨或是個人，能夠持續保持虛懷若谷和赤子之心的人真如鳳毛麟角，這是人性的極大考驗。民主政治或許不是最完美的制度，但是，在防止極度腐化的這個功能上，倒是無庸置疑。

因此，一個懂得捨的人才能夠真正得到，不用盡自己權利的人，

才會有充分的時間和精神去了解他人，去愛他人，去幫助他人。《聖經》提醒我們，想要抓住一切，可能賺得全世界，卻賠上自己，有什麼益處。一個人從小到大凡事順遂，要什麼有什麼，也不是完全有益。近年來，經濟條件的不斷提升，優沃的生活固然讓新的世代得以無憂無慮地成長，但是，滿多時候也培育了許多所謂抗壓力差的「草莓族」，這問題愈來愈引起家長們和各級學校的關注。所以，我們年輕學子需要有一種了解，在求學與人生的過程中，碰到問題和挑戰在所難免。有些時候，真的需要培養一些耐心與毅力，正如聖經也提到，有時受苦對於我們是有益的，當然指的不是叫我們為非作歹而自討苦吃。經歷一些正當的吃苦耐勞，可以培養我們能夠成功的基本性格，真的就如大家所熟悉的孟子格言所揭櫫的：「故天將降大任於是人也，必先苦其心志，勞其筋骨，餓其體膚，空乏其身，行拂亂其所為；所以動心忍性，增益其所不能。」

　　總之，真正的富有或真正的成功，不在於你我手裡抓住了什麼，乃在於你我腦袋裡裝了什麼，在裡面我們充滿了怎樣的思想，栽植了怎樣的習慣，形成了怎樣的態度和性格，以致最後收成了怎樣的人生。一個頗具啟發性的例子與近年來風迷許多人的樂透彩券有關，一旦中了頭獎，一個人馬上變成了億萬富翁。值得注意的是，根據國外一些機構的追蹤調查發現，在領獎幾年之後，在諸樂透頭彩得主當中，有滿大一部分的人已經又回到了得獎之前的原先模樣，甚至還有負債累累的，也有比以前更加潦倒的，令人感到十分惋惜。因為幸運的得獎並沒有使他成為真正富有的人，一夕之間，大筆的財富從他手中流入又從他手中流出，正如一塊堅硬的土地，久旱之後的大雨傾盆，歡喜一時，過後又一如往昔的堅硬貧瘠。反之，一片經過辛勤耕耘過的田地，適時的甘霖，必蒙吸收，帶來滋潤，讓作物成長，結實累累。

　　生命裡有多少真實的容量，才能容納多少真實的財富。真正富

有與否，關鍵不在於一個人現在手上擁有多少金錢，或銀行裡擁有多少存款，乃在於他的個性中因著辛勤耕耘栽植了多少良好的習慣，他的大腦中深深烙印了多少積極正面而又經得起考驗的正確原則。當我們去考察一下近代中外的千百真正成功人士的人生過程時，我們會發現，他們沒有一位單單是從樂透起家的，都是按部就班，不斷地從錯誤中學習，從失敗中站立起來，漸漸養成良好習慣，遵行正確原則，終能在某些領域發揮極大的潛力，帶來重大的影響，造福人群。

錯誤和失敗是我們的最佳老師，只是我們只會一味地抱怨它們，厭惡它們，以致原地踏步，未能因此成長；而那些懂得感謝它們並珍惜它們教誨的人，則不斷地因此茁壯。其實，只要態度正確，客觀地說，沒有所謂的錯誤和失敗，它們都只是我們邁向成功的踏腳石。

㈡「物」與「我」思想、信仰之關係

據說，曾經有一個人孤單地被關在極暗的監獄裡，唯一可以讓他思緒忙碌的是一塊小石頭，他便拿來反覆地向著牆壁丟擲出去。他所有的時間都花在傾聽石頭在房間地板上滾動的聲音，接著他便在黑暗中摸索，直到找著他心愛的玩具。

有一天，他將石頭向上拋去，它卻沒有掉回地面來；黑暗中除了寂靜，還是寂靜。他因著無法理解石塊為何消失，而深感不安。最後他發狂了，把頭髮全拔光後，就死了。

當獄官來將他移走時，看守的人注意到在房間上方角落的一個巨大蜘蛛網上，好像有一些東西在上面。

「這可真是奇怪了，」他心想：「這麼一塊石頭怎麼會跑到上面來呢？」

這個故事表明一個事實，那就是人無法生活在一個完完全全隔

絕的「內在」世界中，人至少有一大部分需要藉著「外在」世界來建構他自己「內在」世界的意義與價值，人不能單單活在自「我」裡面。當外在世界驟然「失常」時，那個被囚者的「內在」世界頓時產生了空前的「恐慌」，甚至無法忍受。

有些人「高超」到常以為他的觀念和想法是「絕對客觀」的，一點都不受外在世界所影響，較為可能的豈不是「只緣身在此山中」罷了。人如果生活在這個世界上，他的思想與看法卻完全獨立於這個世界的話，那真是不可思議呢！如果這只是一種個人情緒性的看法也就罷了，然而，當我們細究古今中外諸般哲學與思想的發展史時，我們會一再地發現，畢竟，人的腳總是離不開他所站立的這塊大地；人的腦袋同樣無法飄浮在他所徜徉的自然界以上。

然而，有許多時候，這也正是人之困惑與艱難所在，人對於「外在」世界的「誤解」，不可避免地帶出了對於他自己「內在」世界意義與價值的「誤判」，而對於外在世界中他所心繫事物的「不解」，也可能帶來他自己「內在」世界的「瓦解」，正如上面那個故事所表現的。近三、四百年來，由於反覆實證的科學方法確立，許多人們長期在自然界中以為天經地義的認知，不得不面對調整與修正；可惜的是，許多時候其所衍生或體悟的「內在」意義與價值，卻沒有跟著有所重新反省或調整，這或許與科學發展之日益精細化、專門化，而疏於或難於達到大眾化有關，也可能與人文和科學之長期獨立發展並缺乏對話有關。考諸當今社會愈形高科技化，而人們的價值觀愈形混亂，心靈愈形空虛的光景，這種整合性的對話實在是已經成為一件迫不容緩的重要工作。

因此，在真正來面對「物」與「我」人生觀的關係之前，我們必須先探討一下人如何更客觀、更真實地認識這個「物」的本身，這正是我們在這一章裡，得花一點時間先來了解科學的基本意義與目的的緣故。

四、「物」與科學

科學的精義在於以反覆實證的方式，來確立對於自然界中客觀事實的認定或澄清，並進而發現其中相關的規律或原則。科學工作有兩個基本的步驟：其一，包括資料的蒐集、分類；其二，包括由一些基本觀念為基礎，去了解各種現象之所以然。通常，我們會鍥而不捨地去探索自然界那些穩定而又不同之表象間的關係，並以各種幾何或其他數字方式來描述這些關係。一般而言，特別會留意這些關係的對稱性及重複性。換句話說，自然科學不僅研究萬事萬物本身，並且也把注意力放在這些事物之間的關係上。科學家的態度總是期待把這些關係在形式上盡可能地單純化，而在其適用上則盡可能地普遍化：為了達到這個目的，他們建立許多模型（models）和理論（theories），以簡化、闡釋並推廣各種的關係，這個過程，簡言之，就是以所熟悉的去描述原本所不熟悉的，正是科學進展不可或缺的一個要素。

例如，很多時候我們都喜歡以原本所熟悉的一個小小的太陽系，來描述較不熟悉的一個原子，原子核如同太陽的本身，而軌道電子則好比是環繞太陽運行的諸多行星。雖然這個所謂的「太陽系模型」稍後被證實有其缺失存在，但是在某種層面上，的確也幫助眾人能夠「了解」原子的大概面貌所在。

科學的精義既在於以「反覆實證」的「科學方法」來確立所發生的事實和其規律，科學在人類各種知識學問中的獨特性與重要意義和價值也在乎於此。就某種意義說來，「反覆實證」而得的結論，可以說是人類憑著自己的智慧和聰明所能獲致最為客觀的結論，它可以說是人類共同努力下所獲致最靠近「真實」的結果。縱使有些人在某些方面原先的突發奇想，是超乎眾人想像地合乎真實，在能

夠被加以「反覆實證」之前，它還是未能得到眾科學工作者的普遍認同；然而，反過來，當一些理論經過許多次實驗反覆地被證實之後，即使許多科學家原本以為「不可思議」或是「難以置信」，至終他們也都得克服情緒上的困難並加以接受。

二十世紀初期所發展出來的兩大物理理論──相對論與量子力學──都經歷過類似的心路歷程，甚至一些勇於在觀念上創新的偉大物理學家，如波爾（Neils Bohr），終於若有所悟地提出頗值得令人玩味的一句話來，就是每當有人宣稱提出某種偉大的新理論時，波爾總是會調皮地質問道：「聽起來頗為瘋狂，但是它夠瘋狂到足以成真的地步嗎？」（It sounds crazy, but is it crazy enough to be true？）

在作為最基本之科學的物理學領域裡，每一次重大的進展，也就是每一次對於自然界裡某一層面中嶄新事實的發現，的確多多少少都反應出波爾所慨嘆的這種情境。在自然科學發展史中，「共鳴」常常不等於對於真相的共同認定，大自然中許多的新領域常常讓科學家們感到「難以理解」，大自然在這些新領域中的表現，起初往往難以獲得當時科學家們的「共鳴」。除了相對論與量子力學在二十世紀初期，曾在科學家們的情感裡激起動盪的漣漪之外，這樣的事情可未曾中止；到二十世紀中葉，許多唯美的物理學家們所鍾愛的「對稱性」情結，又遭到大自然「無情地」「撕裂」。

在一九五六年左右，兩位華裔理論物理學家──楊振寧和李政道──提出「宇稱不守恆」（parity violation）的理論，也就是大自然在某些情況下的表現竟非左右均衡，它可是毫不客氣地顯出了一種「左撇子」性格（left-handed），套用波爾的口氣，這次大自然的表現果真又有一點crazy。果然，次年，同樣是華裔的實驗物理學家吳健雄女士漂亮地在實驗中加以證實。「唉！」大自然真是叫人難以「理解」也，或許它的美是超乎我們所能想像的罷了！是的，愛

因斯坦曾經說過：「宇宙中最不可理解的事是宇宙本身是可理解的。」但是，這樣充滿把握的話，很可能是他在古典物理一貫秉持並習以為常的決定論美夢，於一九二〇年代被量子力學粉碎之前所說的，因為打從量子力學中的或然律詮釋愈形確立以來，他便一直耿耿於懷，並且說了一句對其頗感無奈的名言：「上帝不會和我們擲骰子。」

從現今腦神經科學家的角度看來，愛因斯坦對於量子力學之所以難以「了解」，倒是稍微可理解的，因為當一個人從小開始逐漸熟悉古典物理的決定論觀念之後，大腦中與其相關的電網（腦細胞中所形成的迴路）由於經常使用就變得非常強而有力，並且影響到腦海中許多不同的地方，以致它經常在不知不覺中跑出來主導我們的想法，這也是為什麼許多時候一個人上了某種年紀之後，常常會被稱為「定了型」的緣故。

科學的研究過程中，一種現象或領域之所以讓科學家感到不「了解」，其實在本質上言，它不是像我們以為的那麼抽象或不可捉摸；它倒是一個頗為具體的過程。一位科學家對於新的現象或事物經過一番努力研究之後，最後跳起來大叫說：「我終於『了解』了！基本上，這只不過是意謂在他所熟悉的背景知識中，終於找到某些東西可以和這新的現象或新的事物構成類比或對照罷了！前者常常就被稱為是後者的一個「模型」。一對忽然明亮起來的眼睛，許多時候，就是一個人在他頭腦裡面的檔案庫中，找尋到了合適類比或模型的燈號，正如我們前面所提到以太陽系來類比於原子的情況。

因此，我們的理性「了解」其實並沒有我們原先無意識中一直以為的那麼神聖不可侵犯或高不可攀，不少時候，說人是理性的動物倒不如說人是習慣性的動物來得真實。不管我們樂於承認與否，習慣常常比我們所自以為的「理性」具有更大之主宰威力。而許多時候，就在我們自謂理性的當兒，還不知道背後正隱藏著一隻「習

慣」的黑手呢！但是，經過一再實驗而得到的真理，卻倒常常使我們感到坐立不安，倍受煎熬；因為對我們而言，它似乎顯得太不合乎「常理」，而這個「常理」表面上儘管冠冕堂皇，我們骨子裡的癥結所在，常常還是在於：這個新發現的真理與我們裡面不自覺的傳統背景太不搭調罷了！偉大的科學家都無法輕易擺脫這樣的糾纏，何況凡夫俗子的我們；科學研究的領域如此，日常生活的經驗更是屢見不鮮。而在信仰的層面上，這樣的偏執，不管我們好不好意思承認，早已普遍的根深柢固。

在說明了科學研究過程有關「理解」或「了解」的基本意涵之後，為了使我們對於真實的科學方法有更完整的認識，我們現在必須回頭探討一下有關客觀事實之認定的重要原則，也就是「反覆實證」之原則，因為唯有外在客觀事實的認定是可靠無誤的，其所接續之「理解」步驟才有意義，否則整個相關的科學研究不過成了海市蜃樓罷了。

反覆實證的意義乃是由不同的人在不同的時間、地點，在人所能穩定規範的外在條件下，多次反覆進行觀測某種或某系列自然現象之發生，而臻能獲得固定或穩定之結果者。反覆實證之結果，從某一個角度說，乃是人類本身共同努力之下所能獲致最為客觀的結果，也是最接近事實的結果。在科學研究的進行中，不乏一些科學家宣稱有了聳人聽聞的重大發現，但是經過其他科學家在同樣的條件下多次做實驗，卻無法得到類似的結果時，這些乍聽之下非常玄妙或偉大的發現，都會如同泡沫般地悄然消失。儘管這一個或這一組科學家可以因著某次曇花一現的結果，而沾沾自喜或難以忘懷，但是當其他人多次反覆實際驗證卻一無所獲時，這一個或這一組宣稱發現者均得謙卑地接受現實。畢竟，一味執意孤芳自賞的人在已經可以實際驗證的那些科學領域中是無法立足的。

科學界之所以堅持反覆實證的重要性和必然性，乃因為科學家

們均認為大自然是具有一定之規律的，他們通常把它們泛稱為自然律。反之，如果大自然的確沒有一定的規律，那麼，任何科學研究都必然成了毫無意義的活動。再者，如果大自然真是個反覆無常的「怪物」，那麼這個世界根本也就沒有任何意義可言，而任何的「存有」也都不過是偶然出現旋又消失無蹤的氣泡罷了。

自然律的存在使得我們人的物質存在也獲得「保障」之外，正如在本章起初所提到的，如果人的「內在」世界也有待「外在」世界的幫助，來建構其意義與價值的話，那麼自然律的存在也隱然構成「內在」世界安頓的一個基礎。

反覆實證既然是真正科學方法一個不可獲缺的要素，這件事情對於「人生」本身又有何實質的意義或影響？如果科學上或一般人誤以為「科學」上的一些結論，常被引用或誤用於人生觀或倫理觀裡，那麼，反覆實證這件事情間接地在人的心靈或精神層面，也具有重要的影響。

這影響可分兩方面來探討，其一在於，一般人對科學結論本身之認知不足或有所曲解，以致產生此科學結論被誤用於人生觀或倫理觀中。其中一個例子就是當愛因斯坦的相對論提出之後，就有些人迫不及待地把它運用在道德觀念上，提倡「相對道德論」（moral relativism），以為道德觀念是相對的，沒有絕對的是非，因此他們可以隨心所欲，錯誤地為他們的「胡作非為」豎立具有權威性的擋箭牌。據說，愛因斯坦在獲知這樣的事情時，曾經為此氣得大大跳腳。其實，許多科學結論如相對論等，的確是可以在人生觀的建構與反省上帶來重大的教訓和啓發，只是，我們必須對於這些科學結論有一番正確的了解和體會。

另一方面，有些號稱科學，但是嚴格說來卻不能算是「反覆實證」科學的結論，大大地被當作是顛撲不破的真理，而影響著許許多多人的人生觀，如俗稱的「進化論」所造成的局面，幾乎已經滲

透了人文社會科學的各種領域。

　　平心靜氣地分析，現今俗稱「進化論」的這個知識體系，正如許多人所同意的，人類目前尚無法多次地回到最初的狀態，以致觀察到其發展到類似現今階段的結果，因此，它既缺乏「反覆實證」的這個基本前提，就不能被拿來與的的確確符合這個基本前提的科學性結論如「相對論」或「量子力學」相提並論，儘管許許多多的人對它趨之若鶩，並不遺餘力地大力鼓吹，甚至到今天它已經達到穩如泰山的地位。有一位擁戴進化論的大師級生物學家倒是能夠滿客觀誠實地承認，進化論無法稱得上是「反覆實證」的結論。但是，令人訝異的是，他卻在後面補上「為什麼只有『反覆實證』的結論才算是真正的科學結論？」這麼一句頗為情緒化的怨言（麥爾，1999）。坦白說，如果我們可以輕易地放棄「反覆實證」這個基本前提，那麼什麼東西不能自詡為科學結論？真正冷靜的科學家如果夠誠實的話，當能同意它到目前為止還只是個假說而已。然而，像國際知名的地質學家許靖華博士這樣的科學家究竟有幾人？他客觀地對這俗稱的「進化論」提出適當的質疑，卻引來同僚和其他科學家們對他的攻擊，甚至使他甘冒「為教會說話」之科學界的大不諱，也在所不惜；顯然，他的論點頗為鏗鏘有力，否則其他科學家只要能提出適當的辯駁就可以了，為何還需要冒出像「為教會說話」等這類的情緒性話語？而「進化論」之產生爭議其實就表明了，它還不是一種真正算是「反覆實證」的結論，至少真正經過「反覆實證」的相對論或是量子力學，就不致於造成類似的爭議。不是我們對於「進化論」特別存著異樣的眼光，重點是任何誠實的科學家對於任何嚴格上並非「反覆實證」的結論（不能算是真正的科學結論），都應該小心謹慎地運用或表明，縱使他自己或其他很多人都因其深受吸引或樂而忘形。的確有一些嚴格說來不算是真正科學的假說或結論，卻披著科學真理的外衣，誤導世界上許許多多人的人生觀與

價值觀，因為就連真正反覆實證的「相對論」都被曲解誤用於所謂的「倫理相對主義」，正如前面所提過的。許多時候，某種熱情也會淹沒自詡冷靜、客觀的科學家，以致不由自主地把一些不是反覆實證過的看法或數據，偷偷地灌水於純正的科學事實裡。

舉個例說：有關宇宙年齡這件事，先前許多所謂的科學家常常說它已有多少多少億年，直到不久前，當太空中的哈伯望遠鏡真的派上了用場之後，他們才發現，以往大言不慚的宇宙年齡應該馬上減半。可以想像，當更大更精良的望遠鏡或其他相關儀器設備問世之後，他們所以為的宇宙年齡不知道又要翻上幾翻。像這類滲過水的結論算不上真正的科學結論，因為它們不都是建立在反覆實證的基礎上；換句話說，在他們得到結論的過程中，他們已經有意無意地引用了一些嚴格上說並沒有經過反覆實證過的假說，或者他們把我們在這小小角落所觀測到的數據，漫不經心地外延到浩瀚無限的宇宙中的每一個角落。

如果「進化論」只是學術界許多人熱衷的東西也就罷了，但是，許多國家，包括我國，從基礎教育開始就把進化論當作科學結論的事實教導年輕學子，因而世界上很多人從小便在下意識裡，就似懂非懂地充滿「物競天擇，適者生存」的想法，它影響了許多人的人生觀與價值觀，以致有些年輕人在面對人生中一些挫折或不如意的情況時，不知不覺便中了「零和遊戲」的流毒而一時想不開，這是何等令人感到惋惜的事情。

為此，美國有一個團體「創造論研究學會」竭力爭取能夠獲得與教導達爾文主義相同的時數來教導「創造論」。他們的努力也產生了一些的結果，一九八一年有幾個州果然通過了所謂的《公平待遇法案》。但是，一九八二年「美國自由公民聯盟」向法院控訴這個法案，宣稱「創造論」是一種宗教信仰，而這法案違反了政教分離的基本原則。果然，法官如該聯盟所期待的判決撤銷《公平待遇

法案》。

關於這件事情，許靖華博士曾提出了十分中肯的評論，他說：

> 其實，我十分贊同奧弗頓法官對科學的界定，我亦同
> 意「科學的創造論」（Scientific Creationism）是一種宗教，
> 但是，達爾文真的合乎科學嗎？
>
> 顯然，在阿肯色州的法庭上，這質疑並沒有被提出來。
> 整個科學界都被偉大的查理達爾文和新達爾文（Neo-
> Darwinists）唬住了，很少人敢對「聖牛」（Holy Cow）挑
> 戰，對很多人而言，《物種原始》（*The Origin of Species*）
> 就像是聖經，是拿來崇拜，不是拿來讀的；達爾文呢？就
> 像是我們的彌賽亞。哲學家呢？則較不受限，勇敢地提出
> 了質疑。（許靖華，1997）

其實，從整體看來，「創造論」與「進化論」之所以歷經一百多年風風雨雨的爭論，正表明到目前為止都還不是反覆實驗證明的科學結論，它們比較屬乎信仰或哲學上不同看法的爭議。近來還有知名的科學雜誌的專欄作者，慨嘆有些人還無法接受演化論時，說到需要提出更多證據使他們不能不接受，來與支持演化論者共勉，這豈不是清楚表示自己現在的證據不足，不能與真正經過反覆驗證的科學結論如「相對論」和「量子力學」等同看待。從現代科學萌芽以來，在某些時候難免有些爭議出現，然而，當實驗多次地證實了某種結果時，所有的科學家都得放下原本的想法，接受大自然所呈現的事實，儘管他們在情感上或許還有極大的困難。這個爭議的雙方如果都能夠更為冷靜地面對這件事情的真正情況，都願意坦誠地本諸「有幾分證據說幾分話」的精神，那麼，社會大眾也就能夠較為客觀地作出他們自己公允的判斷，避免無謂的誤導。

　　由於多年來達爾文主義已經傾向一面倒地征服了人類許多的思想領域，許多人對於它已經習焉不察其究竟，因此，我們覺得有必要把它不符嚴謹的實證科學精神之處加以指出。達爾文以「天擇」（Natural Selection）當作生命史中解釋演化變遷的機制。在他的《物種原始》這本書裡，其主題主要在於「物競天擇」，他以先知般的口吻自信地道出他的觀點：同一物種的個體和異體，以及同一屬中的種與種之間，存在著最劇烈的生存競爭，而滅種正是生物互動的自然結果。

　　正如許靖華博士所指出的，那時候，達爾文也察覺自己的理論有問題，因為他的假設和古生物學的紀錄有明顯的衝突。達爾文假設緩慢而漸進式的改變，但在化石紀錄中（至今仍是如此），卻可分辨出週期性的災變變化；也就是地質上的「代」或「紀」的時間界線。但是，達爾文極力辯稱地質紀錄是不完全的，可是經過了一個多世紀之後，生物集體滅絕的證據比以前更加完整確實得多。縱然是這樣子，很多生物學家仍舊固守著達爾文的觀點。

　　達爾文主張在物種之間存在著天擇，某些不適應環境的物種逐漸遭到淘汰，而某些較優而適應環境的物種則存留了下來，構成演化的基本機制。達爾文根本不相信大規模的自然災害而造成物種集體滅絕的這類事情曾經發生過，這是因為受到他地質學家朋友萊伊爾（Charles Lyell）所主張的「均變說」（Uniformitarianism）的誤導。萊伊爾認為不管過去或現在，地質運作的能量和能量範圍從來就沒有改變過。誠如許靖華博士所評論的：「這觀點是個假說，是個前提，一如世界是在六天之內被造之說一樣，是一種意識型態上的信念，不再有任何科學論證可茲證明。」（許靖華，1997）事實上，有很好的地質證據表明，能量非常巨大的隕石撞擊事件曾發生在中生代的末了，因而造成環境上空前的大災難，產生物種集體滅絕的後果。還有一些其他的例子讓我們看見，萊伊爾的「均變說」

並非完全正確，它當然也就不能拿來解釋影響地球上生命歷史的過程。

　　如果所觀察到的地質事實已經足以表明達爾文主義的不可靠，那麼一個有趣的問題就是，為什麼它到今天仍然被奉為圭臬，看起來還是屹立不搖呢？其魅力又在哪裡呢？達爾文主義基本上並未符合反覆實證的科學過程，乃是受到馬爾薩斯的「人口論」的啟發而得出的一種假說而已，他的理論之所以廣受歡迎，與那個時代的社會背景有關，許靖華博士在他的著作《大滅絕》一書的中文版序中說到：

　　　　正如《聖經》所載，捷足未必先登，強者未必得勝，反而是謙遜者得到世界。地球的生命歷史上根本沒有生存競爭這回事，更沒有保存優秀種族的自然選擇。這就是今日地質學和古生物學研究後得到的合乎邏輯的解釋。那達爾文何以作出不同結論？我終於購買了一冊《物種原始》，驚訝地發現，達爾文基本上沒有支援自己結論的科學證據。他自稱從馬爾薩斯的「人口論」得到靈感。其實我們如今愈深究生命歷史的紀錄資料，適者生存並非自然律的事實就愈明顯，它只是英帝國的邪惡政治哲學。愈鑽研史料，就愈發現達爾文主義主張的自然選擇並非科學，而是宗教信仰。一九四五年的諾貝爾生物獎得主張恩（Ernst Chain）勇敢地說：「適者生存是毫無根據而且違反事實的假說。長久以來，眾多科學家不假批判地囫圇吞下達爾文學說，真是令人驚訝。」

　　　　多年來，社會把達爾文理論視為科學的自然律接納，也許是因為它為我們社會的所有自私天性提供了正當的理由。資本主義者毫不容情的競爭、帝國主義者的殖民地開

發、馬克思主義者殘酷的階級鬥爭、種族主義者不道德的優生學、納粹黨徒有系統的迫害少數民族、民族解放戰士漫無法紀的恐怖主義等等，達爾文主義的口號為這些激進份子的不當行為提供了藉口。這種邪惡的社會政治哲學驅趕開西方的基督教精神及中國社會的傳統價值觀，愛國主義和群體意識取代了仁愛與個體的人權。以戰爭及鎮壓手段對待其他群體，成了歷史最終的目標。（許靖華，2002）

許多生物學家自大地認為：「天擇是進化過程中絕對不可避免的，有效的途徑，而且是唯一的途徑。」許靖華博士認為，除了達爾文主義之外，另外至少還有六種學理較為充分的論點，包括創造論、神導創造論等等，因為他提出這種看法，難怪達爾文主義的信奉者認為他是在支援基督教基要派的真理了。其實，他到目前為止還不是一個對於基督教表示有所信仰的人，他之所以甘冒學術界這種攻擊，乃是出於他對於探尋真理所具有的那種勇氣、客觀與熱忱，這種真正科學家的胸襟當今卻不多見。

的確，俗稱的進化論至今已經大大影響了自然科學，乃至社會科學的諸多領域，並且在教育過程中被加諸於許許多多年輕人身上，嚴重左右了他們的人生觀和價值觀。如果它真像物理、化學以及其他生物學分支中是反覆實證的結論，那倒是具有不可磨滅的價值，然而它既屬於非反覆驗證的假說，卻打著真實科學結論的名號去打壓其他的理念，反說別人是不符合科學的，便非常有失公允。不管進化論或創造論，目前是較屬於哲學甚或信仰的範圍，至今尚無法去反覆實證孰是孰非，藉著較為持平的剖析，盼能為年輕學子帶來更加客觀、更加均衡的人生觀與生命體悟。

五、「物」與人生觀──「物」包人生

　　人生活在世界上總是尋找生命的意義是什麼，尤其是正在經歷痛苦中的人更是如此。快樂的時光總是像江水匆匆流逝，痛苦困惑的日子卻老是使人覺得度日如年般地難熬。如果世界上唯有「事事如意」的福氣，而沒有一絲一毫「事與願違」的喪氣，那麼，世界上大概也就不會有所謂的哲學家了，至少不會有「人生哲學」了。甜蜜老是使人沈溺，而苦澀總是叫人清醒；安逸讓人迷糊，而顛沛卻讓人睜眼環顧；他開始搜尋周遭的人、事、物，盼能找著出路，而四周的人事既與我命運相同，我只能期許萬物或可捎來解惑的資訊。

　　因此，自然現象自古即成為文人哲士試圖尋找得到安身立命之道的重要資源，而各種自然現象也「自自然然」地成為許多觀念與哲理的啓蒙師傅。西方思想如此，中國思想亦復相同；均與人獨特的理解模式有關，雖然兩者在運用的層次與嚴謹性上，存有若干程度的差異。因此，自然現象在中西人生哲學的基礎上，無形中占有非常關鍵性的角色。希臘最早的有關哲學的定義在於「用一切去衡量一切」，而自然界在「一切」當中所占的份量，顯然是難以估計。當然，在實際運作的層面上而言，更確切的說法應該是「用一切熟悉的去衡量一切較不熟悉的」；換句話說，如果哲學是一種理性理解的過程與探討，而人類理解的精義也在於尋索熟悉的事物來類比於較不熟悉的事物，那麼，人類所共見之自然界的各種現象，自然也就成為那一類「較爲熟悉」的事物，而成為人類理解或敘述那些「較不熟悉」之抽象概念如人生哲理等的基礎。

　　其實，古今中外所有語言上的基礎建構不外乎此。雖然，在這個層面上這種以「較爲熟悉」來比擬「較不熟悉」的規範性，明顯

較為寬鬆自由並富有想像力，例如有人說到他餓得可以「吞下一隻大象」「一個頭兩個大」「腳底抹油──溜了」，很「熱」情、很「cool」（酷）、很「炫」……等等。只不過在哲學與科學的領域上言，這種類比的過程與規範較為嚴謹罷了！

(一)西洋的例子

希臘早期的自然哲學，他們考察宇宙起源的問題時用的是觀察法，特別是天文和地理，然後以簡單的思想來代表複雜思維的現象。雖然這些簡單的思想乃是經過了抽象化的過程，他們基本上是源自熟悉的自然事物。例如，當時有哲學家提出宇宙所有生成或生感現象，都是由於「氣」的凝聚或分散，如果「氣」分散得稀薄的時候就變成「火」，「氣」凝結的時候就變成「風」，再變成「雲」，更重時就變成「水」，凝結更密時就變成「土」，比「土」更密的就成了「石頭」。

到了大哲學家蘇格拉底，他為了對付當時詭辯派人士，常從日常生活的言語和思想開始詢問他們：「什麼叫『知識』？」「什麼叫『真理』？」什麼是『德行』？」在開始的時候，對方總是自以為懂，可是在蘇格拉底抽絲剝繭地問下去時，他們就不能不承認自己所知道的，只是日常熟知的具體事物，而不是前述那些概念本身。並且，每一次當對方要討論抽象的問題的時候，總是得用一些具體可見的事物或可見的比喻來搪塞，蘇格拉底就會藉此機會告訴他，其實，他對自己所講的話以及對這些概念是茫然無知的。

從蘇格拉底對付詭辯派人士的過程，我們便可以稍微明白，正如我們先前所說過的，很多時候我們所謂理性上的「了解」，其實並沒有像我們一直所以為的那麼神聖不可侵犯或高不可攀，基本上，「了解」或「理解」只不過是我們終於找著一些已知或熟悉的例子，可以用來適當地類比於所面對的那較不為我們所熟悉的對象罷了。

蘇格拉底的弟子柏拉圖亦是以自然界中熟知之光線與影子的現象，提出他那著名的「洞中影像」比喻，來說明感官世界與理念世界的關係，並「證明」理念世界才是真實的，而感官世界是虛幻的（其實，如果自然界日常生活範疇中的主要作用力不是電磁力時，這關係可能有所改變，而柏拉圖的學說就須修正，柏拉圖的觀念亦受制於這個主要作用力的特性）。柏拉圖從這裡建構了他的「觀念論」，從這個基礎上他發展出「知識論」、「倫理學」，以致實踐部分的「宇宙論」、「人性論」、「理想國」、「宗教觀」。我們可以清楚看見，自然現象在柏拉圖的哲學體系中，隱然扮演著關鍵性的重要角色。

柏拉圖的弟子亞里斯多德則是更清楚地從邏輯與物理開始，發展出他的「形上學」、「倫理學」以及「藝術哲學」。他發明了邏輯學，其中有關如何獲得「概念」這件重要的事情，他比他的老師更坦率地指出，我們的知識乃是很現實地從我們感官經驗中所獲得的概念。自然現象與日常生活中的經驗，顯然構成了亞里斯多德哲學體系的基礎。

(二)中國的例子

自然現象與日常生活中的經驗，同樣在古代中國人的人生哲理上具有非常重要的基礎性地位，最直接而具體表達這件事的例證之一，由《易經》上的這一句話就明顯地表達出來：「天行健，君子以自強不息。」從大自然的運行體悟出關乎人生的一種積極正面的態度。

孔子思想中有關「命」之意義，也是基於看見自然界中存有一定的性質及規律，亦即有一定的限制。從這裡反省到人在經驗生活中的一切遭遇，在此意義上，亦是被決定者，顯現事象系列之必然性。

　　自然現象在中國古代人生哲學的思辯上，具有關鍵性意義，一個很有意思的例子出現在孟子與告子的一場辯論中。《告子》（上）：「告子曰：性，猶湍水也。決諸東方則東流，決之西方則西流。人性之無分於善不善也，猶水之無分於東西也。」

　　這就是「無善無不善」之說，乃是以水來作比喻。孟子卻反駁這種中性觀而另外提出他的論點：「孟子曰：水性無分於東西，無分於上下乎？人性之善也，猶水之就下也。人無有不善，水無有不下。今夫水，搏而躍之，可使過顙；激而行之，可使在山。是豈水之性哉，其勢則然也。人之可使爲不善，其性亦猶是也。」

　　以現今之角度來看，水之東流或西流的確無分軒輊，蓋因爲此水平方向之流動，乃與地心引力之方向垂直之故。而其上下則關係地心引力之方向，當會造成差別，孟子以水這種「就下」之本性來比擬人亦有「性善」之本性。由於這種論述過程乃屬比喻，並非直接能夠從水的本身出發，經嚴謹的邏輯推演來證明水在人的大腦中，因著地球重力場的作用，必然啓動腦部的「善念」反應之鍵，這顯然不是實際之情況。因此，這既然僅是一種比喻性的對照，荀子同樣也可以取水之「就下」的特性，來比喻人性之「本惡」傾向。告子亦能堂而皇之地以水在水平方向流動之對稱性，來比喻人性之無分善惡。這段爭辯讓我們可以再度看見自然現象，如水之流動，在人生哲學的體悟過程中，扮演了何等不可或缺的重要角色。然而，從上面這個例子，我們卻也發現，同樣從觀察水的流動，不同的人卻體悟出截然不同的人生哲理。乍看之下，這頗叫人困惑，不過，在這個例子中，不同的人均只摘取同一個體系之不同向度的不同表現來「比喻」，而非邏輯證明他們各自的觀點，結論南轅北轍也就不足爲奇了。這種隨意性、靈感性與片面性的比喻，事實上出現在許許多多古今中外各種不同的人生哲學裡，以致於這種各執一端的人生哲理經常使得一般人心中產生極大的困惑，例如「唯心」與「唯

物」之爭、「揀選」與「自由意志」之爭、「理性」與「信心」之爭等等不一而足，這也正是哲學與科學有所不同的重要地方之一。前者主要訴諸「比擬」，而後者基本上則訴諸「反覆實證」；因此，前者充斥著較為主觀的流派之爭，而後者則是服膺於客觀的事實證據。

㈢「物」非霧——科學在人生哲學中的重要角色

乍看之下，自然科學研究屬乎「物」的自然界，其中所發現的規律與屬乎「人」的人生觀或信仰又有何相干呢？在上一節中我們已經看見，自然現象在人生哲學中扮演了極為基礎性的角色，人的思考與觀念永遠脫離不了感官經驗的對象——人周遭的自然界，從古代西方與中國的思想和詩詞歌賦等，莫不反應出這樣的事實。在這裡，還有一件重要的事情是我們必須特別加以強調和提醒的；如果近代反覆實證科學對於許多古人所信以為真的自然現象之認知提出重大的修正，或看見了更深更廣的內涵，那麼，許多古代文人哲士從自然界所體悟出的人生哲學，自然也應順理成章得面臨適當的修正或擴展。以下，我們將舉某些耳熟能詳的人生觀念，以現今科學反覆實證得來的結論加以對照，相互啟發，或可發現許多我們一直認為理所當然的人生觀或信仰，也許應該加以適當地修正才是。

例如，以前的許多文人哲士與宗教家觀看周遭的風雲變化、江流河湧、波光跳動、花開花謝，與人的生、老、病、死等等，便以為這是一個多變無常的世界，裡面的一切都是無常的，沒有永恆；他們以為人的痛苦便在於他的執著，想要緊緊抓住那些遲早會消逝的事物。

然而，近代反覆實證的科學研究使我們對於這些自然現象已經有了更深一層、更為全面並更為精確的認識。因此，如果自然現象對於人生哲理的體悟仍具有重大啟發意義的話，上面這些文人哲士

有關人生哲理的領悟，便也不能不作適當地修正：是的，波光跳動，變易不停，似乎無常；但是，水的波動以及光的折射與反射，卻均按著既定不變的規律在進行著。是的，行雲流水，變易不停，在這些過程中，似乎無常；但是，其中肉眼看不見卻是真正的組成——水分子 H_2O ——本身卻是一直未變，始終如一；至少就其氫、氧原子之組成而言，它們並沒有忽焉變成 H_3O_8 又忽焉變成 H_5O_{11} 等等，充其量，它們只是在旋轉或振動而已。是的，古時候許多的文人修士看見這外在世界的「有所變」；但是，他們無法看見或忽略了這世界潛在的「有所不變」！而這正是靠實證的科學方法這隻「眼睛」這些年來所努力看出來的呢！牛頓的偉大乃在於，從當時外表看來似乎毫不相干，且各自「有所變」之蘋果下落與月球繞地運動間，找到了「有所不變」而且相同的內在自然律（萬有引力定律）；於外在諸多「無常」中找著某些內在「永恆」的腳印，這正是科學進步的真義，而牛頓則是其中一位著名的代表性人物罷了。

另外，我們只要再舉一個簡單的例子，同樣表明在各種變化的表象之下，可能存在著一些不變的內涵，只是這也是因著近代科學的進展才發現的，那就是有關光速的恆常性這件事情。日常生活經驗告訴我們，當我們測量一個物體的運動速度時，它會隨著我們本身的運動狀態而有所變化。但是，當我們在測量光行進的速度大小時，卻發現不是如此。科學家在測量光速時訝異地發現，不管自己和光源之間的相對速度如何，測量出來的光速大小都是同樣一個不變的數字，當然這是指在實驗的誤差範圍內。由於光行進速度非常快，很難測量，一直得等到十九世紀末終於才完成這個偉大的任務，科學家也才發現了光速恆常的這個事實呢！一些相關的細節，我們將留到稍後談到有關相對論的部分時，再詳細介紹。

因此，我們看見，從這外在的世界我們可以發現，許多東西的確都在不停地變化著，但是，如果我們從所看到的「許多東西都在

變」這個事實,輕率地下結論說成是「一切都在變」或「沒有恆常的東西」,我們在邏輯上豈不是明顯犯了「以偏蓋全」的錯誤?另一方面,三百多年來,反覆實證的科學也從外在繽紛多變的自然界裡,不斷地發現其內在恆常不變的規律和內涵,我們豈不也應在相關的人生哲學上勇於踏出修正的一步?

如果一切無常真的是自然界中顛撲不破的事實,那麼,「不要執著」或許可以稱得上是面對這個問題時最好的答案;然而,如果反覆實證的科學發現那並非事實時,那麼對於一個誤判的症狀,開出了最完美的解藥,大概也是於事無補了。人生問題的癥結所在倒可能是在於從「恆常」中失落,不知回歸,反亟思在諸「無常」中尋覓安頓,當然落入無奈與苦境。不要執著於無常的事物固然有所助益,但它畢竟只是解決了消極面的困惑,解決生命問題更積極徹底的當務之急,乃在於如何藉著真實的信仰觸及生命中的「恆常」領域,就如我們在第二章中所探討過的。

我們中國人素來有包容的美德,所謂有容乃大。許多時候,我們的相容並蓄讓不同看法或不同想法的人可以各自擁有一片發展的天空,皆大歡喜。但是,有些時候,如果沒有在某些方面持守一些必要的原則,我們可能又會進退失據,輕重不分。因此,如何在普遍性與獨特性之間看見合宜的區別,也就非常的重要。例如,對於世上所有的人我們都能普遍地懷著愛心和憐憫,並摩頂放踵地去服侍他們、幫助他們,固然是值得嘉許的;但是,如果我們因而否認或棄絕了自己與父母那種獨特而無可取代的關係,顯然也是非常偏頗的人生態度。因此,現在我們就要花一些時間來探究一下這個相關的課題,尤其是我們要來看看反覆實證的科學理論「相對論」,可以帶給我們怎樣的教訓和啟發。底下我們先列出幾個非常容易聽見的觀念或想法,作為我們探索的起點,例如有許多人以為:

「宗教都是勸人為善，只要虔誠就好，信什麼都一樣。」

「為什麼你們基督徒老是說只有信耶穌才能得救，信別的就不行，俗話不是說條條大路通羅馬嗎？」

「世界上沒有什麼絕對的東西，一切都是相對的啊！」

我們許多人把自己寶貴的一生，漫不經心地交付這些未經深思熟慮、未經仔細查證、似是而非的道聽途說裡，到最後才後悔莫及。當我們從事一項商業投資時，都會精打細算，左右衡量，深怕投資錯誤而虧損；然而可悲的是，我們許多人在面對自己生命的整體投資時，態度卻出奇地隨便和輕忽，以致往往賺了全世界，卻賠上自己的生命（靈魂），到頭來得不償失。

當我們誤以為世界上沒有絕對的客觀真理，也沒有絕對的最後總依歸時，我們便各自偏行己路，自訂善惡，自立標準，自以為是，自以為義；反倒離棄真正的生命道路，認為愚拙，至終自蒙其害。

誠然有千百條的道路可以通往羅馬，但是生命最後的歸宿究竟與羅馬有天淵之別，有什麼樣一廂情願的邏輯真能叫「通往羅馬的這千百條道路」，足以用來否定通往生命終極意義那極可能是「絕對而唯一的道路」？

玄學上的辯論的確讓人覺得見仁見智，但是，科學上經過一再證實的理論，卻常常能夠在生命的問題上也提供一些發人深省的啟示。而關於這個問題，或許二十世紀初所發展出來的物理理論——相對論——可以呈現給我們一些的教訓。我們首先要思索的是，「相對論」單單「相對」嗎？

自從一九〇五年愛因斯坦提出著名的「相對論」以來（嚴格地說，這時提出的理論稱為「狹義相對論」），世界上很多人就更加

似懂非懂地爭相宣告：宇宙中沒有絕對的真理，一切都是相對的。事實上，正如一些著名物理學家所發的感慨，「相對論」這個名稱取得未免有些偏差或誤導。

「相對論」的確打破了古典絕對時空的概念；在之前的古典物理中（一般物體的運動速度遠小於光速），我們都以為整個宇宙只要有一個標準時鐘和一把標準的量尺就夠了，不管你是在靜止的實驗室中，還是在高速運行的火車上，我們的時間和距離量度是沒有差別的。

如今「相對論」告訴我們，時間和距離不是絕對的；兩件事之間的時間和空間間隔，會隨著觀察者本身所處的運動狀態而有所不同，例如在一列接近光速的高速火車上，沿著運動方向放置的一把量尺，在火車上的觀察者看來（與它相對靜止），它是正常而普通的量尺；但是對於地上的觀察者來說（與它相對運動），它竟比原來的長度縮短了。這並非視覺效應或錯覺的緣故，乃基於實際測量的結果。在時間的測量來說，火車上的觀察者覺得很平常過了一秒鐘，而對於地上的觀察者而言，卻已經過了很多秒。換句話說，地上的人「看」車上的人猶如「慢動作」。

實際上，目前我們還沒有辦法把火車或太空梭加速到靠近光速的境界；但是在宇宙射線或加速器中，我們倒很容易發現基本粒子的速度可能幾乎靠近光速，從它們的身上我們就會很清楚地看見上述的相對論效應。例如我們在宇宙射線中量得某種粒子的半衰期，拿來與同樣的粒子但是在「靜止」的狀態下所量到的半衰期比較，我們就能清楚看到上述時間延緩（time-dilation）的現象。

「相對論」另外一個重要的結果，就是著名的質能互換關係 $E=mc^2$，它是打開二十世紀核能時代的基本鑰匙。

值得我們特別注意的是，相對論雖然打破了時空之絕對性，但是它並沒有打破所有的絕對性。而事實上，相對論正建立在兩個「非

相對性」的實證基礎上（有堅固的實驗根據，而非一廂情願地憑空設想）：

　　1.所有物理定律在任何慣性系統（等速運動的參考系）都是一樣的；

　　2.光速大小是恆定的，在任何慣性系統測量的結果都是一樣而不變的。

　　第一個基礎讓人較易了解和接受，它表達了客觀自然律的存在，也表明了它的簡單性和一致性，也唯有如此，科學才有了它獨特的意義。例如在靜止的實驗室中從事電磁學實驗所獲得的電磁學定律，與在高速運行的太空梭中所得到的結果是一模一樣的，自然律並不因你我所在的系統不同而有所改變！

　　第二個基礎則叫人看了百思不解。當你我在靜止的實驗室量一束光的速度大小時，我們得到一個結果大約是每秒三十萬公里；但是當我們心血來潮，假設能夠也以每秒將近三十萬公里的速度逆著它向它飛奔而去的話，我們以為這下子量到它速度大小應該 30 ＋ 30，得到大約每秒六十萬公里的結果，那我們可就錯了！因為當你實際用儀器裝置測量的結果，它還是每秒三十萬公里！反過來，當我們沿著它飛奔的方向，從後面以每秒將近三十萬公里的速度追上去時，我們以為這下子可以不必驚鴻一瞥，足能面對面一睹「光姐」的廬山真面目了；那你又要大失所望，你實際測量的結果要發現，你跑得快，她跑得比你更快，她老姐還是悠悠哉哉，輕輕鬆鬆地以每秒三十萬公里的速度繼續揚長而去，叫你好不洩氣。

　　是的，在空中以時速將近一千公里飛來飛去的空姐，你努力一點還可以追得到；但是，在太虛中以秒速三十萬公里咻來咻去的「光姐」，你當然只有「仰天長嘆」的份了！當然，我們現在還沒有辦法把自己加速到靠近光速那麼快，但是，科學家還是可以從不同的實驗中，確立光速恆常的這個結果。

　　對於許多年輕小姐的捉摸不定，不少楞小子難免被整得七暈八素的；同樣在二十世紀前後，物理學家也是被「光姐」的奇行異徑搞得頭昏眼花，不知所云。直到後來，有些物理學家如愛因斯坦等終於恍然大悟，放棄先前的偏見，坦然按照「光姐」的本相來接納她。如此一來，反而將對自然界的認識帶進了一個嶄新的奇妙世界；相對論的產生，在那時引發了從牛頓以來最大的一場科學革命。

　　話說回來，到如今，物理學家對於「光姐」這個帶著某種絕對性的獨特行徑仍然大惑未解。只是如常地接受這個事實，作為相對論的一個出發點罷了。

　　總結地說，許多人一廂情願地以為否定了絕對真理存在的相對論，它本身竟然是建立在上述兩個非相對性的獨特基礎（實驗事實）上。這給我們一些什麼樣的啓發？當一個人大聲疾呼，振振有詞地喊叫「絕對性絕對不存在」的時候，我們有何感想？世界上有許多相對的東西，是個不可否認的事實，正如稍前所談世上有許多變異的東西一樣。然而，若果因此斷言一切都是相對的，沒有什麼絕對的，一方面，同樣犯了以偏蓋全的邏輯錯誤；另一方面，相對論這兩個實證的非相對性基礎之存在，便足以讓這樣的斷言無法立足，因為不用多，基本的邏輯告訴我們，只要有一個反例的存在，就足以讓一個大張旗鼓的論述失真。

　　有許多人為了給自己愛怎麼樣就怎麼樣的人生態度找個合理的藉口，就一廂情願、漫不經心地高喊：「一切都是相對的！沒有什麼絕對的！」為了給自己一個萬無一失的根據地，這個疆域擴展得很大很大，以致涵蓋了一切。這一切當然包括了自然界裡面的各個層面，只是萬萬沒想到，竟然也闖進了很沒情趣的物理領域裡，剛好一腳踩在一個非相對性的地雷上，進退維谷；相對論這兩個反覆實證的非相對性基礎，不恂情面地動搖了「一切都是相對的！」這個缺乏真實驗證卻又擺出氣吞山河之勢的偉大宣示。（N. Spielberg

& B. D. Anderson, 1998）兩位物理教授在他們的巨著《宇宙觀革命》
中有感而發地說到：

> 因此有些人將物理學上絕對參考系不存在的觀念，解
> 釋成道德上的相對主義（moral relativism），這是嚴重的引
> 喻失義，因為他們根本不懂不變量（invariant quantities）
> 的觀念才是相對論的基本精神所在。

　　雖然經過反覆實證的科學結論，不一定都能夠對於人生觀或信
仰產生邏輯上的直接衝擊或修正。許多時候，它們卻能夠在這些精
神或人文領域帶來奇妙的教訓或啓示，只是探討的人必須先對這些
科學結論有深入的了解和體會。在此前提之下，原先似乎見仁見智
的思想或信仰觀點，可能會得到極大的光照或啓發，有時竟能帶來
撥雲見日甚或直接邏輯辯證上的效果。

　　以上述相對論的對照爲例，我們便可以發覺「倫理相對主義」
和「信仰相對主義」之一廂情願，而某些堅持具有某種非相對性之
獨特意義的信仰，或許不一定像許多人起先所以爲的那麼令人憤憤
不平。如果真正的信仰事關生命源頭的認同，那麼，「只要虔誠就
好，信什麼都一樣。」就是一個似是而非的論調。的確，好人算起
來也有許多，但是真正的老爸畢竟只有那麼特別的一位罷了！我們
總不能說：「只要孝敬就好，認誰作爸爸都一樣。」是不是真的攏
嘛沒關係？而真正的老爸更不會附和說：「對！對！沒關係！只要
你喜歡就好！」否則他豈不是和我們一樣的「阿達」嗎？通常老爸
不會故弄玄虛，看見孩子認錯對象時，他也不會故作謙遜地閉口不
言。他總會心急如焚，這就是宇宙中至高至深的親情，你可以懵懂
無知，祂怎能輕易放棄？這個道理，爹娘一定能夠告訴你！

　　當然，自然界和日常生活還有許多方面直接間接地建構，或主

導著我們的人生觀和想法，只是我們常常沒有意識到這樣的影響。事實上，有不少以前屬乎哲學或玄學、神學上的長期爭議，如唯心論vs唯物論、上帝的揀選vs人的自由意志，甚至當今的統獨爭議和衝突學等，都能夠在近代科學許多反覆實證的結論中，獲得美好的亮光或啓發，由於篇幅所限，我們不能一一在此作詳細的探討。

貳　問題思考

1. 如果光不走直線，我們的生活將會受到怎樣的影響？

2. 進一步討論，如果自然律忽焉不存在，我們的生活將會是什麼樣子？

3. 請舉幾個從自然界或日常生活的現象，來比喻或表達人的思想或人生觀的例子。

4. 人對於人生觀與信仰的體悟，可以完全獨立於外在的物質世界嗎？

5. 人生觀或信仰都是很主觀、很個人的事情，一點都沒有什麼客觀的、不變的事實為根據嗎？

6. 「一切都在變，沒有什麼不變的東西，人生無常……」這一類的想法大概是如何產生的？它可能忽略了一些什麼樣的事情？

7. 「絕對沒有什麼絕對的東西！」這句話本身有無一點自相矛盾之處？

8. 從光速是一個常數這個反覆實證的結果來看，冒然否認任何的恆常性或絕對性之存在，是否有失均衡？固然這世上有許多不斷變化或相對的東西，但是，你覺得在哪些方面還是可能存在某些恆常或是具有無法替代之獨特性意義的東西？

參 參考文獻

李清義（1995），《漂浮的蘋果》，台北：宇宙光。

許靖華（1997），《達爾文主義合乎科學嗎？》，校園，1997，11、
12 月號。

許靖華（2002），《大滅絕》，台北：天下文化。

麥爾（1999），《看！這就是生物學》，台北：天下文化。

勞思光（1990），《中國哲學史》，台北：三民。

鄔昆如（1991），《西洋哲學史》，台北：三民。

N. Spielber & B. D. Anderson（1998），《宇宙觀革命》，台北：寰
宇。

S. A. Greenfield（1998），《大腦小宇宙》，台北：天下文化。

第 **12** 章

健康生活

盧怡君

生命教育之理論與實踐

「人生不是要去了解生活，而是要去過生活」

山塔亞那

　　是的，我們完全同意山塔亞那的觀點。這也是爲什麼我們在談生命教育時，必須顧及個人現實生活的層面，生命是「活出來」的，一個生命碰觸、感染、點燃另一個生命亦是如此。我們很難想像一個生活混亂、精神萎靡、消極悲觀、充滿緊張憂慮的人，能夠對周遭的人、事、環境或是社會國家帶來正面的影響。因此，在這一章裡，我們希望藉著一些真實故事的分享，歸納出一些實用的原則與方法，引導師生共同學習如何過健康的生活。而透過個人健康生活的實踐，可以擁有喜樂滿足、自信尊嚴的人生，進而影響其他的生命。

　　「健康生活」所指的不只是保持身體上的健康，還應該包含心理與靈性的健康。我們認爲一個完整的生命含括了身、心、靈這三個層面，缺一不可，只要任何一部分失去健康平衡，其他兩方面都會同時受到影響，都不能算是一個健康的個體。以下我們將就這三個層面分別闡述討論，但由於此三者其實是一體生命的三個面向，無法完全獨立開來，故在討論時彼此仍會互相穿插呼應。

壹　生理層面

「許多人年輕的時候用健康換取財富，等到老了再拿他們的財富去挽回健康」

「人若賺得全世界而賠上自己的生命，有什麼益處呢？」

聖經

　　時序進入了二十一世紀，台灣社會早已走過蓽路藍縷的年代，由農業社會轉型為工商業社會，由傳統勞力密集的產業逐漸轉為技術密集的高科技產業，一般人的物質生活已普遍豐裕富足。以前窮苦年代物資缺乏，人們的生活較單純健康，多數人日出而作日落而息，勞動的目的只為糊口，肚子填飽便是完成最要緊的事了。因此，雖然從前醫療衛生設備較落後、也有各種傳染疾病，但絕不似現代人因為生活方式改變，出現了這許許多多千奇百怪的文明病，例如壓力造成的頭痛、失眠、肌肉酸痛、胃潰瘍、各種代謝失調；飲食習慣不良、營養攝取不均所引發的各種疾病或肥胖等症狀；或者因為長期缺乏運動造成的體力不濟、倦怠，以及免疫力減弱。相信市面上已有數百種教導現代人如何保持身體健康的書刊雜誌，無需再在這裡長篇大論。這一節我們只想摘要性地列出幾條保持身體健康的原則，如果你能記住這些原則，常常提醒自己愛惜身體，那麼，常保充沛的活力與愉悅的心情是可以做到的。

一、均衡的飲食

　　現代人由於生活緊張，常有時間壓迫感，故容易疏忽飲食，以致營養攝取不均衡。我們其實不需要去分析每一種食物的營養成份，才決定如何搭配飲食（你這麼忙，也沒空去作這些分析功課），我們只要記得一個原則，每次用餐時都有「紅色」（魚肉蛋白質）、「黃色」（五穀雜糧）以及「綠色」（青菜水果）這三大類的食物，若有一餐缺少任一類食物，一定要在下一餐補上，且攝取的食物愈多樣愈好，以確保營養的均衡。

二、規律的作息

　　現代的大學生有很高的比例生活作息不正常。晚上該休息的時候不睡，白天上課時卻頻頻打瞌睡。不要想以「熬夜是為了趕報告準備考試」的藉口，彌補你白天因為精神不振所遭受的學習損失。倘若你放任這樣不正常的作息惡性循環，虧損的不僅是學業成績而已，最嚴重的是你賠上自己的健康，不要以為你年輕力盛就可以忽視正常睡眠，你已經在花生命的老本了。統計顯示，學校裡那些很優秀的學生，不論他是否非常用功，通常都很在乎正常充足的睡眠。同樣地，社會上那些成就超凡出眾的一流人才，也多是重視正常生活作息的，因為聰明人懂得運用簡單的生活習慣為自己的人生事業打好基礎。

三、定期運動

　　最常被我們忽略的就是定期運動。不論你天性是好動或安靜的，每個人都需要運動來保持一定的體力狀況。倘若受限於場地和設備，可以做一些簡單的活動，例如在校園裡快步走或跳繩，或甚至只是做做體操，雖不能「鍛鍊」身體到什麼程度，但至少讓你的身體各部位放鬆柔軟，保持彈性，不致因年齡增長而變得太僵硬。

　　主要的問題是，年輕人常常藉口找不出時間來運動。為什麼說是藉口？我曾經多次看到許多同學在校園裡練習比賽或表演活動，好比啦啦隊、接力賽、土風舞、韻律操等，從早練到晚，甚至練到夜深。我常想，如果為了競賽得獎或團隊榮譽可以這麼勤奮，那麼為了保持自己身體的良好狀況，是否更應該將運動列入作息表中，何況只需一些少少的時間？

思考問題與討論

1. 製作一張表格，填寫你一星期七天每日三餐及點心宵夜所吃下的食物，大略統計一下，青菜水果、五穀雜糧和魚肉蛋白質這三大類的攝取是否均衡？什麼地方還可以再增減的？

2. 你多久運動一次？和你的好朋友一起拿出你們的每週作息時刻表，除了體育課之外，再畫下兩個三十至四十分鐘的共同運動時段。為了青春永駐、常保健康，這個時刻無論如何要留下來，互相勉勵，一起鍛鍊身體。

3. 對你個人而言，晚上連續睡八個小時，或者晚上睡七小時加上白天一小時，何者會讓你精神較充沛？試試後者，你會有意想不到的驚喜。

貳　心理層面

「喜樂的心乃是良藥，憂傷的靈使骨枯乾。」

聖經・箴言

二○○三年上半年的台灣社會是極度驚恐慌亂的。SARS瘟疫重創台灣、中國大陸和東南亞各國，數不清的行業受到波及而被迫關閉歇業，比起九二一地震和恐怖份子自殺攻擊事件所帶來的人心惶惑，有過之而無不及。政府機構、各級學校、醫療單位甚至私人企業都如臨大敵，想盡辦法圍堵SARS，並不斷地呼籲宣導防治方法。漸漸地大家也了解，只要防護措施做得確實，SARS其實沒有想像中

那麼可怕。事實上，如果你看過各種疾病醫療統計數字，你會很驚訝地發現，過去幾年內，因為「憂鬱症」所造成的生命、家庭以至社會成本的損害，要比病毒帶來的瘟疫更加嚴重。醫學界甚至斷言，二十一世紀威脅人類生命的三大疾病是「癌症」、「愛滋病」和「憂鬱症」。後者雖屬於精神心理上的疾病，但其殺傷力不下於前二者，我們還能夠麻木坐視、不知防範嗎？即使你以為自己絕不可能罹患憂鬱症，但生活上的緊張、壓抑、煩惱、苦悶、恐懼、憤恨等負面情緒，若沒有得到適度的疏解，我們的健康一樣會受損，極可能導致頭痛、失眠症、胃潰瘍、高血壓、心臟病，或甚至癌症。無怪諾貝爾醫學獎得主亞里西斯·柯瑞爾博士說：「找醫生看病的病人中，有 70%，只要能消除他們的恐懼和憂慮，病就會自然好起來。」又說：「不知怎樣抗拒憂慮的人，都會短命而死」（引自卡內基《人性的優點》第一部第三章）。

有一個故事說，在深山裡躺著一棵巨木的殘軀，這棵樹已有上千年的歷史，經過無數狂風暴雨的侵襲，也曾被閃電擊中過許多次，甚至森林大火都沒有令它枯萎。但是最後，有一小群昆蟲攻擊這棵樹，牠們從樹根漸漸往裡面咬噬，持續不斷地咬噬，傷害了這棵樹的元氣，終於使它倒地死亡。

同樣地，我們生命中也會經歷許多狂風暴雨，很多人都能夠靠著意志力在這些波折打擊中撐過去。然而，我們心裡若長期被緊張、憂慮、恐懼、憤恨等情緒上的小蟲子咬噬，終有一天會使我們精神崩潰。每個人都經驗過這些負面情緒，只是程度上有所不同，若以其單獨出現的情況來看，似乎也沒有嚴重到足以致命。但我們要強調的是，負面情緒需要被疏解，倘若日積月累地壓抑下來，不僅損害自己的健康，當情緒被點燃而爆發出來時，對親人、朋友，乃至整個社會都會造成極大的傷害。

如何疏解情緒，時常保持心理上的寧靜愉快呢？以下是許多心

理諮商專家建議我們可以嘗試的幾種途徑：

1. 找一個值得信賴、願意傾聽的人，將你的煩惱苦悶說出來。通常我們並不真的期望聽者可以提供我們什麼有效的解決方法，很多時候只是把心裡的不愉快說出來，情緒就已經得到疏解，我們需要的只是一種被人關心注意的慰藉感，這種感覺就能平緩焦躁激動的情緒。

2. 找一些事情來做，讓自己忙著。心理治療師告訴我們，「工作」是治療精神疾病很有效的一種方式。有時「空閒」會給我們胡思亂想的空間，愈想愈不甘心、愈想愈憂愁，覺得生命沒有出路。你知道那些失戀的人或家庭遭受重大打擊的人，是如何走出陰霾的嗎？沒錯，他們將注意力轉移到其他地方，讓自己全心投入於某件工作，用另一種形式的成就來療傷。你不妨在每天上床前列出第二天要辦的所有事項，然後依照先後緩急盡力完成它們，完成工作的成就感會幫助你消除緊張憂慮。

3. 閱讀和聽音樂。這兩種休閒活動最能疏解情緒上的壓力與煩躁。閱讀讓你得以超越時空的限制，碰觸其他真誠的心靈，分享他人的智慧、經驗、悲愁與喜樂，或者藉由書中虛構的人物情節，也可以令你的情緒得到移轉與宣洩。而美好的音樂本身就有鎮定神經的功效，有些人會隨著音樂節奏打拍子，甚至手舞足蹈，無論是安靜聆聽或隨著旋律節奏活動筋骨，你會發現，聽音樂真的讓你因壓力造成的胃痛舒緩了不少。

4. 不要讓小事使你抓狂。很多人都極有勇氣和智慧去處理生命中的重大危機，熬過巨大的艱難打擊，可是卻挺容易被日常生活中一些瑣碎的小事搞得焦躁鬱結。想想看，我們浪費了多少時間與精力去愁煩那些可能下個學期就會被忘掉了的小事？人生短暫，還有很多更要緊的事等著你去完成，不要顧此失彼、因小失大。

5. 正視問題，置之於死地而後生。遇到問題困難時不要想逃避，

逃避只會讓你情緒更低落、意志更消沈、更加鬱卒。拿出紙筆，把困擾你的問題，以及問題所引起的恐懼、怨恨、憂愁等情緒一一寫下來，這會讓你的心情較為舒坦。之後想想這些問題有沒有可能解決，如果解決不了，最糟的情況是什麼？然後告訴自己，你可以承受最壞的後果。當你在心理上做好準備，你的頭腦便會開始清晰起來，能夠作理性的思考判斷。這時你可能會很驚訝地發現，困擾你的問題好似出現轉機了。

　　你是否也常常生活在憂慮煩躁之中呢？你正視過你的憂慮沒有？你是否分析過，到底是什麼事情令你抑鬱焦慮？這些問題有沒有辦法解決？你是否可以靜下心來想想可能的解決方式？但不可否認地，很多時候，我們所擔心煩惱的事情已是無可挽回的事實，唯一解決的辦法就是用智慧與意志力去接受它，不要一直為打翻的牛奶哭泣。一位美國的神學家以其所寫的祈禱詞教導我們這個真理：

　　　　「求上帝賜我平安，去承受我不能改變的事；賜我勇
　　氣，去改變我能改變的；賜我智慧，去判斷兩者的區別。」

思考問題與討論

　　1. 請你寫下最近（或長久以來）令你煩惱的一件事情或一個問題，然後試著寫出幾個你認為可能的解決方式。可以和你親近的同學或朋友討論一下，哪一個方法是最可行及有效的。

　　2. 接續問題 1，你決定何時開始去執行其中最好的方案，以消除你的憂慮？

　　3. 假若問題 1 無解，你可以預期到的最壞的結果是什麼？你是否可以接受這樣的結果？

4.最後請你仔細想一想，你還可以做些什麼來稍微彌補，使結果不致於這麼糟？

5.重複1－4的問題，請你採訪一個同學，並作成紀錄。

 **靈性層面**

> 「我來，是要教人得著生命，並且得的更豐盛。」
>
> 聖經·約翰福音

> 「沈潛於深深的海底，就不會被海面上洶湧的浪濤所干擾。對一個相信更大永恆真理的人來說，個人生活中一些瑣碎的事情，相對地就變得無足輕重了。因此有真正宗教信仰的人都不會輕易動搖，且滿有寧靜，能夠承受每一天可能帶來的任何責任。」
>
> 威廉·詹姆士

　　無論有沒有宗教信仰，相信每個人都渴望過一種喜樂滿足、自信尊嚴的生活，生活當中不再有挫折、失敗、灰心與沮喪。然而，每一個走過半輩子人生的人，都能很肯定地告訴你，生活其實不容易，人生必然有風浪。你也許不必等到三十五歲才能體認到這個事實，現在你就已經了解這一點，你甚至明白，有很多事情根本沒有人可以幫得上忙。問題是，你真的打算自己獨力去打人生這一場長仗嗎？容我勸你，不要太高估自己的勝算。

　　戴爾·卡內基在他的人際關係系列暢銷書《人性的優點》中，

敘述了自己童年的故事,分享信仰如何扶持他的家庭走過悲慘的境遇。

戴爾·卡內基來自於一個窮苦的農夫家庭,他的父母每天要做十六小時的苦工,但由於運氣一直不好,他們還是不停地被債務所逼迫。七年裡有六年的收成被洪水沖毀;連著許多年,養的豬死於豬瘟,還得把豬的屍體燒掉;有一年洪水沒來,玉米長得很好,父親買了幾條肉牛,用玉米把牠們餵得肥肥的。沒想到那年市場上肉牛的價格大跌,當他們把牛賣出去後所得的代價,只比買進時多了三十塊錢,這三十塊錢花了他們一整年的苦工。父親還買了幾隻小野馬,餵養了三年,請人來馴服牠們,然而當他們將馬兒運到市場賣掉時,賣出去的價格卻比當初買進時還要低。不管怎樣辛勤地工作,一直都賠錢。他們把農場抵押給銀行借款,但工作所得還不足以繳付貸款的利息。債權人時常來辱罵、威脅他父親要將農場沒收。當時父親已經四十七歲了,在辛苦工作了三十年之後,除了債務和羞辱之外一無所有。有一次父親從銀行回家的路上經過一座橋,他將馬車停在橋邊,走下車來望著橋下的流水許久,跟自己爭論是否該跳下去一了百了。很多年之後,父親告訴戴爾,當初他沒有跳下去的唯一理由,是因為戴爾的母親凡事都充滿了樂觀。她深深相信,只要愛上帝、持守祂的誡律,一切到頭來都會有美好的結果。在那些充滿掙扎心痛的歲月裡,不論是洪水、瘟疫、災難或債務,都不能奪去她內心的平安喜樂和她對上帝的信心。每天上床之前,她會讀一段聖經,特別喜歡讀那些耶穌所說、能夠給人安慰與盼望的話語。之後藉著禱告,祈求上帝賜給她的家庭愛和保護。她是對的,最後一切真的有很好的結果,戴爾的父親之後又快樂地活了四十二年。

這就是信仰的力量,超越世間一切物質的、情感的、理性的、感官的認知,在我們內心紮根,在驚濤駭浪中帶給我們屬天的安定

力量。我們每個人心靈深處都渴望有這股力量，來扶持幫助我們面對人生的各種挑戰。這力量不是自己、朋友、父母親或師長可以給予的，因它源於宇宙萬物之初，是生命本源無窮無盡的那股推動力，而藉著禱告可以讓你的內心與這股力量連結在一起。卡內基引用諾貝爾醫學獎得主卡瑞爾博士刊載於《讀者文摘》上的話說：

> 「祈禱是一個人能產生能量最有力的一種形式，……在祈禱中，人類將他們交付給所有力量的無窮盡能源，以尋求他們有限的能力。……當我們祈禱的時候，我們是將自己和永遠不會枯竭、能夠推動宇宙的原動力連結在一起。」

有一首很多人聽聞過的聖詩歌，歌詞這樣說：

> 「耶穌是我親愛朋友，擔當我罪與憂愁。何等權利，能將萬事帶到主恩座前求。
> 多少平安屢屢失去，多少痛苦白白受。皆因未將各樣事情，帶到主恩座前求。」

任何一個人，在任何時間地點，都可以為任何一件事向上帝禱告。也許當你禱告之後，外在的客觀情況並沒有改變，困難與問題依舊存在，但是你的心境已經改變，感覺自己像一個全新的人，因為你知道，你不再是孤單一人去面對人生的風浪，有一個更大的力量在護衛支援著你。如果你相信所有的事物都在上帝的掌管之中，你也會相信，上帝給那些愛祂的、遵行祂旨意的人有蒙福的應許與永生的盼望，祂來了，是要叫人得生命，並且得著更豐盛。

思考問題與討論

1. 中國人有句諺語說「人定勝天」，你對這句話有什麼感想？
2. 你認為什麼是宗教信仰？除了宗教儀式、教義、誡律規條和「勸人為善」等刻板印象之外，你認為宗教信仰對人有什麼意義？
3. 請你採訪一個基督徒（或佛教徒、回教徒），談談信仰對他生命的影響。
4. 你認為純正的宗教信仰與怪力亂神的迷信有什麼重要的區別？

肆　參考文獻

戴爾・卡內基著，季祥（譯）（1987），《人性的優點》，台北：
　　勵志書坊。

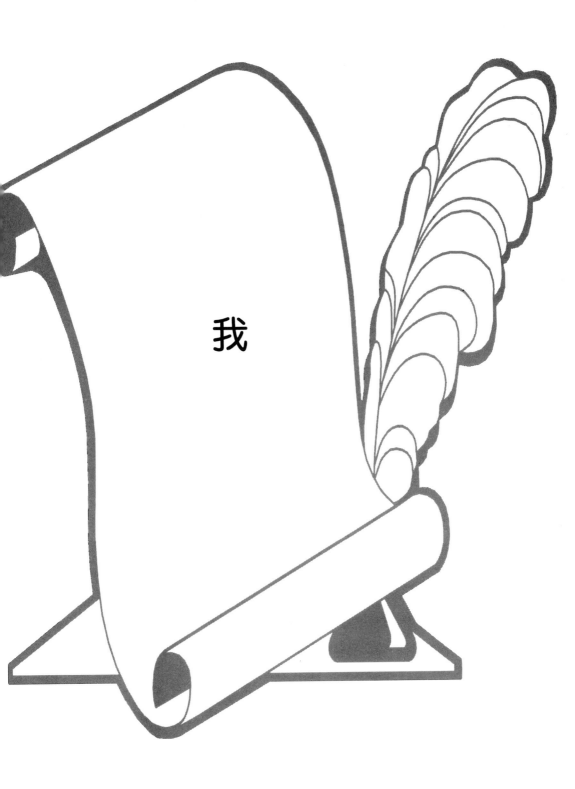

第 13 章

肯定的自我

姜仁圭

 **壹　理　論**

一、自我肯定

J. J. Messina 認為自我肯定是從負面的觀念得到醫治，進入積極的觀念，放下所背負的負面情緒，以現實與積極面對生活，建立生活的新秩序，勇於化解過去的感受，給自己承諾要成長、改變、冒險、提升、創造更美好的生活，使美夢成真。

黃惠惠老師認為生命的意義，就是在困難、挫折中仍能肯定自己的價值，突破自己的限制、克服困境，達成目標。她認為生命中有困頓並不可怕，最可怕的是自己失去信心、放棄自己，那一切也就沒希望了。因此在面對自己的生命時，最重要的是要抱著「自我肯定」的心態，才能突圍闖關，活出自己的價值來。

美國心理學者分析人不快樂的原因為：⑴他不斷努力達到不可能的目標，這些人不懂得滿足；⑵過分念念不忘過去的失敗；⑶過分把過去的失敗普遍化──認為人人都會遭遇失敗的經驗，沒什麼了不起。自我肯定的態度絕不是安逸的太平主義，乃是正確了解自我和周圍的現實，掌握明確的未來方向，並且全力以赴努力的態度。

D. E. Hamacheck 指出當一個人有「自卑情結」時，對外界批評極端敏感，不太能對讚美欣然接受，具批判性，常抱持指責態度，具被迫害的心向，討厭競爭及害羞、退縮、離群索居等。但「自我肯定」的人，他擁有比自我否定者較寬廣的選擇空間，較能有自尊、自重，不傷害或批判別人，既能直接而清楚地表達自己的需求，也能適切尊重對方權益與尊嚴。

二、爲何要肯定自我

(一) 因為你是特別的人

從基督教的創造論來看，人類與其他所有被造物比較起來，人的確是特別而與眾不同。因爲神創造宇宙萬物的時候，都用說話的方式，如：

> 神說：「有光，就有光」，神說：「有太陽，就有太陽」，但造人的時候，完全不同，就照神的形象造人。
> 神說：「我們要照著我們的形像，按著我們的樣式造人，使他們管理海裡的魚，空中的鳥，地上的牲畜，和全地上所爬的一切昆蟲。」（創世紀 1：26）

原來造人如此特別，照神的模型和樣子造人，就是照著神的智慧、愛、能力和憐憫，而且造人的時候，用地上的塵土造人，不是說有就有，命立就立。這是何等特別！你與我都是神所造出來的特別作品。

(二)因為你是獨一無二的人

如果在世界上只有一個的話，它的價值會很高，無價之寶，因爲稀少的關係，世人稱它爲稀少價值。請問你知不知道你就是在世界上獨一無二的存在？不單單是現在，過去和未來也沒有，在人類歷史上獨一無二，唯一的存在。不但如此，你的性格、你的面孔、你的外表、你的聲音、你的指紋、你的頭髮和DNA等等，沒有一個不是獨特，都是獨一無二不是嗎？

㈢因為你是神所愛的人

　　《約翰福音》中強調，「神愛世人，甚至將祂的獨生子賜給他們，叫一切信祂的，不至滅亡，反得永生。」（約翰福音3：16）耶穌在這裡明確宣告，你就是神所愛的人，不管你是黑人、黃人或白人、有無學問、有無錢、有無地位、不分性別和年齡，甚至於你信不信神，你就是神所愛的人。請問如果總統認識你，你的身價好像不同，更進一步總統關心你，或愛你的話，當然更不一樣，更何況神認識你，或愛你的話呢？

㈣因為你是無價之寶

　　請問你知道你的生命價值有何等高呢？當然生命不能用金錢來表達，但數字比較容易表達清楚。美國科學家曾經算過一個人的身價到底有多高？其研究結果，若一個人沒有生命，只有一個身軀的話，身體上可值的成份算起來，美金只有五十塊；但這沒有生命的身軀，一旦有生命氣息的時候，他的身價跳高到無法估算的地步，勉強計算的話，五十美金後面再加十六個零，你可以算得出來嗎？我相信你不會，只能說你就是「無價之寶」。

㈤因為神交託你的特別任務

　　神為何給每個人如此昂貴的身價呢？神照祂們的形像和樣子造人，使他們管理海裡的魚、空中的鳥、地上的牲畜，和全地並地上所爬的一切昆蟲。在這裡明顯表示，神給每一個人都有獨特的任務和計畫，與魚、鳥和動物完全不同，於是每一個人照神的旨意完成自己的任務。神需要人的配合，運行地上一切工作，如果你不懂得珍惜，或不願意努力耕耘神託付給你的任務和計畫，不但虧欠神的榮耀，也是違背神的旨意。

㈥因為你是神所造的完美作品

根據《聖經》所記載，神花了六天創造宇宙萬物。神無論造出光、太陽、月亮、星星和一切動植物等的時候，都說出一句讚美的話，說：「神看著是好的」，尤其第六天最後造完人的時候，更滿足地說一句話，「神看著一切所造的都甚好」。可見所有被祂造出來的都是完美的作品，都符合神完美的標準，包括你與我，不管你對自己滿不滿意，在神眼光來看，你是被神看著是甚好的作品。

請問你還不滿意你自己嗎？神不看你的外貌，個子高矮、胖瘦和俊不俊美，因為人看著是外貌，神是看內心。

㈦因為神給你足夠的能力

根據《聖經》所記載，神賜每個人有足夠的能力。有一位有錢人出國之前，把他的家業交給三個僕人，按照各自的才幹，一個給五千，一個給二千，一個給一千，就往外國去了。過了許久，主人回來，算帳的時候，發現領五千和二千的都另外賺五千和二千，因此主人對這兩個人都一樣地稱讚說：「好，你這又良善又忠心的僕人，你在不多的事上有忠心，我要把許多事派你管理；可以進來享受你主人的快樂。」但領一千的說：「主啊！我知道你是忍心的人，沒有種的地方要收割，沒有散的地方要聚斂；我就害怕，去把你的一千銀子埋藏在地裡。請看，你的原銀子在這裡。」主人回答說：「你這又惡又懶惰的僕人，你既知道我沒有種的地方要收割，沒有散的地方要聚斂；就當把我的銀子放給兌換銀錢的人，到我來的時候，可以連本帶利收回。奪過他這一千來，給那有一萬的。因為凡有的，還要加給他，叫他有餘；沒有的，連他所有的也要奪過來。把這無用的僕人丟在外面黑暗裡，在那裡必要切齒了。」（馬太福音 25：14~30）

這個故事明顯告訴我們，神對每個人的原則和旨意；

　1. 人的能力與才幹都是神所安排的；

　2. 神按照各人的才幹賜予不同的能力；

　3. 雖然每個人能力不同，但都有足夠的能力；

　4. 神對每個人都有獨特的任務和旨意；

　5. 神看重的不是能力多少，乃是有沒有忠心；

　6. 愈努力愈得能力，所謂的恩上加恩，力上加力；

　7. 懶惰是嚴重的犯罪行為；

　8. 完成個人能力時的獎賞很豐富。

　　以上從基督教、科學家以及主客觀的角度來看，你是在世上獨一無二的寶貝，無論你的身價、你的能力、你的任務、你的外表，都是特別、獨特與美好。心理學者 John R.W. Scott 認為，造物主所給你的一切來肯定你自己，包括理性、道德、性別（無論男女）、家庭、創造藝術的能力和欣賞等。

三、如何肯定自己

㈠健全的信仰

　　保羅曾經說：「那靠著賜給我力量的，凡事都能做。」（腓立比書 4：13）這句話充分顯露出保羅的信仰、生命的力量與信心。請大家想一想這句話的重點何在呢？也許多半的人注意到他能力的部分，比較少注意到他能力的來源，則靠著賜給他力量的神。雖然保羅是初代使徒當中具有最高學問的人，但他不是靠自己的學問、經驗、熱心和努力，乃是靠神的力量凡事都能做。建全的宗教帶給人無限的力量與幫助，使他活出生命的美好色彩。

　　蓮娜·瑪莉亞是瑞典的重殘女士，她一出生沒有雙手，左腳是

正常的一半，只有右腳一隻正常而已，但她的人生十分精彩亮麗。她是巡迴演唱家，一九八八年曾經參加韓國漢城舉行的殘障奧林匹克游泳比賽，不但打破世界紀錄，也得了四面金牌；不僅如此，開車、畫畫、煮飯和開罐頭等沒一樣不會做。雖然她是一位重殘朋友，但她的生命如此精彩，難怪人稱她為「生命的勇士」，「用腳飛翔的女孩」。她說，「人的快樂不是有沒有手，乃是有沒有心中愛」。她說自己也會有不滿、挫折和沮喪，但她遭遇不如意的時候用禱告，在神的愛中積極面對困難，把危機化為轉機，成為快樂的人生。

(二)樂觀的人生觀

積極的人生保持樂觀的態度，一切都從正面的方向思考，追求不斷進步，生生不息，日新月新，有目標、有理想、有行動、有成長，遭遇到困難更加以努力，排除萬難，展現生命的力量。有一個皮鞋公司派兩個人到南非調查市場。這兩個人回來報告內容完全相反；第一個人報告說，南非人根本不穿鞋子，一點都沒有市場價值。另外一個人報告說，南非人目前沒有穿鞋子的習慣，因此將來開始穿鞋子的話，其市場發展空間是無窮。公司採納了後人的報告，成為非常成功的企業。這兩個人看到同樣的現象，但個人的觀念剛好相反，產生如此大的差異，如此保持積極樂觀的態度，帶來無限的力量和鼓勵，對自己的人生感到很有意義和滿足。

(三)尋找目標

理想是人類生命的意義，人生只要有理想，生活才會有樂趣，生命才有意義，生存才有價值，故一個人找到自己的理想，對自己的人生充滿肯定和幸福。但只有理想沒有實際成就，理想只成了夢想，空中樓閣，永遠成不了大事。

若一個人建立比較具體、實際和特定的目標時，他的人生更有

意義。人有了理想，才有了目標；有目標，才有人生方向；有了方向，人生才有中心；有了中心，才能集中努力；集中努力，才有實際上的成就；有了成就，當然會肯定自我。麥斯威爾‧馬爾茲（Maxwell Maltz）曾經說：「神造物時已將力求目標的系統裝置在我們體內，以利達成目標。」

有一個故事相當清楚描述現代人的生活；有一次赫胥黎（A. l. Huxley）應邀去東柏林演講，由於時間緊迫，他匆匆忙忙地攔下一輛車，大聲地對司機說：「快！快！快！」司機踩緊油門，汽車一衝而出，絕塵而去。在速度的快感中，赫胥黎忽然有所警悟，他傾身向前大聲地問司機說：「你知道我們要到哪兒去嗎？」「不知道！」全身緊繃的司機忽然鬆了口氣，他把疾馳的車子停在路旁，仍然很興奮地說：「可是……我們跑得很快！」聽起來很荒謬，這就是現代人生活的光景，不是嗎？忙碌的生活，卻不知道自己為何如此忙，不知方向、目的和意義，如同沒有頭的蒼蠅一樣，忙！忙！忙！……

Hal Urban認為一個人的動機和目標是很重要，因為這兩樣不僅是一個人力量最大的來源，也是一切成功的種籽。當一個人用目標加上動機時，幾乎沒有一件事情可以阻止他，不論大小的成就都是由點燃目標開始，再加上以動機為主的燃料。他認為目標給一個人影響很大，他說：

目標使人生方向與目的。

目標使人生有意義。

目標使人生發出挑戰。

目標使人生有趣。

目標使人生更有報酬。

目標使人生更美好。

　　我們在歷史上許多偉人的傳記之中，也很容易發現這些偉人們的最大共同的特色：則爲年輕時不但找到自己的理想，而且很早建立自己的人生目標，一生向著標竿直走。國父先生從幼時受太平天國的思想，早已有光復漢族的革命思想。甲午戰爭失敗之後，到天津上書李鴻章，獻上救國大計，但被李鴻章拒而不納後，更積極走上革命之路。孔子說：「吾十有五而志於學」，耶穌十二歲時對自己父母說：「爲什麼找我呢？豈不知我應當以我父的事爲念嗎？」他們都十幾歲時已經有清楚的目標與方向。

四自我悅納

　　雖然創造主在每個人的身上有美好計畫、能力和崇高的價值，但絕大多數的人自我肯定不足，缺乏信心和人際關係不佳，無法享受快樂的生活。若一個人要擁有真正快樂的人生，首先要很勇敢地停止批判而開始欣賞自己。心理學家說現代人無論是成功或失敗的人，心中充滿批評自我的思想：「我是無望的，我再也不能……我不能……我是如此的愚蠢，我爲什麼沒有……假如我有……」。因爲多半的人不珍惜自己擁有的，對於自己的優點視而不見，或貶低他的價值，只關心自己的缺點和缺乏，於是嚴重失去了信心不快樂。其實沒有一個人十全十美，但也不是一無是處，把你的注意力定睛在你的優點時，你可以發現你的優點不少。你能夠悅納自己，不管是在生活上，還是在工作上，你的感覺將會好多了，也會更有動力，你會欣賞自己的好處，不需要靠別人來肯定自己。請你停止擔心，不再責難自己，不要持續批評自己，反過來接納自己、贊同自己、欣賞自己、肯定自己，給自己向前邁進的許可，創造出快樂的人生。

五開發潛能

　　有些人自我概念過低，不敢肯定自己，是由於認爲自己無才無

能，貧乏空洞，又怠惰因循，不願努力，以致無所成長。其實每個人都有無限的潛能，只是未去開發而已。韓提姆（Tim Han-sel）是個冒險家，也是心理學家，他認為每個人的潛能90%連碰也沒有碰過，他說：「不論你的年紀多大，不論你的環境如何，假若你下定決心，全力以赴，你生命中最好的時刻即將來到。因為你所擁有的潛能，90%都未曾被碰觸，也從未被使用、發掘過。這不但是好消息，簡直是令人不敢置信的好消息。」

每個人的成就與成長要靠不斷開發潛能與腳踏實地的耕耘，所謂「一分耕耘，一分收穫」，「流淚撒種，必歡呼收割」，唯有努力充實，不斷學習，才能日新月新，生命才會日益充實，對自我之信心也就與日而增。在前面所提到用腳飛翔的女孩蓮娜‧瑪莉亞，雖然她有信仰，但她沒有努力，會有如此美好的人生嗎？請問她會你為何不會呢？

㈥攻克己身

雖然你有了自己的人生目標，願意開發自己的潛能，但你沒有努力，你的美夢無法成真，必須努力奔跑，並且要克服環境、挫折、失敗、失望或誘惑；其中最難而且必須要克服的是你自己，因此心理學者說，你最大的敵人就是你自己。顏淵曾問過孔子什麼叫「仁」時，孔子回答說：「克己復禮」。保羅也不謀而合地說：「我是攻克己身，叫身服我；恐怕我傳福音給別人，自己反被棄絕了。」一個人的成功失敗，關鍵在於你自己，你不斷挑戰而且克服你自己時，你的人生不但有價值，你對自己也會相當滿足與肯定。韓國有一位牧師提出了克服自己的五個項目，其內容如下：

1. 克服自己的肉體：懶惰、情慾、血氣；
2. 克服自己的心態：驕傲、懷疑、貪心；

3.克服自己的言語：謊言、無禮、讒言；

4.克服自己的眼目：淫亂、虛榮、不良書籍；

5.克服自己的耳朵：讒言的話、挑撥離間的話、異端。

四、結論

雖然造物主給每人無比的價值、能力、獨特的計畫和任務，但人人對自己了解和認識不足，不但不珍惜自己，無法善用自己的好處，一無成就，失去了生命的意義，成為不快樂的人生。

自我肯定對一個人的影響非常重要，因為自我肯定帶來正面效應；肯定的自我改變了人的想法；人改變了想法，行動就改變了；行動改變了，習慣就改變了；習慣改變了，性格改變了；性格改變了，人生就改變了，成為快樂的人生。

健全的信仰幫助你正確了解自己，使你發現在神面前何等重要的人，而且使你一生為神而活，成為樂觀、有價值、有豐富生命而且有目標的人生。當你為目標奔跑的時候，不僅悅納自己，並且愈努力，愈開發你的潛能和改變自己，所謂恩上加恩，力上加力，提高對你的信心和肯定，使你活出生生不息的生命力量和價值。

貳 體驗性活動

(一)活動名稱：臭屁比賽

(二)活動目的：1.讓每個人更清楚知道自己的優點；

2.讓每個人增強自我肯定的態度；

3.讓每個人感到自己是有用、有價值的人。

㈢**活動流程：** *1.* 每個人輪流向其他人報告三件自己喜歡自己之處或值得自傲或成就之事。不必是豐功偉業或很大的成就，只要是你認為值得或可以自傲之事即可。

2. 如果你找不出可以自誇的事物，那就請你坐在中間，聽聽別人對你的讚美吧！

3. 每個人都分享完後，討論大家的感受。你自誇自己得意的事時，有何感覺？

參　問題思考

1. 過去你對你的人生的態度如何？

2. 你有沒有感受到你的人生很重要呢？

3. 你有沒有找到你的人生目標、方向、意義？

4. 請你列出你最難克服的事情，然後向它們挑戰？

5. 你有沒有感到對你的人生有價值和滿意嗎？

肆　參考文獻

加藤諦三，安妮譯（2001），《戰勝自己——摒除鴕鳥心態》，台北：種子文化。

余我（2001），《肯定自己，超越自己》，台北：業強。

李再恩編著（1994），《基督教文章大百科事典》，漢城：聖書研究社。

林治平著（2000），中原大學奔向「全人」，載於《中原大學與眾不同邁向全人追求成長》。

胡中宜著（2002），人權與人性尊嚴，載於郭靜晃等著，《生命教育》，台北：揚智文化。

黃天中著（1956），《生涯規劃概論——生涯與生活篇》，台北：桂冠，修定版。

黃惠惠（1998），《邁向成熟：青年的自我成長與生涯規劃》，台北：張老師。

聖經

Cleghorn, P. 黃榮吉譯（1997），《肯定自己欣賞自己》（*The secrets of self-esteem : a new approach for everyone*），台北：方智。

Finley, G.，張明敏譯（2002），《歡喜做自己》，台北：檢書堂。

Grant, A. M., Greene, J.，葉思迪譯（2002），《自我教導：脫胎換骨做自己的主人》（*Coach Yourself : Make Real Change*），台北：台灣培生教育。

Gustafson, D. A.，錢嘉平譯（1995），《自我實現——建立自我形象的成功點數》，台北：耶魯國際文化。

Messina, J. J.，張資寧譯（1995），《長大成熟》，台中：天恩。

Peck, M. S.，張定綺譯（1995），《心靈地圖》（*The Road Less Traveled*），台北：天下遠見，第三版。

Urban, H.，曹明星譯（2001），《黃金階梯》（*20 Things I Want My Kidsto Know*），台北：宇宙光。

第 **14** 章

自我概念

潘正德

壹　理　論

一、自我概念的基本概念

　　自我概念（self-concept）係指個人對自己的看法，我是一個怎樣的人，我能做什麼事（張春興，1992）。此一觀點源自羅吉斯（Rogers, 1970）的自我理論。羅氏的自我概念包括下列四點：(1)個人對自己的了解和看法；(2)自我觀念是主觀的，個人對自己的看法未必與自己所具備的客觀條件相符合；(3)個人時時以自我觀念為依據評量自己處世待人的經驗，如所得經驗與自我觀念不符合，即產生焦慮，焦慮累積過多，難免產生情緒的困擾；(4)自我觀念可以隨個人經驗的增多而改變，而且由自我觀念可發展形成高層的「社會我」（social self）與理想我（ideal self）；前者是個人相信別人對自己看法的自我觀念，後者是一種自己希望作什麼樣的人的自我觀念。與理想我相對的是「現實我」（real self）；理想我與現實我愈接近，或理想我以現實我為基礎發展而得者，其個人適應將愈好。

　　Canton 和 Michel（1979）界定自我概念為：自我的概化代表（generalized representation）。它是由一個或多個有關自我的假想造型（prototypes）所組織而成。

　　Derleg 和 Janda（1991）認為，自我概念是人們對自己的行為、能力或價值觀持有之感覺、態度及評價。Shavalson、Hubner 和 Stanton（1976）界定自我概念為：一個人對自己的知覺……，它是有組織的、多方面的、有層次的、穩定的、不斷發展中的、有評價性及可以有別於別人的。Markus、Smith 和 Moreland（1985）的定

義為：一系列對自己存有的一套認知基模（schema），此一基礎協助我們組織並解釋在社會環境中與自己有關的刺激（**引自張春興，**1992）。

　　由以上定義得知，自我概念在西方文化中，是包括自己對自己有系統、有組織及多方面的認識；自己對自己的評價程度；及自己在日常生活中自覺的程度等（**楊中芳，**1996）。由於西方價值體系中產生出來的人是以其能征服環境（包括他人）為基調，因此注重個人對自己能力的表現、喜好，及潛力的敏感度，及注重對自己認識的組織能力及表達能力。以致在行動中能夠自覺地發揮及實現個人的意念，並對自己的能力、表現及喜愛等的體現中，建立自己對自己的正面評價（**楊中芳，**1996）。

　　上述有關自我的概念，幾乎都是西方文化社會的產物。在華人的文化、社會、歷史體系中，對人的假設是：人都是社會單位的一份子，而社會單位本身的繁榮是其中個人幸福的保障，因此個人在其有生之年，就是要修養自己，克服以自己的感受、態度、喜好和意向為行動準則的衝動，而以自己所隸屬的社會團體為第一優先思考，以服從團體的利益為自己的行為準則。因此，個人的修養在於「一日三省吾身」的「克己復禮」。修養愈好的人愈不把注意力放在自己本身的感受、喜好及潛力上，而讓自己的意念與行動與外界社會群體對自己的要求相結合（**楊中芳，**1987）。如此看來，當中國人將個人修為的焦點集中在克己復禮時，他們不是被鼓勵表達出西方人的「自我」，而是努力想辦法不讓它們表現出來，亦即有明顯的自謙與自制的心理傾向。

　　在此文化脈絡下，華人社會中，特別是在有陌生人在場的社交場合中，常有較多行為準則要遵守，其中包括（**楊中芳，**1991）：

　　1. **從眾**：不做與大家不一樣的事。

　　2. **遵禮**：服從尊長，遵循社會情境所要求「禮」的約束。

　　3.走折衷路線：不置可否，保持中庸之道。

　　4.自我壓抑：不抒己見，不讚己長，不表露對別人負面的感情。

　　5.富變通性：不堅持己見，給別人留面子。

　　6.相容並蓄：要綜合異己之見，將它們放在更高、更籠統的層面上，加以同化。

　　以上的行為特徵，在日常生活中，習慣性地成為我們的思維與行動方式而不自覺。由此更支援華人有關「自我」的相關議題，如自我概念、自尊心與自我意識等，宜先就本土文化、社會作一番思維與定位。

二、自我、自我意識、自尊心

(一) 自我

　　自我是從呱呱墜地的幼小身軀開始發展，那時一切感官功能尚未分化，到後來完全分化、緊密結合，成為有完整性格的個體。這種進化的過程持續到老。對大多數的人來說，它的過程很緩慢，鮮有激烈的變化。其中並牽涉到遺傳和環境交互作用的結果，是個又長又複雜的演化過程（李淑娥，1998）。

　　自我的概念在心理學相關研究的文獻中有不同的演化過程。基本上，自我有兩種意義：第一種是把它解釋成超脫我之外，去評斷我的態度、感覺、行為。例如：「我有點像……」、「我覺得我像……」。這類的定義是本著自我有如個體（self-as-object）的觀念衍生而來。另一類的定義是本著自我有如一個過程（self-as-process）的觀念來解釋。意即，自我是一個行為者，它包括許多的動作，如：思考、記憶、感覺、表現等等，例如：「為了明天的考試我要好好的念書」，「我曾這樣想過，但是我的想法已經變了」，反映出自

我有如一個個體——我們有什麼、我們是什麼，及我們做些什麼。

由上可知，廣義的自我是：透過自我意識的各種因素去體會自我的存在。換言之，自我是所有意識中的「我的」集合。若從我們存在的中心觀點來看，自我包括所有主觀的了解及人際關係的世界，它是所有經驗及重要性的核心。它也包括其他系統，如：信念、態度、價值。是我們內在世界的想法，和外在世界的人與事有別。自我不僅由物質組成，被皮膚所包裹的一個個體，也是心理上的思想建構，由各種的我及我的概念組合在一起，成為一個特殊的個體。

基本上，自我受四個主要訊息的輔助而成：(1)聽覺線索（auditory cues）：聽見自己的名字，好的、正向的讚美等；(2)身體感受（physical sensations）：溫柔擁抱、愛撫等；(3)自身形象線索（body image cues）：看到、摸到、探索到的身體；(4)個人記憶（personal memories）：儲存的早期經驗、情緒意義等。此四種日常生活經驗的結果，是兒童形成自我的重要來源。自我的意識是靠長久一點一滴的了解而形成。White（1975）從嬰兒到三歲前的行為發展研究發現：從八個月到三歲間，是人類發展中最重要的時期（**引自李淑娥**，1998）。

(二) 自我意識

雖然我們無法直接評量兒童的意識是如何成長，但我們可以從間接的方式評量孩童每一階段的自我成長。兒童形成自我意識的第一階段，發生在他們學著如何分別自我和別人的不同時開始。例如，分辨母親或保母的身體不是他的身體。這就是Lewis與Brooks-Gunn（1979）存在的自我（existential self）的概念。有此概念，即表明嬰兒已發展發出自我的概念。

意識到人我的差別，始於八至十二個月大。在這段時間，嬰孩知道其他客體的恆在（object permanence）。基本上嬰孩就算看不

到，仍能感到東西還是在那裡。這是嬰孩認知發展朝向自我覺知的一大步。正如嬰孩看到母親有如「經常發生之事」，縱然看不到時也在那裡的「永久個體」。逐漸地，發展出對時間及空間的認識。但在這之前，嬰孩已學到，他們所認識的外在東西是不變的。媽媽走開又回來，去來之間都是同樣的媽媽；衣服的窸窣聲，被放進相同的嬰兒床等等。這就是所謂的客體認定（object identity）。

客體的存在（雖然未見到仍然存在）及客體認定（雖然未見到各種物體仍然以相同形式存在）是發展自我意識的必要經驗。我們知道，雖然未和親人在一起，親人仍然安好無恙。下次見面時，仍然和我們的記憶一模一樣。這使我們再次肯定一切如常，而減低生活中的焦慮，我們所愛的人依舊好好地活著。嬰兒透過這種較複雜的潛意識處理客體的方式，建立他們全新的自我意識。

自我意識發展的下一步，便是發展不同種類的自我（categorical self）。幼童根據一些分類，如：性別、年紀、體型大小、膚色、特殊知識、技巧來描繪自我。當他們能夠認得自己的名字時，他們就完成了這項發展。在一項研究中顯示，幼童在十八個月到兩歲左右能在鏡中認得自己，並且在相片中認出自己（Dickie & Strader, 1974）。此外，一歲半到兩歲的幼童能夠分辨自己和他們的性別（Thompson, 1975），三歲到五歲間的幼童能夠分辨基本上年齡的不同。當幼童五歲時，大多數自我成長及自我概念的發展都已奠定基礎。幼童已能粗略地把自己放入各式各樣的分類裡，如：性別、身體、體重、年齡、才智、體能等等。這種粗略的標示自己有正面及負面的效果，同時會影響自我概念變好或變壞。當孩童繼續長大上學讀書，學到更多有關自己及世界的事物，同時自我的概念也隨之增長及複雜化（引自李淑娥，1998）。

(三) 自尊心

自尊心（self-esteem）是我們對自己的感覺、想法或評價，更具體地說，自尊心就是自我價值感。自尊心是評判性的自我觀察描述，如：「我是一個友善的人」、「我的身高很理想」、「成為我，真好」等。換言之，自尊心乃是評量我們日常生活中做些什麼、是什麼，或成就些什麼而得到的；此外，亦評量其合適性、價值與重要性。從Maslow（1970）的人類需求階層來看，尊重需求包括：人尊與自尊兩方面，前者指別人對自己的尊重，如：注意、接受、承認、讚許、支援、擁護等；後者指個人對自己的尊重，如：自信、自強、成就、領導、指揮等（張春興，1992）。此一需求獲得滿足，個人才會體驗到生活的價值，至少覺得和別人一樣重要，甚至比別人更重要。孟子所言：「衣食足而後知榮辱」即是此意。

一般而言，自尊心是學習來的。別人怎樣對待我們，社會上對外表、能力或智商的價值觀，父母、朋友甚至老闆對待我們的方式，都會影響我們對自己的觀感。預期自己會成功，就會增加自尊；預期失敗，則會降低自尊。最常見影響自尊心的因素有下列三項：

1. 社會比較：我們對自己的感覺，最主要是靠著和自己才智、能力、技巧、外表長相相似的人作比較而得。與四周的人比較對於明白我們是個什麼樣的人，扮演很重要的角色。因為較高的自尊心是來自曾努力完成一、兩件比眾人做得好的工作。和能力太好或太壞的人相比，是無法增益個人的自尊心的。和前者相比，橫豎是輸；而和後者相比，贏了也沒有什麼光彩。

2. 抱負水準：設定抱負水準，是影響自尊心各種感覺很重要的關鍵。對某人來說是個成功且很愉快的經驗，而對另外一人可能是失敗或令人洩氣的經驗。

雖然抱負水準大部分用來決定我們如何解釋成功與失敗，如何

在自尊上加減分數。另一個必須加以考慮的因素是我們的成功或失敗經驗。如果我們在某件事的表現有過許多成功經驗，我們就比較容易忍受那件事的失敗。若一個女孩有過無數男友，當她失戀了，她可能不會太難過；但如果這女孩僅有一個男友，遇到此事，反應則截然不同。

　　3.**別人回饋**：我們經常透過四周的人的評價反應或回饋，得到自我價值與自尊（Baumgardner & Arkin, 1987）。如果回饋是來自心目中有份量的人，例如和你很親近能夠影響你情緒起伏的人，自尊心自然會受影響往下沈。如果回饋來自於你不很熟悉的人或對你來說不重要的人，則影響將不致於太大。我們對那些對我們而言不重要，或不喜歡的人所給的回饋較不在意，而對那些有吸引力、能幹或有權力的人所給的回饋會較在意（Backman & Secord, 1964）（引自李淑娥，1998）。

　　總之，正面回饋會提高自尊心，而負面回饋會減低自尊心。不過，我們對那些對我們而言是重要又有影響力的人所給予的回饋，會容易感到受傷；而對不重要或無影響力的人所給予的回饋，則較不在乎。基本上，別人的回饋是會左右我們自尊心的高或低。

三、自我概念的範疇

　　自我概念是我們怎樣看我們自己，其意指在特定的時間裡，我們所有的一套特殊的觀念和態度的組合。另外，從有組織的知識結構去看自我概念，自我概念就是我們所有經驗的綜合體。從這經驗的綜合體中得出我們是怎樣的一個人的概念。自我概念就是我們私下的自我心理形象，也是一套有關我們是什麼樣的人的信念。

(一) 自我概念的向度

一個人可能認爲自己身材短小,而別人看他很友善,有些人認定她太情緒化,又有些人看她有小聰明。這就是自我概念的四個向度,即四個相關的因素:身體上的自我概念、社會上的自我概念、情緒上的自我概念、智力上的自我概念。這些因素雖個個獨立但又互有關聯,一個因素可以影響其他的因素。例如:假使爲了某種原因,我們的身體的自我概念有些脆弱,這會影響社會的自我概念去嘗試冒險,它也可能會妨礙情緒,因而不能順暢地表達自己。從另一個角度來看,如果我們有正面的身體自我概念,它會幫助我們在社交場合的表現更有自信,能夠自在地表達情緒上的起伏。各種因素的自我概念共同促成了整體的自我感覺,是互相關聯、保護的狀態。某一自我概念的因素可以影響其他因素的運作。例如:接到女朋友的來信,信上說了很多溫馨鼓舞的話,於是情緒上的自我概念得到鼓舞,社會自我概念就變得勇於表現。身體的自我概念亦感到舒爽,智力上的自我概念亦感到自己變聰明了。

由此可知,自我概念的四個面向彼此具有關聯性,而相互影響。至於較低或不正確的身體的自我概念、情緒的自我概念、社會的自我概念或智力的自我概念如何產生?James(1890)認爲是由下列三種狀況所引發:(1)設定一個無法達到或是不合理的期望;(2)所選擇的目標和我們的能力興趣不相稱;(3)我們沒有花足夠的時間或工夫在我們的目標上(李淑娥,1998)。

不過,自我概念也有多向度的觀點,其中 W. H. Fitt(1960)便是代表人之一。Fitts(1960)採取多向度的觀點,編製一份對受試者而言,能簡單、快速描述多向度的自我概念量表(TSCS)(引自李淑娥,1998)。一九八八年修訂的第二版中,在各類分測驗下加入「學業/工作自我概念量尺」。本量表在二〇〇〇年由台灣測驗

出版社經嚴謹過程修訂後發行。本量表建構一個多向度的自我概念，其中包括：生理自我概念、道德倫理自我概念、心理自我概念、家庭自我概念、社會自我概念、學業／工作自我概念及自我概念總分（林幸台、張小鳳、陳美光，2000）。

(二) 自我概念的結構

當個體透過聽覺線索、身體感受、身體形象的訊息與個人的記憶等自我的社會心理根源，意識到自我概念的各個向度。西方自我心理學家在此有過不同的定義。不過他們大多同意，在此階段的自我包含兩個層面：一是作為客體（object）的自我，即個人所具備的各種可以作為被認知對象的特質和屬性。此即美國心理學家 William James（1890）所稱的「經驗界之我」（empirical self）。另一個是作為認知之「主體」的自我，它能綜合個人經驗，設定個人目標，組織個人行動，並引導個人方向。這一層次的自我，稱之為「智思界之我」（knowing self）（黃光國，1990）。

根據 James 的觀點，「經驗界之我」又可分為「物質我」（material self）、「社會我」（social self）和「精神我」（spiritual self）三部分。「物質我」指的是個人的軀體、衣著、住宅，以及其他可以用來定義「何者為我」的任何私人用品。這一部分的「我」，界定了個人的「物質存在」（material existence）。「社會我」是社會上其他人對我的看法和認知；每一個人都生活在一定的社會網絡裡，而跟其他人建立了不同的關係。在某一特定的社會情境脈絡裡，其他人對於「我」的看法和認可，界定了個人的社會存在（social existence）。「精神我」是個人內在的主觀感受，包括個人對自我的了解，他在生活中所面對的問題，他為了要解決這些問題，所做的種種掙扎和努力。這一部分的「我」界定了個人的精神存在（spiritual existence）。

　　「經驗界之我」是存在於經驗界中的一種「客體」，及其與外在客觀環境脈絡之關係。即使是「精神我」所感受到者，也是自我在經驗界中面臨的種種問題。除此之外，James認為：自我還有另一個層次的存在，他稱之為「智思界之我」。依照 James 的看法，人類天生具有一種能力，能夠將其價值觀念整合成個人所獨有的價值體系。在自由開放的氣氛下，「智思界之我」會整合個人的價值體系，引導個人，使其朝向自我統整及自我實現的方向發展，而形成個人「人格」重要的部分。

四、自我概念：心理健康的指標

　　文學家毛姆（William S. Maugham）說：有時，我困惑地觀察我個性中的矛盾，我發現自己由無數個「人」組成，彼此交戰著。但哪一個才是真實的？全是或全不是？

　　我們所觀察到的——我是誰？我的長相如何？平日表現又如何？這些問題只是整個自我結構的一部分而已。我們有必要認清，精神我、社會我、物質我的一致性愈高、重疊性愈大，即是統整性高；反之，則是低統整性。心理學的研究（Rogers, 1963）指出，高自我統整、一致性高者心理較健康。較多的自我重疊領域，使得情緒上較穩定。相反地一致性低者是心理統整不足的人，因三個自我缺乏足夠重疊的一致性。當我們的三個我有很大的差距時，我們對自己較不滿意，抱怨亦較多。可見，自我概念的正確與否，是個人心理健康的指標。因此，成為一個人有必要深入探索自我概念，及早修正，使自己成為一致性高、身心健康的人。

貳　塊狀引述

教師期望對學生學習成就的影響

當一件事情發生前，我們認為經歷一段過程，即能預測其結果，後經證實果真如我們所料，這種經過經驗法則的研判而預測結果的過程，即所謂的「先見之明」。但先見之明亦可能產生偏誤（bias）或失效的現象，俗稱始料所未及，即是一例。

教育心理學上的「自我預言應驗」（self-fulfilling prophecy）即是先見之明的例子。簡言之，教師的期望本身足以使學生變得有成就或沒有成就。例如，某一學生的上課態度消極、被動、應付了事，教師預期他將無可造就，有意無意地忽視他，教師的預期足以使學生繼續甚或惡化其學習態度，終致使預期實現，即所謂的自我預言應驗。

教師的期望產生自我預言應驗，不論在學業成就或其他教室行為均可能出現。例如，當教師認為某學生是認真用功的好學生，當這學生在小考成績不理想時，教師便解釋為：「考不好，可能是失常的緣故。」於是下次小考，該生加倍用功，考得好成績，因而符合教師的期望。相反地，若教師認定某一學生無可救藥，不可能有好的表現，一旦這位學生在行為上有任何缺失，教師便解釋為：「這就是無可救藥的證據，或者我們還只看到一小部分呢！」在成長的過程中，這個學生很可能會如期望的，走向學習的不歸路。

心理學家（Brophy & Good, 1970）的觀察發現，學生回答教師問題後，教師對成就高的學生稱讚的比例，要高於低成就學生。但

當學生回答錯誤時，低成就學生受到責罵的機會，卻又顯著大於高成就學生。值得注意的是，當學生回答不知道時，教師會為高成就學生重述問題、提供暗示，而對低成就學生，則往往很快放棄或直接告訴答案。教師與高成就學生接觸的時間，約為低成就學生的兩倍。

　　至於「教師期望」為何會對學生學習行為產生影響呢？國內郭生玉教授（1980）的研究發現：教師期望的自我預言應驗透過影響教師本身的行為，直接影響學生的自我概念，再進而影響學生的成就動機。

　　固然先見之明可能有偏誤或失效的現象，在教學過程中，我們仍應對學生寄予厚望，我們期望他們的學習成就達到什麼水平，就用什麼方式來對待他們。

（原載於《中原大學——花果集》，1999，pp.55-57）

 參 體驗性活動

一、活動名稱：看人說故事
二、活動目的：*1.* 了解自己在別人心目中的我是怎樣的一個人。

　　　　　　　2. 核對自己與別人所了解的我是否有不一致的地方。

　　　　　　　3. 澄清、說明不一致的地方；同時肯定、說明一致的部分。

三、活動流程：*1.* 由一位成員自告奮勇坐在圍坐的同學中，位置安排以能看到每位成員為原則（可以用ㄇ字型）。

2. 由每位圍座同學，以「我感覺你是……的人」為開始，收集至少二十個描述的形容詞，由一位成員記錄在白板上。

3. 由該成員作說明、澄清，並指出自己認定的自己是怎樣的人。

4. 圍坐同學給予回饋。

5. 老師總結，說明尊重差異、接納不同是人際關係的要素，也是自我不斷成長的原動力。

肆　問題思考

1. 我概念的基本概念為何？
2. 自我、自我意識、自尊心有何異同？
3. 自尊心從何而來？
4. 自我概念的幾個向度說明什麼涵義？
5. 精神我、社會我、物質我的定義為何？
6. 為何自我概念是心理健康的指標？
7. 你對自我的理解為何？

伍　參考文獻

李淑娥譯（1998），《面對自己》，台北：心理。

林幸台、張小鳳、陳美光（2000），《田納西自我概念量表》，台北：測驗。

張春興（1992），《心理學》，台北：東華。

黃光國（1990），《自我實現的人生》，台北：桂冠。

楊中芳（1987），試談中國社會心理學研究的發展方向，收錄於《社會學研究》，4 期，頁 62 － 89。

楊中芳（1991），試論中國人的「自己」：理論與研究方向，收錄於《中國人，中國心──人格與社會篇》，頁 93 － 145，台北：遠流。

楊中芳（1996），對過分依賴西方評定量表的反省之四：自我概念研究的以偏概全，收錄於《如何研究中國人》一書，頁 281 － 307，台北：桂冠。

潘正德（1999），教師期望對學生學習成就的影響，收錄於《中原大學──花果集》，頁 55 － 57。

Baumgardner, A. H., and Arkin, R. M. (1987). "Coping With the Prospect of Social Disapproval：Strategies and Sequelae," in C. R. Snyder and C. Ford(Eds.), *Clinical and Social Psychological Perspectives on Negative Life Events.* New York: Plenum.

Dickie, J. R., and Strader, W. H. (1974). Development of Mirror Image Responses in Infancy. *The Journal of Psychology*, 1974, pp.333-337.

James, W. (1890). *Principles of Psychology.* New York: Henry Holt & co.

Lewis, M., and Brooks-Gunn, J (1979). Toward a Theory of Social Cognition: The Development of the Self, In I. C. Uzgiris(Ed.), *Social Interaction and Communication During Infancy.* San Francisco: Jossey-Bass.

Maslow, A. H. (1970). *Motivation and Personality* (2nd ed). New York: Harper & Row.

Rogers, C. R. (1963). Client-centered tharapy, In I. L. Kutasch & Wolf. (Eds) . *Psyrtherapists Caseback.* San cisco: Jossey-Bass.

Rogers, C. R. (1970). *On Becoming a Person: A therapist's view of sycotherapy.*

Boston: Houghton Mifflin-Sentry Edition.

Secord, P. E. and Backman, C. W. (1964). *Social Psychology*, NY: MaGraw-Hill.

Thompson, S. K. (1975) . Gender Labels and Early Sex Role Development. *Child Development, 46*, 339-347

William, J. (1890). *Principle of Psychology*. New York: Henry Holt & Co..

第 15 章

成長的人生

姜仁圭

生命教育之理論與實踐

壹　理　論

一、學者對人生的看法

- 人生是只能往前走的單行道（Paul Tournier）。
- 人生是對幸福的慾望（Leo N. Toistoi）。
- 人生是旅行（John C. Daud）。
- 人生是偉大的造物主給我們的寶貴禮物（C. M. Bristol）。
- 人生是只有一次，於是很嚴肅，並且需要誠實地面對（**安柄旭**）。
- 人生是馬拉松競賽（William Barclay）。
- 人生是虛空的虛空，虛空的虛空，凡事都是虛空（**傳道書 1：2**）。
- 人生是艱苦的（Hal Urban）。
- 人生是一台戲（**哥林多前書 4：9**）。
- 人生是短暫（John C. Daud）。

　　以上把學者的看法歸納整理出來的時候，簡單的一句話來講，正如《聖經》所講一樣，人生是一台戲，時間很短，只能演一次，也不能重複，也不能演習、不准 NG，追求完美的表演，其內容也要很高的理想；由於舞台上的表演，只准成功，不准失敗，雖然你如同跑馬拉松一樣，很辛苦地賣力演出，但演完之後有多少人記得你演出的內容？難怪曾經把以色列帶領到前所未有繁榮和擴張境界的所羅門王晚年留下來的一句話，「虛空的虛空，虛空的虛空，凡

事都是虛空」。雖然我們知道人生是虛空，但不能馬虎，很嚴肅和誠實地面對它，於是在我們人生當中不斷追求進步和成長。

二、成長的基本概念

(一)成長是生命的徵兆

成長（Growth）是生命力的徵兆，Robert Tuck Peter II 曾說過，「我活著就有不斷的成長，有成長表示我還活著」。所有生命體會成長，無論動物和植物都會成長，如果一個小孩在身體不成長的話，他不是健康的孩子；反之，身體成長，但精神方面沒有成長的話，人稱他爲白癡。於是人的成長必須有身體和精神的均衡成長。在聖經中針對耶穌成長描述得相當完整；「耶穌的智慧和身量，並神和人喜愛祂的心，都一齊增長」（路加福音 2：52）。他的成長具有踏實、均衡、普遍與完整的特色。他在成長的過程當中，並沒有遭遇挫折、失敗、疾病和打擊，相當順利地成長，而且在身、心、靈和神及人的關係上，非常均衡和健全的成長，留下一個人成長的美好典範。

(二)成長是神祕

成長是看不見的神祕；不久之前我的兒子過二十一歲的生日，我們爲他慶生，一同來祝福和歡喜，我和我內人感到很高興，也很有成就感。我們回頭看他的成長時，可以看得見他成長的幾個重要階段，但看得見的是變化的結果而已，肉眼看不出變化的過程。由於成長很慢，肉眼看不見，這就是成長的神祕，沒有一個人看得見花開的行爲，但無意之中成就成長的神祕。

㈢成長必須有程式

成長有一定的程式；從一粒麥子的成長過程來看，首先發芽，然後長出穗子，最後結出果子。這是一定的順序，不可能顛倒，也不可能跳過去，最後一定得成熟的果子。人的成長也如此，每人必須經過幼年、少年、青年、中年、壯年和老年的過程，並且隨著年齡的成長，每階段的身體和精神上的年齡一起成長。孔子是一個很好例子，他描述自己成長的過程說：「吾十有五而志於學；三十而立；四十而不惑；五十而知天命；六十而耳順；七十而從心所欲，不踰矩」（《論語・為政》）。雖然孔子沒提到身體上的發展，但他隨著年齡的成長，精神的年齡也會成長，思想逐漸成熟直到達觀的境界。從孔子的成長過程當中，也值得思考的一題，他早在十五歲的時候，已經立志於學，很明確地建立自己人生的目標與方向。

兩年前在《中國時報》針對將畢業生作問卷調查，結果竟然發現，67%的大四同學不知往何處去。顯示出最近的年輕學子嚴重缺乏自己人生的方向與目標，與孔子比較起來相差很多。

㈣成長是時間的累積

於是我們發現成長不是一時而成，不可能一個小孩子一夜之間變成老年人。成長是很慢，但不斷地向著既定的方向和目標而努力成長和變化。成長的過程當中必定會遭遇很多挑戰，但堅強地克服一切困難和難處繼續往前走，展現生命力量。鮭魚的一生充分顯出生命的奧祕；鮭魚在河床的上流孵卵之後，小鮭魚流到海裡，長大成魚，經過四至五年後，牠們又回到自己所出生的地方來，孵卵之後結束自己的一生。這些鮭魚為了完成牠的任務，從海裡逆流上去的過程當中，遭遇多少的困難和難處，但排除萬難最後到達目的地順利孵卵。最近年輕的人抗壓性薄弱，稍稍遭遇到困難、挫折，就

放棄甚至於自殺，活不出生命的活力，值得我們省思。

㈤成人也需要成長

　　成長不是小孩子的專利品，成人也是需要成長，正如俗語說「活到老學到老」。最近以來社會各界注意成人教育，例如「社區大學」、「終身教育」、「繼續教育」和「松年大學」等。其主要的原因為：

　　1.最近科學的發展與社會的變化非常迅速，隨著知識的內容也大大地改變，思考模式、價值觀以及行動樣式等帶來大幅度的改變。

　　2.不當被羈押的人群，如第三世界、女性、貧窮以及殘障等弱勢團體，逐漸自覺人生的尊嚴之後，對傳統的價值觀、世界既定秩序和知識體系提出質疑，不得不重新建立世界體系、價值體系和知識體系。成人要適應新世代的變化，提升學習慾望。

　　3.提高生活環境，人人關心生活品質。隨著提升經濟生活條件，人從為生存奮鬥的層面，提升到自我實現的更高層面，享受生活的品味，追求自我潛力的開發，於是成人增加了學習慾望。

㈥成長的阻礙

　　1.對自己缺乏正確的了解；
　　2.對環境不了解，不懂得善用資源；
　　3.缺乏學習與磨練；
　　4.缺乏信心與勇氣；
　　5.拘泥在舊習慣或固定模式中；
　　6.以消極的態度面對環境。

㈦積極成長的人生

　　1.**建立創造的人生觀**：創造人生觀就是追求生生不息的生命，

想要擁有真正的生命，需要不斷學習並接受挑戰。

　　2.**不斷省察自己、正確了解自己**：要往前進就要先了解自己身在何處，同樣要成長，就要先了解自己的狀況。

　　3.**建立目標系統，使生活更有計畫性與前瞻性**：生活有目標，人生才有方向，訂定「具體可行」的目標成爲開展生命、創造人生意義的重要步驟。

　　4.**不斷學習，增益其所不能**：知識不斷擴增，學習更無法片刻停歇，所謂「活到老、學到老、學不了」的精神。

　　5.**化危機爲轉機**：人生的過程當中常會遇到難體而形成生活上的危機與壓力，但危機不見得都是負面的，只要積極面對它，危機將會變成轉機。

　　6.**採取積極態度面對環境**：成功的人不是因爲他們比別人聰明、有能力，而是比別人更具有行動力，尤其是馬上行動及持續行動的精神與毅力（黃惠惠，1998）。

三、人生成長的階段

㈠成年人成長的階段

　　1.十六至十七歲：從父母的控制中「逃亡時期」——對未來不確定，憂心忡忡。

　　2.十八至二十二歲：從不同方面探索自己人生可能性的「探索時期」。

　　3.二十三至二十八歲：爲了生存奮鬥的「鬥爭時期」——剛進入社會全力以赴扮演競爭者的角色。

　　4.二十九至三十四歲：對人生的問題全盤而且更深入思考的「懷疑時期」——到底人生的意義何在？

5.三十五至四十三歲：對人生充滿感到虛空和焦慮的「不安時期」——對自己的人生產生了危機意識。

6.四十四至五十歲：對時間的流動非常敏感，常停下來回顧過去的「回顧時期」——這時候開始重視朋友和親人的關係比金錢和名譽。

7.五十歲以上：知道自我和我與別人關係的「成熟時期」——願意與別人分享自己的人生經驗，同時比較關心健康（Dr. Roger Gould）。

(二)身體成長的階段

區　　分	出生	一歲	六歲	十二歲	十五歲	二十五歲
體　　重	3kg	9kg	16kg	27kg	39kg	60kg
身　　高	49cm	74cm	100cm	130cm	148cm	164cm
頭與身體比例	1/4	1/5	1/6	1/7	1/8	

(三)精神成長的階段

人身體上的差異並不很大，正常成人的身高大概五至七尺而已，因為身體上的成長受限於先天的條件，與我們後天的努力並無直接關係；但精神上的成長差異很大，如耶穌、孔子與釋迦等聖賢發揮出崇高的精神層面，相反有些人一輩子在犯罪和罪惡之中，前後兩者之間的差距非常大。更值得注意的一件事，這些差異的關鍵在後天的決心、選擇、努力與服務而決定，於是不能忽略精神成長的覺悟和意志。以精神成長的階段如下：

1.幼年時期：自幼稚園到國小三至四年級階段。這時候無論精神或身體上無法獨立，這個階段精神成長的責任歸於教導的人。

2.**少年時期**：自國小四至五年級到高中一至二年級階段。這時候漸漸脫離父母和老師，自我成長，自我獨立的階段。少年時期的精神成長在肉體與精神有兩個條件之下，則一為自我的意志和主張，另一為父母和老師的保護。這時候建立健康的思想與心思意念比任何事更重要，因為會影響一個人的一生。

3.**青年時期**：自高中二、三年級以後。這時候最重要一件事情是發現自我，如果這時期無法發現自己的話，在人生路途上會走坎坷的路，因此這階段最重要的是尋找自我；如體質與素質、興趣與才能、性格與能力、一生的方向與成功的可能性，以及將一生堅守的理想與信念等。青年時期另一個特徵為勤勞與學習，十六至十八歲記憶力最旺盛，適合讀書和學習外語，這時期沒有好好學習的話，往往把青年旺盛的精力用在錯誤的地方，許多年輕人容易錯過良好學習機會，迎接痛苦的壯年時期。另外，青年時期是克服痛苦與困難的時期，青年時期體力與精神力量很強，必須要學習克服困難和痛苦（李熙正，《教會與生活》）。一九〇三年芝加哥大學校長William Harper在新生訓練的致詞中，作了五十五秒的最短演講。他說：「你們從現在開始踏入了成人的路。人到了二十五歲的時候，必須要知道什麼是最重要；然後三十歲的時候，必須要確立自己的人生哲學。」他的看法與孔子「三十而立」的說法不謀而合，明顯出青年人建立自己的思想和人生的方向是何等重要。

四、全人的成長

(一)去人化的現象

許多後現代化的學者指稱，現代人只是一個單面向的人（one-dimensional man），這種人只活在物質的需求、肉體的情慾反應中，

不知不覺在把人「物化」（reification），成為一個「沒有受過教育的專家」（un-education），其結果「去人化」（dehumanization）的現象日益嚴重，人活得愈來愈不像一個人。因此，現代人雖然活在物質豐富、肉體滿足之中，卻失去了生命的意義、生活的智慧，因而一片渾沌黑暗、痛苦莫名（林治平，2000）。於是中原大學早就發現此問題的嚴重，提倡了「全人教育」，教導年輕學子健康，均衡而且快樂的成長，成為美滿圓融的人生。

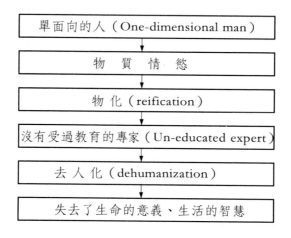

(二)全人的成長

人是活在關係中的，中國人強調人是活在天、人、物、我四個關係面向中。耶穌在十二歲的時候，已經是一個「智慧、身量、並神與人喜愛他的心都一起增長」（路加福音 2：52）的人，成為美滿圓融人的美好典範。一個人的確必須面對在天、人、物、我的四種關係面向中：

1.天（GQ）：指人心靈內在對生命終極的追求、對永恆的渴想，以及對宗教尋求的迫切需要，可稱之為上帝商數、宗教商數或

靈性商數。

2.人（EQ）：指人活在社會中追求圓滿的人際關係，對傳統文化與社會環境愛護和互動，可稱之為情緒商數。

3.物（KQ）：指由後天努力學習而得之客觀知識，可稱之為學習商數。

(4)我（IQ）：指先天的智商（請參閱第一章的全人四個面向示意圖）。

人只要在 GQ、EQ、KQ、IQ 四種關係面向都能獲致均衡之發展關係時，始能獲致美滿圓融的人生，不致於造成單面向的人，也就成為「全人」。人既然活在天、人、物、我的四個關係面向，那麼欲求美滿圓融的人生，必由此四個面向推而廣之，就是靈性的、社會的、科技與健康的以及人文的四種方面均衡的發展與需要（林治平，2000）。

貳　體驗性活動

一、**活動名稱：**自我全人生命藍圖。

二、**活動目的：**從天、人、物、我的全人藍圖中，了解自己生命的現況，同時思考如何追求圓融美滿的全人。

三、**活動方式：**三至五人為一組，每個人靜思片刻，思考自己的全人生命的現狀，並從天、人、物、我四方面寫出自己的優、缺點，同時向組員分享，並提出改善的地方。其他成員回饋、建議與經驗分享。

問題思考

1. 你對人生的看法為何？
2. 人生為何要成長？
3. 在你的人生成長過程中那些因素阻礙你的成長？
4. 你如何克服這些成長阻礙的因素？
5. 你對全人成長看法呢？
6. 你的人生藍圖呢？

參考文獻

王邦雄著（1993），《活出自己的風格來》，台北：幼獅文化。

吳娟瑜著（2001），《吳娟瑜的女性成長學》，台北：里仁書局。

李再恩編著（1994），《基督教文章大百科事典》，漢城：聖書研究社。

林治平著（2002），《奔向「全人」的中原大學》，中原大學。

校園教師事工組編著（2000），《創意生命教育》，台北：校園書房。

陳華夫譯註（1994），《自我影像》，台北：理芸。

黃惠惠著（1998），《邁向成熟》，台北：張老師。

聖經和合本——新國際版

論語（1973）載於《新譯四書讀本》，台北：三民。

鮑伯·班福德著，楊曼如譯（2001），《人生下半場》，台北：雅歌。

Adler, A.著（1991），《了解人生》（*Understanding Human Nature*），
　　台北：大眾心理學。

Messina, J. J.著，張資寧譯（1997），《長大成熟》，台北：家庭關
　　係發展協會。

Peck, M. S.著，邵虞譯（1991），《精神成長之路》，台北：大眾心
　　理學。

Urban, H.著，曹明星譯（2001），《黃金階梯》，台北：財團法人
　　基督教宇宙光全人關懷機構。

Wilson, E. D.著，黎寶華譯（1987），《脫穎而出》，台北：校園書
　　房。

第16章

成熟的生命

姜仁圭

生命教育之理論與實踐

壹　理　論

一、定義

根據卡內基（Dorothy Carnegie）的說法，成熟不是「老」，乃是「成長」；芝加哥大學的科學家試圖用「成熟度」來計算一個人的年紀，而不是用日曆上的時間。結果他們發現，大多數的人都是愈活愈「老」，而不是愈長愈「成熟」。年輕，由各方面來說，只不過是成人期的一個預備階段，是我們戲劇人生的排演。因此，企圖永遠保持年輕，而不願進入成年期，可說是一種逃避責任，不能面對生命的幼稚行為。成熟是一種成長，而不是變老。如果我們一直維持學習、進步、貢獻所學、製造發明，或懂得享受成長的過程，這便是成熟──不論是十六歲或九十歲。同樣地，如果我們不再有任何改進，我們便開始腐朽、開始變老了。

我們一般人所謂的成熟方式，來自於傳統的模式，即身體的發育長大以外，心智方面如：與父母的關係、學校生活、交友、結婚、做事等等，皆為一個心智發展的現象，到了成家立業之後，一個人就算成熟了。根據心理學家，也是兒科醫生的安德博士（C. Anderson）研究人類心靈的成熟階段，用學理與科學的分析，讓人生的階段、一步步趨向成熟。他認為心智的成長，逐步從學習→模仿→演練→實行，綜合外在與內在能力而表現，或自己的內心思考及活動。他同時提出一個學理，在人生的階段中，第六感的擴展是心靈（心理）成熟的現象。他的研究指出，這六感──視、聞、聽、嗅、觸、覺只是童年與青少年期的初步成型，根據他的說法，一個

人在青少年時，已經具備完全的感官能力，並因此而能與外在世界相連。但是一個真正成熟的成年人，則必須能利用這健全的六感，擴展內心與外界的相關與了解，也就是除了實相、實際的了解能力外，更進而能產生抽象且多面的領悟力，這個領悟力的培養往往在青春期之後的成年。

神學家斯坦禮（E. Stanley Jones）認為成熟是個人生活的目標。成熟的意思為脫離自我中心，樹立以神為中心的生活目標，然後它引導個人人生的目標與動機，於是個人必須脫離「自我中心」，才能樹立「存在的實際中心」，就是神，成為個人人生的目標與動機（E. Stanley Jones/Conversion）。

以上綜合各學者的看法，成熟是一種成長，不只年齡或身體的成長，更重要的是心靈的成長與發展的過程，並不是生命的完成。因此，不斷追求學習、進步、分享與享受，把外在與內在的能力、思考與行動更圓熟的表現，就是合乎神旨意的人生，則為成熟的生命。

二、成熟的重要性

每個人願意自己的人生更有價值，並且發揮出自己的能力造福社會，這就是成熟的希望與心願。成熟的意思為「成長」，與所謂「老」相反的意思。所謂的「老人」指為精神和人格的成長完全停止的狀態。無論十六歲的青少年或九十六歲的老人家，如果他沒有放棄學習，持續保持發展，貢獻社會，不斷生產以及享受成長之喜悅的話，他就走上成熟的大道，絕無月曆上的年歲有關，無法成長的時候，他就成為老人。卡內基強調人生絕不是走在通往死亡的斜坡上，乃是不斷成長的路程，因此成熟應該是任何人都追求的人生目標，於是人格的成熟、智慧成長的心願和盼望超越任何人生目標，

應該擺在第一優先的人生目標。卡內基盼望每一個人心中充滿「常青」的渴望與努力，並社會充滿活力、快樂和魅力，沒有一個人說因著年紀大自己想做的事無法做到。他認為有一天這樣時代的到來，就沒有一個人會害怕年歲的增加，人人可享受真正成熟的喜悅。

三、成熟的階段

　　人經過三個階段逐漸成熟：第一個是接受的階段，就是人從出生開始接受父母、學校的老師、社會上前輩的照顧、教導和經驗。第二個是所有的階段，則為所有人的基本本能，也成為善意的競爭和社會發展的動力，當然過分的慾望無法建立和諧的共同體，就會成了利己主義的奴隸。第三個是給予的階段，就如同《聖經》上說一樣，「施比受更為有福」，白白受就白白施捨，無論物質、信仰和愛心彼此分享。

四、成熟的人格

　　一個人成熟的表現大致上可分成為四個方面；智慧、情緒、人際關係和道德方的成熟。

(一)智慧的成熟

　　成熟智慧的人尊重別人的意見，但不完全依靠，會有能力建立自我的看法和意見。智慧成熟的人發現又新又重要證據的時候，勇於改變自己的看法，也努力調整自己的計畫。他具有健全的思考模式，會作出自我的決定，並願擔當應有的責任。無論自己所做的決定帶來不愉快的結果，或者必須付出過重的代價，願意接受事實，並承擔該有的責任，絕不是怕面對自己的問題，反而會分析問題所

在，尋求解決之方法，然後作出決定，並且又認真又忠誠地實行自我的決定。

卡內基認為成熟的人明白知道自己與別人的差異性，並且完全接納之，更進一步努力去改善它。蕭伯納對那些時常抱怨環境不順的人很感不耐煩，他說：「人們時常抱怨自己的環境不順利，因此使他們沒有什麼成就。我是不相信這種說法的。假如你得不到所要的環境，可以製造出一個來啊！」他自己也長大之後，才逐漸明白，身高跟其他許多與生俱來的條件一樣，可以有好處，也可以有壞處，完全看自己的態度而已。假如別人有兩條腿，而我只有一條腿；假如別人富有，而我比較貧窮；假如我長得胖、瘦、美、醜、金髮、黑髮、害羞或進取──無論哪一點使我們與眾不同，都是可能成為我們的缺陷──只要你自己這麼認為！不成熟的人隨時可以把自己與眾不同的地方看成是缺陷、障礙，然後期望自己能受到特別的待遇。成熟的人則不然，他們先認清自己的不同處，然後看是要接受它們，或是加以改進。

(二)情緒的成熟

成熟情緒的人理性勝於感情，但可接納感情。情緒成熟的人不會出現太離譜的行為，可以控制自己的情緒和管理，又不會輕易生氣，誠實說出自己心中的不滿，並且樂於接納別人的批評，不會受傷，更不會逃避不愉快的事，反而積極面對問題，也不會像小朋友一樣因害怕而有所不敢。

羅伯・路易・史蒂文生（Robert Louis Stevenson）一生多病，卻不願讓疾病影響自己的生活和工作。與他交往的人都認為他十分開朗、有精力，並且所寫的每一行文字也充分流露出這份精神來。由於他不願向身體的缺陷屈服，因此能使他的文學作品更多采、更豐盛。

　　情緒成熟的人充滿幽默感，把生氣化為歡笑，妥善使用幽默感能減少緊張壓力，抑制壞的情況，加強好的因素，把危機化為轉機，就輕而易舉改善生活品質，進而提升人與人之間的友好關係。諾曼‧卡森（Norman Carson）被診斷出罹患了絕症，被告知他的生命不到一年，但他不接受醫生的判決，他去買了一部電影放映機和幾部喜劇電影，定期的觀看，結果成效卓著，他幾乎可說是以笑維持健康。他比醫生所預估的要多活了幾年，在那段期間，他巡迴全國演講他的成功經歷，而不是病懨懨地坐以待斃，他充滿了生氣，享受他的人生，珍惜幽默感的價值。

㈢人際關係的成熟

　　人際關係成熟的人打開心門，與他人很積極和圓滿地相處，並進一步建立友好關係。人際關係成熟的人不會過分地依賴家人和朋友，也不會與他們衝突，而且會適應自己社會的法律和一切規範。他為了成全整體的理想和目標會放棄自我，雖然他知道工作單調，也有時候會不愉快，但會懂得享受其中的樂趣。

㈣道德倫理的成熟

　　道德倫理上成熟的人為了道德理想的具現願意獻身自己，並且過很充實的生活。小孩子的道德能力普遍不成熟，因此往往傾向於自我的本能和非理性，但長大成熟的時候，會懂得如何達到其道德倫理的理想。他的道德倫理上成熟度愈深，他個人的理想越現實和一貫，並會更擴大。一般而言，道德倫理上成熟的人並不會自我中心，比較會從關懷別人的角度去發現自我的理想。

五、如何成熟

㈠積極努力的態度

成熟不是一件唾手可得的事，必須經由自己的努力與選擇，才能獲得。人生的過程是一條成長的途徑，而不只是歲月流轉、馬齒徒增而已。尤其現代人的生活日新月異，必須具備選擇自己生活、作自己主人的能力，必須要努力往前走，並且勇敢地面對現實生活中的各種困難。有些生物比較容易達到成熟，如蘋果能連結著蘋果樹自然地成熟，但人類卻與生物不同，需要有意志的行為。我們都是擁有特權參與創造美好人生過程的自由動物。由於幼年時代多年養成的習慣，不可能自動改變，必須依靠堅定的意志行為，甚至有時候需要激烈的掙扎，才能脫離這些束縛，要不然我們不能成熟，仍然被幼稚的習慣控制，只停留幼稚的階段。

孔子曾說過：「德之不修，學之不講，聞義不能徙，不善不能改，是吾憂也。」修德講學，是轉短暫為長久的不二法門，奔騰的熱力要往修養的路上走，飄忽的才情要往學術的路上走，化血氣為志氣，轉才情為才學。

㈡心靈的成熟

我們的心靈是人體組織最重要的一部分。假如我們能時時滋養、操練，它必能持續成長；假如我們忽視、不去照顧，它自然也會逐漸衰退萎縮，甚至再也不能使用。

神的話是成熟心靈最好的方法。耶穌曾經說過：「我就是生命的糧，到我這裡來的，必定不餓；信我的永遠不渴。」（約翰福音6：35）耶穌又說：「我來了，是要叫人得生命，並且得的更豐

盛。」（約翰福音 10：10）於是彼得曾經呼籲說：「要愛慕那純淨的靈奶。」（彼得前書2：2）什麼叫純淨的靈奶呢？就是神的話語，因為神的話是生命的糧，人若像才出生的嬰孩愛慕奶一樣愛慕神的話，心靈會逐漸成熟，成為豐盛的生命。

佛朗可博士（H. Franke）認為，宗教信仰是治療心靈最有效的藥方。根據他自身的經驗——他曾在第二次世界大戰期間，三度被關進納粹的集中營裡。但他發現：「就是在集中營裡，生命仍然值得活下去。與我同住的囚犯，有許多人就是因為有宗教信仰，知道如何在苦難中追求生命的意義，並因而接近神。」

(三)追求學習

保羅說：「這不是說，我已經得著了，已經完全了，我乃是竭力追求，或者可以得著基督耶穌所以得著我的。」（腓立比書 3：12）他繼續說：「所以我們中間凡事完全人，總要存這樣的心。」他曾經寫信給哥林多教會說：「若有人以為自己知道什麼，按他所當知道的，他仍是不知道。」（哥林多前書 8：2）這句話的意思為成熟的人不斷學習，為了成長竭力追求。沒有一個比自己認為已經完成了，或只有自己的意見是對的，或自己的主張是絕對的想法更危險。所以蘇格拉底說：「我只知道我不知道的。」

但是現代人忙碌的生活中，往往放棄學習，不願意竭力追求成長。喬治・蓋樂普（George Gallup）是美國民意調查研究的發起人，他認為：「現今，許多人在離開學校之後，便不再學習新的東西。對我來說，人應該要活到老，學到老。」

根據美國的民意調查顯示：在英語系的民主國家裡，美國人的閱讀時間要比其他國家少得多。大部分的美國人在上一年度連一本書都沒有讀完。十分之六的成人在回答問卷時表示：在上一年度，他除了《聖經》外，記不起還曾經讀過什麼書。而四分之一的大學

畢業生也作了相同的回答。

　　紐澤西布崙地一所中學的教師佛蘭克・詹寧斯，是一位專長教育與閱讀的教師。他認為：「文字經驗……是人類生命中，最能深入塑造心靈的精華。這些文字作品使我們能在幾千年之後，仍能受到柏拉圖或耶穌等人的教導，完全沒有時空的隔閡。書本可以抽象得好像一些難以捕捉的觀念，也可以精確、實用得好像閂閂一樣。這是引領人類通往人性的黃金大道。」

　　英國勞動黨的著名領袖赫伯特・莫里森（Herbert Morrison），十五歲的時候曾在倫敦的一家雜貨店當跑腿的小弟。當時，街角有位相命師曾給了他「最珍貴的忠言」。相命師一邊幫他看相命，一邊問他平常都看些什麼書。小莫里森指著那些書報攤上販賣的廉價恐怖小說回答道：「大部分是那種血腥小說，有時也看些其他的短篇小說。」他說：「這些垃圾總比不讀好。」相命師微笑道：「但是，你的聰明腦袋應該不只可以裝這些東西。嗯，為什麼不試試好一點的書呢？比如歷史、傳記──任何你喜歡的東西──但是，記住，要養成認真閱讀的習慣。」莫里森認為這個忠言是他人生的轉捩點。雖然自已只受完小學教育，仍可藉由閱讀而自我教育。十五歲的赫伯特・莫里森，自那時起便成了圖書館的常客，開始閱讀一系列較為嚴肅的書籍，對他以後的事業有極大影響。「我也曾花些時間看看電視或聽收音機。」莫里森回憶說：「但那些節目的價值，都抵不上一本具有權威的書。」

　　中正高中校長丁亞雯女士從國小二年級建立閱讀的習慣。她把閱讀當作一生的功課，並呼籲年輕人在青少年階段培養閱讀能力。她說：「閱讀是吸收知識的最佳來源，要符合未來需求，掌握時代的脈動，必須重視終身學習。想要終身學習，捨棄閱讀，辦不到的。每個人在人生歷程之中，總會不斷地面臨困難與挫折，必須擁有力量才能克服困境，而這種生命力量的來源，除了自然，就是知識。

時代演變的腳步快速，一般來說，專業知識的壽命只有五年，如果不隨時充實自己，保持知能的汰舊換新，就容易被淘汰，所以我們要不斷吸收新知，才能掌握成功的人生。」

貳　自我習題

1. 請問什麼叫「成熟」呢？
2. 請問為何要「成熟」呢？
3. 請述說「成熟」的人的特徵。
4. 請述說「成熟」的階段。
5. 請述說如何「成熟」呢？

參　遊戲活動

　　人平常不容易看出生命的成熟度，但遭遇困難的時候，比較明顯看得出他成熟的程度。請問假如你像諾曼‧卡森一樣，被醫生宣告你的人生不到半年的時候，請問你如何面對這個事實？

1. 請問你的第一個反應如何？
2. 你可以不可以接受這個事實？
3. 請問你會不會抱怨？
4. 請問你如何面對它？
5. 請問你會不會像諾曼‧卡森一樣堅強的表現？
6. 假如你遭到絕症的時候，請問宗教對你有幫助？

肆 參考文獻

王邦雄著（1993），《活出自己的風格來》，台北：幼獅文化。

弗蘭克・皮特曼著，黃秀媛譯（1999），《愈成熟，愈快樂》，台北：天下遠見。

余我著（2001），《肯定自己，超越自己》，台北：業強。

紅塵少年・幽谷老人編著（2000），《生活智慧故事集粹》，台北：台灣先智。

陳智弘著（1999），《生命是一場豐富之旅：造訪三十六位名家的創意》，台北：遠流。

陳智弘著（1999），《生命是一場豐富之旅：造訪三十六位名家的創意生活天地》，台北：遠流。

陳麗菲、蘇智良著（1992），《傳統修養處世學》，台北：漢欣文化。

黃黃惠著（1999），《邁向成熟》，台北：張老師。

聖經

葛倫・布蘭德著，卓季美譯（1999），《成功人物的 8 大特質》，台北，世茂。

歐迪慈口述，巴金罕筆錄（1976），《長大成熟》，台北：中國主日學協會。

鄭石岩著（2001），《生命轉彎處：轉逆成順》，台北：遠流。

簡宛著（1999），《走向成熟途中》，台北：洪建全基金會。

Dale Carnegie 著，鐘成譯（2001），《智慧生活卡內基》，台北：笙易。

Danah Zohar, Ian Marshall 著，邱莞慧譯（2001），《SQ ——心靈

智商》，台北：聯經。

David A. Gustafson，錢嘉平譯（1995），《自我實現——建立自我形象的成功點數》，台北：耶魯國際。

Dorothy Carnegie，詹麗茹譯，黑幼龍主編（1994），《成熟亮麗的人生》，台北：龍齡。

Frederic M. Hudson著，師河譯（1993），《做一個更成熟的人》，台北：方智。

James J. Messina著，張資寧譯（1999），《長大成熟》，台北：天恩。

Katoy T. S，聞薇薇編譯（1994），《做個真正成熟的人》，台北：世茂。

Molly Young Brown著，伍育英譯（2000），《我的生命成長樹》，台北：張老師。

Patricia Cleghorn著，黃榮吉譯（1997），《肯定自己欣賞自己》，台北：方智。

國家圖書館出版品預行編目（CIP）資料

生命教育之理論與實踐／林治平等著. --初版.--
臺北市：心理, 2004（民 93）
面；　公分.--（生命教育系列；47008）

ISBN 978-957-702-687-3（平裝）

1.生命教育─論文，講詞等

8.5907　　　　　　　　　　93010457

生命教育系列 47008

生命教育之理論與實踐

作　　　者：林治平、潘正德、林繼偉、盧怡君、姜仁圭、李清義、蘇友瑞
總 編 輯：林敬堯
發 行 人：洪有義
出 版 者：心理出版社股份有限公司
地　　　址：231 新北市新店區光明街 288 號 7 樓
電　　　話：(02) 29150566
傳　　　真：(02) 29152928
郵撥帳號：19293172　心理出版社股份有限公司
網　　　址：http://www.psy.com.tw
電子信箱：psychoco@ms15.hinet.net
駐美代表：Lisa Wu（lisawu99@optonline.net）
排 版 者：亞帛電腦製作有限公司
印 刷 者：容大印刷有限公司
初版一刷：2004 年 8 月
初版五刷：2016 年 2 月
I S B N：978-957-702-687-3
定　　　價：新台幣 400 元